Louise Taylor
Traue niemandem

PIPER

Zu diesem Buch

Tief in deinem Inneren weißt du, dass ich dich kriegen werde. Es ist unausweichlich. Eines Tages wirst du hinter dir Schritte hören. Das Herz wird dir bis zum Hals schlagen, und du wirst dir über die Schulter schauen und schneller laufen. Und dann wirst du mich sehen.
Vor einigen Jahren verloren sie ihr Baby im vierten Schwangerschaftsmonat. Max ertränkte seinen Kummer in Arbeit, während Jo eine Agoraphobie entwickelte: Sie verbarrikadierte sich zu Hause und brach jeglichen Kontakt zur Außenwelt ab. Nun geht es ihr endlich besser, und mit Tochter Elise hat das Glück bei ihnen Einzug gehalten. Es könnte alles so schön sein, wäre da nicht diese Unbekannte, die Jo nachstellt. Doch anstatt ihre Angst und Verzweiflung ernst zu nehmen, glaubt ihr Umfeld, dass Jo eine Bedrohung für Elise darstellt. Für die junge Mutter steht fest, sie wird alles tun, um ihre Tochter zu beschützen.

Louise Taylor ist das Pseudonym einer britischen Autorin, die bereits zahlreiche erfolgreiche Bücher veröffentlicht hat. Sie studierte Psychologie, arbeitete als Designerin und widmet sich seit 2014 ausschließlich dem Schreiben. Sie lebt mit ihrer Familie in Bristol.

Louise Taylor

TRAUE NIEMANDEM

Thriller

Übersetzung aus dem Englischen
von Antje Röttgers

PIPER

Mehr über unsere Autoren und Bücher:
www.piper.de

FSC
www.fsc.org
MIX
Papier aus verantwortungsvollen Quellen
FSC® C083411

Deutsche Erstausgabe
ISBN 978-3-492-31350-6
Januar 2019

Titel der englischen Originalausgabe:
»The Escape«, Avon, Harper Collins, London 2017

Umschlaggestaltung: FAVORITBUERO, München
Umschlagabbildung: Mark Owen/Trevillion Images; shutterstock
Satz: Satz für Satz, Wangen im Allgäu
Gesetzt aus der Excelsior
Druck und Bindung: CPI books GmbH, Leck
Printed in the EU

Für meinen Sohn, Seth Hall
Ich werde dich immer lieben.

TEIL 1

KAPITEL 1

Jemand geht dicht hinter mir, kommt mir Schritt um Schritt näher. Parfum verfängt sich an der Rückseite meines Rachens: eine starke, berauschende Mixtur aus Moschus und irgendetwas Blumigem. Jasmin vielleicht, oder Lilie. Die Frau ist jetzt so nah an mir dran, dass sie in mich hineinlaufen würde, wenn ich abrupt stehen bliebe. Warum geht sie nicht einfach vorbei? Es ist eine ruhige Straße hinter dem Universitätsgebäude, mit nur einem halben Dutzend Parkplätze, und der Gehweg ist breit genug für uns beide.

Ich gehe schneller. Elise wird die Letzte in der Kita sein, und sie wird sich wundern, wo ich bleibe. Um Punkt fünf Uhr wollte ich bei der Arbeit aufbrechen, aber dann kam eine Studentin in mein Büro und brach in Tränen aus. Sie war nicht rechtzeitig mit ihrer Studienaufgabe fertig geworden und hatte entsetzliche Angst, aus dem Kurs zu fliegen. Ich konnte sie in diesem Zustand nicht einfach stehen lassen. Also beruhigte ich sie. Als sie mein Büro verließ, lächelte sie wieder, aber ich war schweißgebadet. Es war Viertel nach fünf. Ich verlasse die Arbeit niemals so spät. Niemals.

Mein Wagen steht nur hundert Meter entfernt. In weniger als einer Minute werde ich darin sitzen, bei geschlossenen Türen, laufendem Motor und Musik. Ich werde sicher sein. Alles wird okay sein.

Noch fünfzig Meter.

Die Frau hinter mir atmet angestrengt. Sie ist ebenfalls schneller geworden.

Noch zwanzig Meter.

Ich spüre ein leichtes Ziehen an der Rückseite meines Mantels; eine Hand, die immer wieder vergeblich versucht, das Material zu fassen zu bekommen.

Noch zehn Meter.

Als ich auf die Straße trete und mich der Fahrerseite meines Wagens nähere, höre ich hinter mir das Klackern von High Heels. Auf der Suche nach dem Schlüssel greife ich in die Manteltasche, aber alles, worauf ich stoße, sind ein zusammengeknülltes Taschentuch, eine kleine Packung Rosinen und ein paar Bonbonpapierchen. Ich greife in die andere Manteltasche, und meine Finger schließen sich um die Autoschlüssel. Im selben Augenblick legt jemand eine Hand schwer auf meine Schulter.

Mein Herz setzt einen Schlag aus, ich fahre herum und halte schützend die Arme vor mich.

»Holla!« Eine blonde Frau, etwa in meinem Alter, macht mit schreckgeweiteten Augen einen Satz zurück. Sie trägt eine dicke, gefütterte Jacke, enge Jeans und High Heels. »Ich wollte nur kurz nach dem Weg fragen.«

In einem einzigen flatterigen Atemzug verlässt mich die Angst. Sie will nur nach dem Weg fragen.

Die Frau mustert mein Gesicht aus dick mit Kajal umrandeten Augen. »Wissen Sie, wo der Bus zur Brecknock Road abfährt?«

Ich bin überrascht. »Brecknock? Da wohne ich.«

»Wirklich?«, fragt sie. »Was für ein Zufall.«

Ich dachte erst, sie sei wie ich in den Vierzigern, aber die schlaffen Wangen und der faltige Hals strafen die glatte Stirn und die geschwungenen Augenbrauen Lügen. Sie ist mindestens zehn Jahre älter.

Sie wirft einen Blick auf meine Hand, die auf der Scheibe der Wagentür ruht. »Sie fahren nicht zufällig dorthin?«

»Wie bitte?«

»Brecknock Road. Nehmen Sie mich mit?«

Ich weiß nicht, wie ich reagieren soll. Ich will sie nicht in meinem Wagen haben. Nicht, wenn ich mich so fühle wie jetzt. Ich muss mich beruhigen, bevor ich bei der Kita ankomme. Ich möchte nicht, dass Elise mich in diesem Zustand sieht.

Ein junger Kerl in einem schweren Mantel schlendert vorbei, und der Blick der blonden Frau schnellt zu ihm hinüber. Er ist mit seinem Handy beschäftigt und beachtet uns nicht weiter.

»Meine Tochter und mein Sohn sind ganz genauso. Kleben immer mit der Nase am Telefon.« Sie sagt das auf eine leutselige Art. Der junge Mann verschwindet um die nächste Ecke, und wir sind wieder allein. Entweder hat sie keinen Schimmer, wie seltsam und unwohl ich mich wegen ihrer Fragerei fühle, oder es ist ihr schlicht egal.

»Ich … äh …« Ich stecke den Schlüssel in das Schloss. »Es tut mir leid. Ich fahre nicht nach Hause. Ich muss meine Tochter noch von der Kita abholen und …«

»Elise, oder?«

Mir bleibt die Luft weg. »Wie bitte?«

»So ein hübscher Name. Etwas altmodisch, aber das liegt heute ja im Trend, nicht? Meine Schwiegertochter wollte meine Enkelin Ethel nennen. Du meine Güte, Ethel!«

»Woher wissen Sie …« Erneut mustere ich ihr Gesicht, aber da klingelt nichts. Ich kann mich nicht erinnern, diese Frau jemals zuvor gesehen zu haben. »Entschuldigung, aber sind wir uns schon einmal begegnet?«

Ihr Lachen klingt dunkel und steigt gurgelnd aus den Tiefen ihrer Kehle empor. Sie streckt mir die Hand entgegen. »Entschuldigen Sie. Ich hätte mich vorstellen sollen. Ich bin Johns Mutter. Paula. Er wohnt in Ihrer Straße, weiter unten. Ich habe Sie und Ihr kleines Mädchen heute Morgen gesehen, wie Sie beide ins Auto eingestiegen sind, als ich mit meiner Enkeltochter in den Park gegangen bin. Ich passe manchmal auf sie auf. Ich lebe in Taunton und komme nicht oft nach Bristol rein.« Sie wirft einen bedeutungsvollen Blick auf mein Auto.

»Also … bin ich als Mitfahrerin genehmigt? Jetzt, da Sie wissen, dass ich keine Serienkillerin bin?«

Vor lauter Unentschlossenheit bin ich ganz starr. Ich kenne niemanden mit Namen John, aber es ist eine lange Straße. Sie nicht mitzunehmen wäre unhöflich, und ich möchte mir in der Nachbarschaft keine Feinde machen, es ist eine so schöne Straße, trotzdem tue ich so etwas nicht. Es liegt mir nicht.

»Bitte«, sagt sie, »ich passe heute Abend auf meine Enkeltochter auf, und John wird sich schon fragen, wo ich bleibe.«

Im Bruchteil einer Sekunde treffe ich eine Entscheidung. Sie mitzunehmen wird mich weniger Zeit kosten, als Nein zu sagen und endlose Diskussionen zu riskieren. »In Ordnung. Aber ich werde Sie an der Kita rauslassen müssen. Von dort ist es nicht mehr weit bis Brecknock.«

»Danke, Liebes. Ich weiß das wirklich zu schätzen.«

Sie wartet ab, bis ich die Tür auf der Fahrerseite geöffnet habe, umrundet das Auto und steigt neben mir ein. Ich schnalle mich an und stecke den Schlüssel ins Zündschloss. Paula schert sich nicht um den Sicherheitsgurt. Stattdessen streicht sie mit der Hand über das Armaturenbrett, dann drückt sie auf den Riegel des Handschuhfachs, sodass es sich öffnet. Sie wühlt darin herum, zieht CDs, Quittungen und Anleitungen heraus und tastet dann mit der Hand unter ihrem Sitz herum.

Ich starre sie entgeistert an, während sie sich auf ihrem Sitz umdreht und sich den Fußraum vor der Rückbank ansieht.

»Kann ich Ihnen irgendwie helfen?«

Sie ignoriert mich und klettert auf den Rücksitz, obwohl es ein Viertürer ist. Dann betastet sie den Stoff unter und hinter Elises Kindersitz, hebt die Abdeckung des Kofferraums und späht hinein.

»Paula.« Ich öffne den Sicherheitsgurt. »Würden Sie das bitte lassen?«

Sie fährt herum, ihre Lippen sind nur noch ein schmaler Strich, die Augen verengt. »Sag mir nicht, was ich zu tun habe, Jo.«

Die Verwandlung ist schockierend, keine Spur mehr von dem heiteren, freundlichen Auftreten. Sie hat mich angelogen. Sie hat keinen Sohn namens John, der in unserer Straße wohnt. Sie ist auch nie mit ihrer Enkeltochter in den Park spaziert. Und ich habe ihr nie meinen Namen genannt.

»Ich möchte, dass Sie meinen Wagen verlassen«, sage ich mit so viel Nachdruck, wie ich aufbringen kann.

Ein feines Lächeln huscht ihr über die Lippen, während sie ihre Jacke glatt streicht und es sich auf der Rückbank bequem macht. Sie streckt den linken Arm aus und legt ihn locker um Elises Kindersitz.

»Hübsches Mädchen, deine Tochter«, flüstert sie, laut genug, dass ich es hören kann. »Habe ich nicht recht, Jo?«

Der boshafte Ausdruck in ihren Augen verschlägt mir den Atem.

»Raus«, wiederhole ich. Im Rückspiegel sehe ich, dass am Ende der Straße ein Mann aufgetaucht ist. Wenn ich die Tür öffne und rufe, wird er mich hören. Paula folgt erst meinem Blick, dann dreht sie sich kurz um.

»Na, na. Kein Grund unhöflich zu werden. Ich habe etwas verloren. Das ist alles. Und ich denke, dein Ehemann weiß vielleicht, wo es ist.«

Ich erstarre. »Max? Was hat das mit Max zu tun?«

Paula dreht sich erneut um – der Mann ist jetzt auf Höhe des Wagens, der hinter mir parkt – und öffnet die Wagentür. »Er wird schon wissen, worum es geht. Sag ihm einfach, er soll sich melden. Ah, da war ja noch was.« Mit der freien Hand greift sie in ihre Tasche. »Du solltest besser auf die Sachen deiner Tochter aufpassen.« Während sie das sagt, drapiert sie einen kleinen, weichen, kunterbunten Handschuh auf Elises Kindersitz.

»Und auf deine Tochter«, fügt sie hinzu, als sie aus dem Wagen steigt.

KAPITEL 2

Max Blackmore seufzt, als sein Handy vibrierend zum Leben erwacht und auf der samtigen Schreibtischplatte aus Holz hin und her wackelt, die ihn von seiner Vorgesetzten trennt. Er schnappt sich das Ding und schaut auf das Display. Es ist Jo, schon wieder. Seine Frau ruft ihn bereits das dritte Mal an, seit er das Haus um acht Uhr morgens verlassen hat. Und er hatte ihr schon zweimal versichert, dass es für Elise okay sei, mit dem kleinen Husten zur Kita zu gehen, und dass er nach der Arbeit bei der Apotheke vorbeifahren würde, um etwas gegen den Husten zu kaufen. Die letzte halbe Stunde hat er sein Privathandy klingeln lassen, deshalb ruft sie ihn jetzt auf dem Arbeitshandy an.

Seine Chefin Fiona Spelling lehnt sich in ihrem Stuhl zurück und verschränkt die Arme. Sie zieht »das Gesicht«, daher weiß er, dass ihre Laune kurz vorm Kippen ist. »Musst du da rangehen?«

Er lässt das Handy in der Innentasche seiner Jacke verschwinden. »Es kann warten.«

»Bist du sicher? Du weißt, dass sie mich anrufen wird, wenn sie dich nicht erreicht.«

Max verzieht entschuldigend das Gesicht. Fionas Nummer hatte er ihr nur zu ihrer Beruhigung gegeben – damit sie sich vergewissern konnte, ob er auch wirklich okay war, wenn er nicht an sein Handy ging –, aber mittlerweile hatte sie die Nummer im Kurzwahlspeicher, mit der Betonung auf *Kurz*wahl, ihres klobigen Nokia-Handys aus grauer Vorzeit abgelegt. Die Eins für ihn, die Zwei für ihre Mutter, die Drei für die Kita, die Vier für ihren Chef und die Fünf für Fiona. Er hatte sie angefleht, Fionas Nummer zu löschen, aber sie weigerte sich.

»Es ist ihre Agoraphobie«, erklärt er. »Deshalb ist sie so übertrieben ängstlich.«

»Arbeitet sie nicht an der Universität, in der Studentenberatung? So schlimm kann es doch nicht sein, wenn sie ihre Arbeit bewältigt, oder?«

Max lächelt nachsichtig. Er hat früher genauso gedacht wie Fiona: dass man quasi ans Haus gefesselt ist, wenn man unter Agoraphobie leidet, aber so einfach ist es nicht – Jo hat es ihm schon unzählige Male erklärt. Sie fürchtet sich nicht grundsätzlich davor, nach draußen zu gehen, sie fürchtet sich davor, in Situationen zu geraten, aus denen es für sie kein Entrinnen gibt und sie keine Hilfe holen kann.

»Es ist schlimm«, sagt er. »Richtig schlimm. Jo arbeitet zwar in Teilzeit, aber sie geht mit Elise weder in den Park noch in den Zoo. Sie geht nicht mal mehr einkaufen, nicht seit sie eine Panikattacke in dem kleinen Laden bei uns um die Ecke hatte, weil sie dachte, jemand hätte sie komisch angesehen.«

»Wow.« Seine Chefin zieht eine Augenbraue hoch.

Fiona kennt nur die Spitze des Eisbergs. Seit über einem Jahr hatten er und Jo keinen Sex mehr. Sie haben schon mal so eine Dürreperiode durchgemacht, damals, als sie sich so sehr davor fürchtete, schwanger zu werden, dass sie ihn kaum an sich heranließ. Aber dann hatten sie Elise bekommen, und er hatte angenommen, alles würde sich wieder normalisieren. Aber das tat es nicht. Stattdessen wurde es schlimmer.

»Wie auch immer, Max«, sagt Fiona, und deutete auf den Bildschirm ihres Computers. »Herzlichen Glückwunsch. Ich habe deine Story gelesen, und sie ist gut. Sehr gut. Wie fühlt sich das an?«

»Wie fühlt sich was an?«

»Dass deine Recherchen zu einer Verurteilung geführt haben. Täusche ich mich, oder hat er fünf Jahre dafür bekommen?«

Max lächelt das erste Mal, seit er sich hingesetzt hat. Wie gerne hätte er Ian Whites Gesicht gesehen, als die Polizei vor seiner Tür stand, um ihn zu verhaften. Kranker Bastard. Der Mann hatte eine national agierende Pfandhauskette aufgezogen und alleinerziehenden Müttern, Rentnern und Sozialhilfeempfängern absurd hohe Zinsen abgeknöpft. Wurden die Schuldner dann zahlungsunfähig, kreuzte er bei ihnen zu Hause auf und drohte ihnen Gewalt an, wenn sie nicht zahlen konnten. Es ging um Nötigung, Drogenmissbrauch und gewaltsames Vorgehen. Max hatte miterlebt, wie einer von Ians Schlägern einen alten Mann in dessen Wohnung gegen eine Wand stieß, als dieser ihm erklärt hatte, dass er eine Woche lang nichts zu essen hätte, wenn er die Schulden beglich. Max war wie gelähmt gewesen und unfähig, den Schläger aufzuhalten. Alles, was er hatte tun können, war, dafür zu beten, dass die winzige Kamera in seinem Brillengestell ausreichend belastendes Material aufzeichnete, um diesen Dreckskerl zu verurteilen.

»Hattest du keine Angst, dass deine Tarnung auffliegt? Niemand von Cash Creditors hat dich je verdächtigt?«, fragt Fiona jetzt.

»Es gab ein paar heikle Situationen, aber ich konnte mich herausreden.«

»Warum nur überrascht mich das nicht?« Sie lächelt angestrengt. »Also, müssen wir dich nun in Zukunft alle mit Donal MacIntyre anreden?«

»Ach, lasst mal.« Er winkt ab. »Der ist doch ein alter Hut. Max Blackmore reicht völlig, obwohl, wenn ihr mich ab jetzt mit ›Sir‹ ansprechen könntet, wüsste ich das sehr zu schätzen.«

Fionas Lächeln schwindet dahin, und sie zieht eine Augenbraue hoch. Er erstarrt. Verdammt. Er treibt es immer eine Spur zu weit.

KAPITEL 3

Sobald der Summer ertönt und die Tür aufspringt, sprinte ich durch die Kita, weiche Garderobenständern, einer Pappmaschee-Hommage an die kleine Raupe Nimmersatt und mehreren Mitarbeitern aus.

»Elise?« Eine Schweißperle rinnt mir den Rücken hinunter, während ich an dem Schloss des Törchens zum »Zweijährigen-Raum« fummle. Ein halbes Dutzend winziger Augenpaare sieht interessiert und alarmiert zu mir auf. Aber keines gehört zu meiner Tochter.

»Alles in Ordnung, Jo?« Sharon, eine Frau mit einem straff zurückgebundenen Pferdeschwanz und einem noch strafferen Lächeln, hält ein Bilderbuch in der Hand und sieht von ihrem Platz vor den Kindern aus zu mir hoch. Eine andere Kita-Mitarbeiterin, eine süße Achtzehnjährige namens Bethan, schaut von dem Tisch auf, den sie gerade abwischt. Sie lächelt mir zur Begrüßung zu, aber auch sie wirkt irritiert.

»Jo?«, wiederholt Sharon. Erneut suche ich die Gesichter der Kinder ab, nur für den Fall, dass ich eines übersehen habe.

»Wo ist Elise?«

Ich warte die Antwort nicht ab. Stattdessen öffne ich die Tür zum Garten. Er ist leer und der Sandkasten verlassen; farbenfrohes Plastikspielzeug liegt auf dem Sand verteilt, beleuchtet vom Licht einer Sicherheitslampe.

»Jo?« Sharon taucht neben mir auf, einen angesäuerten Ausdruck auf dem Gesicht. »Was ist los? Ich bin sicher, Elise ist in …«

»Mummy!«

Der quengelige Ruf von der anderen Seite des Raumes lässt mich herumfahren. Und da ist sie, mein kleines Mädchen. Die dunkelblonden Haare noch zu den zwei Zöpfchen gebunden, die ich ihr heute Morgen gemacht habe. Sie hält die Hand ihrer Betreuerin Alice umklammert. Ich mag Alice. Sie ist freundlich und warmherzig, und sie belehrt mich nicht über Pünktlichkeit, wenn ich mal fünf Minuten zu spät dran bin.

»Ich habe Pipi gemacht«, sagt meine Tochter stolz, als ich durch den Raum auf sie zuhaste.

»In die Toilette«, fügt sie hinzu, als ich sie hochhebe und das Gesicht in die wohlige Wärme ihres Nackens drücke.

»Es war ihre Idee«, sagt Alice. »Sie meinte, dass sie keine Windeln mehr tragen will.«

»Mein Gott.« Ich halte meine Tochter ganz fest und streichle ihr wieder und wieder über das Haar. »O mein Gott.«

»Jo?« Alices Tonfall verändert sich. »Ist alles in Ordnung? Sie sehen sehr blass aus. Ist es Ihr Stiefvater? Ist etwas passiert?«

Ich möchte ihr erzählen, dass ich eben noch wie eine Verrückte durch Bristol gefahren bin, der festen Überzeugung, dass die Frau, die sich in meinem Wagen breitgemacht hatte, meiner Tochter etwas angetan haben könnte. Dass ich Max wieder und wieder angerufen habe und er nicht drangegangen ist. Ebenso wenig wie seine Chefin Fiona. Dass ich versucht habe, die Polizei zu erreichen, aber nicht atmen konnte, geschweige denn reden, und dass ich deshalb wieder aufgelegt habe, bevor ich verbunden wurde. Dass ich wegen meiner zitternden Hände mehrere Anläufe gebraucht habe, um den Schlüssel in die Zündung und das Auto zum Laufen zu bekommen. Von alledem möchte ich Alice erzählen, aber noch dringender muss ich Elise nach Hause bringen. Erst dort werden wir beide in Sicherheit sein.

»Jo!« Alice ruft mir hinterher, während ich durch die Kita eile, Elises Beine um die Hüften, das kleine Gesicht an meinen Hals gepresst. »Sie haben sie nicht ausgetragen. Und Sie haben ihren Mantel vergessen.«

Ich taste nach der Verriegelung der Tür. Draußen warten andere Eltern darauf, hereingelassen zu werden, und beobachten mich durch die Verglasung. Ihr Lächeln verwandelt sich in Frustration. Meine Finger gehorchen mir nicht mehr, so sehr zittere ich. Schließlich taucht Sharon neben mir auf. Sie drückt mir Elises Beutel und Mantel in die Hand und öffnet die Tür mit einem einzigen kontrollierten Ruck an der Verriegelung. Ich murmle den anderen Eltern eine Entschuldigung zu, als sie beiseitetreten, um mich hinauszulassen.

»Na, die war aber ein bisschen durch den Wind«, murmelt eine der Frauen laut genug, dass ich es noch höre.

»Vielleicht ein paar Gläser Wein zu viel beim Lunch«, fügt jemand hinzu, und das vielstimmige Gelächter folgt mir bis auf die Straße.

Zu Hause bleibe ich wie angewurzelt im Wohnzimmer stehen, eine Tasse Milch für Elise in der Hand. Draußen auf der Straße lacht eine Frau auf – ein lautes, tiefes Gackern, bei dem sich mir die Armhärchen aufstellen. Paula kennt unsere Straße. Sie hat gesehen, wie ich mit Elise in den Park gegangen bin. Vielleicht hat sie beobachtet, wie wir das Haus verlassen haben. Zweimal schon habe ich überprüft, ob alle Türen und Fenster verschlossen sind, und trotzdem stürze ich zur Vordertür und rüttle an der Klinke, um ganz sicherzugehen. Sie ist verschlossen.

Ich eile zurück ins Wohnzimmer, wo meine Tochter auf dem Sofa sitzt und den Fernseher anstarrt, eine Decke über den Beinen und Effie Elefant, ihr Lieblingsstofftier, an die Brust gepresst.

»Milch«, sagt sie, als ich das Zimmer durchquere, den Vorhang zur Seite ziehe und hinausspähe. Zwei Frauen, beide dunkelhaarig, schlendern Seite an Seite die Straße hinunter. Die Frau auf der rechten lacht erneut auf, und ihre Freundin schlägt ihr spielerisch auf den Arm. Es ist nicht Paula. Aber das heißt nicht, dass wir sicher sind.

»Hier, meine Süße.« Ich ringe mir ein Lächeln ab und gebe meiner Tochter die Tasse Milch. Sie wendet den Blick nicht vom Fernseher ab, sondern ist ganz verzaubert von Makka Pakka, der Steine in eine Schubkarre lädt, einen nach dem anderen. Sie ist entspannt und glücklich … Ich wünschte, mir ginge es genauso.

»Mummy geht nur einige Sachen zusammenpacken, damit wir Granny und Grandad für ein paar Tage einen Besuch abstatten können. Ich bin in einer Sekunde wieder zurück. Ich gehe nur nach oben.«

Ich bin schnell, laufe von Raum zu Raum, klaube Anziehsachen, Windeln, Spielzeuge, Toilettenartikel und Medikamente zusammen, erstarre, wann immer ich ein seltsames Geräusch höre, und rufe wiederholt nach meiner Tochter, um zu überprüfen, ob sie okay ist. Ich werfe alles in einen großen Rollkoffer und kehre in Elises Zimmer zurück. Ich stehe mitten im Zimmer, die Hände in die Hüfte gestemmt, und suche die Regale nach etwas ab, das ich möglicherweise vergessen habe. Ich kann nicht glauben, dass Max uns das angetan hat. Er hat mir geschworen, dass er unsere Familie niemals in Gefahr bringen würde. Er hat mir wieder und wieder versprochen, dass wir sicher sind, dass niemand seiner Recherchen wegen hinter uns her ist. Und ich habe ihm geglaubt. Ich weiß nicht, wer naiver war, er oder ich. Unsere Ehe ist schon seit einer Weile nicht mehr das, was sie mal war. Ich habe versucht, sie für Elise am Leben zu halten, aber ich kann das nicht mehr. Ich kann mein Leben nicht mit einem Mann verbringen, für den die Karriere wichtiger ist als die Sicherheit seiner Familie.

Ich gehe ins Schlafzimmer und öffne den Reißverschluss des Koffers noch mal. Habe ich auch wirklich alles eingepackt, was ich für Elise brauche? Es ist egal, wenn ich etwas von meinen Sachen vergesse, aber wenn etwas von ihren fehlt, haben wir ein Problem. Ich kann Mum nicht darum bitten, von Andys Seite zu weichen, um für mich in einen Laden zu gehen. Und wenn ich gehe …

Ich halte mich an der Kommode fest und atme tief ein. Ich schaffe das. Ich bin schon öfter zu Mum hochgefahren, und nichts ist passiert. Ich kenne die Route: M5, A41, immer weiter rauf. Etwa drei Stunden. Es ist jetzt fast sieben Uhr, und Elise wird wahrscheinlich die ganze Fahrt über schlafen.

»Schätzchen!« Ich ziehe den Koffer polternd die Stufen hinunter, lasse ihn im Flur stehen und gehe zurück ins Wohnzimmer. »Mummy muss dir noch eine Windel anziehen, bevor wir aufbrechen. Nur um sicherzugehen, dass es kein Malheur gibt, während du schläfst.«

Elise sieht mich an und schüttelt den Kopf. Ich halte ihr die Windel hin und lächle ihr aufmunternd zu. »Wir ziehen die einfach schnell über, und dann können wir los. Wir besuchen Oma und Opa.«

»Nein.« Ihre Unterlippe beginnt zu zittern. »Keine Windel, Mummy.«

»Elise, bitte.« Als ich mich auf das Sofa setze, höre ich, wie ein Schlüssel in der Vordertür herumgedreht wird. Eine Sekunde später rauscht mein Mann ins Zimmer, die Wangen aschfahl, die Augen geweitet. Sowie er Elise sieht, hebt er sie hoch, legt ihr fest die Hand an den Rücken und drückt sie sich an die Brust. Er bemerkt, dass ich ihn ansehe.

»Warum bist du nicht ans Telefon gegangen?«, presst er zwischen den Zähnen hervor. »Ich dachte, Elise wäre … ich … du kannst mir doch nicht so eine Nachricht hinterlassen und dann NICHT AN DEIN TELEFON GEHEN!«

Er redet so laut, dass Elise erschrocken aufschreit.

»Tut mir leid, Kleines, tut mir leid.« Er streicht ihr über das Haar und legt ihr die Hand schützend um den Hinterkopf. »Ich wollte dich nicht erschrecken.«

»Max«, sage ich so bestimmt, wie es mir möglich ist. »Können wir in der Küche darüber sprechen, ohne Elise?«

»Es tut mir leid!«, sagt Max, kaum dass wir die Küche betreten. »Ich hätte dich nicht anschreien sollen. Ich war nur so … verdammt noch mal, Jo, du hast mir Angst gemacht.« Er reibt sich mit den Händen über das Gesicht und sieht mich durch die Lücken zwischen den Fingern an.

»*Du* hattest Angst? Wo zur Hölle bist du gewesen? Ich

habe dich angerufen. Sofort, nachdem es passiert war, habe ich dich angerufen.«

»Ich hatte eine Besprechung mit Fiona.«

»Ernsthaft?« Ich schaffe es nicht, die Ungläubigkeit aus meiner Stimme zu verbannen. »Hast du auch nur eine Ahnung, was ich …«

»Es tut mir leid. Okay? Erzähl mir einfach, was passiert ist.«

Er hört zu, seine Hände öffnen und schließen sich an seinen Seiten, während ich ihm davon erzähle, wie man mich auf offener Straße verfolgt hat, wie Paula in mein Auto gestiegen ist, von ihren Drohungen gegen Elise. Als ich fertig bin, warte ich auf eine Reaktion, aber Max sagt nichts.

»Was?«, frage ich. »Warum siehst du mich so an?«

»Ich …« Er fährt sich mit der Hand durch die Haare. »Ich bin geschockt, denke ich. Ich versuche … zu verstehen, was da passiert ist.«

»Was gibt es da zu verstehen? Eine Fremde hat sich in meinen Wagen geschlichen, hat darin herumgewühlt und Elise bedroht. Und sie kennt dich, Max. Was ist daran so schwer zu verstehen? Wir müssen die Polizei verständigen.«

»Und die Frau hat gesagt, ihr Name sei Paula?«

»Ja.«

»Paula und weiter?«

»Sie hat mir ihren Nachnamen nicht genannt.«

»Wie hat sie ausgesehen? Ich habe vor sechs oder sieben Jahren mit einer Frau zusammengearbeitet, die Paula hieß. Sie ist in Elternzeit gegangen und dann nicht wiedergekommen.«

»War sie blond, um die fünfzig?«

»Nein. Sie war Mitte zwanzig, Migrationshintergrund. Und sie hatte kein Problem mit mir.«

»Und sonst fällt dir keine Paula ein, die dich kennen könnte? Über die du recherchiert oder eine Story geschrieben hast?«

»Nein. Ich würde mich daran erinnern, wenn es so wäre. Und ich habe nur an einer Recherche gearbeitet, das weißt du.«

»Aber du hast haufenweise Leute interviewt und Hunderte Storys geschrieben. Darunter muss mindestens eine Paula sein, die sauer auf dich ist. Vielleicht sollten wir Fiona anrufen«, schiebe ich hinterher, bevor er protestieren kann. »Sie könnte das Archiv durchgehen oder so. Dann haben wir vielleicht etwas, womit wir zur Polizei gehen können.«

»Nein.« Max schüttelt den Kopf. »Jo, ich rufe Fiona nicht an. Erstens wird sie schon zu Hause sein, und zweitens …« Er zögert.

»Was, zweitens? Warum siehst du mich schon wieder so an?«

»Wie, ›so‹?«

»So, als würdest du mir nicht glauben.«

»Tue ich doch gar nicht.«

»O doch. Das ist der gleiche Blick wie der, als ich dir von meiner Panikattacke im Laden erzählt habe.«

»O Gott.« Max sackt nach hinten gegen die Küchenzeile. Das billige MDF knirscht unter seinem Gewicht. Es ist nicht nur unser Haus, das auseinanderbricht. »Müssen wir jetzt darüber reden?«

»Ja, das müssen wir. Ich habe dir gesagt, dass ich mich von der Art, wie mich diese Frau angesehen hat, bedroht gefühlt habe, und du hast gesagt …«

»Dass sie beunruhigt war, weil Elise einen Wutanfall hatte. Jo, der Laden gehört ihr. Wäre es mein Laden, und irgendein Kind würde sich die Seele aus dem Leib schreien, ich würde die Mutter auch anstarren!«

»Das heute war aber anders! Paula hat mich bedroht. Sie hat Elise bedroht. Ich fasse es nicht, dass du das nicht ernst nimmst. Schau dir das an!« Ich greife in die Hosentasche meiner Jeans und ziehe den regenbogenfarbenen Handschuh meiner Tochter heraus. »Das hat sie mir gegeben. Sie muss in Elises Nähe gewesen sein, um da ranzukommen. Ich habe beide Handschuhe in ihren Beutel gesteckt, als ich sie heute Morgen zur Kita gebracht habe.«

Mein Ehemann fasst sich mit der Hand in den Nacken und sieht mich gereizt an. »Hast du in Elises Beutel nach dem anderen Handschuh gesehen?«

Ich werfe einen flüchtigen Blick in Richtung Tür, wo ich die Sachen meiner Tochter habe fallen lassen.

»Also nicht.« Max geht mit großen Schritten aus der Küche und in den Flur. Er hebt Elises Mantel auf, schiebt die Hände in die kleinen Taschen und widmet sich dann ihrem Beutel. Stück für Stück zieht er Elises Wechselkleider heraus. Als er leer ist, richtet er seine Aufmerksamkeit auf die anderen Kleidungsstücke, die an den Garderobenhaken neben der Vordertür hängen. Schals, Hüte, Mäntel, Jacken, Kapuzenpullis und Schirme landen auf dem Boden, nachdem er sie nacheinander in die Hand genommen, durchsucht und aussortiert hat.

»Sie muss beide Handschuhe genommen haben«, lasse ich in seinem Rücken verlauten. »Max, wir müssen die Polizei anrufen.«

Aber er ist mit anderen Dingen beschäftigt und schiebt

sich an mir vorbei zu den Mänteln, die über der Treppe hängen.

»Hast du den heute getragen?« Er hält einen weichen grauen Mantel von Wallis hoch.

»Ja. Warum?«

Er schiebt die Hand erst in die eine Tasche, dann in die andere, dann hält er mir die Hand hin. Neben einem zusammengeknüllten Taschentuch und einer Packung Rosinen liegt ein regenbogenfarbener Handschuh.

»Siehst du?« Er schnappt sich den anderen Handschuh aus meiner Hand und legt ihn dazu, sie ergeben ein Paar. »Zwei Handschuhe. Sie waren beide in deiner Tasche. Hast du dir auf dem Weg zum Wagen die Nase geputzt?«

Unwillkürlich fasse ich mir an die Nase. Meine Nasenflügel sind rot und rau von dem Schnupfen, den ich seit Tagen mit mir herumschleppe.

»Möglich. Ich kann mich nicht erinnern.«

»Na also, da hast du's. Einer der Handschuhe ist aus deiner Tasche gefallen, als du ein Taschentuch rausgeholt hast. Und diese Paula hat ihn aufgehoben und dir zurückgegeben. Du bist müde, Jo«, fährt er fort, bevor ich widersprechen kann. »Du schläfst nicht gut, und du bist gestresst von der Arbeit. Eine Fremde ist in dein Auto eingestiegen, und du bist ausgerastet. Das ist nur allzu verständlich.«

Angesichts seines gönnerhaften Tonfalls und dieses Blicks, der »armes kleines Ding« sagt, kocht Ärger in mir hoch, und ich muss mich zusammenreißen, um mich nicht im Ton zu vergreifen.

»Du hast recht, Max. Ich *bin* müde. Und ich bin gestresst. Und okay, vielleicht habe ich die Sache mit dem Handschuh falsch eingeschätzt, aber ich habe gehört, was Paula gesagt hat. Und sie hat mir definitiv gedroht.«

»Okay.« Er berührt mich am Arm, eine matte Geste, passend dazu, wie er mich ansieht. »Nur mal angenommen, wir rufen wirklich die Polizei an.«

»Okay.«

»Gut, stell dir vor, du wärst ein Polizeibeamter. Jemand ruft dich an und erzählt dir, dass eine Fremde ihm etwas gegeben hat, das er vorher fallen gelassen hat, und diese Person hat ihm dann gesagt, dass er besser auf die Sachen seiner Tochter aufpassen soll. Hört sich das für dich nach einer Straftat an?«

»Das tut es, wenn in diesem ›Pass auf deine Tochter auf‹ eine echte Drohung liegt.«

»So wie die Frau in dem Laden dich bedrohlich angesehen hat?«

»Das war etwas anderes. Das habe ich dir doch schon gesagt!«

»Okay, wie du willst.« Max geht durch die Küche, hebt den Hörer von der Ladestation und hält ihn mir hin. »Hier. Ruf die Polizei an. Ich bin im Wohnzimmer, wenn du mich brauchst.«

Ich sehe ihm nach, wie er durch den Flur davonschlurft, die Hände in den Taschen, mit hängenden Schultern. Als er im Wohnzimmer verschwindet, kreischt Elise freudig auf, und ich drehe und wende das Telefon in meinen Händen.

KAPITEL 4

Schwäche. Das ist es, was ich in ihren Augen erkannt habe. Schwäche und Furcht und Unentschlossenheit. Wenn eine fremde Frau mich genötigt hätte, sie in meinen Wagen einsteigen zu lassen, ich hätte sie postwendend wieder rausgeschmissen. Nein, streichen Sie das, ich hätte sie gar nicht erst reingelassen. Aber Jo ist weich. Sie ist verwundbar. Sie hält den Kopf gesenkt, die Augen auf den Gehweg geheftet, zupft an dem langweiligen, abgewetzten Stoff ihres Wintermantels. Sie ist das geborene Opfer. Wie kann man vor so einer Person Respekt haben? Vor einer, die schon zusammenzuckt, wenn man sie schief ansieht. Die ihren Instinkten nicht vertraut. Einer, die man leicht, so irre leicht, manipulieren kann …

KAPITEL 5

Ich habe die Polizei nicht angerufen. Ich habe den ganzen Nachmittag darüber nachgegrübelt, das Pro und Kontra gegeneinander abgewogen, während Max Netflix eingeschaltet und sich mit einer Packung Nachos und einer Flasche Bier auf das Sofa zurückgezogen hat. Ich konnte ihn kaum ansehen. Bei jedem Schmatzen, jedem Schlurfen kribbelte meine Haut vor Ärger. Als wir gerade frisch verheiratet waren, kam er schon zu meiner Verteidigung gerannt, wenn sich mir gegenüber jemand auch nur ansatzweise rüpelhaft benahm. In regnerischen Nächten ging er auf der Straßenseite des Gehwegs, um mich von Spritzern abzuschirmen. Wenn ich unten ein komisches Geräusch hörte, sprang er aus dem Bett und schnappte sich seinen Baseballschläger. Und ich dachte, er würde sofort zur Polizei rennen, wenn ich ihm davon erzählte, was vorgefallen war. Stattdessen sah er mich an, als wäre ich irgendeine hysterische Verrückte. Wie soll ich die Polizei anrufen, wenn mir nicht mal mein eigener Ehemann glaubt? Alles, was ich vorweisen kann, ist ein Vorname und eine Beschreibung. Damit können die vermutlich überhaupt nichts anfangen. Und dann käme ich nicht drum herum, zur Polizeiwache zu gehen, und das schaffe ich gerade einfach nicht.

Um elf Uhr abends, als Max endlich ins Bett ging, kam ich auf die Idee, meine beste Freundin Helen anzurufen, die mit ihrem kleinen Sohn in Cardiff lebt. Aber es war schon spät. Sie war sicher schon seit über einer Stunde im Bett. Also schickte ich ihr stattdessen eine SMS und fragte sie, wann es ihr passen würde, mit mir zu telefonieren. Anschließend setzte ich mich an meinen Laptop und suchte nach Jobs und Unterkünften in Chester. Ich denke schon seit einer Weile darüber nach, Bristol zu verlassen. Und die Ereignisse der letzten Nacht haben das Fass zum Überlaufen gebracht.

Während ich in die Straße einbiege, die hinter Mums und Dads Haus am Rande von Chester verläuft, entspannen sich meine Schultern. Elise schläft hinten im Auto, ihr Kopf mit dem dunkelbraunen Haar ruht entspannt mit dem Kinn auf der Brust, ihre Hände sind locker geöffnet, und Effie Elefant liegt auf ihrem Schoß.

Als ich den Motor abschalte und die Handbremse anziehe, erscheint Mum am Gartentor. Ihre dunkel gefärbten Haare sehen länger aus, als ich sie in Erinnerung habe. Sie locken sich über den Ohren und reichen ihr bis über die Augenbrauen. Während sie sich dem Wagen nähert, streicht sie sich die Haare aus dem Gesicht und klopft dann an die Scheibe. Ich erschrecke darüber, wie müde sie aussieht, und lasse das Fenster runter.

»Jo?«, fragt sie. »Was machst du hier? Ich habe Andy gesagt, ich hätte ein Auto in die Einfahrt biegen hören.«

Mum lebt seit über dreißig Jahren in Großbritannien, wir beide tun das, aber während mein irischer Akzent innerhalb eines Jahres nach der Einschulung verschwunden war, ist ihrer noch so stark wie am Tag, als wir Irland verließen.

»Hast du meine Nachricht nicht erhalten?«

»Das Handy ist aus. Du weißt doch, ich mag es nicht, Strom zu verschwenden.«

Ich muss lächeln. »Es hätte wichtig sein können.«

»War es aber nicht, oder? Du hättest auf dem Festnetz angerufen, wenn es wichtig gewesen wäre.« Sie wirft einen Blick auf den Rücksitz, wo sich Elise im Schlaf regt. »Ist das Spätzchen in Ordnung?«

Ich möchte ihr erzählen, was gestern geschehen ist. Sie würde verstehen, warum ich mir Sorgen um Elises Sicherheit gemacht habe, warum ich mir immer noch Sorgen mache. Aber sie hat schon genug damit zu tun, sich um Dad zu kümmern. Ich kann ihr das nicht auch noch aufbürden. Einfach nur hier zu sein und ihr Gesicht zu sehen lässt mich aufatmen.

»Es geht ihr gut.« Ich bedeute ihr, einen Schritt zurückzutreten, damit ich die Autotür öffnen kann. »Wir hatten einfach nur Lust, dich und Dad zu sehen. Wie geht es ihm?«

Mum sieht mich lange an. »Nicht so gut, Liebes.«

Es ist Anfang Februar, aber es ist so heiß in Mums Haus, dass ich Elise und mich nur Minuten nachdem wir durch die Tür sind, bis auf das T-Shirt ausziehe.

»Es ist wegen Dad«, sagt Mum, als ich unsere Kleider über die Lehne eines Stuhls hänge. »Die Kälte setzt ihm zu.«

»Dürfen wir zu ihm?«

»Lass mich erst nachsehen, wie er sich fühlt.«

Sie verschwindet durch die Wohnzimmertür in den Flur. Vor einem Jahr hätte ich jetzt das Knarren der Treppenstufen gehört, während sie hinauf zum Schlafzimmer gegangen wäre, aber seit einiger Zeit schläft Dad im Esszimmer. Vor drei Jahren wurde bei ihm die Motoneuron-Krankheit festgestellt. Er war ein paar Wochen ungewöhnlich zittrig gewesen – er hatte den Kaffeebehälter in der Küche fallen gelassen, Tee über sich verschüttet und war mehrfach über den Teppich im Flur gestolpert. Mum beschwerte sich am Telefon darüber, dass er nicht zum Arzt gehen wollte. Erst als er Probleme mit dem Sprechen bekam, lenkte er endlich ein. Die Diagnose stand beängstigend schnell fest, und innerhalb von sechs Monaten ging er am Stock. Zwei Jahre später saß er im Rollstuhl. Jetzt kann er das Bett nicht mehr verlassen.

»Was ist das?«, fragt Elise, und ich laufe rüber zu ihr und fange ihr Patschhändchen ab, bevor sie nach einer von Mums Porzellanfiguren auf der Fensterbank greifen kann.

»Das ist eine Ballerina«, sage ich und halte ihre Hand fest. »Ist sie nicht hübsch?«

Begeistert nickt sie, den Blick noch auf die kleine Figur geheftet. »Ja.«

Ich führe meine Tochter in dem überschaubaren Wohnzimmer herum und zeige ihr Mums übrige Deko-Sammlung: das lebensgroße Porzellanrotkehlchen, die zierliche Kristallvase, den lesenden kleinen Jungen unter einer Windmühle, die Märchenteller an der Wand und eine braun-weiß gescheckte Kuh. Jedes einzelne Stück in diesem Raum ist in Großbritannien gekauft worden. Anders als Mums Aussprache ist dieses Haus frei von Spuren unserer irischen Vergangenheit. Ich habe es schon vor einigen Jahren aufgegeben, mit ihr über Irland zu sprechen. Wann immer ihr jemand Fragen über ihre Herkunft stellt und über den Grund, warum sie gegangen ist, macht sie dicht. Dass ihre beste Freundin Mary hieß, weiß ich nur, weil sie sich, ganz untypisch, auf meiner Hochzeit betrunken und meiner Freundin Helen anvertraut hat. Sie erzählte ihr, sie habe sich Mary auf ihrer eigenen Hochzeit als Brautjungfer gewünscht, aber das sei nicht möglich gewesen. Dass sie Mary vermisse und sie seit über dreißig Jahren nicht gesehen habe. Als Helen meinte, dass es nie zu spät sei, zu jemandem, den man liebt, wieder Kontakt aufzunehmen, antwortete Mum: »O doch, wenn sie dich hassen, dann schon.« Und als Helen nachbohren wollte, verschwand meine Mutter auf der Suche nach einem weiteren Glas Champagner.

Mum mag sich damals für einen kurzen Moment geöffnet haben, aber über eine Person hat sie nie geredet – meinen Vater. Er verschwand drei Wochen vor meinem achten Geburtstag.

Sie erzählte mir, dass er der Arbeit wegen weggegangen sei, aber ich glaubte ihr nicht. Denn mir fiel natürlich auf, dass ihre Freunde die Straßenseite wechselten, wenn sie ihnen zuwinkte. Und natürlich merkte ich, wie die Stimmen verstummten und unsere Nachbarn mich anstarrten, wenn ich im Laden eine Flasche Milch kaufen sollte. Die Kinder auf dem Spielplatz erzählten mir, mein Vater sei ein böser Mann, und dass ihre Eltern ihnen verboten hätten, mit mir zu reden. Ich verstand nicht. Ich war traurig, dass mein Vater nicht mehr bei uns wohnte, und ich wusste, dass auch meine Mutter durcheinander war. Aber niemand sagte mir, wann er wiederkäme.

Als ich an meinem Geburtstag am Nachmittag von der Schule nach Hause kam und Mum mit zwei gepackten Koffern auf der Schwelle stehen sah, war ich aufgeregt. Ich dachte, es sei eine Geburtstagsüberraschung. Ich war selbst dann noch aufgeregt, als zehn Minuten später Onkel Carey in seinem ramponierten Wagen vorfuhr und uns zum Bahnhof brachte. Ich wollte die Überraschung nicht verderben, aber ich konnte nicht aufhören, Mum zu löchern, wo wir hinfuhren. »Weg«, sagte sie schmallippig. »Das ist alles, was du wissen musst.« Zwölf Stunden später waren wir in England. Meinen Vater sah ich nie wieder.

Zwei Jahre lang gab es nur mich und meine Mutter. Dann traf sie Andy. Es muss schwer für ihn gewesen sein, das Kind eines anderen anzunehmen – besonders eines, das auf der Schwelle zur Pubertät stand –, aber er ging ganz locker mit der Situation um. Er gab mir Raum, wenn ich ihn brauchte, er spielte Brettspiele mit mir, wenn ich deprimiert war, und er ließ mich mit seinem Cockerspaniel Gassi gehen, wenn wir alle gemeinsam einen Ausflug machten. Er erzählte mir Klopf-Klopf-Witze, die so unsinnig waren, dass sie mich zum Lachen brachten, und er versuchte vergeblich, mir Science-Fiction näherzubringen. Er war zugewandt, lustig und ungeschickt, und ich konnte nicht anders, als mich für ihn zu erwärmen. Als er mich fragte, ob es mir etwas ausmachte, wenn er meine Mum darum bitten würde, ihn zu heiraten, brach ich in Tränen aus. Wenn er meine Mum heiratete, wären wir eine Familie, und er wäre mein Dad. Nichts wünschte ich mir sehnlicher.

»Dad schläft«, sagt Mum, als sie zurück ins Wohnzimmer kommt und sich in einen Sessel fallen lässt. »Wenn es für dich okay ist, brauche ich gleich deine Hilfe, um ihn zu drehen. Der Pflegedienst kommt am Nachmittag, aber ich möchte nicht so lange warten. Er liegt sich sonst wund.«

»Natürlich.«

»CBeebies«, sagt Elise und zeigt auf den ausgeschalteten Fernseher in der Ecke.

Mum macht Anstalten aufzustehen, aber ich sage ihr, dass ich mich schon darum kümmere. Ich mache es Elise mit Effie Elefant am anderen Ende des Sofas bequem, und als die Titelmelodie von Mr Tumble den Raum erfüllt, setze ich mich zu meiner Mum.

»Wie geht es ihm?«, frage ich so leise, dass Elise es nicht hören kann. »Wie geht es Dad?«

Mum dreht den Goldring am Ringfinger ihrer linken Hand. »Es geht ihm nicht gut, Joanne. Der Arzt verschreibt ihm Riluzol, aber das macht ihn sehr müde. Er hat jetzt eine Maske, die ihm das Atmen erleichtert. Es war auch die Rede von einer Ernährungssonde, aber er will sie nicht.«

Dad kann schon seit über einem Jahr nicht mehr sprechen, aber er weiß sich zu verständigen, wenn er etwas nicht möchte. Ich habe den Ausdruck in seinen Augen gesehen und wie er das Gesicht verzog, als Dr. Valentine behutsam vorschlug, er möge ein Sterbehospiz in Betracht ziehen. Mum reagierte sehr bestimmt auf diese Idee, ihre Stimme klang dabei ungewöhnlich laut, geradezu als spräche sie für sie beide. Keine Krankenhäuser und keine Hospize. Dad möchte zu Hause sterben. Die Krankheit hat ihn so vieler Dinge beraubt – seiner Freiheit, seiner Stimme, seines Körpers, seiner Würde. Die Entscheidung, wie und wo er stirbt, ist der letzte Rest Kontrolle, den er noch hat.

»Oh, Mum.« Ich strecke mich nach ihrer Hand, aber sie ist zu weit entfernt, stattdessen streifen meine Finger die weiche Wolle ihrer Strickjacke. »Ich wünschte, wir wären näher bei euch. Ich wünschte, ich könnte mehr tun. Ich hasse es, so weit weg zu sein. Und ich fühle mich so schuldig.«

»Nein.« Sie richtet sich ein wenig in ihrem Sessel auf. »So etwas darfst du nicht sagen. Du hast dein eigenes Leben, Joanne. Ein Haus, eine Stelle, einen Mann und deinen kleinen Spatz. Elise steht an erster Stelle, nicht wir.«

»Aber wie wäre es denn, wenn wir näher zu euch ziehen würden? Ich hasse die Vorstellung, dass du das alles alleine bewältigen musst. Ich weiß, du hast den Pflegedienst …«

»Ich habe Elaine Fairchild nebenan sitzen. Und meine Freunde aus der Kirche. Wir sind versorgt. Mach dir keine Sorgen.«

Aber niemanden aus der Familie. Keine Brüder und Schwestern oder Nichten und Neffen. Ich weiß, dass Mum noch immer Kontakt zu ihren Schwestern Sinead und Celest und ihrem Bruder Carey hält – schließlich habe ich die Weihnachtskarten auf dem Kaminsims gesehen –, aber sie ist zu stolz, um sie um Hilfe zu bitten. Sie ist unabhängig und durchsetzungsstark. Sie musste es sein, als sie ihre Freunde und Familie hinter sich ließ und sich ein neues Leben als alleinerziehende Mutter in England aufbaute. In einem Land, das sie niemals zuvor besucht hatte.

»Ich meine es ernst, Mum. Ich habe mich nach Stellen umgesehen. An der hiesigen Universität ist eine ausgeschrieben. Die könnte ich locker stemmen. Hier in der Gegend gibt es zig gute Kitas, und ich habe einen hübschen Bungalow in Malpas entdeckt. Wir würden in der Straße ein Stück weiter unten wohnen.«

Sie mustert mich von der Seite. »Und was sagt Max dazu?«

Ich werfe einen Blick auf Elise, die am Daumen nuckelt und konzentriert Großvater Tumble anstarrt. »Ich habe noch nicht mit ihm darüber gesprochen.«

»Jo …« Mum mustert mich eindringlich. »Was verschweigst du mir?«

Ich möchte ihr sagen, wie sehr ich zu kämpfen habe und dass der Umzug mir ebenso helfen würde wie ihr und Dad. Ich hatte geglaubt, dass es nach Elises Geburt besser werden würde. Ich hatte geglaubt, sobald ich ihren warmen, wuselnden Körper im Arm hielte, würde der Schmerz darüber nachlassen, dass ich Henry im zweiten Trimester meiner Schwangerschaft verloren hatte. Ich hatte geglaubt, mein Atem würde nicht mehr stocken, dass die Panik in meiner Brust abklingen würde, die immer dann aufwallte, wenn ich das Haus verließ. Dass dieses furchtbare allumfassende Grauen, es könnte im nächsten Moment etwas Schreckliches passieren, verschwinden würde. Aber das tat es nicht. Es wurde schlimmer. Wir hatten Henry verloren, und ich fürchtete mich davor, auch Elise zu verlieren. Ich fand keinen Schlaf, weil ich überzeugt war, dass sie zu atmen aufhören würde, sobald ich meine Augen schloss. Ich behielt sie ständig im Blick, aus Angst, jemand würde sie mir wegnehmen. Monatelang weigerte ich mich, dass Max sie im Kinderwagen mit nach draußen nahm, weil ich davon überzeugt war, dass ich dann keinen von beiden je wiedersehen würde. Ich hatte mehrere Panikattacken – das eine Mal, nachdem Max wieder angefangen hatte zu arbeiten und ich zu einer Mutter-Kind-Gruppe im Gemeindehaus gehen wollte, ein anderes Mal in der Apotheke, als ich Calpol für Elise kaufen wollte. Aber ich gab nicht auf, ich trainierte vor dem Fernseher, machte weiter meine Achtsamkeitsübungen. Ich kämpfte dagegen an, mich unterkriegen zu lassen. Und dann, vor zwei Monaten, erklärte Mum mir, dass der Arzt Dad weniger als drei Monate gab, und die Wände schlossen sich wieder um mich.

Als ich anfing, mir Gedanken über Stellen und Häuser in Cheshire zu machen, war ich mir selbst noch nicht sicher, ob ich es wirklich durchziehen würde. Wie sollte ich jemals in einen anderen Teil des Landes übersiedeln, wenn ich mich nicht mal alleine zu Tesco traute? Es war reines Wunschdenken. Wolkenkuckucksheim. Aber gestern, als Paula in mein Auto gestiegen war und meine Tochter bedroht hatte, da hatte sich etwas in mir verändert. Ich war nicht weich geworden. Und auch nicht ohnmächtig. Ich hatte nicht zu weinen begonnen oder mich in mich zurückgezogen. Ich sagte ihr, sie solle sich zum Teufel scheren, und machte mich auf die Suche nach meiner Tochter. Elises Sicherheit und Wohlergehen sind mir wichtiger als alles andere. Ich weiß, dass es nicht richtig ist, wie ihr Leben jetzt aussieht, zu Hause eingesperrt mit mir, und ich möchte das ändern. Ich möchte, dass ihr Leben ein Abenteuer ist, kein Gefängnis.

»Ich bin nicht glücklich, Mum«, sage ich. »Max und ich … es läuft schon seit einer Weile nicht mehr gut, und es wird schlimmer. Ich möchte die Scheidung.«

»Die Scheidung? Bist du dir wirklich sicher? Vielleicht hilft ja eine Paartherapie. Oder der örtliche Pfarrer.«

Sie fährt fort, mir Alternativen aufzuzeigen, und mir wird ganz schwer ums Herz. Elise ist vollkommen selig, ahnungslos. Ihre Welt wird in den kommenden Wochen und Monaten auseinanderbrechen, und es ist an mir, sie zu beschützen, so gut es mir eben gelingt. Ich kann nur hoffen, dass Max einer Trennung zustimmen wird, aber tief in meinem Innern weiß ich, dass die Hoffnung vergebens ist. Ungeachtet seiner Drohungen in der Vergangenheit, Elise und mich zu verlassen, würde er es niemals tun. Er ist ein Einzelkind, und seine Eltern sind tot – wir sind alles, was er noch hat. Wenn ich ihm sage, dass ich mit Elise nach Chester ziehen möchte, wird er am Boden zerstört sein.

KAPITEL 6

Chester? CHESTER? Max stromert von einem Raum in den nächsten, die Hände zu Fäusten geballt und unter die Achseln geklemmt. Jo plante einen Umzug nach Chester und dachte gar nicht daran, es ihm gegenüber zu erwähnen. Er hatte sich in ihren Computer eingeloggt, während auf seinem ein Update lief, und war über drei offene Tabs bei Firefox gestolpert – einer für eine Stelle als Studentenberaterin an der University of Chester, einer für Rightmove und einer für eine Grundschule in Malpas. War das der eigentliche Grund, warum sie nach Chester gefahren war? Um zu einem Vorstellungsgespräch zu gehen oder zu einer Besichtigung, bevor sie ihre Eltern besuchte? Fast hätte er sie gestern angerufen, als er den Laptop fand, hatte dann aber seine Meinung geändert. Diese Unterhaltung mussten sie von Angesicht zu Angesicht führen. Seit fast 48 Stunden brodelt es jetzt schon in ihm.

Er wirft einen Blick auf die Uhr und geht in Elises Zimmer. 17:17 Uhr. Jo hat ihm geschrieben, sie würden gegen fünf zu Hause sein.

Er bückt sich, um ein paar Bauklötze und einen flauschigen Bären aufzuheben, der mitten im Zimmer verloren herumliegt, und räumt ihn in eine rosafarbene Spielkiste aus Plastik neben dem Kinderbett seiner Tochter. Er zieht die Vorhänge zu und streicht Elises Bettdecke glatt. Dann gibt es nichts mehr, womit er sich ablenken könnte, also setzt er sich auf den Boden neben das Bett. Er streicht mit der Hand über den bunten Peppa-Wutz-Bezug und nimmt sich ein Buch aus dem Regal in der Ecke: *Snug as a Bug*, das Lieblingsbuch seiner Tochter. Er hat es schon Hunderte Male gelesen, Jo auch. Es gehört zu Elises Gute-Nacht-Ritual: Zähneputzen, Schlafanzug, Milch, Buch. Es überrascht ihn, dass Jo es nicht mitgenommen hat.

In seiner Magengrube breitet sich ein mulmiges Gefühl aus. Er schaut sich im Zimmer seiner Tochter um, betrachtet die weißen Wölkchen, die auf der grauen Tapete gegenüber vorüberziehen, das gerahmte Bild eines Pinguins, der einen Strauß Ballons festhält. Die zeltartige Höhle, die Elise mit Teddys vollgestopft hat und kaum je betritt. Es ist so still in dem Zimmer, ohne seine lebhaft herumtollende Tochter, die atemlos und mit heller Stimme Fantasielieder singt. So leer. So würde es sein, wenn Jo sie ihm wegnähme. Er schließt die Augen, um den Gedanken abzuschütteln, aber eigentlich verspürt er nicht Angst, sondern Wut im Bauch. Hier sitzt er und zerfleischt sich bald selbst bei dem Gedanken, seine Tochter zu verlieren, während sein eigener Vater sich einen Scheiß für ihn und seinen Bruder interessiert hatte. Jeff Blackmore hätte man niemals Trübsal blasend im Schlafzimmer angetroffen, weinerlich wegen einer Bettdecke und eines Lieblingsbuchs. Er hatte ja nicht einmal gewusst, wo sich seine Kinder die Hälfte der Zeit aufhielten.

Als seine Familie um kurz nach sechs Uhr abends nach Hause kommt, reißt Max sich zusammen. Er begrüßt Jo mit einem Kuss auf die Wange und hebt Elise hoch in die Luft, schließt sie dann in die Arme und hält sie fest, bevor er sie wieder absetzt. Sie flitzt ins Wohnzimmer und verlangt, dass er mit ihr und den Bauklötzen spielt. Er braucht ein paar Sekunden, bis er bemerkt, dass Jo ihm nicht gefolgt ist. Sie steht noch immer im Flur, eine Hand an den unteren Rücken gepresst, die andere Hand an der Wand. Sie sagt, dass sie sich den Rücken verrenkt hat, als sie ihrer Mum dabei half, Andy zu drehen, und dass sie seither unter heftigen Schmerzen leide. Die dreistündige Autofahrt sei unerträglich gewesen, jetzt könne sie sich kaum noch bewegen. Er hilft ihr ins Wohnzimmer und stützt sie, als sie sich auf den Fußboden gleiten lässt, um sich auf den Rücken zu legen. Dann holt er die Koffer aus dem Wagen und bringt sie hoch ins Schlafzimmer.

Die nächsten zwei Stunden, in denen er Elise füttert, Jo Ibuprofen und ein Glas Wasser bringt und dann im Alleingang das Gute-Nacht-Ritual durchführt, vergehen wie im Flug, während seine Frau auf dem Teppich im Wohnzimmer liegt und Anweisungen brüllt. »Vergiss nicht, ihr die Zähne zu putzen.« »Achte darauf, die Gro-Clock einzustecken.« »Hast du ihre Milch?« Jedes Mal, wenn er ihre Stimme hört, wallt die Wut in ihm auf.

Als er endlich ins Wohnzimmer zurückkehrt, Elise sicher in ihrem Bettchen, hat Jo es irgendwie geschafft, sich in eine sitzende Position zu hieven, und lehnt mit dem Rücken am Sofa. Seit fünf Minuten starren sie beide nun schon auf den »Gute Nacht. Wir sehen uns Morgen um sechs Uhr«-Bildschirm. Jos angeschlagener Zustand hat ihn entmutigt. Er weiß, dass es nicht der richtige Moment ist, um ein Gespräch über das zu führen, was er auf ihrem Laptop entdeckt hat, aber es will ihm einfach nicht aus dem Kopf. Unter keinen Umständen kann er morgen zur Arbeit gehen, ohne die Sache aufgeklärt zu haben. Es wird den ganzen Tag an ihm nagen.

»Also.« Er räuspert sich. »Wann hattest du vor, mir zu erzählen, dass du nach Chester ziehen willst?«

Jo versteift sich, aber sie wendet sich ihm nicht zu, um ihn anzusehen.

»Was sagst du?«

»Ich habe die Seiten gesehen, die du auf deinem Laptop aufgerufen hast. Das Haus, die Stelle, die Schule.«

»Können wir bitte morgen darüber reden?« Der förmliche Ton ihrer Stimme passt zu ihrer steifen Körperhaltung.

»Nein, ich möchte jetzt darüber reden.«

Jo starrt weiter in das grüne Licht des Fernsehers. »Bitte, Max. Mir tut alles weh.«

Max atmet tief durch die Nase ein. Wenn nichts an der Sache dran wäre, könnte sie es ihm einfach sagen, deshalb jagt ihr Schweigen ihm Angst ein. Was hat sie vor? Warum redet sie nicht einfach mit ihm? »Und du denkst, mir geht es anders?«

»Tu das nicht, bitte.« Sie dreht langsam den Kopf, um ihn anzusehen. »Ich hatte einen furchtbaren Tag. Dad geht es schlechter. Und ich möchte heute Abend wirklich nicht mit dir streiten.«

Was kann er dagegen schon ausrichten? Nichts, und er sollte es auch nicht versuchen. Aber irgendwas hat Jo immer. Irgendwas, das dazu führt, dass er sich auf die Zunge beißen muss, anstatt mit ihr über die Dinge zu reden, die ihm Sorgen bereiten. Erst waren es die Panikattacken, dann die Agoraphobie. Jetzt stirbt ihr Vater. Mit Andy stand es in den ganzen letzten Jahren nicht zum Besten. Seit Elise auf der Welt ist, leben sie ihr Leben auf Messers Schneide, tauschen besorgte Blicke aus, wann immer Brigid anruft, in der Annahme, es könnten schlechte Nachrichten sein. Und jetzt, um es noch auf die Spitze zu treiben, hat Jo sich den Rücken verrenkt. Ein weiterer Grund, ihn auszuschließen.

»Geht es hier um das, was geschehen ist, bevor du abgereist bist?«, fragt er. »Bist du sauer auf mich, weil ich nicht bei der Polizei angerufen habe?«

Auf ihrem Gesicht erscheint ein Anflug von Verärgerung. »Elise war in Gefahr, aber anstatt mich zu unterstützen, hast du mich bevormundet. Die arme alte Jo – springt auf jede noch so winzig kleine Sache an. Es ist unsere *Tochter*, über die wir hier reden. Es ist mir egal, ob wir übervorsichtig sind, so lange sie nur sicher ist.«

»Elise war nicht in größerer Gefahr als beim Überqueren einer Straße oder beim Spielen im Park. Mal abgesehen davon, dass sie so etwas niemals macht. Sie ist so sehr in Watte gepackt, dass sie in ihrem eigenen Zuhause fast erstickt.«

»Hör auf!«, faucht Jo ihn an. »Wag es ja nicht, Max.«

»Ich denke, wir sollten darüber reden. Ich denke, wir sollten uns damit auseinandersetzen, dass du zu krank bist, um unsere Tochter irgendwo anders hinzubringen als zur Kita. Und dass es dir aber gut genug geht, um einen Umzug nach Chester zu planen. Wirklich so gut, um eine neue Stelle anzutreten? Sie in eine neue Kita zu bringen? Dir ein neues Leben aufzubauen?«

»Ich tue das, damit es besser wird, Max.« Jos Blick ist immer noch hart, aber ihre Stimme klingt gepresst, als müsse sie Tränen wegdrücken. »Ich bemühe mich, das zu tun, was für alle das Beste ist: für Elise, für Mum, für Dad, für mich.«

»Aber nicht für mich?« Es kostet ihn die letzten Kraftreserven, den Schmerz zu verbergen, der an seiner Brust zerrt. Er hat schon immer gewusst, dass er auf Jos Prioritätenliste ganz unten steht, aber sie es tatsächlich sagen zu hören tut höllisch weh.

»Auch für dich!«, sagt Jo. »Über die letzten zwölf Jahre habe ich nichts anderes getan, als dich zu unterstützen, aber du hörst mir nie zu, wenn ich versuche, dir zu sagen, was ich möchte.«

»Ich höre zu.« Max springt auf. »Ich tue nichts anderes.«

»Nein, das tust du nicht. Du hörst nicht ein Wort von dem, was ich sage. Ich habe dich gebeten, nicht als investigativer Journalist zu arbeiten, weil du uns damit einem Risiko aussetzt, und du hast mir den Kopf getätschelt und gesagt, ich dummes kleines Ding solle mir keine Sorgen um mich machen.«

»Das ist nicht wahr.«

»Das ist es. Du denkst nur an dich, Max. Du hast immer nur an dich gedacht. Es drehte sich immer nur um dich und deine Karriere. Ich habe das hingenommen, solange wir noch zu zweit waren, aber jetzt sind wir eine Familie.«

»Glaubst du, ich wüsste das nicht?«

»Nun, offensichtlich interessiert es dich nicht. Würde es das, wäre es dir nicht vollkommen egal gewesen, dass eine Fremde unsere Tochter bedroht hat und …«

»ICH LIEBE ELISE!« Max brüllt Jo jetzt an vor lauter Schmerz, Wut und Frustration. Mit einer einzigen heftigen Handbewegung schiebt er die gerahmten Fotografien vom Kaminsims. Warum verhält sie sich so? Warum hackt sie auf ihm herum, obwohl er doch versucht, das Richtige zu tun? Während er durch das Zimmer tobt und all die Dinge zertrümmert und zerstört, für die er bezahlt hat, alles, wofür er so hart gearbeitet hat, nimmt er nur vage wahr, dass Jo ihn anschreit, damit aufzuhören. Und dann hört er sie, hört die Drohung, die ihm das Blut in den Adern gefrieren lässt.

KAPITEL 7

Ich beobachte dich, Jo. Ich beobachte dich schon lange. Ich weiß, wo du hingehst, was du tust und mit wem du sprichst. Und ich kenne deine Achillesferse. Manche Frauen werden stärker, wenn sie Mutter werden. Sie werden wachsamer, sind immer auf dem Sprung, bereit zu verteidigen. Aber du bist keine Tigermutter, Jo. Du bist ein Beutetier. Und wenn du auch versuchst, mit Elise in deinem Kaninchenloch zu verschwinden, ich werde dir folgen. Ich will, was mir gehört, und ich weiß genau, wie ich es mir zurückhole.

KAPITEL 8

Ich hätte Max nicht drohen sollen, aber ich wollte nur noch, dass er aufhört. Ich hatte ihn noch nie zuvor dermaßen außer Kontrolle gesehen. Ich flehte ihn an, sich zu beruhigen, aber es war, als hörte er mich gar nicht, geschweige denn unsere Tochter, die oben wimmerte. Also sagte ich, sollte ich ausziehen, dann könne er sich glücklich schätzen, wenn er Elise jemals wiedersähe.

Er erstarrte. Er stand ganz still da, in der Mitte des Raumes, und starrte vor sich hin. Aber er sah weder mich noch die zerbrochenen Bilderrahmen auf dem Teppich. Nichts. Dann sagte er: »Elise weint. Ich sehe nach, ob sie okay ist«, und noch bevor ich widersprechen konnte, stampfte er aus dem Raum und ließ mich in einem Meer aus zerbrochenem Glas und zersplittertem Holz zurück.

Als Max' Schritte über den Treppenabsatz über mir polterten und das leise Brummen seiner Stimme die Treppe herunterwehte, rollte ich mich auf Hände und Knie und biss beim Aufstehen die Zähne zusammen. Bis ich die Wohnzimmertür endlich erreicht hatte, war er schon wieder halb die Treppe heruntergekommen. Mit der rechten Hand hielt er seine schwarze Sporttasche umklammert.

»Max«, sagte ich. »Es tut mir leid. Können wir nicht zivilisiert darüber reden …«

Er lief geradewegs an mir vorbei, öffnete die Haustür und sah zu mir zurück. In seinen Augen lag so viel Schmerz und Verletztheit, dass es mir den Atem verschlug.

»Mummy«, sagt Elise, während ich durch die Küche zu dem Schrank nahe der Spüle humple, wo wir unsere Medikamente aufbewahren. »Mummy, Rücken aua?«

»Ja, Schätzchen. Mummys Rücken tut immer noch weh.« Ich wühle in den Schachteln mit Pflastern, Calpol und Magentabletten herum, aber die stärksten Schmerztabletten, die wir haben, sind ein paar Paracetamol. Ich spüle sie mit einem Glas Wasser runter, räume Elises Teller ab und lasse ihn in die Spüle gleiten, reibe dann mit einem feuchten Küchentuch an dem Marmeladenfleck auf ihrem Oberteil. Ich würde sie ja umziehen, aber es hat mich heute Morgen so viel Zeit gekostet, auch nur die einfachsten Dinge zu erledigen, dass wir jetzt schon fünfzehn Minuten zu spät dran sind.

Irgendwie schaffe ich es, meine Tochter in ihre Schuhe und ihren Mantel und durch die Vordertür zu kämpfen. Während ich das tue, öffnet sich die Tür der Hausnummer 35, und unsere Nachbarin Naija müht sich ab, den riesigen Zwillingsbuggy rückwärtsgehend aus dem Haus und auf den Gehweg zu bugsieren.

»Die machen mich noch wahnsinnig«, sagt sie und deutet auf die achtzehn Monate alten Zwillinge, die rot angelaufen sind und schreien. »Ich kann unseren Urlaub nächste Woche kaum erwarten.«

»Kann ich mir vorstellen. Ich erinnere mich noch …« Mitten im Satz halte ich inne. Jemand beobachtet uns. Ich kann es spüren, auch ohne mich umzusehen.

Und da ist sie, Paula. Sie steht an der Straßenecke und starrt uns an.

»Naija, hast du eine Sekunde ein Auge auf Elise?« Ich bücke mich, um meine Tochter über das niedrige Mäuerchen zu heben, das unsere Vorgärten voneinander trennt, aber noch während ich das tue, verkrampft sich mein Rücken so heftig, dass ich zusammenzucke. Ich sehe Häme auf Paulas Gesicht aufflackern, dann wendet sie sich ab und geht die Straße hinunter in Richtung Wells Road.

»Kein Problem.« Naija beugt sich zu Elise rüber und hebt sie über das Mäuerchen. Sobald sie auf ihrem Arm ist, bin ich auch schon unterwegs und humple den Gehweg entlang.

»Paula!« Ich versuche zu rennen, aber ich kann mich nicht gerade aufrichten. Stattdessen laufe ich halb wankend, halb galoppierend den Gehweg entlang und beiße die Zähne zusammen. Es kommt mir fast wie eine Ewigkeit vor, bis ich die Straße erreiche, und noch während ich um die Ecke biege, verlässt mich der Mut. Sie wird längst weg sein. Selbst eine Achtzigjährige könnte mir heute davonlaufen.

»Paula ...«

Ich bleibe jäh stehen. Sie steht direkt vor mir, die Hände in den Taschen ihrer schwarzen Daunenjacke, die Füße in High Heels breit vor mir aufgepflanzt. Ich wäre geradewegs in sie hineingelaufen, wenn ich nicht wie angewurzelt stehen geblieben wäre, aber sie zuckt weder zusammen noch weicht sie zurück, als ich vor ihr haltmache. Ihre mit Kajal umrandeten Augen schnellen von meinem Scheitel bis runter zu den gefütterten Schuhen von Clarks, ruhen dann auf meinem nach hinten verdrehten Arm, dessen Hand ich gegen meinen unteren Rücken presse.

»Hallo, Jo.« Die obere Hälfte ihres Gesichts bewegt sich kein Stück, als ihre Lippen sich zu einem Lächeln verziehen.

»Was treiben Sie hier?«

Sie lächelt weiter ihr aufgesetztes Lächeln. »Mein Sohn wohnt hier. Das habe ich dir doch gesagt.«

»Nein, das tut er nicht.«

»Nicht?« Sie legt den Kopf schief. Die mit Mascara beladenen Wimpern rühren sich nicht. Die kalten blauen Augen sind direkt auf meine gerichtet. »Wie seltsam. Ich hätte schwören können, dass ich gerade von ihm komme.«

»In welcher Hausnummer wohnt er?«

Sie sieht die Wells Road hoch, in Richtung der kleinen Gruppe, die in ein paar Metern Entfernung an der Bushaltestelle steht. Eine Frau mit Kind wendet schnell den Blick ab, peinlich berührt, dass sie beim Lauschen erwischt wurde, aber eine ältere Frau starrt uns stur an. Paula nimmt Blickkontakt zu ihr auf, nickt zu mir rüber und verdreht die Augen. Genauso gut hätte sie mir einen Vogel zeigen können.

Weiter unten an der Brecknock Road steht Naija vor dem Haus, die eine Hand am Buggy, an der anderen Elise. Als sie sieht, dass ich zu ihr hinschaue, nimmt sie die Hand vom Wagen und hebt sie hoch. *Was ist los?* Paula verändert ihre Position. Sie beobachtet die anderen.

»Lassen Sie uns in Frieden«, zische ich. »Ich kenne Sie nicht, und ich weiß nicht, was Sie wollen, aber halten Sie sich von uns fern, oder ich rufe die Polizei.«

Paula kommt mir so nahe, dass ich den Zigarettenrauch in ihrem Atem rieche. »Und sagst denen was, Jo?«

Ich reagiere instinktiv, presse die Hände auf ihre

schreckliche glänzende Jacke und schubse sie von mir weg.

»Lassen Sie uns in Frieden!«

»Ooooh.« Sie wirft einen Blick zurück zur Bushaltestelle. Jetzt starren sie uns alle an, mit offenen Mündern. »Das war ein Angriff!« Wieder sieht sie mich an. »Ich denke, der Kerl im schwarzen Mantel ruft die Polizei. Da, er hat schon sein Handy rausgeholt.«

Ich sehe nicht hin. Ich bin so wütend, dass ich zittere.

»Gehen Sie einfach«, presse ich durch die Zähne hervor. »Lassen Sie mich einfach in Ruhe.«

»Das werde ich, wenn dein Mann mir gibt, was er sich genommen hat.«

»Er hat Ihnen gar nichts weggenommen. Er weiß ja noch nicht mal, wer Sie sind!«

»Nein?« Ein Lächeln breitet sich auf ihrem Gesicht aus. »Und er würde es Ihnen bestimmt sagen, nicht wahr?«

»Was soll das heißen?«

»Richte ihm einfach aus, er soll mir mein Eigentum zurückgeben, Jo«, sagt sie und wendet sich ab.

»Warum ich?«, rufe ich ihr hinterher, als sie in ihren High Heels über den Gehweg davonklackert. »Warum sprechen Sie nicht mit Max?« Sie dreht sich zu mir um. Und da ist er wieder, dieser Blick, mit dem sie mich auch im Auto angesehen hat, die zusammengepressten Lippen, die verengten Augen. »Weil es mit dir lustiger ist, Jo.«

KAPITEL 9

Als ich Elise durch die große Glastür in die Kita schiebe, kämpfe ich mit den Tränen. Ich weiß nicht, was ich hier eigentlich tue.

Ich habe Naija nichts davon erzählt, was es mit Paula auf sich hat. Elise sah aus großen Augen ängstlich zu mir auf, und ich wusste, wenn ich auch nur ein Wort sagen würde, würde ich in Tränen ausbrechen. Dazu kenne ich meine Nachbarin kaum. Wir haben uns ab und an im Vorgarten über die Kinder unterhalten, und einmal hatte ich ihr Informationen über einen Kurs geschickt, für den sie sich interessierte, aber wir haben uns noch nie gegenseitig zu Hause besucht.

»Na komm, Schätzchen. Ziehen wir dir mal den Mantel aus.«

Ich ziehe am Bündchen um Elises Handgelenk, bin kurzatmig und verschwitzt. Wenn ich mich nur strikt an den Plan halte – Kita, Arbeit, Kita, Zuhause – wird alles gut gehen. Elise ist hier sicher. Ich habe schon mal überreagiert.

Es ist unmöglich, dass jemand ein Kind aus der Kita holt, ohne dass ein Mitarbeiter davon weiß. Als Elise in die Kita kam, musste ich für Sharon eine Liste mit den Personen anfertigen, die ich möglicherweise schicken würde, um sie abzuholen, inklusive einer genauen Beschreibung ihres Aussehens, und ich musste ein Passwort angeben. Sie würden Elise niemandem mitgeben, der es nicht kennt.

Nachdem ich Elise aus ihrem Mantel befreit habe, bringe ich sie in den Zweijährigen-Raum und hoffe inständig, dass Sharon heute nicht da ist. Sie hat mich so komisch angesehen, als ich das letzte Mal hier war. Irgendetwas an ihrem Verhalten macht mich nervös. Es vergeht kaum eine Woche, in der sie mich nicht zur Seite nimmt, um mich dafür zu rüffeln, dass ich Elises Kleider nicht mit einem Schildchen versehen oder vergessen habe, Familienfotos für eine Ausstellung mitzubringen.

»Jo!« Eine überfordert dreinschauende Frau mit einem Baby auf dem Arm und einem Kleinkind ohne Schuhe an den Füßen winkt mir, ihr zu Hilfe zu kommen. Ich bin so angespannt, dass ich mich nicht an ihren Namen erinnere. »Würdest du Mia kurz halten, während ich George die Turnschuhe anziehe, ginge das?«

Bevor ich ablehnen kann, schiebt sie mir auch schon das Baby in die Arme. Unter dem Gewicht das Kindes zuckt mir ein Stechen durch den unteren Rücken.

»Da George«, sagt Elise, und zeigt auf den kleinen Jungen, der seine Turnschuhe vergnügt quer durch den Flur schleudert und seine Mutter hinterherschickt.

»Baby«, fügt sie hinzu und zeigt auf das rotwangige, sabbernde Bündel auf meinem Arm.

»Ich bin so müde«, sagt die andere Mutter und geht neben ihrem Sohn in die Hocke. Sie greift sich einen seiner Füße, an denen er nun Socken trägt, und zwängt einen Schuh darüber. »Mia weckt mich immer noch alle drei Stunden auf, weil sie Hunger hat. Meine Güte, sie ist doch schon sechs Monate alt. Ich schwöre, George hat in dem Alter längst durchgeschlafen.«

»Sieht aus, als würde sie zahnen.« Mit dem Tuch, das ihr unterm Hals klemmt, wische ich etwas Spucke vom Kinn des Mädchens.

»Vier Zähne! Sie fängt an zu beißen, wenn ich sie füttere. Ich glaube nicht, dass meine Nippel da noch lange durchhalten.« Sie sieht zu mir auf. »Entschuldigung, zu viel des Guten.«

»Schon in Ordnung. Ich weiß genau, was Sie durchmachen. Als Elise mich das erste Mal gebissen hat, war ich geschockt. Ich habe sie weggeschubst, und dabei ist sie auf dem Boden gelandet!«

Die andere Mutter lacht, doch dann hört sie abrupt damit auf und wendet rasch den Blick ab. Sharon ist mit verschränkten Armen und missbilligendem Blick neben mir aufgetaucht.

»Ich glaube nicht, dass es zum Lachen ist, wenn ein Kind potenziell verletzt wird, Sie etwa?«

Sharon wartet meine Antwort nicht ab. Stattdessen greift sie nach der Hand meiner Tochter und führt sie zum Tor. »Na komm, Elise, dann lass uns dich mal reinbringen.«

Ich sehe ihr mit offenem Mund hinterher, als sie meine Tochter hineinscheucht, ohne mir die Chance zu geben, mich zu verabschieden.

»Hören Sie nicht auf Sharon«, sagt die andere Frau leise, während sie ihrem Sohn auf die Füße hilft und die Arme nach ihrem Baby ausstreckt. »Wenn sie erst eigene Kinder hat, wird sie es verstehen.«

»Okay, Jo«, sagt die Polizistin am anderen Ende der Leitung. »Ich habe alles aufgenommen, was Sie mir erzählt haben. Sie haben Ihre Fallnummer?«

Ich tippe auf die vermerkte Nummer auf dem Block vor mir, auch wenn sie es nicht sehen kann. »Ja, ich habe sie mir aufgeschrieben.«

»Ein Beamter wird Sie morgen zu Hause besuchen, um ein paar Details zu klären.«

»Wissen Sie … wissen Sie in etwa um wie viel Uhr?« Ich fühle mich schrecklich dabei, sie festzunageln, in Anbetracht dessen, wie entgegenkommend sie gewesen war, als ich ihr sagte, dass es mir wegen meiner Agoraphobie schwerfalle, auf der Wache vorbeizukommen.

»Das kann ich leider nicht genau sagen.«

Ich werde einen halben Tag freinehmen und beten müssen, dass sie nicht gerade dann auftauchen, wenn ich Elise von der Kita abholen muss. Vielleicht bleibe ich einfach mit ihr zu Hause.

»Okay«, sage ich. »Ist in Ordnung.«

»Gut. Wenn noch irgendetwas vorfällt bis dahin, notieren Sie sich Datum, Uhrzeit und was passiert ist, und rufen uns unter Nennung Ihrer Fallnummer an. Und wenn Sie das Gefühl haben, dass Sie in unmittelbarer Gefahr sind, wählen Sie die 999. Gut?«

»Gut.« Tränen treten mir in die Augen, und ich schaue nach oben an die Decke, atme tief ein. Ich dachte nicht, dass die Polizei mich ernst nehmen würde, nicht nach Max' Reaktion.

»Kann ich Ihnen sonst noch irgendwie helfen?«

Ich möchte ihr sagen, dass ich Angst habe. Dass ich noch nicht länger als fünf Minuten zu Hause bin und bei jedem Geräusch aufschrecke, bei jedem Schatten, der über das Wohnzimmerfenster gleitet. Ich möchte ihr sagen, dass ich Angst davor habe, bei dem Hausbesuch des anderen Polizisten im Gespräch zugeben zu müssen, dass ich Paula auf der Straße geschubst habe. Wenn die Polizei sie ausfindig macht und sie mich verklagt, war es das mit meiner Karriere. Ich würde meine Stelle an der Universität verlieren und keine neue finden. Nicht hier. Nicht in Chester. Nirgendwo.

»Warten Sie!«, sage ich, bevor sie auflegen kann. »Ich habe es mir anders überlegt. Ich möchte nicht, dass jemand bei mir vorbeikommt.«

»Und warum nicht?« Ich höre die Frustration in ihrer Stimme.

»Ich … ich … schon in Ordnung. Es wird schon. Ich … ich denke, ich habe überreagiert. Entschuldigung, die Verbindung ist so schlecht. Ich danke Ihnen für Ihre Geduld. Danke. Wiederhören!«

Ich lege auf und lehne mich unter Schmerzen zurück in die Sofakissen. Länger als eine halbe Stunde hatte ich es auf der Arbeit nicht ausgehalten. Nach zehn Minuten auf meinem Bürostuhl litt ich so starke Rückenschmerzen, ich hätte weinen können. Dann, als ich meinen Hausarzt anrief, um einen Termin zu vereinbaren, und die Arzthelferin mir mitteilte, dass in den nächsten fünf Tagen kein Termin frei sei, weinte ich wirklich. Diane, meine Chefin, musste nur einen kurzen Blick auf mich werfen, um mich nach Hause zu schicken. Fast wäre ich in Ohnmacht gefallen, als ich in den Wagen stieg, und auch jetzt will der Schmerz einfach nicht nachlassen.

Ich sehe auf meinem Handy nach, ob Max sich auf meine Sprachnachrichten gemeldet hat, die ich ihm auf der Mailbox hinterlassen habe, oder auf meine SMS, die ich ihm von der Arbeit geschickt habe. Darin entschuldige ich mich für das, was ich letzte Nacht gesagt habe, und berichte ihm von dem Vorfall mit Paula heute Morgen. Als ich aufwachte, griff ich noch in der Erwartung nach meinem Telefon, darauf eine zerknirschte Entschuldigung von meinem Ehemann zu finden. Er ist schon mal ausgerastet, aber er hat dabei noch nie Sachen zerschlagen. Nie. Das passte so wenig zu ihm, dass es mich verstörte. Aber da waren keine neuen Nachrichten, und den ganzen Tag habe ich nichts von ihm gehört – kein Anruf, keine Nachricht, nichts. Ich weiß nicht, was ich erwartet habe. Vielleicht ein »Es tut mir leid« oder etwas wie »Ich hätte dir glauben sollen« oder wenigstens »Lass uns reden«.

Aber nein, gar nichts. Er weiß, dass er sich letzte Nacht danebenbenommen hat. Der einzige plausible Grund für sein Schweigen ist, dass er mir heimzahlt, was ich gestern zu ihm gesagt habe. Deshalb habe ich mich entschuldigt. Einer muss uns schließlich aus dieser Sackgasse rausmanövrieren.

Ich humple in die Küche, stütze mich an der Wand ab und wühle erneut im Medizinschrank, aber über Nacht ist nicht auf wundersame Weise etwas Stärkeres als die Paracetamol erschienen. Längst habe ich die zwei Ibuprofen geschluckt, die Diane mir gegeben hat, aber sie haben nicht mal ansatzweise geholfen. Ich schnappe mir meine Handtasche, von dort, wo ich sie auf der Arbeitsplatte habe liegen lassen, als ich reingekommen bin, und kippe sie aus. Mein Portemonnaie, Schlüssel, mein Make-up, Taschentücher, verschiedene Papierschnipsel, eine Auswahl Münzen und mein Handy purzeln heraus. Und etwas anderes – eine Schachtel Tabletten, die nicht mir gehört. Ich nehme sie und drehe sie hin und her. Dads Muskelrelaxanzien. Mum wollte sie mir aufdrängen, als ich meine Rückenschmerzen erwähnt habe, aber ich winkte ab und sagte ihr, dass ein paar Paracetamol sicher ausreichen würden. Sie muss sie in meine Tasche gesteckt haben, bevor ich gefahren bin. Es steckt kein Beipackzettel in der Schachtel, aber eine schnelle Suchanfrage bei Google fördert Nebenwirkungen wie Schwindel, Benommenheit, einen trockenen Mund und eine mögliche Abhängigkeit zutage. Nichts allzu Beängstigendes. Ich entscheide mich im Bruchteil von Sekunden und drücke mir zwei Tabletten aus dem Blister in den Mund. Als ich sie mit einem Glas Wasser runterspüle, bricht eine Welle der Erschöpfung über mir zusammen. Ich habe kaum geschlafen letzte Nacht: eine Folge der Schmerzen und der Nachwirkungen des Streits mit Max. Ich werfe einen Blick auf meine Uhr, während ich durch den Flur schlurfe, überprüfe, ob ich die Haustür zweimal abgeschlossen habe, betrete das Wohnzimmer und lasse mich vorsichtig auf das Sofa sinken. Es ist 12:15 Uhr. Ich werde mich nur ein paar Stunden hinlegen, und mit etwas Glück fühle ich mich besser, wenn ich aufwache. Vielleicht bin ich sogar in der Lage ein paar Stunden an meinem Laptop zu arbeiten, bevor ich Elise abhole.

Ich schrecke aus dem Schlaf hoch, bin aber so benebelt, dass ich ein paar Sekunden brauche, um zu realisieren, wo ich bin. Es ist dunkel im Wohnzimmer, das Sofa fühlt sich klumpig und unbequem an, und im Haus ist es still. Ich drehe den Kopf. Draußen ist es dunkel, aber die Jalousien sind noch oben. Unbehagen nagt an meinem Bewusstsein, aber noch hat mich der Schlaf in seinen Fängen, ich bin groggy und schwerfällig. Ich drehe das Handgelenk vor meinem Gesicht und blinzle durch das Leuchten auf das Display – 18:14 Uhr.

Viertel nach sechs? Ich schnelle nach oben, zucke zusammen und drücke die Hand an den unteren Rücken. Viertel nach sechs? Ich hätte schon um halb sechs in der Kita sein sollen, um Elise abzuholen. O Gott! Als ich das Handy aufklappe, überfällt mich ein kalter Schauder. Fünf entgangene Anrufe: drei von der Kita, zwei von Max.

Ich komme langsam auf die Füße und schnappe mir den Mantel vom Treppengeländer. Ich drücke auf die Mailbox auf meinem Handy und klemme es an mein Ohr, während ich aus der Haustür stolpere und die Straße halb runterhumple, halb renne.

»Hallo, Jo. Hier ist Sharon von der Kita. Sie hätten Elise vor fünfzehn Minuten abholen sollen. Es tut mir leid, sie erneut daran erinnern zu müssen, pünktlich zu erscheinen, aber Sie sollten uns wirklich informieren, wenn Sie sich dermaßen verspäten.«

»Hallo, Jo. Es ist jetzt fast sechs Uhr und Elise leidet doch sehr darunter, dass bisher niemand gekommen ist, um sie abzuholen. Wir haben Ihren Mann angerufen.«

»Jo, hier ist Max. Wo bist du? Ich habe eben deine Nachricht über Paula erhalten, und die Kita hat angerufen, um mir zu sagen, dass du Elise nicht abgeholt hast. Wo bist du? Ruf mich an! Bitte! Sowie du das hier abhörst!«

»Ich fahre jetzt Elise holen. Ruf mich sofort an, wenn du das hier abhörst.«

Mit zitternder Hand wische ich mir über das Gesicht und schiebe mir die Haare aus der schweißnassen Stirn. Die Kita liegt nur ein paar Straßen entfernt, aber es fühlt sich an, als wären es Meilen. Sechs Stunden! Ich war sechs Stunden weg. Mein Handy hat fünfmal geklingelt, und ich habe nichts gehört. Scheiße. Ich hätte Dads Tabletten nicht nehmen sollen. Ich hätte zur Apotheke gehen sollen. Ich hätte …

Abrupt bleibe ich vor der Kita stehen. Draußen stehen keine Autos, und drinnen sind die Lichter aus. Keine Kinderwägen im Eingangsbereich. Die Garderobe, die sonst überquillt vor lauter winzigen Jacken und Rucksäcken, ist leer. Ich schließe die Hand um eine der Metallstangen am Tor, aber ich halte mich nicht damit auf, es zu öffnen. Ich bin zu spät. Elise ist weg.

KAPITEL 10

Als sein Handy um kurz nach halb sechs klingelt, nimmt Max den Anruf sofort an. Seit über einer halben Stunde tigert er nun schon durch das Zimmer, und jedes vorherige Telefonat endete auf die gleiche Weise – »Nein, ich habe Jo den ganzen Tag über nicht gesehen«, »Nein, ich habe nichts von ihr gehört« und »Ich hoffe, es geht ihr gut. Sag Bescheid.«

Er drückt sich das Handy ans Ohr und lächelt Elise beruhigend zu, aber sie ist zu beschäftigt, um es zu bemerken. Sie spielt auf dem Doppelbett mit einer Plastikpuppe, die er in ihrem Kindergartenrucksack gefunden hat.

»Jo?« Er spricht leise, um seine Tochter nicht zu verunsichern. »Jo, bist du das?«

»Wo ist Elise? Ist sie bei dir?« Er kann die Angst aus der Stimme seiner Frau heraushören.

»Ja. Wo zum Teufel bist du?«

Seine Frau atmet erleichtert auf und bricht dann in Tränen aus. »O mein Gott«, wimmert sie zwischen den Schluchzern. »O mein Gott. O mein Gott. O mein Gott.«

Max steht auf und nimmt das Handy mit ins Badezimmer. Er behält Elise durch die Tür im Auge, aber sie ist mit ziemlicher Sicherheit außer Hörweite. »Jo, kannst du mir mal sagen, wo du bist?«

»Ich bin … zu Hause.«

»Geht es dir gut?«

»Ja.« Er hört sie tief einatmen, unterbrochen von kurzen, abgehackten Schluchzern, nach und nach beruhigt sie sich.

»Was ist passiert?«

Neben einem Schniefen, auf das ein leises Huu-huu folgt, als seine Frau durch die Nase einatmet und durch den Mund wieder aus, bleibt es still.

»Jo, was ist passiert?«, fragt Max erneut.

»Ich bin aufgewacht, und es war dunkel. Ich habe verschlafen. Ich bin früher von der Arbeit zurückgekommen, weil mein Rücken so schmerzte, und auf dem Sofa eingeschlafen. O Gott. Ich fühle mich so …«

»Du hast geschlafen?« Er hatte ihre Anrufe früher am Tag auf dem Display seines Handys aufleuchten sehen, sie aber ignoriert. Er hatte bei Gericht eine Verhandlung über häusliche Gewalt verfolgt, und erst als er zurück im Büro war und die Kita anrief, wurde ihm klar, dass etwas nicht stimmte. Er hatte versucht, Jo zu erreichen, und als sie nicht an ihr Handy ging, machte er sich allmählich doch Sorgen. War bei der Arbeit etwas vorgefallen, oder saß sie irgendwo mit einer Panikattacke fest? Dann erinnerte er sich daran, was sie ihm über Paula erzählt hatte.

»Du hast geschlafen?«, wiederholt er, unfähig, die Ungläubigkeit aus seiner Stimme zu vertreiben. »Jo, wir sind zurück nach Hause gefahren, aber es war von innen abgeschlossen. Ich habe an die Tür gehämmert und durch den Briefschlitz gerufen. Hast du mich denn nicht gehört?«

»Nein.« Ihre Stimme zittert. »Ich habe nichts gehört.«

»Ich habe alle deine Freunde angerufen. Ich war kurz davor, die Polizei zu informieren.«

»O Gott. Es tut mir leid. Wo bist du? Kannst du Elise nach Hause bringen? Ich muss sie sehen.«

»Ich …« Max verstummt. Er kann den quälenden Gedanken in seinem Hinterkopf nicht ausblenden. »Ich habe eine Menge Lärm veranstaltet, Jo. Ich habe immer wieder an die Tür gehämmert. Dabei hätte niemand weiterschlafen können.«

»Es ist so, ich … ich habe etwas genommen.«

Er umfasst das Telefon fester. »Wie bitte?«

»Muskelrelaxanzien, die meine Mutter mir gegeben hat. Von Dad. Ich hatte solche Schmerzen, Max, und der Arzt hatte keinen Termin mehr frei.«

»Du hast verschreibungspflichtige Medikamente genommen, die für einen Mann bestimmt sind, der an der Motoneuron-Krankheit leidet? Bist du verrückt?«

»Ich war verzweifelt! Ich hatte Schmerzen. Du hast ja keine Ahnung …«

»Nein, Jo. *Du* hast keine Ahnung. Hat Sharon dir gesagt, dass Elise sich in die Hose gemacht hat, als niemand gekommen ist, um sie abzuholen?«

»Nein, ich …«

»Oder dass sie Elise die Hose eines anderen Kindes anziehen musste, weil du heute Morgen vergessen hast, ihren Rucksack mitzubringen? Und sie war *schmutzig*, Jo. Ihr Oberteil war dreckig, ihre Haare waren ungekämmt …«

»Bitte, Max. Ich fühle mich doch schon ganz elend, mach es nicht noch schlimmer. Ich konnte mich heute Morgen kaum bewegen, aber ich habe Elise, so gut ich konnte, fertig gemacht. Ich wollte sie doch nicht vergessen. Ich habe das doch nicht mit Absicht getan!«

Jo wollte sich rechtfertigen, aber Max hört nicht mehr

zu. Seine Gedanken driften zu seinem Vater ab. Er war zwölf, als er ihn zum ersten Mal ohnmächtig auf dem Sofa fand. Er war aus der Schule zurückgekommen, und als er die Tür öffnete, lag ein seltsamer, scharf-süßlicher, fast essigartiger Geruch in der Luft. Er fand die Alufolie auf dem Badezimmerfußboden, klebrig von einer braunen Flüssigkeit.

»Hast du das schon mal gemacht?«

»Was?«

»Drogen genommen. Zu Hause?«

»Meinst du das ernst?«

»Ich hätte nicht gefragt, wenn ich es nicht so meinte.«

In den letzten Monaten ist Jo immer unberechenbarer geworden. Er hatte es auf ihre Agoraphobie zurückgeführt und auf ihre psychische Verfassung. Nein, *sie* hatte es darauf zurückgeführt. Keiner von ihnen wusste genau, warum es ihr schlechter statt besser ging. Es sei denn, sie behandelte sich selbst …

Seine Frau atmet tief durch. »Ich kann nicht glauben, dass du mich das überhaupt fragst.«

»Sharon sagte, du wirktest neben der Spur, als du Elise vor ein paar Tagen abgeholt hast.«

»Nachdem Paula mich bedroht hat! Gott, Max. Hörst du eigentlich, was du da sagst? Du machst dich ja lächerlich. Bring Elise einfach nach Hause.«

»Sie meinte außerdem, du hättest Elise absichtlich fallen lassen, als sie noch ein Baby war.«

»Ich habe sie gestillt, und sie hat mich gebissen! Ich habe das nicht absichtlich getan. Gott, Max. Warum führen wir diese Unterhaltung überhaupt? Bring Elise einfach nach Hause, oder ich … ich werde …«

»Du wirst was tun? Sie nach Chester mitnehmen?

Dafür sorgen, dass ich sie nie wiedersehe?« Max zittert vor Wut. Jo hat nicht gesehen, in welchem Zustand ihre Tochter war, als er sie abholte. Die Mitarbeiter in der Kita hatten ihr Bestes getan, um sie zu beschäftigen, aber ihre Augen waren rot und geschwollen, ihre Wangen tränenüberströmt. Als hätte sie nicht schon genug durchgemacht – so eingesperrt im Haus, während andere Kinder bei strahlendem Sonnenschein draußen spielten und lachten. Er hatte sich wirklich bemüht, nachzuvollziehen, was Jo durchmachte. Er hatte sie unterstützt, er hatte ihr zugehört, er hatte seine eigenen Bedürfnisse hintangestellt und sich eingeredet, dass Jo einfach etwas Zeit brauchte. Aber sie verwandelte sich in jemand, den er nicht wiedererkannte.

»Max, tu das nicht. Ich habe dir gesagt, dass es mir leidtut. Ich habe dir eine Nachricht geschickt und …«

»Hast du irgendeine Ahnung, wie besorgt ich war, Jo? Ich dachte, dass Paula dich verletzt hätte. Hast du schon die Polizei angerufen?«

Für einen kurzen Augenblick schweigt Jo. »Nein.«

»Und warum nicht, verdammt noch mal? Gestern Abend hast du mich noch dafür zusammengestaucht, dass ich dich angeblich nicht ernst nehme, und jetzt …« Er seufzt. »Wir drehen uns hier im Kreis. Sieh mal, wir sind im Holiday Inn, und Elise geht es gut. Sie kann heute Nacht hier bei mir schlafen, und ich bringe sie morgen früh in die Kita. Wenn du sie nach der Arbeit abholst, können wir noch mal reden. Okay?«

»Ich … ich weiß nicht. Ich möchte sie wirklich sehen, Max.«

»Es geht ihr gut. Wirklich.« Er beobachtet, wie seine Tochter aus dem Bett klettert und auf ihn zutappst, die

Arme ausgebreitet für eine Umarmung, ein breites Lächeln auf dem Gesicht. »Es tut mir leid, dass ich so ausgeflippt bin, aber ich habe mir um dich und Elise Sorgen gemacht, okay?«

»Mir tut es auch leid. Ich wollte dich nicht ängstigen. Ehrlich, Max. Als ich aufwachte und mir klar wurde, was passiert war, ich …« Sie hält inne. »Gibst du mir Elise? Bitte. Ich möchte ihre Stimme hören.«

»Sicher.« Er hält seiner Tochter das Telefon ans Ohr. »Elise, mein Schatz. Es ist Mummy. Sag Hallo.«

Er lauscht der abgehackten Unterhaltung zwischen Mutter und Tochter, dann entwindet er Elise das Telefon.

»Ich muss los. Die Straße runter gibt es einen Tesco, und ich muss Elise ein paar Sachen für die Nacht und saubere Klamotten für die Kita kaufen.«

»Du könntest nach Hause kommen. Ihre Sachen sind hier«, sagt Jo, aber sie kämpft nicht mehr. Sie hat akzeptiert, dass sie in dieser Nacht nicht mehr nach Hause kommen werden.

»Schlaf gut, Liebling«, sagt Max. »Wir sehen uns morgen Abend.«

»Okay. Tschüs.«

Die Verbindung bricht ab, und er sinkt gegen den Durchgang zum Badezimmer, völlig erschöpft. Seine kleine Tochter, die noch immer neben ihm steht, streckt die Arme aus, um hochgehoben zu werden, und er schnappt sie sich. Er drückt das Gesicht in die blonden Locken und schließt die Augen, als sie ihm die winzigen Ärmchen um den Hals schlingt.

KAPITEL 11

Ich habe dich gesehen, Jo. Ich habe dich beobachtet, während du schliefst, flach auf dem Rücken, die Hände über dem Bauch gefaltet wie eine Leiche. Hast du gut geschlafen? War es erholsam? Du musst wachsam bleiben, Jo. Du musst im Auge behalten, was um dich herum geschieht, denn wenn du das nicht tust, wenn du deine Augen auch nur für eine Sekunde schließt, wirst du alles verlieren, was dir jemals etwas bedeutet hat. Oh, Moment mal, zu spät. Das passiert ja längst.

KAPITEL 12

Max verlässt das Gebäude der Bristol News durch die gläserne Drehtür, die Laptop-Tasche über der Schulter und das Handy in der Hand. Er ist spät dran zu einem Interview mit einer älteren Frau, dem jüngsten Opfer eines Betrugs, begangen von zwei Männern, die sich als kommunale Abwasserkontrolleure ausgaben. Einer der beiden hat ihr Haus durchsucht, während der andere im Wohnzimmer auf sie eingeredet hat. Er ist scharf auf die Story, um die Öffentlichkeit vor dem Betrug zu warnen, aber immer, wenn er die Fragen noch mal im Geiste durchgeht, lenken ihn andere Gedanken ab: eine nagende Unruhe über die nächtliche Unterhaltung mit Jo.

Er hatte Elise wie geplant morgens in der Kita abgegeben und war dann zur Arbeit gefahren. Als er später nach Hause kam, stürzte Elise sich auf ihn, sobald er zur Tür herein war, Jo aber zeigte kaum eine Reaktion. Sie stand nicht vom Sofa auf, als er ins Wohnzimmer kam, und verkrampfte sich, als er sich zu ihr runterbeugte, um sie zur Begrüßung zu küssen. Er war sich nicht sicher, ob sie sich schlecht fühlte, weil sie Elise am Abend zuvor vergessen hatte, oder ob sie wütend war wegen seiner Reaktion. Statt sie gleich wegen eines klärenden Gesprächs zu bedrängen, wartete er ab, bis sie Elise ins Bett gebracht hatten, griff dann in seine Umhängetasche und reichte Jo eine Flasche ihres Lieblingsweins.

»Ein Friedensangebot.«

»Danke.«

Er folgte seiner Frau in die Küche und beobachtete, wie sie die Flasche öffnete, den Wein einschenkte und ihm ein Glas reichte.

»Ich möchte mich entschuldigen«, sagte er, als sie sich auf das Sofa setzten. »Für alles. Für den Ausraster, als ich herausfand, dass du dich nach Häusern in Chester umsiehst. Das war daneben. Genauso wie meine Reaktion, als du mir davon erzähltest, dass du die Medikamente deines Dads genommen hast.«

»Es liegt an der Recherche«, fuhr er fort. »Ich bin seitdem irgendwie aufgedreht und nervös. Und ich weiß, das ist keine Entschuldigung, aber nach sechs Monaten mit diesem zwielichtigen Abschaum vermute ich offenbar immer gleich das Schlimmste. Ich habe überreagiert. Es tut mir sehr leid, Jo. Ich hätte das nicht an dir auslassen sollen.«

Jo sah ihn während seiner Entschuldigung die ganze Zeit an, aber es lag ein seltsam abwesender Ausdruck in ihren Augen, der nicht ein einziges Mal verschwand, nicht einmal, als er anbot, mit ihr und Elise nach Chester zu ziehen. Er hatte angenommen, sie würde sich freuen. Er hatte sich vorgestellt, wie ihr Gesicht sich aufhellen würde. Aber statt ihm jubelnd um den Hals zu fallen, ging sie auf Distanz. »Ich denke, wir brauchen beide ein bisschen Abstand nach allem, was passiert ist«, sagte sie nur.

Sein erster Impuls war, in Panik zu geraten, ihr zu sagen, dass es das Letzte sei, was sie brauchten. Aber er tat es nicht. Er blieb ruhig und zeigte Verständnis. Es sei in Ordnung, er werde ein paar Tage im Hotel bleiben.

Aber nichts war in Ordnung, oder doch? Er wollte nicht von seiner Familie getrennt sein.

»Hallo, Martin.«

Vage nimmt er die Stimme einer Frau wahr, als er das Gebäude der Bristol News verlässt und in Richtung des mehrgeschossigen Parkhauses geht, wo sein Wagen steht, aber er ignoriert sie.

»Oder sollte ich Max sagen?«

Er fährt herum. Eine Frau mit blondierten Haaren, einer schwarzen Daunenjacke und einer dicken Schicht Make-up lächelt ihn breit an.

»Du wirkst überrascht, mich zu sehen, Max.«

»Kenne ich Sie?«

»Wie nett, ich versteh schon.« Sie sieht sich übertrieben um, als würde sie überprüfen, ob jemand lauscht. »Oder ist es wegen deiner Frau? Ist sie hier? Es wäre ganz reizend, sie wiederzusehen.«

Max packt sie an der Schulter. »Halten Sie sich von meiner Frau fern.«

Paula weicht nicht zurück. Schreit nicht. Stattdessen sieht sie ihm direkt in die Augen. »Was hast du denn erwartet? Was soll ich denn tun, wenn du meine Anrufe ignorierst?«

»Lassen Sie sie in Ruhe.«

»Nimm deine Hände weg. Sofort«, sagt sie lauter, als ein Paar in mittlerem Alter auf dem Gehweg an ihnen vorbeikommt. Der Mann wirft beunruhigt einen Blick zurück.

»Ich werde es dir jetzt noch einmal erklären«, sagt Paula leise. »Du gibst mir, was du gestohlen hast, und keiner von uns muss den anderen je wiedersehen.«

»Ich weiß nicht, wovon Sie reden.«

»Ist es das, was du deiner Frau erzählt hast?«

»Sind Sie geistesgestört?« Max sieht sich zum Eingang der Bristol News um. Amy sitzt am Empfang, aber keine Spur von Scott, dem über und über tätowierten Sicherheitsmann. Vermutlich isst er heimlich eine Pizza im Hinterzimmer oder sieht sich Pornos auf seinem Handy an, während er sich gemütlich einen herunterholt.

»Du kannst dieses Spiel spielen, so lange du willst«, hört er Paula sanft hinter sich. »Kannst behaupten, nicht zu wissen, wer ich bin oder was ich will, aber du weißt gar nichts über mich, Max. Du kennst nicht mal meinen Nachnamen.«

»Die Polizei schon.« Er dreht sich zu ihr um und sieht sie an. »Jo hat Anzeige erstattet. Kommen Sie ihr noch einmal zu nahe, und Sie werden verhaftet.«

Das ist gelogen, aber er wird einen Teufel tun und es zugeben. Gott weiß, warum Jo die Polizei nicht angerufen hat. Jeder normale Mensch hätte das getan. Aber Jo geht es nicht gut. Sie fährt bei der kleinsten Kleinigkeit zusammen, sie reagiert über. Sie wittert Gefahr, wo gar keine ist.

»Die Polizei?« Paula legt den Kopf schief und lächelt. Unter ihren prallen roten Lippen kommen tabakstichige Zähne zum Vorschein. Ebenmäßig, aber gelb. »Ein gewagter Schritt, wenn man bedenkt, dass sie dich verhaften werden, wenn sie erst mal den Film aus der Videoüberwachung zu Gesicht bekommen.«

»Den Film aus der Videoüberwachung? Ernsthaft? Haben die Protagonisten von *EastEnders* Ihnen etwa auch Botschaften von Gott übermittelt? Vielleicht sollte ich Ihren Betreuer anrufen. Oder besser einen Arzt? Man sieht sich, Paula.« Er hebt die Hand und geht. Sie mag seiner Frau Angst eingejagt haben, aber nicht ihm. Verrückt oder nicht, sie kann nicht größer als eins sechzig und nicht viel schwerer als sechzig Kilo sein, während er ein Meter zweiundachtzig misst und über achtzig Kilo auf die Waage bringt.

»Du wirst es noch bereuen, mich zu ignorieren«, ruft Paula ihm hinterher, als er das Parkhaus betritt. »Ich werde bekommen, was mir gehört, und wenn ich deine Familie dafür zerstören muss.«

Max trinkt einen Schluck von dem Bier und lehnt sich auf dem Stuhl zurück. Das Glas zittert auf dem Tisch, als er es wieder darauf abstellt. Das Interview mit Mrs Jacobs ist gut gelaufen. Er hat ein paar nette Zitate, und der Fotograf, der ihn vor dem Haus getroffen hat, hat ein paar gefühlsbetonte Aufnahmen von ihr gemacht – verletzlich, aber tapfer. Trotzdem kann er nicht aufhören, über das Zusammentreffen mit Paula nachzudenken. Ihre Drohung beunruhigt ihn. Für eine Weile konnte er sie ignorieren, aber irgendwie ist sie ihm unter die Haut gegangen, und jetzt ist er gereizt und fühlt sich unwohl.

Er nimmt noch einen Schluck und greift nach seinem Handy. Er muss mit Jo darüber reden, wieder einzuziehen – Abstand hin oder her.

Er ruft sie an, aber es ist besetzt. Er wartet ein paar Sekunden und versucht es dann erneut. Immer noch besetzt. Er könnte ihr eine SMS schicken, aber SMS sind oft missverständlich. Sie müssen miteinander reden. Max meldet sich bei Facebook an, um die Zeit totzuschlagen, während er auf darauf wartet, dass Jo ihren Anruf beendet. Er scrollt sich durch den Feed und sieht die übliche, erbärmliche Prahlerei, Food-Shots, Posts über die aktuelle Befindlichkeit und politische Tiraden, aber nichts, das sein Interesse erregt. Er scrollt und scrollt und scrollt sich durch die Neuigkeiten seiner Freunde und bleibt dann an einem von Jos Posts hängen. Elise schaut vom Bildschirm zu ihm auf. Sie sitzt mit einem Teller Rührei am Küchentisch, ihr Mund ist über und über mit Ketchup beschmiert. Und sie lacht, ein echtes Lachen. Er wirft einen Blick auf den Zeitstempel – 7:31 Uhr – und spürt einen Stich in der Brust. Während seine Frau und seine Tochter einander beim Frühstück nahe waren, wachte er in einem heruntergekommenen Hotelzimmer auf, allein.

Ein verstörender Gedanke drängt sich ihm auf, während er weiter auf das Foto starrt. Es sind fast vierundzwanzig Stunden vergangen, seit er gegenüber Jo den Umzug nach Chester erwähnt hat, und sie hat noch kein einziges Wort darüber verlauten lassen. Er hat am Morgen eine SMS erhalten, die besagte, dass sie Elise auf dem Weg zur Arbeit in der Kita abgesetzt hatte, aber mehr auch nicht. Was geht in ihrem Kopf vor? Sie sollte ausflippen vor Freude, weil er vorgeschlagen hat, nach Chester zu ziehen. Ist das nicht das, was sie die ganze Zeit wollte? Oder galt der Plan von Anfang an nur ihr und Elise? Jo hatte um Abstand gebeten, und er hatte zugestimmt – sie müssen sich beide beruhigen, nach allem, was geschehen ist –, aber es macht ihn fertig, nicht zu wissen, was sie fühlt.

Er meldet sich bei Facebook ab und meldet sich gleich wieder an, diesmal mit Jos E-Mail-Adresse und Passwort. Er hatte sie vor über einem Jahr dabei beobachtet, wie sie es in ihr Handy eingab, als sie Facebook checkte, in einem Restaurant, in das sie Elise an einem Wochenende zum Mittagessen mitgenommen hatten. LiLi1108 – der Spitzname seiner Tochter und die vier ersten Ziffern ihres Geburtsdatums. Fast hätte er ihr empfohlen, es zu ändern, weil es zu leicht zu erraten sei, aber dann hatte er doch lieber geschwiegen.

Als er auf den blauen Anmelde-Button klickt, hält er den Atem an. Bestimmt hat sie es mittlerweile selbst geändert.

Aber nein. Der Bildschirm aktualisiert sich, und er ist drin. Als er auf das Nachrichtensymbol klickt, atmet er laut aus und fühlt das Adrenalin in sich aufwallen, während er ihre Nachrichten durchgeht. Er sollte das hier nicht tun, seine Frau ausspionieren, aber er kann dieses komische Gefühl im Magen nicht länger ignorieren und …

Er holt scharf Luft. Sie hat ihrer Freundin Helen morgens um 9:27 Uhr eine Nachricht geschickt. Die ersten vier Worte werden angezeigt.

Ich lasse mich scheiden.

KAPITEL 13

»Wo ist Daddy? Wo ist Daddy, Mummy?« Elise wandert von Raum zu Raum, schiebt den Kopf an der Anrichte vorbei und späht in das Gästebad. Sie ist davon überzeugt, dass Max ein ausgeklügeltes Versteckspiel mit ihr spielt. Als sie ihren zweiten Rundgang beendet hat, verzieht sie das Gesicht und wirft sich auf die Fliesen.

»Er wird bald hier sein, Schätzchen. Sicher ist er nur bei der Arbeit aufgehalten worden.«

Am Dienstag habe ich Max um etwas Raum gebeten. Ich wollte mit ihm über die Trennung sprechen, aber mit dem Vorschlag, nach Chester zu ziehen, hat er mich kalt erwischt. Es brach mir das Herz, wie er mich anlächelte und wie das Lächeln langsam Verwirrung wich. Es gab eine Zeit, als mich sein Vorschlag glücklich gemacht hätte, aber so vieles hat sich in den letzten paar Jahren verändert. Wir beide haben uns verändert. Ich bin ein bedürftiger, hoffnungsloser Fall. Er ist ein Workaholic. Nie hätte ich gedacht, dass er uns in Gefahr bringen würde, aber das hat er. Was auch immer er Paula getan oder nicht angetan hat, muss mit seiner Arbeit zusammenhängen. Er hat über so viele Gerichtsverhandlungen berichtet, da ist es unvermeidlich, dass es Leute gibt, die einen Groll gegen ihn hegen. Gegen uns. Ich habe den gesamten gestrigen Tag damit zugebracht, in meiner Entscheidung zu wanken, aber als ich heute Morgen aufwachte, war ich völlig klar. Ich wusste, was ich zu tun hatte.

Max hat gesagt, er würde zur üblichen Zeit nach Hause kommen, aber es ist bereits Viertel vor sieben und immer noch keine Spur von ihm. Elise sollte längst gebadet sein und in ihrem Schlafanzug stecken, aber ich habe es ein bisschen hinausgezögert, damit sie vorher noch etwas Zeit mit Max verbringen kann.

Mein Handy pingt. Eine Nachricht von Helen:

Sorry, sorry, sorry. Ich bin eine Scheißfreundin. Dachte, ich hätte auf deine Nachricht geantwortet. War gerade erst auf Facebook. Was ist passiert?! Wenn du möchtest, kann ich jetzt anrufen!

»Wo ist Daddy, Mummy?«, fragt Elise erneut, aber dieses Mal wird ihre Frage von einem lauten Klopfen an der Haustür unterbrochen. Ihr Gesicht hellt sich auf, und sie drückt sich vom Boden hoch, die Hände auf den Fliesen, den Po in der Luft, und tappst auf die Haustür zu.

»Max«, sage ich, als ich das Schloss öffne. »Ich habe nicht zweimal abgeschlossen. Du hättest deinen …«

Aber es ist nicht mein Mann, der vor dem Haus steht.

»Mrs Joanne Blackmore? DS Merriott, Polizei Avon und Somerset.« Er zeigt mir kurz seinen Ausweis. »Dürfte ich reinkommen?«

Vier Officer von der Polizei warten draußen vor meinem Haus: drei Männer und eine Frau. Der Mann, der direkt vor mir steht, hat eine Glatze, trägt eine Brille mit schwarzem Rahmen und sieht mürrisch aus.

»Worum geht es denn?« Ich berühre Elise an der Schulter, um sie zu beruhigen, und kämpfe darum, gelassen zu antworten. Irgendetwas an der Art, wie mich DS Merriott ansieht, löst Unbehagen in mir aus. »Geht es um Paula? Ich habe der Polizeibeamtin doch gesagt, dass ich es mir mit der Anzeige anders überlegt habe.«

»Könnten wir das bitte drinnen besprechen, Madam?«

»Ja. Ja, sicher.«

Ich gehe mit Elise voran ins Wohnzimmer, gefolgt von DS Merriott und der Polizeibeamtin. Die beiden anderen Beamten bleiben im Flur zurück. Elise stürzt sich sofort auf ihre Spielzeugkiste im Erker. Ich setze mich in den Sessel. DS Merriott nimmt auf dem Sofa Platz, und die Beamtin hockt sich neben die Spielzeugkiste. Sie verwickelt Elise in ein Gespräch und fragt sie, welches ihr liebstes Spielzeug ist.

»Mrs Blackmore.« DS Merriott lehnt sich leicht nach vorne und greift in die Innentasche seiner Jacke. »Ich habe hier einen Durchsuchungsbeschluss. Wir haben Grund zu der Annahme, dass Sie möglicherweise im Besitz illegaler Drogen sind oder damit handeln, und dieser Beschluss bevollmächtigt uns, die Räumlichkeiten und die Nebengebäude zu durchsuchen.« Er reicht mir ein offiziell aussehendes Dokument. Im Kopf des Schreibens stehen mein Name und meine Adresse, und am unteren Ende prangt die Unterschrift eines Richters.

»Drogen?«, sage ich harsch. »Das muss ein Missverständnis sein. Niemand in diesem Haus nimmt Drogen.«

»Es liegt kein Missverständnis vor, Madam.« Er winkt Richtung Flur, wo die beiden Polizeibeamten herumschwirren. »PC Beare und PC Bagnall werden jetzt eine Hausdurchsuchung vornehmen. Sie werden sich bemühen, keine Unordnung zu machen.«

»Sie sehen alle meine Sachen durch? Meine persönlichen Sachen?« Allein bei dem Gedanken wird mir schlecht.

»Sie werden sich alles ansehen.«

»Da ist eine Holzkiste«, sage ich. »In dem Schrank da drüben. Da sind … es sind Erinnerungsstücke darin, von einem Baby, das wir verloren haben. Handabdrücke, Fußabdrücke, eine kleine Mütze. Bitte« – ich werfe den Männern im Flur einen Blick zu –, »bitte gehen Sie sorgsam damit um.«

Sie sehen DS Merriott an, der nickt.

»Wir fangen dann an, Sergeant«, sagt der Jüngere der beiden.

Ich sitze auf dem Sessel, starr vor Schreck, während sie eine Tür weiter in Max' Büro gehen. Sie latschen in ihren Stiefeln über die Dielen, hierhin und dorthin, während sie sich durch das Zimmer bewegen. Schubladen werden geöffnet und geschlossen, Papiere durchwühlt. Es ist, als würde jemand einbrechen, während man selbst noch im Haus ist. Das hier ist mein Zuhause. Der Ort, an dem ich mich sicher fühle. Ich möchte ins Büro rennen und ihnen sagen, sie sollen verschwinden.

Aber stattdessen frage ich nur: »Darf ich meinen Mann anrufen?«

DS Merriott sieht auf den Notizblock in seiner Hand. »Max Blackmore«, sagt er, mehr zu sich selbst als zu mir. »Journalist bei den Bristol News. Die Aussage, die bei uns einging, bezog sich ausdrücklich auf Sie, wobei, wenn alles durchsucht ist, werden wir auch mit Ihrem Mann sprechen müssen.«

Ich fühle Panik in mir aufwallen. »Bitte! Ich muss ihm doch sagen, was hier los ist.«

An seinem Kiefer zuckt ein Muskel. »Ich fürchte, das ist nicht möglich.«

Die beiden jungen Beamten verlassen Max' Zimmer, gehen in die Küche und setzen die Suche fort. Schranktüren öffnen und schließen sich, Glas klirrt und Geschirr klappert. Irgendjemandem muss ein Fehler unterlaufen sein, das ist die einzige Erklärung für das, was hier passiert. Max ist ganz entschieden gegen Drogen, und ich habe seit meinen Zwanzigern keine Partydrogen mehr genommen. Das muss Paulas Werk sein.

»Ich glaube, ich weiß, warum das hier passiert«, sage ich, und DS Merriott sieht mich gespannt an. »Hat Ihnen eine Frau namens Paula gesagt, ich würde mit Drogen handeln?«

»Es liegt nicht in meinem Ermessen, Details offenzulegen, Mrs Blackmore. Ich kann nur sagen, dass der Beschluss ohne triftigen Grund nicht bewilligt worden wäre.«

Die Verzweiflung schnürt mir die Kehle zu, aber ich halte mich zurück, zügle meine Stimme und berichte ihm von Paula.

DS Merriott hört mir aufmerksam zu, bewegt sich aber keinen Zentimeter. Seine Hände ruhen auf seinem Schoß, eine auf dem Oberschenkel, die andere auf dem Notizblock.

Ich atme durch. »Warum schreiben Sie das nicht auf? Es könnte wichtig sein.«

»Möglicherweise. Was hat Ihr Ehemann zu diesen Vorfällen gesagt?«

»Also ich … ich habe ihm nur beim ersten Mal davon erzählt. Beim zweiten Mal habe ich ihm nichts gesagt, weil … weil …« Was soll ich sagen? Ich kann DS Merriott nicht erzählen, dass ich Paula geschubst oder Dads Medikamente genommen und dann auch noch vergessen habe, Elise von der Kita abzuholen. »Weil Max mich nicht ernst genommen hat, als ich ihm von dem ersten Vorfall erzählt habe. Er meinte, er kenne keine Paula. Aber er arbeitet als investigativer Journalist. Ich kann mir durchaus vorstellen, dass viele Menschen etwas gegen ihn haben. Wer auch immer sie sein mag, sie kennt ihn, und sie hat mich und meine Tochter bedroht.«

»Und Sie haben nicht daran gedacht, Anzeige zu erstatten?«

»Nein. Also. Das habe ich. Ich habe mit jemandem gesprochen, aber ich … ich habe mich anders entschieden. Ich dachte, Paula würde mich in Ruhe lassen. Aber das hat sie nicht. Das hier ist ihr Werk.«

Einer der jungen Beamten erscheint in der Tür zum Wohnzimmer. Er streckt die Hand im Gummihandschuh aus, seine Finger verdecken fast vollständig, was auch immer sich darin verbirgt, aber nur fast. Ich kann den Zipfel eines Plastikbeutels erkennen, der unter dem gekrümmten kleinen Finger hervorlugt.

»Sergeant«, sagt er. »Wir haben da was.«

KAPITEL 14

Bitte.« Ich versuche, ruhig zu atmen, während DS Merriott mich zu dem schwarzen Ford Focus begleitet und die Wagentür öffnet. »Ich habe es Ihnen doch gesagt. Dahinter steckt diese Paula. Ich nehme keine Drogen. Auch mein Mann nicht.« Ich sehe in das ausdruckslose Gesicht des Detectives. »Bitte, wenn wir kurz warten könnten, bis Max nach Hause kommt, er wird meine Aussage bestätigen.«

»Wir reden auf dem Revier weiter.«

DS Merriott legt mir eine Hand auf den Kopf und drückt mich sanft auf den Rücksitz des Wagens. Ich drehe mich und sehe über die Schulter, um einen flüchtigen Blick auf meine Tochter zu erhaschen. Sie wird mich zur Wache begleiten müssen, weil niemand anders da ist, der auf sie aufpassen könnte. Ich durfte ihr Mantel und Schuhe anziehen, während einer der Polizeibeamten Elises Kindersitz aus meinem Wagen holte, dann übernahm die Polizistin.

»Mummy!« Die Tür auf der anderen Seite des Wagens öffnet sich, und der blond gelockte Schopf meiner Tochter taucht darin auf. Sie krabbelt über den Rücksitz und setzt sich auf den Platz in der Mitte, hinter ihr steigt die Polizistin ein. Elise sieht mich aufmerksam an, während ich sie anschnalle. Wenn ich der Angst nachgebe, die in mir wächst, wird auch sie Angst bekommen.

DS Merriott dreht sich zu uns um, und ich merke, wie mir unter seinem abschätzigen Blick immer heißer wird. Die Außenhaut des Wagens scheint sich um mich zu schließen, und die Luft fühlt sich zu dick und süßlich an, um einzuatmen.

»Könnten Sie es öffnen?« Ich deute auf das geschlossene Fenster rechts neben mir. »Ich brauche etwas frische Luft.«

»Mummy?« Elise flicht die Finger in meine. »Mummy?«

»Müssen Sie sich übergeben?«, fragt DS Merriott über das elektronische Summen des herunterfahrenden Fensters. Ich bin zu sehr in Panik, um zu sprechen, also neige ich den Kopf zum Fenster, sauge tief die kalte Februarluft ein und zähle stumm bis drei. Das Gleiche tue ich, während ich ausatme. Ich stelle mich mir mit zwei Freunden im Urlaub auf Rhodos vor, lange bevor ich Max begegnet bin. Ich treibe auf dem Rücken im Meer und bewege die Arme ganz leicht. Ich habe die Augen geschlossen, und ich kann die Sonne auf dem Gesicht spüren. Ich kann das gedämpfte Lachen meiner Freunde hören. Ich fühle mich sicher, friedlich, entspannt, glücklich. Ein störender Gedanke durchzuckt mich, an die beiden Polizeibeamten und wie sie mich ansehen, mich verurteilen, denken, ich sei verrückt, aber ich verdränge ihn. Ich bin nicht in Gefahr. Mir wird nichts zustoßen.

Es vergeht eine gefühlte Ewigkeit, bis ich mich so weit beruhigt habe, dass ich wieder sprechen kann. Ich setze mich gerade hin, die Rückseite des T-Shirts klebt mir feucht am Rücken, und nehme über den Rückspiegel Blickkontakt zu DS Merriott auf. Ich schäme mich zu sehr, um ihm zu erklären, was gerade passiert ist.

»Es geht mir jetzt gut.« Ich lege einen Arm um die Schultern meiner Tochter und ziehe sie an mich. »Mummy geht es gut.«

Während der vergangenen zwei Stunden wurde ich interviewt und fotografiert, dann wurden mir Fingerabdrücke und DNA abgenommen. Fast hätte ich erneut eine Panikattacke gehabt, als die Beamtin sagte, sie würde Elise in einen anderen Raum bringen, aber DS Merriott legte mir beruhigend eine Hand auf den Arm.

»Je gelassener Sie bleiben«, sagte er, »desto schneller sind wir hiermit durch. Sie wollen Ihr kleines Mädchen doch nicht beunruhigen, oder?«

Also spielte ich mit; ich schenkte Elise mein bestes Fröhlich-aufgeregte-Mum-Lächeln und wünschte ihr viel Spaß mit der netten Lady, während Mum schnell mit dem Polizisten spricht.

Als der diensthabende Sergeant mir sagte, ich sei wegen des Verdachts auf illegalen Drogenbesitz verhaftet, dachte ich, ich sei im falschen Film oder in einem Albtraum, aus dem ich nicht aufwachte. Eine Frage jagte die nächste. Möchten Sie einen Anwalt? Haben Sie irgendwelche Krankheiten oder Verletzungen? Leiden Sie unter einer psychischen Krankheit oder unter Depressionen? Nehmen Sie oder sollten Sie Tabletten/Medikamente nehmen? Haben Sie schon mal versucht, sich etwas anzutun?

»Nein«, antwortete ich auf jede der Fragen. Ich wollte einfach nur, dass es aufhörte. Wollte, dass sie Elise zu mir zurückbrachten und uns gehen ließen. »Darf ich meinen Mann anrufen? Bitte! Mir steht doch ein Anruf zu, oder nicht? Er wird Ihnen erklären, dass all das auf Paula zurückgeht. Sie weiß, wo wir wohnen. Sie hat uns verfolgt und bedroht!«

Mir wurde gesagt, dass sie Max zu gegebener Zeit anrufen würden, und dann nahmen sie mir meine Sachen weg und steckten sie in einen durchsichtigen Plastikbeutel. Ich tat alles, wozu ich aufgefordert wurde, bewegte mich wie ein Zombie, öffnete den Mund und streckte die Hand aus, aber irgendwann zitterte ich nur noch. Sie hatten Drogen in meinem Haus gefunden. Ich wusste nicht, wie viele sie gefunden hatten, und auch nicht, wo. Alles, was ich wusste, war, dass DS Merriott zu dem Beamten gesagt hatte, sie hätten eine Menge illegaler Drogen in meinem Haus gefunden.

Meine Panik wuchs, als DS Merriott mich durch ein Labyrinth verschiedener Flure führte. Ich versuchte mir den Weg einzuprägen, den wir nahmen – einmal rechts, dann einmal links, dann noch einmal links. Bis der Detective die Tür zu einem winzigen Verhörzimmer aufstieß, troff ich nur so vor Schweiß, und das Atmen fiel mir schwer. Ich warf einen Blick in den beengten Raum – auf die kahle Beleuchtung und die fehlenden Fenster – und schüttelte den Kopf.

»Ich kann nicht.«

»Mrs Blackmore, bitte machen Sie es doch nicht unnötig kompliziert.«

»Ich leide an Agoraphobie und Panikattacken. Wenn wir diesen Raum betreten und Sie die Tür schließen …«

DS Merriotts missmutiger Blick machte deutlich, dass er gerade den beschissensten aller Scheißtage durchlebte und kaum Lust hatte, sich mit meinem neurotischen Mist auseinanderzusetzen. »Sie wurden von dem diensthabenden Beamten gefragt, ob Sie an einer psychischen Krankheit leiden. Sie haben das verneint.«

»Ich hatte Angst. Ich wusste nicht, was es für Folgen hätte, wenn ich darauf mit Ja antworten würde.«

»Wir könnten die Tür mit einem Stuhl offen halten«, schlug die korpulente Beamtin vor, die uns begleitet hatte.

Während des gesamten Verhörs beharrte ich darauf, dass die Drogen nicht mir gehörten, dass ich nicht wüsste, wie sie in den Spülkasten der Toilette gelangt seien, und dass, nein, ich privat keine Drogen nähme. Nachdem sie mich mehrere Minuten in die Mangel genommen hatten, befragte mich DS Merriott zu Max und ob die Drogen möglicherweise ihm gehörten. Ich sagte ihm, so ruhig ich konnte, dass Max' Vater an einer Überdosis Heroin gestorben sei, als Max noch ein Kind war, und ich niemanden kennen würde, der mehr gegen Drogen hätte als er. Dass Paula die Drogen in unser Haus geschmuggelt habe. Wir hätten nichts damit zu schaffen.

Er forderte mich auf, ihm erneut von den Vorfällen mit Paula zu erzählen, und notierte sich etwas auf seinem Block. Dann fragte er mich, ob ich Spuren eines versuchten Einbruchs bemerkt hätte, als ich heute mit Elise nach Hause gekommen war. Ich sagte ihm, dass ich keine solchen Spuren an der Vordertür und den hinteren Türen bemerkt hätte, ich aber nicht mit Sicherheit sagen könne, ob sich jemand an den Fenstern zu schaffen gemacht hatte – die hätte ich nicht überprüft.

An diesem Punkt wurden wir von einem rothaarigen Beamten unterbrochen, der den Kopf zur Tür hereinsteckte und verkündete: »Der Ehemann ist jetzt hier.« Ich sank auf meinem Stuhl zusammen. Endlich! Max würde meine Aussagen bestätigen, und sie würden mich gehen lassen. Aber DS Merriott war noch nicht fertig mit mir. Mit einem Nicken entließ er den rothaarigen Beamten und befragte mich weitere fünf Minuten. Erst danach beendete er das Verhör. Während die beiden Beamten den Raum verließen, wurde ich gebeten, noch einen Moment zu warten. Ich konnte sie im Flur leise miteinander reden hören, verstand aber nicht, was sie sagten. Die Beamtin kehrte zurück in das Verhörzimmer und setzte sich mir gegenüber hin.

»Wir werden noch einen Moment hier warten«, sagte sie, »während DS Merriott mit Ihrem Mann spricht. Für gewöhnlich würden wir Sie in eine Zelle bringen, aber« – sie hob beruhigend die Hand, als ich keuchte – »angesichts Ihrer Erkrankung denke ich, es wird das Beste sein, wir bleiben hier. Wenn Sie sich zu irgendeinem Zeitpunkt unwohl fühlen, rufe ich den diensthabenden Arzt. In Ordnung?«

Ich fühle mich ganz schwach vor Angst. Mein Mann sitzt mit unserer schlafenden Tochter im Arm auf einem Plastikstuhl auf der anderen Seite des Haftbereichs, während ich wieder vor einem Beamten sitze, DS Merriott steht neben mir. Ich habe keine Ahnung, ob ich angeklagt werde oder nicht.

»Mrs Joanne Blackmore?«, sagt der Beamte, ein schlaksiger Kerl mit langer Nase und hervorstehendem Adamsapfel, der über seinen Hemdkragen ragt.

»Ja?«

Mir wird ein durchsichtiger Plastikbeutel zugeschoben, der mein Portemonnaie, mein Handy und meinen Schmuck enthält, dazu eine Art Tablet und Stift.

»Unterschreiben Sie bitte an der markierten Stelle.«

Ich nehme den Stift. Er zittert über das Display, während ich meine Unterschrift daraufsetze.

»Mrs Joanne Blackmore«, fährt der Beamte fort, als er das Tablet wieder an sich nimmt, »ich werde Sie jetzt auf Kaution freilassen, damit wir weitere Untersuchungen durchführen können. Sie sind dazu verpflichtet, am 1. März um 14:00 Uhr auf dieser Dienststelle zu erscheinen, sofern Sie kein Schreiben erhalten, das Sie darüber informiert, dass Datum und Uhrzeit geändert oder die Anklage fallen gelassen wurde. Ferner begehen Sie eine Straftat, wenn Sie zu der Befragung nicht erscheinen, was ein Bußgeld, eine Verhaftung oder beides nach sich zieht. Haben Sie das verstanden? Wenn dem so ist« – er reicht mir erneut das Tablet –, »unterschreiben Sie hier.«

KAPITEL 15

Danke«, sage ich. »Für das Angebot, heute Nacht auf dem Sofa zu schlafen.«

Max zuckt mit den Schultern. »Ich kann euch hier ja schlecht alleine lassen, oder?«

Wir sitzen nebeneinander auf dem Sofa. Der Fernseher ist aus, die Vorhänge sind geschlossen, und im Haus ist es still, sieht man von dem gelegentlichen Knacken aus dem Babyfon auf dem Kamin ab, wenn Elise hustet oder seufzt oder sich im Schlaf umdreht. Naija hat mir erzählt, dass sie keins mehr benutzt, seit die Jungs ein Jahr alt sind, aber ich bin noch nicht bereit, unseres aufzugeben. Ich dachte immer, ich würde eine lockere, entspannte Mum sein, aber verliert man ein Kind, verschwindet diese arglose Zuversicht für immer. Man ist nie mehr wirklich entspannt. Nicht wenn man weiß, wie zerbrechlich das Leben ist, wie schnell auch ein kräftiges Herz über Nacht aufhören kann zu schlagen.

Ich zupfe mit den Fingern an der groben Wolle meines Rocks, den ich sonst auf der Arbeit trage. Arbeit. Es fühlt sich an, als wären hundert Jahre vergangen, seit ich an meinem Schreibtisch gesessen und die E-Mails meiner Studenten beantwortet habe, die Uhr immer im Blick, damit ich Elise nicht eine Sekunde zu spät von der Kita abhole. Aber seither sind nur vier Stunden vergangen. Ich kann immer noch nicht glauben, was eigentlich geschehen ist. Auf dem Heimweg habe ich versucht, mit Max darüber zu reden, aber er schnitt mir das Wort ab. Ich solle warten, bis wir Elise nach Hause und ins Bett gebracht hätten. Ich sehne mich nach einem Glas Wein, um meine Nerven zu beruhigen, befürchte aber, dass Max mich verurteilt, wenn ich eins trinke.

»Du glaubst mir doch, oder? Dass es nicht meine Drogen waren.«

Er verschränkt die Arme vor der Brust und lehnt den Kopf zurück, legt ihn oben auf der Sofalehne ab.

»Ja«, sagt er an die Decke gewandt. »Deshalb habe ich dich abgeholt.«

Wir verstummen. Ich weiß, Max will nicht darüber reden, was passiert ist, aber ich muss es tun. Nur so kann ich es verstehen.

»Ich habe die Fenster überprüft, als du Elise bettfertig gemacht hast. Sie sind alle verschlossen.«

Max reagiert nicht. Stattdessen starrt er weiter an die Decke.

»Wenn also alle Fenster zu waren, während ich arbeiten war, wie konnte Paula dann reinkommen?«

Max schüttelt müde den Kopf. »Ich weiß es nicht, Jo.«

»Bereitet dir das keine Sorgen?« Ich nehme den gepressten Tonfall in meiner Stimme wahr, aber seine Teilnahmslosigkeit zehrt an meinen Nerven. Er ist Journalist. Warum ruft er nicht einen seiner Kontakte an, um herauszufinden, wer diese Paula ist? Warum versucht er nicht, uns vor all den anderen Dingen zu beschützen, die gerade passieren?

»Du glaubst mir nicht. Ist es das? Du glaubst, dass es meine Drogen sind?«

»Nein, Jo.« Er dreht den Kopf und sieht mich an. »Ich glaube nicht, dass es deine Drogen sind.«

»Aber du bist ausgerastet, als ich dir von Dads Medikamenten erzählt habe. Warum bleibst du jetzt so ruhig?«

»Weil einer von uns bei Verstand bleiben muss. Wir können nicht beide durchdrehen.«

»Ich drehe durch? Jemand ist in unser Haus eingebrochen und hat Drogen in unserem Spülkasten deponiert, Max. Wahrscheinlich dieselbe Frau, die Elise bedroht hat! Natürlich drehe ich durch. Ich habe Angst! Was wird sie als Nächstes tun?«

»Herrgott noch mal!« Max vergräbt das Gesicht in den Händen und atmet tief durch die Nase ein. Er bemüht sich, ruhig zu atmen, aber seine Schultern und Oberarme zittern.

»Sieh mal.« Er lehnt sich wieder zurück, die Hände auf den Knien, als wollte er jeden Moment aufspringen. »Das ist jetzt Sache der Polizei, okay? Ich habe ihnen eine Liste aller Fälle gegeben, an denen ich zuletzt dran war, von allen Leuten, die was gegen mich haben könnten. Sie werden es sich ansehen.«

»Sollten sie uns nicht währenddessen unter Polizeischutz stellen?«

»Nicht, wenn sie davon ausgehen, dass wir nicht in unmittelbarer Gefahr sind.«

»Aber wir sind in Gefahr! Paula weiß, wo wir wohnen. Erst gestern stand sie an der Ecke zur Brecknock Road.«

»Was?« Er reißt schockiert die Augen auf. »War Elise bei dir?«

»Sie war bei Naija. Ich habe allein mit Paula gesprochen, aber ich … Ich habe etwas Dummes getan.«

Max wird sehr still. »Was hast du gemacht?«

»Ich …« Ich fahre mit den Händen über meinen Rock, vor und zurück. »Ich habe sie geschubst.«

»Was?«

»Ich habe Paula geschubst. Sie stand so dicht vor mir, da bin ich in Panik geraten. Wir standen an der Ecke, in der Nähe der Bushaltestelle, und da warteten ein paar Leute. Sie haben mich gesehen. Einer von ihnen hat sein Handy rausgeholt. Ich denke, dass er die Polizei rufen wollte.«

»Um Himmels willen, Jo«, Max reibt sich über die Wange, »warum hast du mir das nicht erzählt?«

»Ich wollte ja. Aber dann habe ich vergessen, Elise von der Kita abzuholen und …«

»Am nächsten Tag war ich doch hier. Da hättest du es mir sagen können.«

»Ich wollte ja, aber …«

Ja, warum eigentlich nicht? Weil ich dachte, er würde mich nicht ernst nehmen? Weil ich dachte, er würde mich deswegen runtermachen? Weil ich dachte, es würde ihn nicht interessieren?

»Ich weiß nicht, warum ich es verschwiegen habe, Max. Ich hätte es dir sagen sollen, entschuldige.«

Er holt tief Luft, legt den Kopf wieder zurück auf die Sofalehne und atmet langsam aus.

»Du bist stinksauer auf mich, oder?«, sage ich.

»Nein.« Er schließt die Augen. »Ich bin … scheiße … das ist alles so beschissen.« Er öffnet die Augen und dreht den Kopf zu mir. »Paula hat mich gestern draußen vor der Arbeit abgefangen.«

»Was?« Ich sehe ihn entgeistert an. »Was hat sie gesagt?«

»Das Gleiche, was sie zu dir gesagt hat, nehme ich an. Ich hätte etwas, das ihr gehört, und sie wolle es wiederhaben.«

»Und hast du sie erkannt? Kennst du sie?«

Er schüttelt den Kopf. »Nein, aber sie war überzeugt davon, mich zu kennen.«

»Bist du sicher? Bist du dir zu hundert Prozent sicher, sie nicht zu kennen?«

»Ganz ehrlich? Hätte sie meinen Namen nicht gerufen, ich hätte sie kein zweites Mal angesehen.«

»Aber wenn du sie nicht kennst, warum macht sie das alles?«

»Psychische Probleme? Was weiß ich. Wahrscheinlich hat sie sich wegen irgendetwas, was ich geschrieben habe, auf mich eingeschossen. Ich weiß es wirklich nicht, Jo.«

»Aber du glaubst mir? Dass sie gefährlich ist?«

Max dreht sich auf die Seite und zieht ein Bein auf das Sofa hoch, sodass wir einander direkt ansehen. »Ich weiß nicht. Ich hoffe nicht, aber sie hat uns jetzt dreimal nachgestellt. Viermal, wenn man das Deponieren der Drogen mit einrechnet. Ich habe DS Merriott eine Beschreibung von ihr gegeben, als er mich verhört hat. Er meinte, wir müssten alles festhalten – jede Sichtung, alles, was sie sagt, alles, was sie tut. Wenn wir uns bedroht fühlen, sollen wir sofort den Notruf wählen.«

»O mein Gott.« Ich reibe mir nervös den Hals. Ich habe mir so sehr gewünscht, dass Max mir glaubt, aber jetzt, da er es tut, fürchte ich mich noch mehr.

»Es wird schon alles gut werden, Jo.« Max greift nach meiner Hand und hält sie fest. »Wir können das schaffen.«

»Können wir das wirklich? Was, wenn die Polizei mich

wegen der Drogen anklagt? Ich werde vor Gericht erscheinen müssen.«

»Ich glaube nicht, dass es so weit kommt. Die Polizei hat nur eine kleine Menge gefunden. ›Persönlicher Gebrauch‹, das hat der DS gesagt. Ich denke, sie lassen dich mit der Kaution davonkommen, ob sie Paula nun ausfindig machen oder nicht.«

»Aber warum macht sie das alles, Max? Warum nimmt sie das Risiko auf sich, bei uns einzusteigen? Nur um ein paar Drogen zu platzieren? Warum hat sie nicht alles durchsucht, wenn sie doch überzeugt ist, dass du etwas hast, das ihr gehört. Das ergibt doch keinen Sinn.«

Der Fernseher steht noch in der Nische links neben dem Kamin, der DVD-Player und die Playstation 4 auf dem Regal daneben. Elises iPad lehnt an der Spielzeugkiste. Die DVDs und Spiele stehen wie eh und je im Bücherregal. Ich bin durch jedes Zimmer im Haus gegangen, als ich die Fenster überprüft habe, aber nichts fehlte, nichts wirkte fehl am Platz.

»Was machst du?«, fragt Max und folgt mir nach nebenan ins Arbeitszimmer. Sein Schreibtisch sieht aus wie immer – übersät mit Papieren, CDs, Tassen mit Kaffeeresten und Stiften. Die Bücher stehen im Regal, wie immer. Die Platten stecken fein säuberlich in ihren Hüllen. Ich öffne die Türen von einem der Schränke und sehe hinein: noch mehr Dokumente, mehr Papierkram, mehr Ordner.

Ich drehe mich um und sehe ihn an. »Fehlt irgendwas?«

Ich betrachte sein Gesicht, während sein Blick vom Schreibtisch über die Regalbretter zu den Schränkchen auf dem Boden wandert. »Nein, mir fällt nichts auf.«

»Schwörst du bei Elises Leben, dass du nie etwas an dich genommen hast, das nicht dir gehört?«

»Ich schwöre.« Er wendet die Augen nicht von meinen ab, als er den Kopf schüttelt. »Ich schwöre es beim Leben meiner Tochter.«

KAPITEL 16

Warum hast du das getan, Max? Warum hast du etwas genommen, das nicht dir gehört? Weil Gelegenheit Diebe macht? Weil du gierig warst? Wegen Elise? Aus allen drei Gründen? Du redest dir ein, dass du es für deine Tochter getan hast, aber entspricht das der Wahrheit – ganz ehrlich? Wenn das so ist, warum fällt es dir dann schwer, nachts zu schlafen?

Du wusstest, dass die Polizei unterwegs war, also hast du schnell gehandelt. Du hast genommen, was du nicht nehmen durftest, und bist gerannt. Du dachtest, du würdest damit durchkommen. Du dachtest, die Polizei würde jeden verhaften, der wusste, was du genommen hast, aber da lagst du falsch. Du hast jemand vergessen. Jemand, von dem du dachtest, er stelle keine Gefahr dar. Du dummer Mann. Du dummer, arroganter Mann …

KAPITEL 17

Wir sind seit einer Stunde hier. Mum bereitet das Mittagessen vor, wuselt in ihren ausgelatschten Schlappen und der Cath-Kidston-Schürze durch die kleine Küche, belädt den Tisch mit Schüsseln voller Salat, Brot, Chips und mit einer Quiche frisch aus dem Ofen. Ich habe ihr gesagt, sie soll mir das Kochen überlassen, aber davon wollte sie nichts wissen. Während Elise also meiner Mutter in der Küche »hilft«, sehe ich mir mit Dad eine Quiz-Show auf dem kleinen Fernseher in einer Ecke seines Schlafzimmers an. Nach der Hälfte ist er eingeschlafen, und seitdem sitze ich still da, lausche seinem rasselnden Atem und beobachte, wie sich sein Brustkorb schwerfällig hebt und senkt.

Heute Morgen hatte es zu Hause keine Spur mehr von Max gegeben, abgesehen von der zerwühlten Bettdecke auf dem Sofa und einem halb geleerten Glas Wasser auf dem Wohnzimmertisch. Keine Nachricht, nichts. Nach dem Gespräch über Paula und seiner Entschuldigung hatte ich mich nicht dazu durchringen können, über eine Trennung zu sprechen, also tranken wir den restlichen Abend über schweigend Wein und sahen uns einen Sci-Fi/Horror-Streifen auf Kanal vier an. Ich war dankbar für seine Gesellschaft – unter keinen Umständen wäre ich alleine in diesem Haus geblieben –, aber eine Entschuldigung rückte nicht auf magische Weise gerade, was in unserer Beziehung schieflief. Es reichte nicht, kam zu spät. Oder? Sollte ich mich mehr für unsere Ehe einsetzen? Max und Elise würde es glücklich machen, aber was war mit mir? Ich ging dann früh zu Bett, um ein bisschen Zeit für mich zu haben. Wenn Max deswegen sauer war, ließ er es sich nicht anmerken.

Weil ich mich so alleine im Haus nicht wohlfühlte, mir aber auch nicht vorstellen konnte, zur Arbeit zu gehen, rief ich Diane an und sagte, dass mein Rücken wieder Zicken mache. Dann schrieb ich Max, um ihm mitzuteilen, dass ich über das Wochenende zu Mum und Dad fahren und mich bald wieder bei ihm melden würde. Er wird enttäuscht sein, Elise einige Tage nicht zu sehen, und ich weiß, dass ich vor dem Gespräch über unsere Ehe davonlaufe, aber ich muss nachdenken. Ich möchte keine überstürzte Entscheidung treffen, die ich später bereue.

»Kommst du zum Essen, Joanne?« Mum ruft aus der Küche. Dad rührt sich nicht. Ich küsse ihn auf die raue Wange und schleiche mich aus dem Zimmer, ziehe vorsichtig die Tür hinter mir zu. Noch während ich das tue, vibriert mein Handy in der Hosentasche, und eine kurze Tonfolge erklingt.

Ich kenne die angezeigte Nummer nicht, die auf dem Display aufleuchtet, aber es ist die Vorwahl von Bristol. Mein Herz schlägt schneller. Wahrscheinlich die Polizei mit Neuigkeiten zu den Ermittlungen. Ich habe nicht damit gerechnet, dass sie sich so schnell wieder bei mir melden würden.

»Hallo?« Ich presse das Handy ans Ohr. »Jo Blackmore hier?«

»Hallo, Jo«, erklingt die freundliche Stimme einer Frau. »Mein Name ist Lorraine Hooper. Ich arbeite als

Sozialarbeiterin beim Kinder- und Jugendamt in South Bristol und wollte Sie fragen, ob wir einen Termin vereinbaren könnten, um …«

»Sozialarbeiterin?«

»Ja, genau. Ich bin Sozialarbeiterin im Kinder- und Jugendamt …«

Mir wird schwindelig, und ich muss mich am Türrahmen zu Dads Zimmer festhalten, um das Gleichgewicht nicht zu verlieren. »Worum geht es?«

»Kein Grund zur Sorge, Jo. Ich würde mich gerne kurz mit Ihnen unterhalten. Sind Sie und Elise heute Nachmittag zu Hause?«

Ich möchte etwas sagen, eine angemessene Frage formulieren, bringe aber kein Wort heraus. Vor lauter Angst bin ich wie gelähmt. Ich höre Mum rufen, dass die Quiche kalt wird, aber das Geräusch klingt wie aus weiter Ferne hallend zu mir durch, als käme es vom Boden eines tiefen Brunnens. Die Polizei muss den sozialen Dienst von dem Drogenfund unterrichtet haben. Und jetzt denken sie, dass ich keine gute Mutter bin.

»Kein Grund zur Sorge. Ich werde Ihnen alles näher erklären, wenn wir uns treffen«, sagt Lorraine. »Passt es Ihnen heute Nachmittag? Ich habe um drei noch einen freien Termin. Ihre Hausnummer ist die Brecknock Road 37, richtig?«

»Ich … ich bin nicht da. Ich bin bei meinen Eltern in Chester.«

»Mit Ihrer Tochter Elise?«

»Ja.«

»Und wann gedenken Sie zurückzukommen?«

»In ein paar Tagen. Sonntag. Am Nachmittag. Ich bin noch nicht sicher.«

Ich möchte nie wieder in unser Haus zurückkehren, aber das kann ich Lorraine Hooper schlecht sagen. Oder doch? Wenn ich ihr erzähle, was vorgefallen ist, wird sie es vielleicht verstehen. Schließlich habe ich mein Kind nur vor jemand beschützt, der es bedroht hat. Ich habe nichts falsch gemacht. Nichts von alledem ist meine Schuld.

»Ich habe am Montag noch einen freien Termin um die gleiche Zeit«, sagt Lorraine.

»Soll mein Mann auch dabei sein? Wir leben im Moment getrennt, aber ich könnte ihn fragen, ob er vorbeikommt, wenn er dabei sein soll.«

»Ja, wir sind rechtlich dazu verpflichtet, beide Elternteile einzubeziehen.« Am anderen Ende der Verbindung raschelt Papier.

»Okay. Dann sage ich Max, dass er auch kommen soll. Er wird sich bei der Arbeit freinehmen müssen, aber das wird sicher gehen.«

»Großartig, dann sehe ich Sie dann, Jo. Machen Sie es gut.«

Sie hat aufgelegt. Ich starre hinunter auf das Telefon, das in meiner Hand zittert. Ich habe nichts falsch gemacht. Ich bin eine gute Mutter. Warum also habe ich Angst?

Mum spürt, dass etwas nicht stimmt, als ich nach dem Telefonat mit ihr und Elise Mittag esse, aber ich lenke sie mit Fragen zu Dad und seinem Arzt ab, dann entschuldige ich mich, gehe ins Bad und rufe Max an. Ich sage ihm, dass Elise und ich am Montag zurückkämen und der soziale Dienst sich mit uns treffen wolle. Er klingt so aufgebracht, dass ich in Tränen ausbreche, und es kostet ihn geschlagene zehn Minuten, mich zu beruhigen. Gebetsmühlenartig wiederholt er, niemand werde uns Elise wegnehmen. Aufgrund meiner Verhaftung hielten sie sich eben an die Abläufe, wir müssten einfach die Wahrheit sagen und uns kooperativ zeigen, dann könnten wir so weiterleben wie bisher.

Ich kann mich nicht daran erinnern, wann er das letzte Mal so einfühlsam und fürsorglich gewesen ist. Als hätte ich den alten Max wieder, den Mann, der in unseren Anfängen mit Suppe und Taschentüchern vorbeikam, wenn ich eine miese Erkältung hatte, und der Blumen auf die Arbeit schickte, wenn er wusste, dass mir ein anstrengender Tag bevorstand. Nach Henrys Geburt veränderte er sich. Anfangs unterstützte er mich noch – im Krankenhaus, als wir nach Hause zurückkamen und später auf der Beerdigung. Danach machte er dicht. Er hörte auf, mit mir zu reden. Er hörte auf, mich zu berühren. Er arbeitete lange oder schloss sich in seinem Arbeitszimmer ein, während ich schluchzend vor dem Fernseher saß. Ich erfand Entschuldigungen für sein Verhalten. Ich redete mir ein, sein emotionaler Rückzug sei seine Art, mit der Trauer zurechtzukommen. Also wartete ich darauf, dass er heilte, dass er zu mir zurückkam, sich wieder öffnete, aber es wurde nur schlimmer. Er begann mich wegen Kleinigkeiten anzublaffen. Warum hatte ich die Kartoffelschalen in der Spüle liegen lassen? Warum hatte ich dem Briefträger nicht die Tür geöffnet? Warum sah ich mir so viele hirnlose Reality-TV-Serien an? Er gab mir das Gefühl, ihm zur Last zu fallen. Ein hoffnungsloser Fall in einem ungewaschenen Schlafanzug, dazu noch mit fettigen Haaren. Auch er hätte einen Sohn verloren, aber im Gegensatz zu mir gehe er jeden Tag zur

Arbeit, um dafür zu sorgen, dass wir genug zu essen und ein Dach über dem Kopf hätten. Warum ich mich nicht auch zusammenreißen könne, wie er es getan hatte – wenigstens nach außen hin. Dann drohte er mir, mich zu verlassen, wenn ich keinen Arzt aufsuchte. Nur unter Aufbringung meiner letzten Kräfte schaffte ich es durch die Haustür in seinen Wagen, aber ich schaffte es. Im Wartezimmer wäre ich zweimal fast zusammengeklappt. Die Ärztin diagnostizierte Agoraphobie und eine Angststörung und verschrieb mir Aufnahme-Hemmer und eine Verhaltenstherapie. Von den Antidepressiva wurde mir schlecht, und ich sah verschwommen, aber langsam, ganz langsam, und mit der Hilfe meines Therapeuten erholte ich mich. Ich schaffte es, das Haus zu verlassen, wenn ich ganz genau wusste, wo die Reise hinging, und wenn Max mich begleitete. Schließlich fühlte ich mich wieder so gut, dass ich arbeiten gehen konnte. Max schien mich wieder zu respektieren. Mich sogar zu mögen. Und dann wurde ich mit Elise schwanger, und ich bekam Angst und wurde neurotisch, und meine Agoraphobie kehrte mit aller Macht zurück.

Als Max mich am Telefon fragt, ob ich Zeit gefunden hätte, über seinen Vorschlag nachzudenken, zusammen nach Chester zu ziehen, nagt das schlechte Gewissen an mir. Er hat Fehler gemacht und sich egoistisch verhalten, genau wie ich. Er möchte die Dinge wieder ins Lot bringen. Wie kann ich ihn um eine Scheidung bitten, wenn er sich doch so für uns einsetzt. Vielleicht fahre ich nach dem Termin besser doch nicht zu Helen. Vielleicht sollte ich in Bristol bleiben und mit Max reden?

Am Montag, auf der Fahrt zurück nach Bristol, ertrage ich die steigende Anspannung kaum noch. Während der ersten Stunde war ich noch ganz mit Elise beschäftigt, die nach ihrem iPad verlangte, nach einem Happen Essen oder ihrer *Frozen*-CD, und dann darauf bestand, dass ich ihr immer und immer wieder *Die Räder am Bus* vorsang, bis ich Wischer, Türen, Hupe, Babys, Mummies und Daddies durchhatte, wie auch den Busfahrer, der »Und von vorne« sagt. Zuletzt ist sie endlich eingeschlafen. Aber mit der Stille kommt auch die Angst. Ich habe die letzte Nacht damit zugebracht, die Begriffe »Drogen«, »Drogenmissbrauch«, »sozialer Dienst«, »Kinder« und »Pflege« zu googeln, und das in allen möglichen Kombinationen. Ich stieß auf eine Menge Beiträge in Foren, meist von Frauen, deren Partner Drogen nahmen und die sich davor fürchteten, dass ihre Kinder in Pflege kämen, aber ich konnte niemand finden, der das Gleiche durchmacht wie ich. Auf einer Website hieß es, dass, wenn jemand den sozialen Dienst von einem möglichen Drogenmissbrauch in Kenntnis setzt, ein Sozialarbeiter eine einfache Begutachtung durchführt, um zu entscheiden, ob es einer detaillierteren Untersuchung bedarf. Vor lauter Sorge fand ich kaum Schlaf.

Ich werfe einen Blick auf die Zeitanzeige auf dem Armaturenbrett – 14:11 Uhr. Mir bleiben neunundvierzig Minuten, um auf die M32 und durch Bristol zu kommen. Ich hatte mir vorgenommen, zur Mittagszeit zu Hause zu sein, um das Haus auf Vordermann zu bringen, aber am Morgen war Dad ohnmächtig geworden, und ich hatte gespürt, dass Mum sich wünschte, ich würde noch bleiben und mit ihr auf den Arzt warten. Ich hatte ihren sorgenvollen Blick gesehen, als sie sagte, es sei schon in Ordnung, ich solle gehen, wenn ich in Eile sei.

Scheiße. Die Bremslichter des Wagens vor mir leuchten rot auf. Stau. Das hat mir gerade noch gefehlt.

Elise ist noch schläfrig, als ich sie aus dem Wagen auf den Gehweg hebe. Als ich sie absetze, wird sie quengelig; ich möchte auf keinen Fall, dass sie weint, wenn Lorraine hier aufkreuzt. Verzweifelt schaue ich durch Naijas Fenster, in der Hoffnung, Elise die Zwillinge zeigen zu können und sie damit abzulenken, aber hinter den Vorhängen ist es dunkel. Natürlich, sie hat mir ja erzählt, dass sie heute Nachmittag in die Ferien fahren wollten.

»Na komm, Schätzchen.« Ich hebe sie wieder hoch und trage sie zur Haustür. Es hat keinen Sinn, unsere Koffer reinzubringen. Sobald das Treffen mit Lorraine vorbei ist, werden wir wieder im Auto sitzen und zu Helen fahren. Ich muss mit ihr reden. Wieder und wieder bin ich im Kopf durchgegangen, was ich wegen Max tun soll, konnte aber keine Entscheidung fällen. Helen und ich kennen uns seit Jahren. Und sie kennt Max – natürlich nicht ganz so gut, aber gut genug, um mir einen Rat zu geben. Hoffentlich zeigt Max Verständnis, wenn ich ihm sage, dass ich noch etwas Zeit brauche. Ich stecke den Schlüssel ins Schloss, drehe ihn und drücke die Schulter gegen die Tür. Sie öffnet sich ein paar Zentimeter, aber ich spüre einen Widerstand, als würde irgendetwas oder irgendjemand auf der anderen Seite sie blockieren. Ich stemme mich fester gegen die Tür. Anscheinend habe ich vor drei Tagen in der Eile, das Haus zu verlassen und ins Auto zu kommen, ein paar von Elises Jacken von den Haken geworfen. Die Tür öffnet sich weit genug, dass ich hindurchpasse, aber weiter als zwei Schritte komme ich nicht. Zuerst schlägt mir nur der Gestank entgegen – Kot, abgelaufenes Essen und saure Milch –, dann sehe ich es. Ein Müllsack steht eingequetscht hinter der Haustür. Er ist eingerissen, und eine Spur schmutziger Windeln, Tücher, Essensreste, Verpackungen, zerknüllter Briefumschläge, Taschentücher und Konservendosen führt durch den Flur in die Küche. Als ob jemand den Müll rausbringen wollte, aber dann war auf halbem Weg der Beutel gerissen.

»Max!« Ich nehme Elise auf den Arm und steige über den Abfall, lasse die Tür offen stehen. »Max, bist du zu Hause?«

Als ich das Wohnzimmer sehe, entfährt mir ein entsetztes Keuchen. Die Pflanze vor dem Kamin wurde umgeworfen, und überall auf dem Teppich ist Erde verteilt. Eine von Elises Windeln liegt auf dem Boden vor dem Fernseher, sie ist aufgeklappt, darin eine Peppa-Wutz-Puppe mit dem Gesicht nach unten im Kot.

Auf dem Wohnzimmertisch stapeln sich schmutzige Teller und Schalen, und die Flasche Wein, die ich mir mit Max geteilt habe, ist umgekippt und der cremefarbene Teppich darunter voller roter Flecken. So habe ich das Haus nicht verlassen. Was zur Hölle ist hier passiert?

»Max?« Ich drücke Elise etwas fester an mich und gehe rückwärts aus dem Zimmer. Meine Stimme schallt durchs Haus, aber niemand antwortet.

In der Küche quellen Kleider aus der Waschmaschine auf den Boden. Auf der Arbeitsfläche hat jemand eine Büchse Bohnen verschüttet, sie liegt umgekippt da, die klebrige Pampe ist auf das Schränkchen darunter getropft. Auf dem Schneidebrett häufen sich Kaffeesatz,

Zucker und Brotkrumen. Gegenüber der Arbeitsfläche liegt die Wäsche, die ich ordentlich gefaltet und in einen Wäschekorb gelegt hatte, auf Boden und Stühlen verstreut.

Paula muss zurückgekommen sein.

Ich gehe langsam aus der Küche und schaue die Treppe hinauf. Unbewegt stehe ich da, atme kaum. Ist sie noch hier, steht lautlos in meinem Schlafzimmer und wartet ab, was ich als Nächstes tue? Wo ist Max? Er hat gesagt, er würde hier sein. Und was, wenn er hier ist? Was, wenn er hier war, als sie eingebrochen ist? Ein kalter Schauer überkommt mich, und ich strauchle rückwärts. Mein Absatz verfängt sich in irgendwas, ich verliere das Gleichgewicht und kippe zur Seite. Elise schreit auf, als ich mich mit einer Hand an der Wand abstütze. Ich muss hier raus.

KAPITEL 18

Mit Elise auf dem Arm stürze ich aus dem Haus, werfe die Tür hinter mir zu und pralle mit voller Wucht gegen etwas – genauer gesagt: gegen jemanden.

»Hoppla!« Eine ältere Dame mit kurzen, rot gefärbten Haaren und einem vollen Gesicht taumelt von mir weg.

»Alles in Ordnung?« Sie schiebt sich ihre Handtasche und ihren Stoffbeutel zurück auf die Schulter. »Sie sehen aus, als wären Sie einem Gespenst begegnet.«

Ich möchte so viel Raum wie möglich zwischen mich und das Haus bringen, aber sie blockiert den Weg, hält mich erfolgreich zwischen dem Erkerfenster und dem Mäuerchen fest, das unser Haus von Naijas trennt. Elise brüllt mir ins Ohr und klammert sich an meinem Hals fest, drückt mir die Luft ab.

»Bitte.« Ich hebe die Hand, um der Frau zu bedeuten, nicht näher zu kommen. »Bitte, lassen Sie mich einfach gehen.«

»Schon in Ordnung.« Sie tritt einen Schritt zurück und hebt beide Hände. »Ich will Ihnen nichts tun.« Sie runzelt die Stirn. »Sie sind Jo Blackmore, habe ich recht? Ich bin Lorraine Hooper. Wir haben gestern telefoniert.«

Als sie ihren Namen sagt, bin ich erleichtert. Ich dachte, Paula hätte diese Frau geschickt, um mich zu bedrohen. Vor lauter Angst habe ich völlig vergessen, warum ich eigentlich nach Hause zurückgekommen bin.

»Ich …« Ich setze Elise ab und nehme sie an der Hand. »Ich …«

»Möchten Sie sich einen Moment hinsetzen« – Lorraine deutet auf die Mauer – »und erst mal durchatmen? Danach können Sie mir in Ruhe erzählen, was passiert ist.«

»Das Haus. Das Haus …« Ich versuche, meinen Atem zu beruhigen, aber je mehr ich es versuche, desto flattriger wird er. Das Herz schlägt mir bis zum Hals, und es fühlt sich an, als würde ich gleich umkippen.

»Stimmt etwas nicht mit dem Haus?« Sie geht ein Stück nach links und nähert sich dem Erkerfenster, bückt sich und späht hinein.

Ihr stoischer Gesichtsausdruck verwandelt sich in Sorge.

»Es ist ein kleines bisschen unordentlich da drin«, sagt sie und sieht mich mit einem Blick an, den sie wohl für verständnisvoll hält. »Das ist schon in Ordnung. Wir alle lassen den Haushalt schleifen, wenn wir viel um die Ohren haben. Ist Ihr Mann zu Hause?«

»Ich … das stimmt nicht, ich …«

Ich bin frustriert. Begreift sie denn nicht, was hier passiert ist? Mein Haus ist nicht nur »ein kleines bisschen unordentlich«. Es ist regelrecht umgekrempelt worden, und wahrscheinlich ist mein Mann in Gefahr. Ich muss die Polizei anrufen, aber ich bringe kein Wort heraus. Ich kann verdammt noch mal nicht sprechen.

Schweiß rinnt mir den Rücken runter, und in meinen Ohren klingelt ein seltsam blecherner Ton. Ich beiße die Zähne aufeinander und atme durch die Nase. Ich muss ihr sagen, was passiert ist. Ich muss meine Stimme wiederfinden.

»Max …« Als ich das Wort herauspresse, geben meine Beine nach, und ich merke, wie ich nach hinten falle.

»Fühlen Sie sich etwas besser?«, fragt Lorraine, während ich an ihrer blauen Trinkflasche nippe, die sie aus den Tiefen ihres Stoffbeutels gezogen hat. Das Wasser schmeckt warm und abgestanden, aber ich trinke es dankbar.

Wir sitzen in meinem Wagen, ich auf der Fahrerseite, Lorraine auf dem Beifahrersitz und Elise auf der Rückbank. Lorraine hechtete vor, als ich zusammenbrach, und legte die Arme um Elise und mich, um meinen Sturz abzufedern, dann setzte sie mich langsam auf der niedrigen Mauer ab. Allmählich lichteten sich die schwarzen Flecken vor meinen Augen, aber ich konnte nicht aufhören zu zittern. Lorraine dachte, mir wäre kalt, und versuchte mich davon zu überzeugen, ins Haus zu gehen, und als ich mich weigerte, davon, in den Wagen zu gehen.

»Was meinen Sie? Sind Sie in der Lage, mit Ihrem Mann zu sprechen?«, fragt sie sanft. Ich hatte sie mir wie eine Art Drachen vorgestellt, aber sie ist eher so etwas wie eine freundliche Tante. Eine sehr starke, einfühlsame Tante.

»Ja.« Ich strecke die Hand nach dem Handy aus. »Ja, bitte.«

»Hallo?«, höre ich Max in der Sekunde sagen, in der das Telefon mein Ohr berührt. Beim Klang seiner Stimme atme ich erleichtert auf. Es geht ihm gut. Er ist unverletzt. »Es tut mir leid, dass ich zu spät bin. Ich stecke im Stau. In der Nähe von Temple Meads gab es irgendeinen Unfall. Seit zwanzig Minuten geht es weder vor noch zurück.«

»Max«, ich atme. »Wann warst du das letzte Mal zu Hause?«

»Äh«, – er überlegt – »Donnerstag, denke ich. Als ich auf dem Sofa geschlafen habe, oder? Warum?«

»Ich glaube, jemand hat uns ausgeraubt. Das Haus wurde durchwühlt. Da steht ein Müllsack direkt hinter der Tür, er wurde aufgerissen. Überall im Flur liegt Müll, im Wohnzimmer und in der Küche auch. Ich hatte solche Angst. Ich dachte, du wärst schon zu Hause und angegriffen worden.«

»Es geht mir gut, Jo. Ich bin in Ordnung. Ich war den ganzen Tag auf der Arbeit.«

»Es war wieder jemand im Haus, Max. Wir müssen die Polizei rufen.«

»Lass uns damit noch warten, bis ich zu Hause bin.«

»Warum? Glaubst du mir nicht? Ich flippe doch nicht wegen ein bisschen Unordnung aus, Max. Paula war in unserem Haus. Sie hat regelrecht darin gewütet.«

»Okay, okay. Alles ist gut, Jo. Ich glaube dir.« Er macht eine Pause. »Gibst du mir mal die Sozialarbeiterin?«

Ich sehe rüber zu Lorraine, die mich aufmerksam beobachtet.

»Er möchte mit Ihnen sprechen.«

Sie nickt freundlich und nimmt das Telefon.

»Hallo, Max. Lorraine Hooper.«

Jetzt ist die Reihe an mir, sie zu beobachten und ihr zuzuhören, aber alles, was sie in den nächsten paar Minuten sagt, ist »Aha, ich verstehe«, »Gut«, »Danke« und »Ganz recht«.

»Und?«, frage ich, als sie ihr Handy zurück in die Handtasche steckt. »Was wollte er?«

»Nur reden.«

»Über?«

Für den Bruchteil einer Sekunde zögert sie, und sieht dann aus dem Fenster, wie um zu entscheiden, wie sie es mir sagen soll. Als sie mich wieder ansieht, ist sie die Freundlichkeit selbst. »Er hat gefragt, ob ich in einer halben Stunde noch hier bin.«

Ich glaube ihr nicht. »Auf diese Frage habe ich Sie gar nicht antworten hören.«

»Nun, bedauerlicherweise muss ich leider gehen.« Sie wirft einen Blick auf die Rückbank, wo Elise auf dem iPad herumpatscht.

»Kaputt, Mummy. CBeebies kaputt.«

»Warte, Schätzchen.« Ich greife nach dem iPad, aber sie will es nicht loslassen und schreit ärgerlich.

Ich spüre, dass Lorraine unsere Interaktion stumm beobachtet.

»Jo«, sagt sie, während Elise brüllt. »Stört es Sie, wenn ich noch kurz einen Blick durch das Fenster und durch den Briefschlitz ins Haus hineinwerfe?«

»Ja, ja, tun Sie das.« Ich bemerke kaum, dass sie aus dem Wagen steigt, so sehr bin ich auf die Tränen fixiert, die an den Wangen meiner Tochter herunterrinnen.

Es dauert mehrere Minuten, bis ich Elise endlich davon überzeugt habe, dass Mummy nicht versucht, ihr das iPad wegzunehmen, ganz im Gegenteil, Mummy versucht, es zu reparieren, und bis sie, endlich, wieder strahlt und herumpatscht und brabbelt. Ich lasse mich zurück auf meinen Sitz fallen und reibe mir über das Gesicht. Lorraine späht durch ein Fenster in unser Haus, die Hände um das Gesicht gelegt. Was die Nachbarn von gegenüber sich wohl aus all dem zusammenreimen mögen?

Es ist fast vorbei, sage ich mir, als Lorraine die Straße runter und zurück zum Wagen kommt. Sowie sie weg ist, werde ich Max anrufen, um ihm zu sagen, dass ich bei Helen übernachte. Und die Polizei werden wir anrufen, wenn *ich* es für richtig halte. Mal sehen, wie herablassend er noch ist, wenn er das Haus erst mal mit eigenen Augen sieht. Ich jedenfalls bleibe keine Sekunde länger hier als unbedingt nötig.

»Nun«, sagt Lorraine, als sie sich zurück in den Wagen hievt, »ich habe mir angesehen, in welchem Zustand der Flur ist.«

»Und?«

»Haben Sie eine Katze?«

»Katze!«, ertönt Elises Stimme von der Rückbank. »Tigger Katze!«

»Meine Nachbarn haben eine«, sage ich. »Warum?«

»Kommt sie manchmal in Ihr Haus?«

»Manchmal. In der hinteren Tür gibt es eine Katzenklappe, die der frühere Eigentümer eingebaut hat. Nachdem Tigger ein paarmal durch die Klappe reingekommen ist, habe ich entschieden, sie zu schließen. »Aber Elise findet es lustig, sie wieder zu öffnen.«

»Könnte sie das getan haben, bevor Sie gefahren sind?«

»Möglicherweise.«

»Das würde den zerrissenen Müllbeutel und die umgestoßene Pflanze erklären.« Ich kann hören, wie das Lächeln aus Lorraines Stimme trieft.

Eine Katze? Sie denkt ernsthaft, eine Katze sei verantwortlich für den Zustand meines Hauses? Und was ist mit der verstreuten Wäsche, der verdreckten Windel oder dem schmutzigen Geschirr? War das etwa auch die Katze? Nein, natürlich nicht. Lorraine denkt, dass ich dafür verantwortlich bin. Denkt sie auch, dass ich eines der Spielzeuge in den Exkrementen meiner Tochter liegen lassen habe? Ich bin so wütend, dass ich nicht wage, darauf zu antworten, und für mehrere Sekunden ist im Auto nichts anderes zu hören als das Piep-Piep-Piep von Elises Spiel. Dann fühle ich eine Hand auf meiner Schulter.

»Sie machen gerade eine schwere Zeit durch, habe ich recht?«, sagt Lorraine sanft.

»Sie haben ja keine Ahnung.«

»Es muss anstrengend sein, sich neben dem Haus und Ihrer Tochter auch noch um einen Teilzeitjob zu kümmern, ein Elternteil zu pflegen und Ihre Krankheit zu meistern.«

Ich werde ganz steif und entziehe mich ihrer Berührung. Woher weiß sie das alles?

»Wir alle haben verschiedene Mechanismen, damit umzugehen, Jo, aber manche sind hilfreicher als andere.«

»Und auf welche Mechanismen beziehen Sie sich da? Meinen überbordenden Alkoholismus oder den außer Kontrolle geratenen Drogenkonsum?«

»Niemand unterstellt Ihnen hier irgendetwas, Jo.«

»Aber deshalb sind Sie doch hier, oder? Wegen der polizeilichen Ermittlung. Als hätte ich nicht schon genug durchgemacht!«

»Jo.« Sie wirft einen Blick auf die Rückbank, wo Elise in ihr Spiel versunken ist. »Vielleicht sprechen Sie etwas leiser.«

Ich weiß, ich sollte tun, was sie sagt. Logisch betrachtet, weiß ich, ich tue mir keinen Gefallen, wenn ich so reagiere, aber mir reicht es jetzt. Ich habe genug davon, dass man mich zweifelnd und misstrauisch ansieht, obwohl ich nichts Falsches getan habe. Erst Max, dann die Polizei und jetzt diese Frau. Ich fühle mich, als wäre ich eine Figur in der *Truman Show*, als würden Strippen gezogen und Szenen abgesprochen, nur um mehr aus mir herauszupressen. Warum merkt niemand außer mir, wie lächerlich die ganze Sache ist?

»Man hat mich *bedroht*«, sage ich. »Man hat Drogen in meinem Haus platziert, das dann durchwühlt wurde. *Ich* bin hier das Opfer, und trotzdem wird meine Fähigkeit, mich um meine Tochter zu kümmern, infrage gestellt? Ernsthaft?«

Lorraine rutscht auf dem Sitz hin und her. »Nein, niemand tut das, Jo. Wir wollen Ihnen nur helfen.«

»Nein.« Ich schüttle den Kopf. »Nein, das wollen Sie nicht. Das hier ist der gleiche Müll, den mir schon die Hebamme erzählen wollte, als ich nach Elises Geburt unter postnataler Depression litt. Wissen Sie, was sie erwiderte, als ich ihr sagte, ich bekäme nachts weniger als drei Stunden Schlaf? Halten Sie durch! *Durchhalten*, und das soll helfen? Sie scherte sich einen Dreck um mich, sie war nur da, um sicherzustellen, dass ich meinem Kind nichts antat.«

»Ich bin sicher, das ist nicht wahr. Mütter mit postnataler Depression fühlen sich oft überwacht, und als müssten sie sich verteidigen und …«

»O, verdammt noch mal!« Ich schlage die Handflächen auf das Lenkrad und drücke die Stirn dagegen. Ich kann nicht mehr.

»Mummy!«, jammert Elise in ihrem Kindersitz, das Stimmchen schrill und angsterfüllt.

»Schon in Ordnung, Li-Li.« Ich drehe mich zu ihr um. Alarmiert sieht sie mich aus großen Augen an. »Mummy geht es gut. Ich bin nur ein bisschen sauer. Nicht auf dich. Niemals auf dich.«

Lorraine sucht im Fußraum nach ihren Taschen und zieht sie sich auf den Schoß. »Ich denke, wir sollten es für heute dabei belassen, Jo.«

Ich zwinge mich, sie anzusehen, aber ich zittere vor Wut. »Also sind wir hier fertig? Sie sind fertig?«

»Ich denke nicht. Wir müssen ein neues Treffen vereinbaren. Ich melde mich bei Ihnen und Max, um einen Termin festzusetzen.«

»Mummy«, klingt es leise von hinten aus dem Wagen. »Mummy, ich hab Pipi gemacht. Leid, Mummy.«

Elise zieht den Rock hoch, und wirklich, der obere Teil ihrer Strumpfhose ist um einige Farbtöne dunkler. Ich habe vor der Fahrt runter nach Bristol ganz vergessen, ihr eine Windel anzuziehen. Wer weiß, wie lange sie schon zur Toilette muss.

»Oh, Liebes«, sagt Lorraine. »Haben Sie ein paar saubere Sachen für sie, Jo?«

Ich muss mich zusammenreißen, um sie nicht zu schlagen.

KAPITEL 19

Auf ein Wort, Max? Fionas Bitte hallt in ihm wider, während er das Büro auf dem Weg zu ihrer Tür durchquert. Vier scheinbar harmlose doch bedeutungsschwangere Worte. Er greift nach der Türklinke und versucht sich an andere Sätze zu erinnern, die in der Vergangenheit Angst in seinem Herzen gesät haben:

Dein Vater ist letzte Nacht gestorben

Ich konnte keine Herztöne finden

Ich lasse mich von Max scheiden

Als er Fionas Büro betritt, hält er sich sehr gerade. Über welchen Schwachsinn sie auch immer mit ihm sprechen möchte, er wird es zu nehmen wissen. Er hat schon Schlimmeres überstanden. Viel, viel Schlimmeres.

»Max.« Fiona nickt steif und lässt eine fließende Handbewegung folgen. »Setz dich doch bitte.«

Max tut, wie ihm befohlen. Seine Chefin mustert ihn, während er sich auf dem Stuhl niederlässt. Er hält ihrem Blick stand, sagt aber nichts. Soll sie doch den ersten Schuss abfeuern. Er wird ihr keine Munition liefern.

»So.« Sie stützt sich auf die Ellenbogen und lehnt sich vor. »Es ist jetzt gut eine Woche her, seit wir uns das letzte Mal unterhalten haben, und ich dachte, wir sollten einander auf den neuesten Stand bringen. Leg los, wie läuft es in Maxworld?«

Maxworld? Er muss sich beherrschen, seine Geringschätzung nicht zu zeigen. Seit wann benutzt Fiona derart zuckersüße Formulierungen? Liest sie etwa *Management-Methoden für Dummies*? Kapitel eins: Beruhigen Sie Ihre Angestellten, indem Sie mit ihnen wie mit Vierjährigen sprechen, bevor Sie ihnen einen Anschiss verpassen.

Er zuckt mit den Schultern. »Nicht gut, um ehrlich zu sein, aber ich denke nicht, dass wir hier sitzen, um über *Maxworld* zu reden, oder, Fi?«

Ihr Lächeln wirkt wie angeklebt. »Okay, Max. Ich überspringe den Austausch von Höflichkeiten. Ich habe dich hergebeten, weil du nicht mehr richtig bei der Sache bist. In der letzten Woche hast du mehrere Male gefehlt, du hast zu spät abgeliefert, du hast Anfängerfehler in deinen Texten gemacht, und es sind mehrere Beschwerden über deine Arbeitseinstellung bei mir eingegangen.«

»Beschwerden welcher Art?«

»Dass du barsch warst. Dass du bei Interviews abgelenkt und desinteressiert gewirkt hast, dass du Namen falsch geschrieben und falsch zitiert hast. Soll ich noch weiter ausholen?«

Max schüttelt den Kopf.

»Und noch dazu«, fährt Fiona fort, »entschließt du dich, heute um halb drei einen kleinen Spaziergang zu machen, und scherst dich nicht darum, irgendjemand Bescheid zu geben, wo du hingehst. Das ist inakzeptabel, Max. Ich weiß ja nicht, ob du dich auf den Lorbeeren deiner Erfolgs-Story über den Kredit-Hai ausruhst, oder ob es sich dabei um die Symptome irgendeiner Malaise handelt, aber es ist nicht unbemerkt geblieben. Nicht von deinen Kollegen, nicht von der Öffentlichkeit und ganz sicher nicht von mir.« Sie lehnt sich auf ihrem Stuhl zurück und verschränkt die Arme vor der Brust. Fall abgeschlossen. Jetzt ist es an ihm, sich zu verteidigen.

Max fährt sich mit den Händen über die Oberschenkel, vor und zurück, während er seine Gedanken ordnet. Er hatte gehofft, unter Fionas Radar zu bleiben, selbst wenn er aus Erfahrung wusste, dass das unwahrscheinlich war. Ihr entgeht kaum etwas, insbesondere nicht Nachlässigkeit. Es war nur eine Frage der Zeit, bis sie ihn zu sich beorderte.

»Ich höre.« Fiona strafft die Schultern. Sie wappnet sich für eine Ladung Bullshit.

»Sieh mal.« Er streckt die Hände weit aus – offene, aufrichtige Körpersprache, um ihrer verschlossenen Haltung etwas entgegenzusetzen. »Es tut mir leid. Mein Privatleben geht gerade den Bach runter. Ich versuche das alles auszublenden, wenn ich zur Arbeit komme, aber es ist …« – er hält inne und starrt auf den groben beigen Teppich – »es ist hart.«

»Inwiefern?«

»Meine Frau.« Er sieht wieder auf und begegnet dem unverwandten Blick seiner Chefin. »Du weißt, dass es ihr schon seit einer Weile nicht mehr gut geht.«

»Die Agoraphobie? Ja, du erwähntest das.«

»Nun, es wird schlimmer. Sie ist sehr labil. Paranoid. Sprunghaft. Und ich mache mir Sorgen, dass sie sich selbst behandelt, um damit klarzukommen.«

Fiona hört aufmerksam zu, während Max ihr erzählt, dass die Auseinandersetzung mit Paula seine Frau aufbrachte, dass Jo jemand geschubst hatte, der offensichtlich psychisch krank war, und dass sie für den Besitz von Drogen verhaftet worden war. Als er ihr erklärt, dass er die Arbeit früher verlassen hatte, weil der Soziale Dienst eingeschaltet worden war, bemerkt er, dass seine Chefin den Kopf schüttelt.

Er hält inne. »Was?«

»Warum hast du mir denn nichts davon gesagt?«

Er sinkt auf seinem Stuhl nach vorne. »Ich … ich habe mich geschämt, denke ich. Ich wollte nicht, dass jemand merkt, wie schlimm die Dinge stehen. Ich wollte nicht verurteilt werden.«

»Weil du deine Frau unterstützt?« Die harten Züge seiner Chefin werden milde. »Wer wollte dich dafür verurteilen? Ich sicher nicht.«

»Es ist einfach beschämend. Der Soziale Dienst, verdammt noch mal.«

Fionas Stuhl quietscht, als sie sich langsam zurücklehnt. Sie hat die verschränkten Arme geöffnet, bemerkt Max. »Hast du sie zu jemand gebracht, der sie sich ansieht? Zu einem Arzt, einem Psychologen?«

»Es ist heikel. Ich bin nicht … also … Ich wohne nicht mehr zu Hause. Im Moment übernachte ich im Holiday Inn. Jo will die Scheidung.« Er verspannt sich, als er dieses Geständnis macht. Jo hat zwar Helen ins Vertrauen gezogen, es ihm gegenüber aber noch immer nicht erwähnt. Weder als sie ihn angerufen hat, um zu ihn zu bitten, sie von der Polizeistation abzuholen, noch als sie ihn in derselben Nacht darum gebeten hat, auf dem Sofa zu schlafen, noch als sie ihn angerufen hat, um ihm von dem Termin mit Lorraine Hooper zu erzählen.

»Oje. Tut mir leid, das zu hören.«

»Ich weiß nicht, wie viel davon auf ihre psychischen Probleme zurückzuführen ist und wie viel davon auf …« Er zuckt mit den Schultern. »Wir … wir hatten es in der letzten Zeit nicht gerade leicht, aber ich dachte, wir würden es überstehen …«

Er verliert den Faden, und plötzlich ist es ihm unangenehm, dass er so viel mit Fiona geteilt hat. Es hat sich gut angefühlt, sich all das von der Seele zu reden, aber sie ist immer noch seine Chefin. Von außen betrachtet, mag sie verständnisvoll wirken, aber er weiß, hinter der mitfühlenden Fassade wägt sie bereits ab, ob er in der Lage ist, seine Arbeit zu erledigen.

»Was hat die Sozialarbeiterin gesagt?«

»Sie war schon weg, als ich zu Hause ankam. Genau wie Jo und Elise. Aber ich habe mit ihr telefoniert.«

Er hatte Jo gebeten, ihr das Handy zu geben, und dieser Frau dann behutsam erklärt, dass seine Frau unter extremen Angstzuständen leide. Lorraine müsse sich klarmachen, dass seine Frau sich die Geschichte über jemanden, der das Haus durchwühlt, zurechtgelegt habe, weil sie sich dafür schäme, in welchem Zustand sie es zurückgelassen habe. Natürlich sei ihm die Unordnung aufgefallen, als er Jo von der Polizeistation nach Hause gebracht hatte. Lorraine hatte nur zugehört, während er ihr erklärte, wie sehr er sich um Jo sorge und ob sie sich gut genug um Elise kümmern könne. Eine Sorge, die von mindestens einem Mitarbeiter in der Kita seiner Tochter geteilt würde.

»Ich habe mich dann selbst im Haus umgesehen«, fügt er hinzu. »Es war ein einziges Drecksloch. Ich verstehe sofort, warum Jo die Sozialarbeiterin nicht reinlassen wollte, aber es fehlte nichts. Es war ganz sicher kein Einbruch. Jo ist überzeugt davon, dass diese Frau, diese Paula, irgendwie eingestiegen ist und das Haus demoliert hat, aber nichts deutete auf ein gewaltsames Eindringen hin. Alle Türen und Fenster waren unversehrt. Sie hätte nur auf einem Wege reinkommen können: durch die Wand.«

»Du lieber Gott, Max.« Fiona schiebt sich die Haare aus der Stirn. »Ich hatte ja keine Ahnung, was du gerade durchmachst. Meine Güte. Mir ist zwar aufgefallen, dass du müder als sonst aussiehst, aber ich habe das auf ein paar durchfeierte Nächte zurückgeführt.«

Er schnaubt verächtlich. »Wenn es nur so wäre.«

»Was wirst du jetzt tun?«

Max antwortet nicht gleich. Er lässt den Blick in eine Ecke von Fionas Büro und zu einer riesigen Yucca-Palme wandern, die wie ein Wachposten dasteht, reibt sich das Gesicht, seufzt und lässt die Hände in den Schoß fallen.

»Was kann ich schon tun?«, sagt er leise. »Ich habe versucht, ihr zu helfen. Ich war für sie da, wenn sie mich brauchte. Ich habe ihr Raum gelassen, wenn sie mich darum bat. Aber es geht ihr schlechter, nicht besser. Und jetzt sorge ich mich nur noch um Elise.«

»Natürlich tust du das«, haucht Fiona, und Max hört die Anteilnahme in ihrer Stimme. Fiona hat Kinder; eines besucht die Universität, und das andere steht kurz vorm Abitur. Sie macht keinen Hehl aus ihrer fehlenden Mütterlichkeit, aber als er Elises Babyfotos im Büro herumgezeigt hatte, war sie regelrecht ins Schwärmen geraten, genau wie alle anderen Eltern. »Hör zu, Max, weißt du, ich glaube kaum, dass es irgendetwas gibt, das ich tun kann, aber wenn du Zeit brauchst, um alles zu regeln, sag es mir einfach. Und wenn dir die Arbeit über den Kopf wächst, finde ich auch dafür eine Lösung.«

»Ich danke dir.« Eigentlich würde Max eher sterben, als sich vor Fiona derart verletzlich zu geben, aber er muss sie auf seiner Seite wissen. Und wenn das bedeutet, seinen Stolz runterzuschlucken, dann soll es so sein. »Ich weiß das wirklich …«

Das schrille Klingeln seines Handys unterbricht ihn. Er fischt es aus der Innentasche, schaut erst auf das Display und dann auf Fiona.

»Es ist Jo«, sagt er leise. Eigentlich gibt es keinen Grund zu flüstern – schließlich hat er den Anruf noch nicht entgegengenommen –, aber es fühlt sich richtig an.

»Geh dran«, erwidert Fiona kaum hörbar, und Max nickt.

»Max!« Jos Stimme ist laut, sie ist so aufgebracht, sie können sie beide hören, auch ohne eingeschaltete Lautsprecherfunktion. »Warst du schon zu Hause?«

»Ja, war ich. Wo bist du?«

»Ich bin bei Helen. In Cardiff. Ich bleibe mit Elise über Nacht. Hast du gesehen, in welchem Zustand das Haus ist?«

»Ja, habe ich.«

»Hast du die Polizei angerufen?«

»Ich dachte, das würdest du tun.«

»Ich hätte gerne, dass du sie anrufst, Max.«

»Aber …«

»Ich kann sie nicht anrufen. Ich bin wegen Drogenbesitzes verhaftet worden! Bitte, Max, ich weiß nicht, ob ich das alles noch länger ertrage …«

Während Jo so schimpft und geradezu überschnappt, drückt Max sich das Handy an die Brust und deckt den Hörer ab. »Stört es dich, wenn ich das hier draußen beantworte?«, flüstert er Fiona zu.

»Bitte«, sagt sie und wirft ihm einen bestürzt-verständnisvollen Blick zu. »Unbedingt.«

KAPITEL 20

Ich war zwei Mal im Haus. Beim zweiten Mal war es recht ekelhaft; wie ein Frettchen im Müll herumwühlen zu müssen, um das ganze Zeug im Haus zu verteilen. Aber beim ersten Mal war ich rein und wieder raus wie der Blitz. Das Drogenversteck im Spülkasten kam mir vor wie ein billiger Trick – ein Klischee – eine Szene aus einer x-beliebigen Krimi-Serie –, aber ich musste es der Polizei leicht machen, ihre Arbeit zu erledigen.

An die Drogen zu kommen war ein Kinderspiel; jemand davon zu überzeugen, sie zu melden – schon etwas aufwendiger. Die Polizei hätte einen einzelnen Anruf nicht ernst genommen. Schließlich müssten sie ständig Häuser durchsuchen, wenn jeder sie anrufen würde, der einen Groll gegen jemand hegt und eine Anschuldigung rausposaunt. Aber ich weiß, wie man Menschen für meine Zwecke gewinnt, wie ich ihr Mitleid errege, wie ich sie überzeuge, einen Fehler wiedergutzumachen.

Idioten.

Menschen sind Idioten. Sie hören und sehen nur das, was sie sehen wollen. Wenn ich ihnen sage, dass ich ein Opfer bin, denken sie, ich sei eines. Sie bemitleiden mich. Sie wollen helfen. Zu helfen befreit sie von dem Unbehagen, das sie verspüren – diese ungemütlichen Gefühle à la »Scheiße, bin ich froh, dass es nicht mich getroffen hat«. Nun, sollen sie diesen flüchtigen Moment der Über-

legenheit ruhig genießen, er ist eine Illusion. Sie sind diejenigen, die die Polizei angelogen haben. Oje. Ojemine. Wer ist jetzt das Opfer?

KAPITEL 21

Und?«, fragt Helen, als ich auflege. »Was hat er gesagt?«
»Die Polizei hat sich nicht wieder gemeldet, seit er gestern angerufen hat, was bedeutet, dass wir immer noch nicht wissen, wann jemand vorbeikommen wird, um nach Fingerabdrücken zu suchen. Aber sie stufen es als Einbruch ein, ob etwas fehlt oder nicht.«

»Das sind doch gute Neuigkeiten.« Ihr ängstlicher Gesichtsausdruck weicht einem Lächeln, und sie reckt sich über den Küchentisch, um mir die Hand zu tätscheln. »Habe ich dir nicht gesagt, dass sie es ernst nehmen würden?«

Ich war ein stummes, zitterndes Wrack, als ich gestern Abend bei ihr eintraf. Für Elise hatte ich mich während der gesamten Fahrt von Bristol nach Cardiff zusammengerissen, aber sobald sie und Ben im Bett waren, brach ich in Tränen aus. Helen legte mir eine Hand auf die Schulter und führte mich in die Küche. Sie saß still neben mir, während ich weinte, dann, als ich mich endlich beruhigte, schob sie mir ein Glas Rotwein zu. »Erzähl, wenn dir danach ist«, sagte sie nur.

Sie hörte zu, während alles in einem großen, heillosen, verdrehten Chaos aus mir hervorbrach, dann stand sie auf, kam zu mir herüber und schlang die Arme um mich.

»Es wird wieder gut, Jo«, sagte sie leise. »Du bist hier sicher. Hier kann dir nichts geschehen.«

Sofort brach ich wieder in Tränen aus. Die Erleichterung darüber, mit jemand zu reden, der mich nicht kritisieren, mich nicht fest- oder mir mein Kind wegnehmen wollte, war überwältigend. Ich müsste nicht länger stark oder kämpferisch sein oder ausweichen. Ich müsste mir keine Sorgen darüber machen, sie zu verletzen oder ihr etwas aufzuladen. Sie wollte helfen. Und, ebenso wichtig: Sie glaubte mir.

»Was ist der nächste Schritt?«, fragt Helen mich jetzt.

»Ich weiß es nicht. Gestern hat die Polizei Max noch versichert, sie würden ermitteln. Was immer das bedeuten mag.«

Ich werfe einen Blick auf mein Handy, um zu überprüfen, ob ich das Telefonat mit meinem Mann auch wirklich beendet habe, bevor ich weiterrede. Er hat drei Nachrichten geschrieben, nachdem ich das Telefonat gestern aufgewühlt unterbrochen hatte. Die erste war wütend. Er teilte mir mit, dass er in einem wichtigen Meeting mit Fiona war, als ich angerufen hatte, um ihn anzubrüllen. Dann, einige Stunden später, folgte eine einzelne Textzeile – Wann kommst du zurück? Ich antwortete nicht darauf. Als ich heute Morgen nach meinem Handy griff, fand ich eine weitere Nachricht. Kannst du mich bitte anrufen? Ich muss wissen, dass es dir und Elise gut geht.

»Er kauft mir nichts von alledem ab, Helen. Er hat das Haus gesehen, und dennoch hat er mich am Telefon hysterisch genannt. Als ich ihn endlich so weit hatte, die Polizei anzurufen, fragte er, ob ich nicht zu meinem Hausarzt gehen sollte, um mich neu einstellen zu lassen.«

Sie seufzt. »Also meinst du es ernst? Du lässt dich von ihm scheiden?«

»Ja. Unsere Ehe ist kaputt. Es gibt nichts mehr zu

retten.« Ich stehe auf und schaue an der Küchentür vorbei durch den Flur ins Wohnzimmer. Elise sitzt auf dem Sofa, eins von Effis Ohren im Mund, und starrt gebannt auf den Fernseher. »Ich sollte mit ihr rausgehen. In den Park oder so.«

Ich höre Helen hinter mir nach Luft schnappen.

»Was denn?« Ich drehe mich um und sehe sie an.

»Meinst du das ernst?«

Ich starre sie verständnislos an, dann begreife ich. Sie ist nicht die Einzige, die sich nicht daran erinnern kann, wann ich das letzte Mal vorgeschlagen habe, mit Elise in den Park zu gehen.

»Wenn du möchtest, es gibt einen hübschen Park nur fünf Minuten von hier. Ich nehme Ben oft nach der Schule mit dorthin.«

Ich versuche mir vorzustellen, aus der Haustür und Hand in Hand die Straße runterzuspazieren, auf dem Weg zu einem Park, den ich nie zuvor betreten habe. Ich sehe Elise vor mir, lachend und quietschend, während ich sie auf der Schaukel anschubse, höher und höher, aber der Schlag meines Herzens und der Schweißtropfen, der mich an der Schläfe kitzelt, holen mich aus diesem Traum zurück. Ich glaube nicht, dass ich es bewältigen kann.

»Jo.« Helen berührt mich am Unterarm. »Schon in Ordnung. Du musst nicht. Wir können Elise warm einpacken und mit ihr in den Garten gehen. Wir haben noch Bens alte Rutsche und das Spielhäuschen im Schuppen. Sie wird auch so eine Menge Spaß haben.«

»Aber ich möchte, dass sie ein normales Leben hat, Helen. Ich möchte, dass sie draußen mit anderen Kindern spielen kann.«

»Das kann sie doch in der Kita.«

»Du weißt, was ich meine.«

»Das weiß ich, natürlich weiß ich das. Und einen Ausflug in den Park vorzuschlagen ist ein guter Anfang. Ein Schritt nach dem anderen. Okay?«

Wir bringen eine wunderbare Zeit damit zu, in Helens Garten Fangen zu spielen, zu rutschen und das Spielhäuschen aufzubauen, trotz der frostigen Februarluft. Als wir schließlich in die Küche zurückkehren, sind unsere Nasen und Wangen rosa. Wir essen zu Mittag, alle drei am kleinen Küchentisch, und Helen und ich lachen über Elises entsetzte Reaktion, als Helen es wagt, ihr eine Tomate auf den Teller zu legen. Nach dem Essen spüle ich das Geschirr ab, während meine beste Freundin die Reste einer Packung Mehl, etwas Salz und einen Krug Wasser hervorzaubert und meiner Tochter hilft, Knete daraus zu machen. Der Nachmittag verschwimmt in einem Reigen aus Malen, Spielen und mehreren Tassen Tee. Ich tue mein Bestes, nicht zurückzuschauen oder mir Sorgen zu machen, was auf mich zukommen mag, aber ich kann die Furcht nicht ignorieren, die in meiner Brust emporsteigt. Helen bemerkt es jedes Mal, wenn ich verstumme, und macht einen Witz oder lässt einen Kommentar fallen, um meine Aufmerksamkeit wieder auf sie und Elise zu lenken. Ich weiß nicht, was ich getan habe, dass ich so eine großartige Freundin verdiene, aber ich empfinde eine überwältigende Dankbarkeit.

»Ich werde höchstens zwanzig Minuten weg sein«, sagt sie jetzt und zieht sich den Mantel über. »Bist du sicher, dass du alleine klarkommst?«

»Natürlich.« Ich stecke einen Duplo-Stein auf die

Burg, die ich mit Elise auf dem Wohnzimmerteppich baue. »Uns geht's gut.«

Helen zieht den Reißverschluss ihres Mantels zu. »Nimm dir Tee oder Saft oder was immer du brauchst.«

»Uns geht's gut, wirklich. Geh und hol Ben ab.«

»Okay. Also, ich habe mein Handy dabei.« Sie klopft auf ihre Manteltasche. »Ruf mich an, wenn ...« Sie schüttelt den Kopf und lacht. »Ich sehe schon, du wirst mich sowieso nicht anrufen! Gönn dir einen Tee. Ruh dich aus. Wir sehen uns gleich.«

Ich höre ihre Schritte im Flur und das Klicken der Haustür, als sie sie hinter sich zuzieht, dann herrscht Stille, abgesehen von Elise, die neben mir schnieft. Schon seit dem Mittagessen läuft ihr die Nase, aber ich bin nur mäßig besorgt. Als ich sie das erste Mal in die Kita gebracht habe, konnte ich kaum glauben, wie oft sie mit einem Schnupfen oder einer Erkältung nach Hause kam, aber mittlerweile habe ich mich an das gelegentliche Schniefen gewöhnt. Kuscheln, Calpol und eine Mütze voll Schlaf, das reicht meistens schon.

»Hier.« Ich ziehe ein Taschentuch hervor und halte es meiner Tochter unter die triefende Nase. »Schnauben.«

Elise drückt das Gesicht in das Taschentuch und dreht den Kopf hin und her, verschmiert den Schnodder auf beiden Wangen.

»Ihhhh!« Ich wische ihn ab. »Du kleine Schniefnase!«

Sie kichert und greift nach dem schmutzigen Taschentuch. Ich halte es mir über den Kopf und lache. »Nein! Es ist schmutzig!« Sie steht auf und stützt sich auf mich, die eine Hand auf meiner Schulter, mit der anderen greift sie nach dem Kleenex.

»Meiner! Meiner!«

Ich grabe in meiner Jeans nach einem sauberen Taschentuch, durch das ich das schmutzige ersetzen kann. Als sich meine Finger um das Päckchen schließen, klingelt mein Handy. Ich springe auf und laufe schnell durch den Flur in die Küche, wo es auf dem Tisch vibriert. Elise protestiert.

»Meiner!«, ruft sie, und als ich mir das Handy ans Ohr drücke, klammert sie sich an meine Beine.

»Hallo?«

»Hallo, Jo.« Ich erkenne die Stimme. »Lorraine Hooper. Hätten Sie einen Moment?«

Mein Magen zieht sich zusammen. »Worum geht es?«

»Das würde ich gerne persönlich mit Ihnen besprechen, wenn das möglich ist.«

»Ich bin in Cardiff«, erwidere ich. »Bei einer Freundin.«

»Richtig, richtig.« Ich kann mir fast bildlich vorstellen, wie sie mit dem Kopf nickt. »Nun, es ist sehr wichtig. Planen Sie heute noch, zurück nach Bristol zu kommen?«

»Nicht wirklich, nein. Die letzten Wochen waren sehr unbeständig für meine Tochter und mich, und wir könnten ein paar Tage Abstand gut gebrauchen, um uns zu beruhigen und …«

»Es ist wegen Ihres Mannes«, sagt Lorraine. »Er hat vor Gericht das alleinige Sorgerecht beantragt.«

»Er hat was?«

»Das alleinige Sorgerecht beantragt. Max möchte, dass Elise bei ihm lebt und nur er darüber bestimmt, wo sie sich aufhält.«

KAPITEL 22

»Alles in Ordnung, Jo?«, wispert Helen leise, während Mr Harrison in den Formularen blättert.

Ich nicke stumm, behalte aber weiter die Bürotür im Auge. Um zurück auf die Straße zu gelangen, muss ich mich nach rechts wenden, den Flur hinunterlaufen, links abbiegen, in den Fahrstuhl steigen und G drücken, erst dann wäre ich draußen vor der gläsernen Tür von Harrison & Partners, einer Kanzlei für Familienrecht. Der Wagen steht im Parkhaus an der Prince Street, Deck drei, in einer Ecke direkt neben einem roten Golf GTI. Aber was, wenn ein Feuer ausbricht? Mr Harrison hat uns nicht gesagt, wie wir sicher hier rauskommen, und ich habe nirgendwo Treppen gesehen, als wir aus dem Fahrstuhl gestiegen sind. Doch, ich habe welche gesehen, als wir reinkamen. Auf der rechten Seite am Empfang. Die Fahrstühle waren auf der linken Seite. Das bedeutet, wenn ich nach links aus der Tür gehe und den Flur weiter hinunterlaufe und nach …

»Jo.« Helen drückt meine Hand. »Er wird dir helfen. Versuch doch, dir keine Sorgen zu machen.«

Erneut nicke ich und richte meine Aufmerksamkeit auf die gerahmte Urkunde an der Wand, auf den goldenen Ring an Richard Harrisons linkem Ringfinger, auf seine fliehende Stirn, auf die dunklen Haare, die aus seinen Nasenlöchern hervorwuchern, auf den gelehrten

Ausdruck in seinen Augen hinter dem Drahtgestell seiner Brille. Er wirkte blasiert, als ich am Dienstagnachmittag mit ihm sprach. »Natürlich kann ich Ihnen helfen, Mrs Blackmore. Es ist ganz normal, in einer Situation wie dieser in Panik zu geraten, aber hier sind Sie an der richtigen Adresse.«

Helen hat sich großartig verhalten, als ich ihr von Lorraine Hoopers Anruf erzählte. Sie ging sofort zu ihrem Laptop und fing an zu googeln. Dann zückte sie ihr Telefon, tippte eine Nummer ein und gab es an mich weiter. Der früheste Termin, den er frei hatte, war heute, ein Donnerstag. Ich brachte den Großteil des Mittwochs damit zu, im Internet nach Informationen über das Aufenthaltsbestimmungsrecht im Rahmen des alleinigen Sorgerechts und das Familienrecht in Großbritannien zu suchen.

Heute Morgen richtete sie es für Ben so ein, dass sein Vater ihn zur Schule brachte und ihn auch wieder abholte. Um Viertel nach sieben machten wir uns auf den Weg nach Bristol, Helen fuhr in ihrem Wagen voraus, dahinter folgte ich, Elise saß angeschnallt in ihrem Kindersitz auf der Rückbank. Anfangs wollten wir mit nur einem Wagen fahren, aber Helen hat morgen früh einen Termin, und sie wollte nicht in Bristol festsitzen, sollte sie bei mir übernachten müssen. Ich wollte Elise nicht in die Kita bringen, nicht, wenn ich sie vorher drei Tage am Stück bei mir behalten hatte, aber Helen überzeugte mich, dass es das Richtige war, für Elise. Während wir mit Mr Harrison sprächen, wäre sie von bekannten Gesichtern umgeben. Als wir vor der Kita eintrafen, sah ich die Freude auf dem Gesicht meiner Tochter, und prompt verzogen sich alle Zweifel, die ich mir darüber gemacht hatte, sie abzugeben.

»Gut.« Mr Harrison sieht von den Papieren auf. »Nun, wie ich schon am Telefon sagte, hat Ihr Mann vor Gericht einen Antrag auf das Aufenthaltsbestimmungsrecht und auf das alleinige Sorgerecht für Elise gestellt. Er möchte also, dass das Kind bei ihm lebt. Darüber hinaus hat er das vorläufige Aufenthaltsbestimmungsrecht beantragt. Das bedeutet, das Gericht entscheidet, bei wem Elise leben soll, bis eine endgültige Entscheidung getroffen wird.«

Er legt eine kurze Pause ein. »Können Sie mir so weit folgen?«

Ich umklammere die Lehnen des Stuhls.

»Ja«, hauche ich. »Ich verstehe.«

Helen lehnt sich zu mir herüber und berührt mich an der Hand.

Mr Harrison richtet den Blick wieder auf die Unterlagen auf seinem Schreibtisch. Als ich in sein Büro kam, wirkte er noch so zuversichtlich. Er drückte mir fest die Hand, bot uns einen Platz und Kaffee an, ging darüber hinweg, als wir beide ablehnten und ging zurück zu seinem Stuhl. Aber die Stimmung im Raum hat sich verändert, seit er die Akte durchgegangen ist. Ich weiß nicht, ob es meine Beklemmung ist, die ich spüre, oder seine.

»Gut.« Er lehnt sich in seinem Schreibtischstuhl zurück und fährt mit den Händen über die Plastikarmlehnen. »Folgendes Szenario – Ihr Ehemann ist der Ansicht, dass Elise in seiner Obhut besser aufgehoben ist als in Ihrer, und in seinem Antragsformular an das Gericht listet er einige besorgniserregende Vorfälle in Bezug auf Ihre geistige Gesundheit und Ihr Drogenproblem auf.«

»Ich habe kein Drogenproblem! Sie wurden mir untergeschoben.«

»Und wir werden alles daransetzen, das zu beweisen. Wir werden außerdem beweisen müssen, dass Ihre psychischen Probleme angemessen behandelt werden und Sie diese in keiner Weise davon abhalten, Ihrer Tochter eine gute Mutter zu sein. Ihr Ehemann führt Ihre Agoraphobie ins Feld, Ihre Angstzustände und Ihr irrationales Verhalten gegenüber einigen Mitarbeitern der Kita, die sich um Ihre Tochter kümmern. Er deutet an, dass Sie sich nicht vollständig von der postnatalen Depression erholt haben, an der Sie nach der Geburt Ihrer Tochter litten, und von dem Verlust Ihres Sohnes Henry im zweiten Trimester achtzehn Monate zuvor.«

Ich schlage die Hände vor den Mund, kann mein Entsetzen nicht verbergen. Henrys Tod war das Schlimmste, das uns je passiert ist. Es hat uns beide gebrochen. Es fühlte sich an, als hätte mir jemand das Herz herausgerissen. Max fühlte genauso. Ich verfluchte Gott dafür, uns Henry weggenommen zu haben. Ich verfluchte die Welt. Warum ich? Warum wir? Warum Henry? Warum uns bestrafen, indem man uns unser Baby nahm, bevor es auch nur die Chance hatte zu atmen? Die Tage nach Henrys Tod verschwammen. Ich trank mich damals in den Schlaf, nur um Tag für Tag mit dem rohen Schmerz aufzuwachen. An manch einem Morgen weinte ich, weil das Öffnen meiner Augen bedeutete, dass ich noch lebte. Der Schmerz zog sich in die Länge, während ich mich – wie, ich weiß es nicht – durch die schrecklichsten, entsetzlichsten, qualvollsten Tage meines Lebens schleppte. Ich fühlte mich, als klaffte ein Loch in meiner Brust und als würde es sich nie, niemals wieder, schließen.

Und dann wurde ich mit Elise schwanger. Ich war dermaßen verängstigt. Ich traute meinem Körper nicht mehr. Ich vertraute nicht mehr auf Gott. Ein Baby hatte ich schon verloren. Was, wenn er sie mir auch noch wegnähme? Als in der zwanzigsten Woche der Ultraschall anstand, war ich überzeugt davon, dass die Schwester auf der Suche nach dem Herzschlag verstummen würde. Ich grub Max die Fingernägel in die Hand, während ich auf die Worte wartete, diese vier schrecklichen Worte. »Es tut mir leid.« Aber die Schwester sagte nichts. Elise war noch da, trat noch, boxte noch, bewegte sich noch. Lebte noch. Ich hätte erleichtert sein sollen. Wir hatten einen Meilenstein passiert, aber ich konnte mich nicht entspannen. Auf keinen Fall konnte ich mich entspannen, bis sie nicht sicher in meinen Armen lag. Aber auch das setzte meiner Angst kein Ende. Nach ihrer Geburt schlief ich kaum. Ich blieb wach, während Elise neben mir in ihrer Wiege schniefte. Ich war davon überzeugt, dass sie sterben würde, wenn ich einschlief. Und das würde ich nicht zulassen, nicht noch einmal. Ich hatte ein Kind verloren, ich würde kein zweites verlieren.

Mr Harrison räuspert sich. »Ich sehe, dass Sie das sehr mitnimmt, Mrs Blackmore. Aber Sie sind bei Weitem nicht die Einzige, die von den Behauptungen des eigenen Ehemanns schockiert und bestürzt ist. Ich fürchte, die meisten Frauen durchleben etwas Ähnliches. Aber bis zu diesem Zeitpunkt sind sie genau das: Behauptungen. Unsere Aufgabe wird es sein, sie zu widerlegen.«

Ich bringe kein Wort heraus – meine Kehle ist wie zugeschnürt, selbst wenn ich es wollte, ich brächte nichts heraus. Ich stemme die Absätze in den dünnen Teppich und umfasse die Armlehnen des Stuhls. *Nicht weinen. Nicht weinen.* Aber ich weine längst.

Warum würde Max so etwas tun? Er liebt Elise. Er

würde das, was ich durchgemacht habe, nie dazu benutzen, um mir einen solchen Tiefschlag zu versetzen. Ich weiß, dass ihn mein Verhalten verärgert und seine Rücksichtnahme über die letzten Monate gelitten hat, aber ich bin eine gute Mutter, und das weiß er. Ich bin die Erste, die Elise sieht, wenn sie morgens aufwacht, und die Letzte, die sie am Abend sieht. Nach mir ruft sie, wenn sie einen Albtraum hat. In meine Arme wirft sie sich, wenn sie aufgebracht ist. Sie liebt ihn, aber er ist nie da, wenn sie ihn braucht. Aber ich bin es! Ich war immer für sie da. Immer.

»Wenn es Ihnen recht ist, fahre ich fort, Mrs Blackmore?«

»Ja.« Das Wort klingt gepresst, undeutlich, also räuspere ich mich. »Aber könnte ich … könnte ich einen Blick auf das Antragsformular werfen? Ich möchte nachsehen, ob es sich um die Handschrift meines Mannes handelt.«

»Natürlich.«

Helen runzelt die Stirn, als ich das Papier mit zitternden Händen entgegennehme.

»Was ist los?«, wispert sie, aber ich kann die Augen nicht von den Worten abwenden. Es ist unbestreitbar die Handschrift meines Mannes – groß und ausladend, der Kugelschreiber wurde fest aufgesetzt. Darunter prangt seine Unterschrift, nach der seine Worte eine Aussage nach bestem Gewissen sind.

»Jo?«, sagt sie. »Was ist los?«

Ich kann nicht glauben, dass all das wirklich geschieht. Es fühlt sich unwirklich an. Warum tut er das? Warum redet er nicht mit mir? Es kommt mir vor, als wäre es erst eine Woche her, dass Max darüber geredet hat, zu dritt rauf nach Chester zu ziehen. Woher also dieser plötzliche Sinneswandel? Es ergibt keinen Sinn. Nichts von alledem ergibt einen Sinn.

»Danke.« Ich reiche Mr Harrison den Antrag und lasse mich schwer zurück auf meinen Stuhl fallen. Der Schmerz, als meine Schulter auf das Holz trifft, ist seltsam beruhigend. Dies ist kein Traum. Es geschieht wirklich.

»Soll ich fortfahren?«, fragt mein Anwalt.

»Ja.«

»Gut.« Er rückt seine Brille zurecht und zitiert aus dem Antrag, den ich ihm gerade zurückgegeben habe. »Weiterhin führt Ihr Ehemann aus, dass die Kindertagesstätte sich über Ihre Unpünktlichkeit und über Ihr Benehmen im Umgang mit den Mitarbeitern beschwert hat. Sie halten Sie für kurz angebunden und reserviert und geben an, Sie hätten sich ungewöhnlich verhalten, als Sie Ihre Tochter bei einer Gelegenheit abholten. Dass Sie verschwitzt und außer Atem gewesen seien und ein Leitungsmitglied der Belegschaft ignoriert hätten, selbst als diese Sie wiederholt danach gefragt hat, warum Sie so hereinplatzen …«

»Ich war auf der Suche nach Elise! Wenn ich kurz angebunden und reserviert war, dann weil mir davor graute, dass jemand Elise mitgenommen …«

»Jo.« Helen sieht mich an. »Lass ihn …« Sie bedeutet Mr Harrison fortzufahren.

»Max schreibt außerdem, die Kindertagesstätte habe ihn darüber informiert, dass Elise sich einnässen würde, obwohl sie schon gelernt hat, die Toilette zu benutzen. Er gibt an, dass sie zu mehreren Gelegenheiten ungewaschen und ungekämmt bei der Kindertagesstätte erschienen ist.«

Ich schüttle den Kopf. Grund dafür waren meine Rückenschmerzen, und Max weiß das. Ich bin sicher, dass ich es gegenüber Alice erwähnt und mich dafür entschuldigt habe, wie Elise aussah. Oder hatte ich sie einfach abgegeben und war wieder los, weil ich sonst zu spät zur Arbeit gekommen wäre? Ich kann mich nicht erinnern.

Mr Harrison fährt fort. »Ihr Ehemann sagt außerdem aus, eine Mitarbeiterin habe mit angehört, wie Sie gegenüber einer anderen Mutter erwähnten, Sie hätten Ihre Tochter mit Absicht auf den Boden gestoßen, während Sie ihr die Brust gaben. Sie habe ihm außerdem erzählt, dass Sie, als Sie Elise das erste Mal in die Kindertagesstätte brachten, erwähnten, Sie seien froh, dass Sie für ein warmes Mittagessen Sorge tragen würden, weil Elise auf diese Weise wenigstens vier Portionen Obst und Gemüse bekäme, anstelle der allabendlichen Turkey Twizzlers und Pommes.«

»Das war ein Scherz!« Ich sehe Hilfe suchend zu Helen. »Max weiß, dass ich Elise so einen Müll nicht gebe.«

»Das weiß er«, sagt sie, aber ich kann sehen, wie sehr sie die Anschuldigungen schockieren, die mein Mann gegen mich erhebt.

»Max sagt weiterhin aus, dass er mit dem Sozialen Dienst gesprochen hat«, fährt Mr Harrison fort. »Er sagt, Sie hätten ihm gegenüber geäußert, dass Sie sich während eines Treffens mit Lorraine Hooper unkooperativ und aggressiv verhalten hätten, dass Sie sie nicht ins Haus lassen wollten, weil Sie behaupteten, jemand anderes sei für den verwahrlosten Zustand Ihres Zuhauses verantwortlich, und dass Mrs Hooper daraufhin gezwungen gewesen sei, das Gespräch mit Ihnen in Ihrem Wagen zu führen. Max fügt an, dass Sie schon lange mit psychischen Problemen zu kämpfen hätten, die postnatale Depression eingeschlossen, und dass er glaube, Sie würden in Ihrer derzeitigen Verfassung den Belastungen der Erziehungsaufgaben nicht …«

»Aufhören!« Ich hebe die Hände. Ich kann es nicht mehr ertragen. Es ist zu viel. »Bitte, hören Sie einfach auf.«

Mr Harrison sieht mich über seine Brille hinweg an, langsam lässt er das Papier sinken. Als Helen aufsteht und mir die Arme um die Schultern legt, räuspert er sich.

»Du wirst das durchstehen«, flüstert sie mir ins Ohr. »Ich weiß, es fühlt sich nicht danach an, aber das wirst du. Ich verspreche es. Ich weiß nicht, welches Spiel Max hier spielt, aber …«

»Wenn ich kurz …« Mein Anwalt hustet. »Wenn ich kurz unterbrechen dürfte.«

Helen löst sich widerstrebend von mir, aber sie bleibt an meiner Seite.

»Bitte«, sage ich.

»Was wir hier haben« – er tippt mit dem Zeigefinger auf das Papier vor ihm –, »ist nur eine Seite der Medaille – Max' Geschichte. Dies sind ausschließlich Behauptungen, zugegeben schwerwiegende Behauptungen, und Ihr Ehemann und sein Anwalt werden bei Gericht Beweise vorlegen müssen, um sie zu stützen. Natürlich werden wir diese Behauptungen zurückweisen und darauf reagieren, indem wir ebenfalls Beweismaterial zusammentragen. Ich werde eine Reihe von Stellungnahmen von Ihnen benötigen – zu der Kindertagesstätte, den Drogenermittlungen, Ihrer psychischen Verfassung et cetera –, wenn Sie sich jedoch heute nicht danach fühlen, können wir ein erneutes Treffen ansetzen. Ich weiß, die

Anschuldigungen mögen erdrückend wirken, aber Ihr Ehemann hat mit keinem Wort behauptet, Sie hätten Ihrem Kind etwas angetan oder würden dies noch tun, und das ist von großer Bedeutung. Leben Sie und Elise derzeit im Haus der Familie?«

Ich schüttle den Kopf. »Die letzten Tage war ich bei Helen.«

»Lebt Mr Blackmore in dem Haus?«

»Nein, er wohnt im Hotel. Jedenfalls tat er das, als ich das letzte Mal mit ihm gesprochen habe.«

»Dann schlage ich vor, dass Sie wieder einziehen.«

»Ich bleibe heute Nacht bei dir«, wirft Helen ein.

Ich möchte ihr sagen, dass das nicht nötig ist. Dass ich stark genug bin, um alleine nach Hause zu gehen. Aber das wäre gelogen.

»Ich danke dir«, sage ich stattdessen.

»Wunderbar«, sagt Mr Harrison. »Das Verbleiben in dem gemeinsamen Haus wird Ihren Fall stärken. Wie auch der Umstand, Elises Tagesablauf so schnell wie möglich wieder zu normalisieren. Ich schlage nicht vor«, wirft er schnell ein, »sie in der Kindertagesstätte zu belassen. Ich kann verstehen, warum das für Sie ein Problem darstellen würde. Aber suchen Sie ihr woanders einen Platz. Sind Sie berufstätig?«

»Ja, ich bin Studentenberaterin an der Universität, allerdings bin ich seit ein paar Tagen nicht mehr im Büro gewesen.«

»Nun, gehen Sie Ihrer Arbeit auch weiterhin nach. Wir müssen den Richter davon überzeugen, dass Elise es in Ihrer Obhut besser hat. Sie sagen, Ihr Mann arbeitet als investigativer Journalist, dass er häufig außer Haus ist, und dass Sie für einen geregelten Tagesablauf und Stabilität im Leben Ihrer Tochter sorgen. Darauf werden wir uns konzentrieren. Alles Weitere ist nebensächlich.«

»Also denken Sie, wir können gewinnen?«, fragt Helen.

Er lächelt – das erste Mal, seit wir sein Büro betreten haben. »Natürlich denke ich das.«

»O Gott sei Dank.« Ich sinke nach vorne und stütze den Kopf in die Hände. »O Gott sei Dank.«

»Das Gericht tagt in vier Wochen. Das erlaubt es uns, Gespräche mit der Polizei und Ihrer Sozialarbeiterin anzusetzen. Ich schlage vor, wir treffen uns möglichst bald wieder, um Ihre Aussage durchzugehen. Bis dahin sollten Sie in Erwägung ziehen, Ihren Hausarzt zu konsultieren, um über Ihren gesundheitlichen Zustand zu sprechen. Wenn wir ihn oder sie dazu bewegen können, zu bestätigen, dass Sie in Therapie sind und angemessen behandelt werden, wird das Ihrer Sache dienen.«

»Na siehst du?« Helen legt mir einen Arm um die Schulter. »Das wird wieder. Alles wird sich richten, Jo.«

Ich antworte nicht, aber zum ersten Mal nach langer Zeit keimt ein Funken Hoffnung in mir auf.

KAPITEL 23

»Max!« Fiona steht in der Tür zu ihrem Büro, die eine Hand in die Hüfte gestemmt, die andere liegt am Türrahmen. Sie zuckt mit dem Kopf und bedeutet ihm so, zu ihr zu kommen. Max stößt sich von seinem Schreibtisch ab, sehr langsam, sehr gequält, als müsste er all seine Kraft zusammennehmen, um seinen Stuhl die paar Zentimeter nach hinten zu bewegen. In der letzten halben Stunde hat Jo fünfmal versucht, ihn zu erreichen – dreimal auf seinem Handy, zweimal auf seinem Büroapparat. Er hat beide so eingestellt, dass Anrufe direkt auf der Mailbox landen. Es ist idiotisch, aber nach einer durchzechten Nacht quälen ihn pochende Kopfschmerzen, und er hat jetzt nicht die Nerven, sich Jos emotionale Ausbrüche anzuhören, zumal er Fiona versprochen hat, sich auf der Arbeit zusammenzureißen.

»Ja, Chef.« Mit den Händen in den Hosentaschen geht er auf seine Redakteurin zu.

»Max«, sagt Fiona kurz angebunden. »Hatte ich dir nicht gesagt, meine Durchwahl vom Handy deiner Frau zu löschen?«

»O Gott. Was ist passiert?«

»Ich habe die letzten fünf Minuten damit zugebracht, mir ihre Tiraden anzuhören. Wenn du dir die Mühe machen würdest, an dein eigenes Telefon zu gehen, wüsstest du, dass sie unten am Empfang auf dich wartet.«

»Scheiße.« Max hebt die Hände. »Fiona, es tut mir so leid.«

»Bei mir musst du dich nicht entschuldigen.«

Max tritt von einem Bein auf das andere und versucht die Angst zu ignorieren, die in seiner Brust aufsteigt. Was zur Hölle hat Jo seiner Chefin erzählt? Vor Kurzem war sie doch noch auf seiner Seite. Sie hatte doch auch gehört, wie irrational Jo am Telefon war. »Entschuldige bitte«, sagt er. »Ich bin mir nicht ganz sicher, ob ich folgen kann.«

»Max, ich weiß, du hattest es in den letzten Wochen nicht leicht, und ich weiß es zu schätzen, dass du mir anvertraut hast, was du durchmachst, aber du kannst es nicht einer Sozialarbeiterin überlassen, deiner Frau zu sagen, dass du das alleinige Sorgerecht für deine Tochter beantragst, und dann ihre Anrufe ignorieren. Ich weiß, du hast gesagt, es geht ihr nicht gut, aber du machst es nur schlimmer, wenn du sie ignorierst. Und ich bin alles andere als erfreut, dass sie hier auftaucht und eine Szene macht.«

»Ich weiß. Ich weiß.« Max mustert seine Füße. »Ich spreche mit ihr. Das werde ich.«

»Großartig. Sie wartet unten in der Lobby auf dich. Du hast fünfzehn Minuten. Und sollte sie mich je wieder anrufen, wirst du schon sehen, was du davon hast.«

Max entscheidet sich für die Treppe statt für den Fahrstuhl. Mit jedem Schritt wächst seine Angst. Zwei mögliche Szenarien – entweder wird Jo wütend sein und ihn derbe beschimpfen, oder sie wird weinen und am Boden zerstört sein. Es würde ihm besser passen, sie wäre wütend, damit kann er umgehen. Wäre sie verletzt, würde er sich wie ein Stück Scheiße fühlen und anfangen, sich zu hinterfragen. Gut geht es ihr jedenfalls nicht. Wie man es auch dreht und wendet, sie ist krank, und die Sache mit Paula hat ihre Symptome verstärkt. Er hat sie noch nie so schreckhaft und verängstigt erlebt, und ihr Verhalten wird immer unberechenbarer. Den einen Tag ist sie noch zu Hause, den anderen schon bei ihren Eltern oder bei Helen. Die arme Elise wird hierhin und dorthin gezerrt. Gott weiß, wie sich Jos sprunghaftes Verhalten auf sie auswirkt. Der Antrag auf das Aufenthaltsbestimmungsrecht und das alleinige Sorgerecht war der letzte Ausweg. Er hat alles versucht – mit Jo reden, sie beruhigen, ihr anbieten wieder einzuziehen. Er hat ihr sogar angeboten, mit nach Chester zu gehen. Aber sie sperrt sich gegen jeden seiner Vorschläge oder ignoriert sie. Natürlich ist sie besorgt wegen Paula, warum auch nicht? Aber man braucht einen klaren Kopf, um mit einer Situation wie dieser umzugehen. Sie ist auf sie losgegangen, um Gottes willen! So viel zum Thema, wie man eine Situation eskalieren lässt.

Wenn er das Sorgerecht für Elise hätte, würde er dafür sorgen, dass seine Tochter in Sicherheit ist, während die Paula-Sache bereinigt wird. Jetzt, da seine Recherche beendet ist, wird er die Bürozeiten einhalten und Elise zur Kita bringen und abholen können. Er kann mit ihr in den Park gehen, in den Zoo, zu Soft Play. Jo könnte sich ein paar Tage freinehmen und nach Chester ziehen, um ihren Eltern zu helfen und an den Wochenenden zu Besuch kommen. Sie und Elise könnten im Haus spielen, während er so lange rausgeht, damit sie Zeit füreinander haben. Oder vielleicht könnte er auch zusammen mit ihnen drinnen bleiben und mit ihnen Spaß haben – wenn Jo jemals einsieht, dass nicht er der Böse ist.

Ja, denkt er, während er die Tür zum Empfang öffnet und Scott vom Wachdienst seinen Ausweis zeigt, als er durch die gläserne Tür tritt. Das ist es, worauf er sich konzentrieren muss – er tut das nicht für sich, er tut es für sie alle.

Er kann seiner Frau den Ärger schon von Weitem ansehen. Sie hat ihr blondes Haar im Nacken zum Zopf gebunden, trägt eine modische schwarze Hose, Schuhe mit Absätzen und eine graue Bluse. Ihr grauer Mantel von Wallis und ihre rote Handtasche liegen auf ihrem Schoß. Max ist irritiert von ihrer eleganten Erscheinung, aber nur für einen kurzen Moment, dann weiß er Bescheid – sie muss sich mit einem Anwalt getroffen haben.

»Wo ist Elise?« Er geht forsch auf sie zu.

Jo steht auf. »In der Kita.«

»Du bist also zurück?«

»Ja, wir sind wieder zu Hause eingezogen, wenn du darauf anspielst«, sagt sie, und er unterdrückt den Drang zu fluchen. Sein Anwalt hat ihm geraten, so bald wie möglich wieder einzuziehen, aber er hat es hinausgeschoben, weil er dachte, ihm bliebe noch genügend Zeit. Jo klang am Telefon zuletzt so durchgeknallt, dass er angenommen hatte, sie würde keinen Fuß in das Haus setzen, bis die Polizei Paula verhaftet hätte. Ihr Anwalt hatte sie offenbar vom Gegenteil überzeugt.

Während seine Frau noch zu der Empfangsdame und dem Wachdienst hinüberschaut, versucht Max ihre Körpersprache zu deuten. Unter dem Ärger bemerkt er Angst. Er sieht sie an den fast weißen Knöcheln, mit denen sie ihre Handtasche umklammert, und an der

Art, wie sie ihre Lippen aufeinanderpresst. Sie hat ihn nur ein einziges Mal im Büro besucht. Als sie mit Henry schwanger war und ihn für den Ultraschall in der zwanzigsten Woche abholte. Jo war damals nervös. Sie sagte, das Baby hätte sich seit einiger Zeit nicht mehr bewegt, und trank Orangensaft in der Hoffnung, der Zuckeranstieg würde ihn dazu animieren, sich zu bewegen. Bei der Erinnerung an das, was als Nächstes geschehen war, sackt sein Körper unter der Trauer zusammen. Er spürt den überwältigenden Drang, zu seiner Frau zu gehen und sie zu umarmen, aber als sie ihn so kalt und wütend ansieht, verpufft das Gefühl.

»Warum machst du das?«, fragt Jo, leise und kontrolliert.

Max schüttelt den Kopf. Der Gedanke an Henry hat seinen Verstand getrübt; seine sorgsam eingeübten Zeilen wollen ihm nicht einfallen.

»Warum machst du das?«, fragt sie erneut.

Er mustert seine Schuhe, Unentschlossenheit überkommt ihn. Es ist noch nicht zu spät. Er könnte es noch aufhalten. Er könnte seinen Anwalt anrufen und ihm sagen, er habe es sich anders überlegt. Sie könnten nach Hause gehen, alle drei, und es noch mal versuchen. Als würde das jemals passieren. Jegliche Hoffnung auf Versöhnung ist eine Illusion. Jo plant schon lange, nach Chester zu ziehen, lange bevor irgendetwas von alledem passiert ist, und sie hat Helen erzählt, dass sie sich von ihm scheiden lassen will. Wenn er den Antrag auf das Aufenthaltsbestimmungsrecht und das alleinige Sorgerecht zurückzieht, wird Jo die Scheidung vorantreiben und mit Elise nach Chester ziehen. Wie soll seine Tochter dann jemals ein normales Leben führen? Ohne ihn würde sie nie nach draußen kommen, nie mit anderen Kindern im Park spielen. Weder würde Jo mit ihr rausgehen, noch könnten Brigid oder Andy es tun. Elise braucht ihn. Er ist ihr Dad, und er liebt sie.

»Weil es dir nicht gut geht«, sagt er und sieht seiner Frau in die Augen. »Und ich denke, dass du dich selbst behandelst, um damit zurechtzukommen. Und das ist in Ordnung. Ich verstehe, warum du das tust. Aber es geht hier nicht um dich. Es geht um Elise und was das Beste für sie ist. Ich versuche nicht, sie dir wegzunehmen. Im Gegenteil, ich möchte ihr nur ein bisschen Sicherheit bieten, während du dich um deine Gesundheit kümmerst. Ich wollte nicht, dass es so weit kommt, Jo, aber habe ich denn eine Wahl? Zu Hause möchtest du mich nicht mehr sehen. Dass ich mit nach Chester ziehe, möchtest du auch nicht, und ständig verschwindest du von jetzt auf gleich. Ich sorge mich um Elise, Liebling. Ich möchte nur, dass es ihr gut geht.«

Seine Frau wippt vor und zurück und starrt ihn ungläubig und aus weit geöffneten Augen an, ihre Lippen sind nur noch ein schmaler Strich.

»Ich habe versucht, dich zu unterstützen«, sagt Max. »Ich habe alles getan, um …«

Er stolpert rückwärts, Jo schlägt ihm mit geballten Fäusten gegen die Brust.

»Du Scheißkerl!«, schreit sie und schlägt ihn erneut. »Du dreckiger Scheißkerl!«

»Jo.« Er bekommt ihre Handgelenke zu fassen, und Scott vom Wachdienst eilt hinter dem Empfangstresen hervor. »Jo, hör auf damit. Ich versuche dir zu helfen. Bitte, tu das nicht. Bitte, mach es doch nicht schwerer, als es jetzt schon ist.«

»Du hast gelogen!«, schleudert sie ihm entgegen. »Dein Antrag ist eine einzige Lüge.«

»Miss.« Scott, ein untersetzter Mann Anfang vierzig mit kurz geschorenen Haaren und Tattoos, die unter seinem schwarzen Sakko hervorschauen, taucht neben ihnen auf und legt Jo eine Hand auf die Schulter. »Gehen Sie.«

»Lass mich los!« Sie windet die Handgelenke aus Max' Umklammerung und weicht einen Schritt zurück. Er wappnet sich gegen einen weiteren Angriff, aber Jo sagt kein Wort. Stattdessen bückt sie sich, greift sich Handtasche und Mantel und stolziert aus dem Gebäude.

Max' Atem bildet kleine Wölkchen in der Luft, als er die Redcross Street entlanggeht. Er ist zu beschäftigt, einen Fuß vor den anderen zu setzen, um die Kälte zu spüren.

»Entschuldigung«, murmelt er, als er mit der Schulter gegen einen Laternenpfahl stößt. Er stützt sich mit einer Hand an dem eisigen Metall ab und schiebt sich zurück auf den Gehweg. »'Tschuldigung.«

Wie auf Autopilot geht er weiter, zurück zum Hotel. Er hatte nur genug trinken wollen, um sich zu betäuben, aber er hat einen Whisky zu viel getrunken, und seine Sicht ist ebenso vernebelt wie sein Gehirn. Der Gehweg kommt bedrohlich näher – ein grauer Grabstein gespickt mit Zigarettenstummeln und platt getretenen Kaugummiresten. Er streckt die rechte Hand aus und trifft auf das Backsteingemäuer eines Bürogebäudes, versucht das Gleichgewicht wiederzufinden, aber das stetige Vorbeirauschen der Autos verursacht ihm Übelkeit. Er schließt die Augen, zwinkert mehrmals und sieht wieder auf die Straße, aber die Autos sind immer noch da, und das Licht der Scheinwerfer ist so grell, dass er fast glaubt, er stehe auf einer Bühne. Sehr verehrte Damen und Herren, Jungen und Mädchen, bitte begrüßen Sie Max Blackmore – beschissener Journalist, Drecksehemann, furchtbarer Vater.

»Fickt euch doch!«, brüllt er den Autos entgegen, bemerkt vage eine junge Frau, die die Straßenseite wechselt, um nicht an ihm vorbeizumüssen. »Sie wissen nicht … Sie wissen nicht, was …« Er schüttelt den Kopf und setzt sich wieder in Bewegung. Zum Teufel mit ihnen. Er ist ein guter Mann. Alles, was er getan hat, hat er für sein Kind getan. Er denkt an seinen Vater, einen Mann, der seine Familie auf der Suche nach dem nächsten Druck verließ und heruntergekommen und allein mit einer Nadel im Arm in einer dreckigen Absteige in East London starb, und legt ein Versprechen ab. Er wird sich nicht wieder betrinken. Nur ein schwacher Mann greift zu Drogen und Alkohol, um durchs Leben zu kommen, und er ist kein schwacher Mann. Er ist ein …

Er lächelt, als er am Ende der Straße ein ihm vertrautes Schild entdeckt. Es ist verschwommen und unleserlich, aber sogar in seinem alkoholisierten Zustand erkennt er darauf den Namen des Hotels. Auf der Suche nach seiner Schlüsselkarte greift er in die Innentasche seines Jacketts und spürt die Panik in sich aufsteigen, als seine Finger sich nicht um seine Brieftasche schließen. Er klopft sich hektisch ab, grunzt zufrieden, als er sie schließlich doch findet, zusammen mit seinem Handy. Er fummelt beides aus der Tasche heraus, aber sein Griff ist zu locker, und er lässt die Sachen auf den Gehweg fallen. Er beugt sich hinunter, um sie aufzuheben.

Das Handy bekommt er zu fassen, aber als er mit den

Fingern das Leder seiner Brieftasche berührt, entweicht plötzlich alle Luft aus seinen Lungen. Als ob ein Auto auf den Gehweg und direkt in ihn hineingefahren wäre. Aber es ist kein Auto, das ihn in eine Seitenstraße schleift, ihn gegen einen Container schleudert, ihn am Hals nach oben zerrt und ihm ins Gesicht schlägt.

»Wo ist das Geld?«

Max klingeln die Ohren, und er kann sein rechtes Auge nicht öffnen. Er schüttelt verwirrt den Kopf und erntet einen weiteren Schlag.

»Wo ist das Geld?«

Er streckt die rechte Hand aus, auf wundersame Weise liegen Brieftasche und Handy darin. »Hier«, ächzt er. »Nimm schon.«

Die Hand wird beiseitegeschlagen, und die Brieftasche landet auf dem Boden. »Nein, du Arschloch. Das Geld. Paulas Geld.«

»Ich weiß nicht.« Er schüttelt den Kopf. »Ich weiß nicht, wovon du redest.«

Der Schmerz schießt ihm durch den Kiefer und in die Ohren, als ihm das Handy aus den Fingern gerissen wird und er erneut Prügel einsteckt, dann wird alles schwarz.

KAPITEL 24

Es ist elf Uhr abends. Elise liegt sicher in ihrem Bettchen, noch immer verschnupft, aber sie ist schnell eingeschlafen. Ich beneide sie um ihre Fähigkeit, einzuschlafen, sobald sie die Lider geschlossen hat. Ich kann mich nicht erinnern, dass ich in den letzten Wochen auch nur einmal gut geschlafen hätte, und wer weiß, wann ich heute Nacht endlich weg bin.

Von Max habe ich nichts mehr gehört, seit ich ihn heute gesehen habe. Das war nicht mein Ehemann, der da die Stufen der *Bristol News* runtergeschlurft kam, die Augen auf die Schuhe geheftet, bis ihm nichts mehr übrig blieb, als mich anzusehen. Er sah aus wie Max, er klang wie Max. Aber er war so unterkühlt, so unbeteiligt, er ließ es so gänzlich an Wärme und Verständnis missen, dass ich ihn kaum wiedererkannte. Das war nicht mein Ehemann. Das war nicht der Mann, in den ich mich verliebt hatte, mit dem ich gelacht, geschlafen und mit dem ich mir ein Leben aufgebaut hatte. Das war nicht der Max, der mich hielt, während ich mich in den Schlaf weinte, nachdem wir Henry verloren hatten. Das war nicht der Mann, der meine Hand hielt und mir sagte, wir würden dieses Baby nicht verlieren, als ich Elise zur Welt brachte. Als ich ihn heute schlug, tat ich es teils aus Ärger, teils um ihn zur Besinnung zu bringen. Es hat nicht gewirkt.

Ich schaffte es, mich zusammenzureißen, bis ich in dem Café ankam, in dem ich mich mit Helen verabredet hatte, und brach sofort in Tränen aus. Sie brachte mich zum Auto, wo sie neben mir saß und mir die Hand hielt, während ich weinte. Als ich schließlich aufhörte und nur noch ein stumpfes, schweres Gefühl in der Brust spürte, fuhr sie mich zur Kita, um Elise abzuholen, brachte uns dann nach Hause und half mir, den Flur, das Wohnzimmer und die Küche von all dem Unrat zu befreien.

Um halb zehn ist sie ins Bett gegangen, aber ich kann nicht schlafen. Seit anderthalb Stunden sitze ich kerzengerade im Bett, ein Notizbuch auf dem Schoß, und liste auf, wie ich Elise ein stabiles, glückliches Leben ermöglichen kann, und aus welchen Gründen Max das nicht kann. Der Schock, als Mr Harrison Max' Aussage vorgetragen hat, hat sich verzogen. Ich werde nicht zulassen, dass er mir meine Tochter wegnimmt. Ich werde alles tun, um sie zu beschützen.

Elise schreit – laut, wütend, verzweifelt –, und ich fahre aus dem Schlaf hoch. Das einzige Licht im Schlafzimmer ist das rote Leuchten des Weckers. Es ist 2:57 Uhr.

Mein Notizbuch liegt aufgeschlagen auf dem Boden neben dem Bett. Ich muss eingeschlafen sein. Aber warum ist die Lampe aus? Ich strecke mich und betätige den Lichtschalter. Nichts. Entweder ist der Strom ausgefallen, oder die Glühbirne ist kaputt. Mein Handy liegt nicht auf dem Nachttisch. Ich muss es unten gelassen haben. Ich schwinge die Beine aus dem Bett, durchquere das Schlafzimmer und greife nach der Türklinke. Alle Lampen auf dem oberen Flur sind aus, aber die Tür zu Elises Zimmer ist nur angelehnt, eine batteriebetriebene

Nachtleuchte taucht das Bücherregal in schummriges Licht. Ich drücke die Tür auf und schlüpfe in ihr Zimmer. Eine Diele knarrt unter meinem Gewicht, und Elise setzt sich in ihrem Bettchen auf und starrt blind in meine Richtung.

»Schon gut, Liebes.« Ich hocke mich neben das Bettchen und streiche ihr das Haar aus dem Gesicht. Ihre Stirn ist heiß und verschwitzt, ihre Wangen sind tränenüberströmt. »Ich bin es nur.«

»Daddy?«, sagt sie, und es tut mir in der Seele weh. Sie hat keine Ahnung, warum Max aus unserem Leben verschwunden ist. Er behauptet, er wolle nur das Beste für unsere Tochter, aber wie kann das hier gut für sie sein? Wir hätten auch ohne die Gerichte eine Vereinbarung über das Besuchsrecht treffen können. Ich hätte ihm nicht verboten, sie zu sehen. Das war nur eine leere Drohung.

»Nein, Schätzchen«, sage ich sanft. »Ich bin's Mummy. Komm, leg dich wieder hin. Es ist noch dunkel.«

»Ich will Daddy!«, sagt sie, protestiert aber nicht, als ich sie anhebe und sie zurück auf die Matratze bette, sodass ihr Köpfchen auf dem Kissen liegt.

Sie schließt die Augen, und ich streiche ihr durchs Haar. »Schhhhhh. Schhhhhhh. Schlaf ein. Mummy ist hier.«

Als ihr Atem tiefer und langsamer wird, verlasse ich das Zimmer, darauf bedacht, nicht auf die knarrende Diele vor dem Bettchen zu treten. Als Elise noch ein Baby war, wechselten Max und ich uns damit ab, sie in den Schlaf zu summen und zu tätscheln. Ausgelaugt vom ständigen Schlafentzug und aus lauter Angst, sie würde wieder aufwachen, schlichen wir uns rückwärts aus dem

Zimmer, vorsichtig das Gewicht auf den Dielen verlagernd, als überquerten wir ein Minenfeld.

Draußen auf dem Flur atme ich leise auf, doch dann höre ich ein Geräusch von unten und erstarre. Ein hohes Quietschen, wie von einem Turnschuh, wenn man abrupt auf Fliesenboden stehen bleibt.

»Helen?«, flüstere ich. »Bist du das?«

Ich gehe zögernd über den Flur und taste nach dem Treppengeländer.

»Helen?«

Ich möchte nicht über das Geländer schauen. Was, wenn Paula am Fuß der Treppe steht und aus der Dunkelheit zu mir hinaufschaut?

Es ist kein Stromausfall, sagt ein Stimmchen in meinem Kopf. *Sie hat die Sicherung umgelegt. Und mein Handy liegt noch unten. Ich kann niemand anrufen.*

Mein Herz klopft so schnell, dass mir ganz übel wird.

Du musst nachsehen, Jo.

Aber ich kann mich nicht bewegen. Ich kann nicht mal meine Finger vom Treppengeländer lösen. Ich kann nur dastehen, auf die blass magnolienfarbene Wand vor mir starren und lauschen.

Keine Schritte, kein Quietschen, kein Laut dringt von unten hinauf.

Das Haus ist still, abgesehen von dem leisen Schnaufen aus dem Zimmer meiner Tochter und dem ta-tam-ta-tam meines Herzschlags.

Wer auch immer da unten ist, lauscht ebenfalls. Und beobachtet. Kann meine Finger am Treppengeländer sehen. Weiß, dass ich hier oben bin. Wartet ab, was ich als Nächstes tun werde.

Ich löse die Finger von dem weiß glänzenden Geländer

und sprinte über den Flur. Ich halte nicht an, um an Helens Schlafzimmertür zu klopfen, stattdessen platze ich direkt hinein.

Sie liegt im Gästebett auf dem Rücken, die Arme und Beine weit von sich gestreckt, die Decke ist ihr bis zur Taille runtergerutscht, die rechte Hand hängt schlaff aus dem Bett.

»Helen!« Ich zerre an ihrem Handgelenk. »Helen, wach auf!«

Sie grummelt und versucht die Hand wegzuziehen. »Helen, wach auf! Unten ist jemand.«

Sie schlägt die Augen auf und starrt mich verwirrt und erschrocken an.

»Jo?«, sie klingt schläfrig.

»Ich glaube, es ist jemand eingebrochen.«

»Scheiße!« Keine Sekunde später ist sie wach und aus dem Bett, schaut sich hektisch im Raum um. »Ich habe mein Handy unten gelassen, hast du deins?«

Ich schüttle den Kopf. »Nein.«

Wir sehen einander an.

»Scheiße«, flüstert sie atemlos.

»Was machen wir jetzt?«

»Ich weiß es nicht. Hast du ...« Sie sucht erneut das Zimmer ab. »Hast du einen ... ich weiß nicht ... so etwas wie einen Kricketschläger?«

Ich schüttle den Kopf. »Nein, nichts.« Ich umklammere den Arm meiner Freundin. Er fühlt sich feuchtkalt an. »Ich muss zurück zu Elise. Was, wenn Paula ...«

»Schnell!« Sie öffnet die Tür und schiebt mich aus dem Zimmer.

»Wir haben die Polizei verständigt«, ruft sie über den Flur. »Sie werden bald hier sein. Verschwinden Sie ...«

»Helen, nein!« Ich ziehe sie in Elises Zimmer. »Hilf mir!« Ich deute auf die Kommode, dann auf uns, und gemeinsam ziehen und schieben wir sie vor die Tür. Elise bewegt sich im Schlaf und strampelt die Decke weg, mit der ich sie erst vor fünf Minuten zugedeckt habe. Wie durch ein Wunder schläft sie weiter.

»Was jetzt?«, flüstert Helen. »Sollen wir das Fenster öffnen und um Hilfe rufen? An die Wände schlagen und hoffen, dass die Nachbarn aufwachen?«

»Ich weiß nicht.« Ich versuche einen klaren Gedanken zu fassen, aber das Herz schlägt mir so schnell in der Brust, dass mir ganz schlecht wird. Wenn es nur Paula ist, können wir sie vielleicht überwältigen. Allerdings nicht, wenn sie bewaffnet ist. Warum ist sie hier? Sie hat doch jetzt zwei Orte, an denen sie nach dem suchen kann, was Max ihr gestohlen hat. Aber er hat nichts gestohlen – er hat beim Leben unserer Tochter geschworen, dass er nicht weiß, wer sie ist. Entweder Max lügt, oder Paula ist geistig verwirrt. Ich bin mir nicht sicher, was mir mehr Angst einjagt.

»Jo?«, fragt Helen. »Was machen wir jetzt?«

»Wir können nichts tun«, flüstere ich. »Das Fenster lässt sich schon seit unserem Einzug nicht öffnen. Es wurde übermalt. Ich habe Max hundertmal darum gebeten, sich zu kümmern, aber ...«

»Dann also gegen die Wand schlagen?«

Ich schüttle den Kopf. »Sie sind im Urlaub.«

»Scheiße.« Helen flucht leise.

KAPITEL 25

Nie zuvor war ich glücklicher, die Sonne aufgehen zu sehen. In den letzten vier Stunden habe ich auf dem Boden neben Elises Bettchen gelegen, einen Teddy als Kissen unter dem Kopf und ein Laken aus ihrer Kommode als Bettdecke. Helen ist vor einer Stunde neben mir eingeschlafen. Auch Elise schläft, ich hingegen habe kein Auge zugetan.

»Helen.« Ich schüttle sie sanft an der Schulter. »Helen, wach auf. Es ist halb sieben. Du musst zurück nach Cardiff, um Ben abzuholen.«

Sie grummelt leise und dreht sich auf die Seite. Als ihre Augen aufflattern, sieht sie mich verwirrt an.

»Mist, entschuldige. Ich wollte nicht einschlafen.« Sie setzt sich abrupt auf. »Geht es dir gut? Hast du irgendwas von unten gehört?«

»Nicht mehr, seit wir hier drin sind.«

»Sollen wir runtergehen? Oder ich gehe, wenn du mit Elise hier oben bleiben möchtest?«

»Ich gehe.«

»Nein, Jo, das kannst du nicht.«

»Ist schon gut. Wirklich. Ich gehe.«

»Also, dann warte ich oben an der Treppe.«

»In Ordnung.«

»Und?«, fragt Helen, als ich die Treppen wieder hinaufkomme. Ich schüttle den Kopf. »Es ist nichts kaputt. Nichts fehlt. Der Fernseher, der DVD-Player, Elises iPad – alles noch im Wohnzimmer. Unsere Handys sind auch da.«

»Wie ist sie reingekommen?«

»Sie muss irgendwie an den Ersatzschlüssel gekommen sein. Er hängt nicht mehr an dem Haken neben der Tür.«

»Wann hast du ihn zuletzt gesehen?«

»Keine Ahnung, ich kann mich nicht erinnern. Ich muss die Schlösser auswechseln lassen.«

»Bitte was? Du kannst auf keinen Fall hierbleiben!«

»Mr Harrison hat mir dazu geraten. Er hat gesagt, es würde mir gegen Max helfen. Wie auch immer, wo sollte ich auch sonst hin? Bei Mum und Dad kann ich nicht bleiben, nicht wenn es so schlecht um ihn steht.«

»Zieh bei mir ein.«

»Bist du sicher?« Ich muss kein zweites Mal fragen.

»Oh, du meine Güte. Natürlich bin ich sicher.« Sie wirft einen Blick auf ihre Uhr.

»Scheiße. Ich muss mich jetzt wirklich fertig machen und aufbrechen. Ist es in Ordnung, wenn du Elise im Schlafanzug in den Wagen setzt?«

»Ich muss Max noch darüber informieren, was passiert ist. Und die Polizei.«

»Ruf sie an, wenn wir bei mir sind.«

»Aber was, wenn die Polizei vorbeikommen will? Ich muss hier sein, um sie hereinzulassen und ihnen zu sagen, was passiert ist.«

»Okay«, sagt sie. »Aber ich möchte, dass du mir stündlich eine Nachricht schickst, damit ich weiß, dass du in

Sicherheit bist. Ab zehn Uhr bin ich zu Hause. Komm einfach vorbei.«

»Das werde ich. Und Helen?«

»Ja?«

»Danke. Für alles.«

»Das.« Elise zieht das kratzige eisblaue Elsa-Kostüm aus der Kommode und wirft es auf den Boden. »Und das.« Eine regenbogenfarbene Strumpfhose landet daneben.

»Wie wäre es mit einer schönen Strickjacke?«, schlage ich vor.

»Nein.«

»Na gut.« Ich winke sie zu mir, damit ich sie ausziehen kann. Wir haben keine Zeit für eine Auseinandersetzung über angemessene Winterkleidung. Bevor wir uns auf den Weg zur Polizeistation machen, werde ich durchfechten, dass sie einen Mantel anzieht. Ich werde um ein Gespräch mit DS Merriott bitten und erst gehen, wenn ich mit ihm gesprochen habe.

»Also dann, Schätzchen.« Ich ziehe ihr die Schlafanzughose und dann die Windel aus und werfe sie in den Eimer, der in ihrem Zimmer steht. Dann nehme ich eine Unterhose aus der Kommode. Sie schlüpft hinein, und ich zupfe an einem ihrer Ärmel. »Dann lass uns das auch noch ausziehen.«

Brav hebt sie die Arme, und ich schiebe das Schlafanzugoberteil nach oben. Ich habe es ihr schon fast über den Kopf gezogen, als ich sie sehe – dunkle blaue Flecken an beiden Seiten des Rückens, jeder von der Größe eines Pennys. Vier Flecken auf jeder Seite.

Ich drehe sie zu mir um und sehe zwei kleine Blutergüsse auf den Rippen. In der Größe eines Daumens.

KAPITEL 26

Die Vertretung meiner Hausärztin tritt ganz anders auf: Dr. Fullerton sieht stets erschöpft aus und hastet durch meinen Termin, als könnte sie es kaum erwarten, mich loszuwerden. Dagegen schätze ich Dr. McGrath auf Mitte zwanzig. Sie hört mir aufmerksam zu, als ich ihr von den Malen berichte, die über Nacht auf Elises Rücken erschienen sind. Meine Augen füllen sich mit Tränen, als ich ihr erzähle, dass ich vermute, die Person, die in mein Haus eingebrochen ist, hat das getan, um meine Tochter absichtlich zu verletzen.

Die Ärztin schaut schockiert von mir zu Elise, die hellbraunen Augen geweitet. »Haben Sie der Polizei davon erzählt?«

»Noch nicht. Ich wollte Elise erst von Ihnen untersuchen lassen.«

Sie mustert mich von oben bis unten. »Und Ihnen geht es gut? Sie wurden nicht verletzt?«

»Nein. Ich bin ihnen nicht begegnet. Ich bin nachts aufgewacht und habe nach Elise gesehen. Ich dachte, sie wäre in Ordnung, aber Paula … Paula …« Meine Kehle ist so zugeschnürt, dass ich an ihrem Namen fast ersticke. »Sie war schon bei ihr.«

»Schon gut.« Sie schiebt mir eine Packung Taschentücher zu und schaukelt auf dem Stuhl von einer Seite zur anderen, als wüsste sie nicht recht, was sie als Nächstes sagen oder tun soll. Ich kann mir nicht vorstellen, dass man sie an der medizinischen Fakultät auf solche Situation vorbereitet.

»Hm …« Sie räuspert sich. »Ist Ihnen sonst noch etwas aufgefallen? Bekommt Elise Medikamente?«

»Sie hatte eine Erkältung. Ich habe ihr Calpol gegeben, aber ansonsten ist sie gesund.«

»Nun gut, dann wollen wir sie uns mal ansehen, in Ordnung?«

Sie rollt auf dem Stuhl um den Schreibtisch, sodass sich unsere Knie fast berühren. Dann legt sie den Kopf auf die Seite und sieht meine Tochter an. »Wie ich höre, fühlst du dich nicht wohl.«

In einem plötzlichen Anfall von Schüchternheit schlingt Elise mir die Arme um den Hals und versteckt das Gesicht in meiner Achsel.

»Weißt du, was das hier ist?« Dr. McGrath zeigt ihr das Stethoskop. »Es ist magisch. Damit können wir den Herzschlag hören. Möchtest du dir deinen Herzschlag anhören, Elise?«

Meine Tochter schüttelt den Kopf.

»Was ist mit Mummys Herzschlag?«

Elise späht die Ärztin unter ihren langen Locken hervor an und streckt die Hand nach dem Stethoskop aus. Vorsichtig steckt Dr. McGrath meiner Tochter die Hörer in die Ohren und sieht mich fragend an. Ich nicke und ringe mir ein Lächeln ab, während die Ärztin meiner Tochter hilft, mir die kalte Scheibe auf die Haut zu drücken. Ein perplexer Ausdruck erscheint auf dem Gesicht meiner Tochter, abgelöst von Entzücken.

»Dein Herz, Mummy.«

Dr. McGrath lässt sie noch einige Sekunden spielen

und fragt Elise dann, ob sie sich ihr Herz anhören dürfe. Als meine Tochter fröhlich das Kleid hochzieht, fällt ihr Blick auf die pennyförmigen Blutergüsse auf den Rippen. »Könntest du bitte für mich ein- und ausatmen, Elise? Tiefe, tiefe Atemzüge, ein und aus.«

Meine Tochter atmet dramatisch ein und aus.

»Gut.« Die Ärztin nickt. »Könnten Sie sie umdrehen, damit ich sie auch am Rücken abhören kann?«

Krank vor Sorge bringe ich Elise in die gewünschte Position, und Dr. McGrath schiebt vorsichtig das Kleid nach oben. Ihr Blick zuckt über die Blutergüsse an beiden Seiten des Rückens, aber sie sagt nichts. Stattdessen legt sie Elise das Stethoskop auf die zarte Haut und bittet sie, so tief ein- und auszuatmen, wie sie nur kann, und dann zu husten. Als sie fertig ist, misst sie ihre Temperatur, schaut ihr in und hinter die Ohren, sieht sich ihre Augen an und wirft einen Blick in ihren Mund. Sie hebt Elises Haare an und untersucht den Nacken. Seit meine Tochter auf der Welt ist, war ich schon unzählige Male mit ihr beim Arzt, aber so gründlich wurde sie noch nie untersucht.

»Hat sie noch andere Blutergüsse?«, fragt Dr. McGrath und rollt auf ihrem Stuhl ein Stück zurück. »Gibt es noch etwas, das ich mir ansehen sollte?«

Da liegt etwas in ihren Augen, das mich beunruhigt. Das Lächeln ist verschwunden. Sie mustert mich von oben bis unten, von meinen ungekämmten Haaren bis zu den verlotterten Winterschuhen an meinen Füßen, als würde sie mich anstelle meiner Tochter begutachten.

»Nein«, sage ich. »Nur die Blutergüsse. Es sieht aus, als hätte sie jemand gepackt. Wie Fingerabdrücke.«

»Darf ich Sie bitten, Elise ganz auszuziehen, einfach

damit ich sie mir kurz genauer ansehen kann? Die Unterhose kann sie anlassen.«

Mit zitternden Händen helfe ich Elise aus dem Kleid, dem Hemdchen und der Strumpfhose. Ich habe jeden Zentimeter am Körper meiner Tochter abgesucht, nachdem ich auf die Blutergüsse aufmerksam geworden war, und ich weiß, dass da keine weiteren sind. Trotzdem befürchte ich, sie könnte etwas Furchtbares finden, das ich übersehen habe.

Elise hüpft auf dem groben Praxisteppich von einem Fuß auf den anderen. Ohne ihre Anziehsachen, mit den spindeldürren Armen und Beinen und dem Kleinkindbäuchlein sieht sie winzig aus. Mag ja sein, dass ich verängstigt bin, sie aber ist hochzufrieden damit, in ihrem My-Little-Pony-Schlüpfer herumzutanzen.

Dr. McGrath hockt sich neben sie und macht aus der Untersuchung ein Spiel, bittet mein Kind, ihr den Arm zu zeigen, nein, »den anderen Arm«, den Fuß, das Bein. Sollte ihr etwas Ungewöhnliches auffallen, erwähnt sie es nicht. Stattdessen sagt sie mir, ich könne Elise wieder anziehen. Als wir fertig sind, trage ich Elise zu einer Kiste mit Legosteinen und eile zurück zu der Ärztin.

»Sie haben nicht geantwortet, als ich Sie nach den Blutergüssen gefragt habe. Jemand hat sie gepackt, oder?«

Dr. McGraths Finger halten auf der Tastatur inne, und sie sieht mich an.

»Es sind zehn«, sage ich, »zwei vorne und acht auf dem Rücken. Es sind Abdrücke. Deshalb bin ich letzte Nacht aufgewacht. Weil Elise vor Schmerz geschrien hat. Sie hat nichts darüber gesagt, aber sie erinnert sich selten daran, wenn sie nachts aufwacht.« Dr. McGrath mustert mein Gesicht. Ein feines Stirnrunzeln erscheint zwischen ihren struppigen Brauen.

»Mal abgesehen von dem eventuellen Einbrecher, wurde Elise gestern in irgendeiner Form grob angefasst? Sie mussten sie nicht aus irgendeinem Grund festhalten? Um sie davor zu bewahren, sich zu verletzen, hinzufallen oder etwas in der Art?«

»Nein, nichts. Vom Haus meiner Freundin habe ich sie direkt zur Kita gebracht, dann habe ich mich mit meinem Anwalt getroffen und sie wieder abgeholt und nach Hause gebracht.«

»Und die Mitarbeiter in der Kita haben keinen Unfall oder Zwischenfall erwähnt, als Sie Elise abholten?«

»Nein, nichts. Alice, das ist Elises Bezugsperson, meinte, sie sei ein bisschen verschnupft. Aber das wusste ich ja schon. Das ist sie ja schon seit ein paar Tagen.«

»Und Sie haben die Blutergüsse erst heute bemerkt?«

»Ja, das sagte ich Ihnen doch. Gestern Abend war da noch nichts. Ich hätte es doch bemerkt, als ich sie bettfertig gemacht habe.«

»Hm.« Sie presst die Lippen aufeinander. »Könnten Sie einen Moment mit Elise spielen? Ich müsste kurz telefonieren.«

»Mit der Polizei?«

»Nein, mit der Kinderstation des Krankenhauses. Machen Sie sich keine Sorgen«, fügt sie schnell hinzu. »Ich möchte, dass sie sich Elise auch kurz ansehen.«

»Sie stimmen mir doch zu, oder? Sie denken auch, dass Paula sie verletzt hat?«

»Wie ich schon sagte, wir müssen sie untersuchen lassen.«

Sie lächelt steif, schwenkt dann auf ihrem Stuhl herum, sodass sie mit dem Rücken zu mir sitzt, und greift nach dem Telefon.

Fünf Minuten später ruft sie mich wieder zu sich an den Schreibtisch. Ich habe versucht, etwas aufzuschnappen, aber sie hat sehr leise gesprochen, und ich konnte nichts verstehen.

»In Ordnung.« Sie schenkt mir ein breites Lächeln. »Ich hole nur schnell meinen Mantel, dann fahre ich Sie ins Krankenhaus.«

»Das ist nicht nötig, ich bin mit meinem Wagen hier.«

Dr. McGrath kratzt sich im Nacken und räuspert sich. »Nein, nein. Ich werde Sie bringen. Das ist der ... der übliche Ablauf.«

»Der übliche Ablauf für was?«

»Bei einer Überweisung an die Abteilung Kinderschutz. Wirklich nichts, worüber Sie sich Sorgen machen müssen.«

»Die Abteilung Kinderschutz?«

»Eine reine Vorsichtsmaßnahme. Das Team vor Ort wird sich Elise ansehen und all Ihre Fragen beantworten. Macht es Ihnen etwas aus, hier zu warten, während ich kurz rausspringe?«

Ich lasse den Blick von Dr. McGraths leerem Stuhl über den Computerbildschirm zu meiner Tochter schweifen – meiner winzigen, wehrlosen, glücklichen Tochter, die fröhlich vor sich hin brabbelt, während sie einen Turm baut und dann vor Vergnügen lacht, als sie ihn wieder umschmeißt. Paula hat ihr wehgetan. Sie hat sich mit dem gestohlenen Schlüssel Zugang zu meinem Haus verschafft, ist die Treppen zu Elises Zimmer hinaufgegangen und hat sie im Schlaf beobachtet. Dann hat sie so fest zugepackt, dass Elise aufgeschrien hat. Was ist dann passiert? Hat sie sich so erschrocken, dass sie sie fallen gelassen hat und wegrannte? Wäre ich nur einen Moment früher da gewesen, dann hätte ich sie aufhalten können. Ich hätte Elise beschützen können. Wenn der Kinderschutz bestätigt, dass Elise verletzt wurde, werden sie die Polizei informieren und mich endlich ernst nehmen.

Aber was, wenn sie denken, *ich* hätte sie verletzt?

Ich versuche den Gedanken zu vertreiben, aber er will mir nicht mehr aus dem Kopf gehen, hängt fest, wie ein Fisch am Haken. Mr Harrison hat gemeint, eines der Dinge, die für mich sprächen, sei die Tatsache, dass keinerlei Beweise dafür vorlägen, ich hätte meiner Tochter je etwas angetan. Es gibt keine Einbruchspuren, es fehlt nichts, nichts wurde mitgenommen. Werden sie Fingerabdrücke von den Türklinken nehmen? Und wenn sie nichts finden? Wenn die einzigen Fingerabdrücke von mir, Max und Helen stammen? Sie werden mich beschuldigen, ihr wehgetan zu haben. Und sobald Max' Anwalt davon Wind bekommt, wird alles vorbei sein. Sie werden ihm das vorläufige Aufenthaltsbestimmungsrecht und irgendwann das alleinige Sorgerecht zusprechen und sie mir wegnehmen.

Ich schaue auf den Computerbildschirm. In der Eile, zu ihrem Wagen zu kommen, hat Dr. McGrath sich nicht ausgeloggt, und ich kann erkennen, was sie sich zuletzt angesehen hat. Es ist eine Notiz von Dr. Fullerton auf meiner Krankenakte.

Berichtet von übersteigerter Angst, Misstrauen und Bedrohung. Erlitt eine Panikattacke, weil jemand sie anstarrte. Sagt, sie fühle sich, als verlöre sie den Verstand.

KAPITEL 27

Ich laufe von Raum zu Raum, reiße Schubladen auf, wühle in Kisten und belade meine Arme mit Klamotten, Spielzeug, Badartikeln und Unterlagen. Zum wievielten Mal mache ich das jetzt schon? Zum zweiten, zum dritten Mal? Aber diesmal packe ich nicht nur für ein Wochenende. Ich habe keine Ahnung, wann ich in dieses Haus zurückkehren werde. Wenn ich denn jemals zurückkehren werde.

Ich packe die beiden Koffer von der Garderobe sowie drei Reisetaschen, und weil ich keinen Platz mehr für Elises Laken habe, nehme ich noch einen Wäschekorb mit. Dann trage ich alles zum Wagen, belade den Kofferraum und packe Elises Buggy dazu. Elise sitzt wieder vorm Fernseher, abgelenkt von Peppa Wutz und einem Lutscher, den ich in den Tiefen eines Küchenschranks gefunden habe.

Ich schaue auf die Uhr. 10:45 Uhr. Eine halbe Stunde ist vergangen, seit ich mit Elise auf dem Arm aus der Praxis der Ärztin geflohen bin. Die Arzthelferin hat mich ganz verblüfft angesehen, als ich an ihrem Pult vorbeirannte, aber von Dr. McGrath war keine Spur zu sehen. Keine Ahnung, was der übliche Ablauf ist, wenn du zurück zu deiner Praxis kommst und feststellst, dass deine Patientin mit ihrer Tochter abgehauen ist, nachdem du ihnen zu einem Besuch beim Kinderschutz geraten hast, aber ich werde nichts riskieren. Es liegt eine grausame Ironie darin, dass die Polizei nicht weniger Interesse daran haben könnte, bei mir aufzutauchen, nachdem eingebrochen wurde, sie jetzt aber sehr wohl auf dem Weg hierher sein könnte.

»Ihr Ehemann hat mit keinem Wort behauptet, Sie hätten Ihrem Kind etwas angetan oder würden dies noch tun, und das ist von großer Bedeutung«, hat Mr Harrison gesagt. Er hat nicht durchdekliniert, welche Folgen es für meinen Fall haben könnte, hätte ich es getan, aber es wurde auch so klar – Sie haben eine Chance, das hier zu gewinnen, solange Sie Ihrem Kind nichts angetan haben. Ich muss ihn anrufen. Aber hier und jetzt, derart in Panik, kann ich das nicht tun.

»Na gut, Schätzchen.« Ich haste ins Wohnzimmer. »Mummy ist jetzt fertig. Komm.«

Elise jammert und kuschelt sich in eine Ecke des Sofas, die Augen auf den Fernseher gerichtet. Ich schalte ihn ab, und ihr Jammern schwillt prompt zu einem Heulen an.

»Du kannst Peppa auf dem iPad gucken, im …« Ich halte inne, mir fällt etwas ein. Ich habe unsere Ausweise nicht eingepackt. Sie liegen in dem Schränkchen neben dem Kamin. Ich gehe in die Hocke und öffne die Türen. Mein Herz macht einen Satz. Da ist sie – die Holzkiste etwa von der Größe eines Schuhkartons, in den Deckel ist der Name »Henry William Blackmore« eingraviert, daneben sein Geburtsdatum. Darin ein Set aus Fuß- und Handabdrücken, eine Fotografie, sein erstes Ultraschallbild und die Mütze und Decke, in die die Hebamme ihn nach seiner Geburt gewickelt hatte. Während andere Mütter das Krankenhaus mit ihren Babys verließen, ging ich mit nichts, nichts außer diesen wenigen Dingen. Tage, Wochen ließ ich nicht von ihnen ab. Auf seiner Beerdigung hielt ich seine Decke in den Händen, seine Mütze hatte ich mir in den BH gesteckt, nah am Herzen. Wo ich auch hinging, sie kamen mit mir. Eines Tages, als meine Trauer langsam in Akzeptanz überging, schlug Max vor, etwas Besonderes zu kaufen, um Henrys Sachen darin aufzubewahren. Ich recherchierte online, kaufte die schönste Kiste, die ich finden konnte, und ließ sie gegen einen Aufpreis gravieren. Als ich die Sachen hineinlegte, fühlte ich mich, als würde ich meinen Sohn ein zweites Mal begraben.

»Peppa!«, brüllt Elise. Ihre Wangen sind rot und tränenüberströmt. Sie greift sich die Fernbedienung und patscht auf die Knöpfe. »Peppa, Mummy!«

In der Ferne heult eine Sirene. Ich schnappe mir den kleinen Stapel Ausweise, der neben Henrys Kiste liegt, und stopfe sie mir in die hintere Hosentasche. Ich nehme die Kiste. Sie fühlt sich schwerer an, als ich sie in Erinnerung habe. Als ich sie von dem Regalbrett ziehe, rutscht Elise vom Sofa und patscht auf die Knöpfe an der Seite des 38-Zoll-Flachbildschirms, und er gerät bedenklich ins Wanken.

»Komm jetzt, Schätzchen.« Ich klemme mir die Kiste unter den Arm und nehme sie an der Hand. »Na los, Liebes. Lass uns gehen.«

»WILL PEPPA!«, kreischt sie, als ich sie aus dem Wohnzimmer, durch den Flur und aus dem Haus schleife. Ich muss ihre Hand loslassen, um den Haustürschlüssel aus der Tasche zu ziehen. Als ich ihn ins Schloss stecke, trommelt Elise gegen mein Bein. »GEH WEG! WILL DADDY!«

Ich hebe sie mit einem Arm hoch. Strampelt und schreit, während ich sie zum Auto trage und sie auf den Kindersitz schnalle. Ich stelle Henrys Kiste in den Fußraum, neben einen der Plastiksäcke, und fördere Elises iPad unter meinem Sitz hervor.

»Hier.« Ich drücke auf ein paar Knöpfe und gebe es ihr. »Peppa!«

»Will nicht!« Sie stößt es weg.

Mein Handy klingelt, und Elise kreischt. Auf dem Display steht *Unterdrückte Nummer*. Wahrscheinlich Mr Harrison, der aus seinem Büro anruft. Er hatte sich für heute angekündigt. Ich drücke auf das Lautsprechersymbol und nehme den Anruf entgegen.

»Hallo«, sage ich, »Joanne Blackmo…«

Eine Frau schneidet mir das Wort ab, sie singt. Die tiefe, kratzige Stimme dröhnt durch den Wagen. Ich weiß, wer das ist. Ich habe die Stimme beim ersten Ton erkannt, aber ich bin so geschockt, dass ich kein Wort herausbringe.

»Marienwürmchen fliege weg, fliege weg!«

Ich drücke hektisch auf das Symbol zum Auflegen, aber ich zittere so sehr, dass ich mit dem Finger abrutsche und es verfehle. Paula schmettert weiter, spitz und höhnisch.

»Dein Mann hat dich verlassen, und jetzt bist du allein.«

»Lassen Sie uns in Frieden!« Wieder und wieder drücke ich auf das Symbol. »Lassen Sie uns in Frieden! Bitte, bitte, lassen Sie uns einfach in Frieden.«

»Mummy?«, klingt ein dünnes Stimmchen von hinten aus dem Wagen. »Mag das Lied. Sing noch mal, Mummy.«

KAPITEL 28

Max geht mit dem Schlüssel in der Hand zur Haustür. Die Haut auf seinem Handrücken ist angeschwollen und wund von dem vergeblichen Versuch, sich zu schützen. Sein Gesicht sieht verboten aus. Das rechte Auge ist verquollen und fest verschlossen, dazu rot, schwarz und braun umrandet. Er steckt den Schlüssel halb ins Schloss, hält inne. Zwar ist es immer noch sein Haus, aber sein Zuhause ist es nicht mehr. Sein Leben, wie es noch vor zwei Wochen war – als er die Tür geöffnet hatte, Hallo gerufen, den Kopf zur Wohnzimmertür hereingesteckt hatte, um nachzusehen, was Elise und Jo trieben –, ist vorbei. Hätte er härter um seine Ehe mit Jo kämpfen müssen? Aber das hatte er. Er hatte alles getan, um sie zu unterstützen, damit sie sich aufgehoben und geliebt fühlte. Sie war es gewesen, die heimlich einen Umzug nach Chester geplant hatte, die gedroht hatte, ihm Elise wegzunehmen, die von einem Tag auf den anderen verschwunden war, die am helllichten Tag den Kopf verloren und ihrer beider Tochter eingenässt und weinend allein in der Kita gelassen hatte. Alles, was er getan hatte, alles, was er tat, war vollständig nachvollziehbar, bedachte man die Entscheidungen, die Jo getroffen, die Dinge, die sie getan hatte.

Jetzt ist von den beiden keine Spur. Neun Uhr abends, und im Haus ist es dunkel, und Jos Auto parkt nicht auf der Straße. Wo ist sie? Und noch wichtiger, wo ist Elise?

Max Herz schlägt schneller, als er die Tür aufschließt und den dunklen Flur betritt. Er schaltet das Licht an.

»Hallo?«

Keine Antwort. Die Angst sitzt ihm im Nacken. Paula wird Jo und Elise doch nicht angegriffen haben? Ihm hatte sie jemand auf den Hals gehetzt. Gestern Nacht, als er sein aufgeplatztes Gesicht im Badezimmer des Hotels begutachtet hatte, verspürte er keine Angst, sondern Wut.

Ja, er war wütend auf Paula, aber – mehr noch – auf sich selbst. Er hätte Jo ernst nehmen sollen. Paula ist gefährlicher, als sie es sich vorgestellt hatten. Er muss seine Familie beschützen. Er muss dem ein Ende setzen.

Als er heute Morgen in seinem Hotelbett aufgewacht war und sein Gesicht schmerzhaft pochte, galt sein erster Gedanke Elise. Er hatte nach seinem Handy gegriffen. 11:07 Uhr. Sein heiles Auge mehrmals zusammengekniffen. 11:07 Uhr? Wie hatte er so lange schlafen können? Er rief Jo an. Es klingelte und klingelte, dann sprang die Mailbox an. Als er den Piepton hörte, legte er auf. Was sollte er sagen? Er wollte ihr erzählen, dass Paula ihn zusammengeschlagen hatte und dass es ihm leidtat. Er hätte die Drohungen gegen Jo ernst nehmen müssen. Und dann was? Sollte er sie darum bitten, ihm Elise zu überlassen, damit er sie beschützen könnte? Sie hätte sofort aufgelegt.

Aber es gab eine Alternative. Jo und Elise könnten für eine Weile nach Chester gehen. Dort wären sie sicher, während er sich um Paula kümmerte. Aber Jo könnte sich weigern, je zurückzukommen. Außerdem müsste sie für den Prozess herkommen. Wenn die Geschichte mit

Paula erst mal erledigt wäre, würde er seiner Tochter ein sicheres Zuhause bieten können, und Jo würde die Hilfe bekommen, die sie brauchte. Aber all das konnte er ihr nicht am Telefon sagen. Er musste von Angesicht zu Angesicht mit seiner Frau sprechen. Er musste einschätzen können, wie sie sich fühlte, bevor er auch nur ein Wort sagte. Er musste mit Bedacht vorgehen.

»Hallo?«, wiederholt er, während er durch das verlassene Wohnzimmer in die Küche geht. Er macht kehrt. Irgendetwas stimmt nicht mit dem Wohnzimmer. Der Deckel von Elises Spielzeugkiste steht offen, genau wie die Türen des Schränkchens in der Ecke. Er geht in die Hocke und schaut hinein.

Sie ist weg.

Henrys Kiste ist weg.

Er fährt mit der Hand über die leere Stelle, als könnte er sie durch die Berührung der ebenmäßigen Fläche auf magische Weise wieder zurückbringen, und unterdrückt die aufkommende Panik. Jo hatte Henrys Sachen erst auf einem Regalbrett in Elises Zimmer aufbewahrt, dann aber beschlossen, dass es nicht der richtige Platz war, und sie daraufhin in dem Schränkchen untergebracht. Vielleicht hatte sie die Kiste wieder dorthin zurückgestellt? Oder in ihr Zimmer?

Er läuft die Treppe hoch, nimmt je zwei Stufen auf einmal und stürzt ins Schlafzimmer. Alle Schranktüren stehen offen. Auch die Schubladen der Kommode: Schlüpfer, Strumpfhosen und T-Shirts quellen daraus hervor, liegen in Haufen auf dem Teppich, zusammen mit ein paar Stücken von Jos Modeschmuck. Beide Schmuckkästen stehen offen, der Inhalt fehlt. Für eine Sekunde denkt er, man hätte sie ausgeraubt, doch dann bemerkt er, dass auf den Schränken etwas fehlt. Alle Koffer und Reisetaschen sind verschwunden.

Er läuft in Elises Zimmer, wo er auf eine ähnliche Szenerie stößt – Kleider und Spielsachen sind verschwunden, Kissen und Bettdecke liegen nicht mehr in dem Bettchen.

Er geht jedes Zimmer ab und rauft sich die Haare. Jo hat nicht nur für eine Übernachtung gepackt. Nein, sie hat alles mitgenommen, was ihr jemals etwas bedeutet hat. Fast alles. Auf dem Abfalleimer in der Küche liegen ihr Ehe- und ihr Verlobungsring.

KAPITEL 29

Ich dachte, du würdest dich wehren, Jo. Nachdem du mich geschubst hast, fragte ich mich, ob du vielleicht, vielleicht, Rückgrat zeigen würdest. Aber nein, anstatt zu bleiben und zu kämpfen, bist du davongerannt. Und du hast etwas mitgenommen, das mir gehört. Fast sehe ich dich vor mir, wie du vor jedem dunklen Schatten zurückschreckst, bei jedem fremden Geräusch zusammenzuckst. Redest du dir selbst gut zu? Redest du dir ein, du würdest überreagieren, versuchst, vor Elise den Schein zu wahren, alles sei gut? Aber nichts ist gut, oder, Jo? Tief in deinem Innern weißt du, dass ich dich kriegen werde. Es ist unausweichlich. Eines Tages wirst du hinter dir Schritte hören. Das Herz wird dir bis zum Hals schlagen, und du wirst über deine Schulter schauen und schneller laufen. Und dann wirst du mich sehen.

KAPITEL 30

Und?«, fragt Helen, als ich auf Auflegen drücke und mein Handy auf den Schoß sinken lasse. »Was hat der Anwalt gesagt?«

Elise sieht zu mir hoch und lächelt mich an. Sie sitzt mit ihren Bauklötzen auf dem Wohnzimmerboden. Ich reiße mich von ihr los. »Dass ich wieder zurückmuss.«

»Kannst du sie stattdessen nicht hier in ein Krankenhaus bringen?«

»Nein. Ich muss zurück nach Bristol. Tue ich das nicht, werden sie Elise in Gewahrsam nehmen.«

»Sie in Gewahrsam nehmen? Gott. Hat er das wirklich so gesagt?«

Mr Harrison hat nichts beschönigt, als ich ihn zu Hause auf dem Handy erreichte. Er sagte, ich hätte einen großen Fehler begangen, Bristol zu verlassen, statt mit Dr. McGrath ins Krankenhaus zu fahren. Die Lage sei auch so schon sehr ernst, brächte ich Elise nicht zurück, sei es durchaus möglich, dass die Polizei nach uns fahnden und der Soziale Dienst Elise in seine Obhut nehmen würde. Dann würde ich nicht mehr nur mit Max um das Recht kämpfen, meine Tochter zu sehen, ich würde mich auch mit dem Staat anlegen.

»Ja«, erwidere ich. »Hat er.«

»Hast du ihm von Paulas Anruf erzählt?«

»Ja, habe ich.«

»Er hat mir geraten, es dem Protokoll über die Belästigungen hinzuzufügen, das ich für die Polizei führe, aber leider beweist das noch lange nicht, dass sie es war, die Elise verletzt hat.«

»O Gott.« Helen stützt die Ellbogen auf die Knie. Sie legt die Stirn sorgenvoll in Falten. »Ich weiß nicht, was ich dir sagen soll, Jo. Ich will nur … Du meine Güte, wie musst du dich fühlen?«

»Verängstigt.«

»Ja.« Sie sieht mich lange an. »Ja.«

Wir verfallen in Schweigen, sehen Elise dabei zu, wie sie eine ihrer Puppen in eine Decke wickelt und sie dann auf den Überwurf legt, den sie vom Sofa gezogen hat. Ich rupfe ein Taschentuch aus einer Schachtel auf dem Beistelltisch und gehe neben ihr in die Hocke, um ihr den Schnodder abzuwischen, der plötzlich aufgetaucht ist, lege ihr dann eine Hand an die Stirn. Sie fühlt sich heiß an.

»Ist sie in Ordnung?«, fragt Helen.

»Ich bin mir nicht sicher. Hast du ein Fieberthermometer?«

»Die Batterien sind leer. Tut mir leid. Soll ich kurz bei Boots vorbeispringen und welche holen? Dauert auch nicht lange.«

»Würdest du das tun?«, sage ich und stocke. »Nein, weißt du was, ich werde sie holen.«

»Aber was ist, wenn …«

»Wenn ich eine Panikattacke bekomme? Ich muss da jetzt durch, Helen. Ich muss vor Gericht beweisen, dass die Agoraphobie mich nicht davon abhält, für Elise zu sorgen. Wenn du nicht hier wärst, müsste ich das Thermometer auch selbst holen, oder?«

Wenn ich ganz ehrlich bin, graut es mir schon bei dem Gedanken, aus der Haustür zu gehen, aber ich muss es tun. Ich werde mich weitaus beängstigenderen Situationen stellen müssen, wenn ich mit Elise nach Bristol zurückkehre – da wären zum Beispiel der Termin im Krankenhaus und der vor Gericht. Das kann mir keiner abnehmen. Ich muss selbst für mich sorgen.

»Also gut«, sagt Helen zögerlich. »Wenn du dir sicher bist.« Ich drücke Elise einen Kuss auf die heiße, feuchte Stirn und richte mich auf. »Das bin ich.«

Mein Handy klingelt, und ich zucke zusammen. Seit ich bei Helen aufgebrochen bin, habe ich den Satz »Es wird nichts passieren« pausenlos wiederholt – während ich die Wesley Street hinunterging, nach links in die Charles Street einbog und dann nach rechts in die Bridge Street, wo ich kurz anhielt, um Geld am Automaten abzuheben. Laut Helens Wegbeschreibung muss ich in der Einkaufspassage kurz hinter Pandora links abbiegen, Boots liegt dann direkt am anderen Ende der Passage.

Mir zittert die Hand, als ich sie in die Hosentasche stecke. Und wenn es wieder Paula ist? Ich hätte googeln sollen, wie man mit einem alten Nokia-Handy ein Gespräch aufzeichnet. Wenn das überhaupt möglich ist. Es könnte auch Max sein. Den ganzen Tag hat er mich immer wieder angerufen. Mehrmals hätte ich beinahe abgenommen, aber Helen hielt mich davon ab.

»Was willst du ihm denn sagen?«, fragte sie. »Dass Paula bei euch eingebrochen hat, Elise verletzt und dann angerufen hat, um dich zu verspotten?«

»Ja, genau. Vielleicht nimmt er das hier dann endlich ernst.«

»Und wenn nicht? Wenn er es vor Gericht gegen dich verwendet? Wenn er aussagt, dass du dein Kind nicht beschützen kannst? Oder, schlimmer noch, den Richter davon zu überzeugen versucht, dass du diejenige warst, die Elise verletzt hat?«

»Aber du warst doch dabei! Du weißt, was passiert ist.«

»Das war ich. Trotzdem denke ich, dass du erst mal nicht mit ihm darüber reden solltest. Sprich zuerst mit deinem Anwalt.«

Aber weder *Unterdrückte Nummer* noch Max' Name leuchten auf dem Display auf. Es ist Mum. Wann habe ich sie zuletzt angerufen? Vor ein paar Tagen? Einer Woche? Eigentlich rufe ich sie jeden Tag an.

»Hallo?«, ich halte mir das Handy ans Ohr. »Mum? Geht es Dad gut?«

»Na sicher, es geht ihm ausgezeichnet. Ich meine, nein. Keine Veränderungen, aber deshalb rufe ich nicht an. Hör mal, Joanne. Max hat angerufen. Er hat gefragt, ob du und Elise, ob ihr bei mir seid.«

Ich presse mir die Hand auf den Magen, mir wird übel. Max weiß, dass wir nicht in Bristol sind? Er muss im Haus gewesen sein, um nach uns zu sehen.

»Ich habe ihm gesagt, du seist nicht hier, und er fragte, wo du sonst sein könntest. Er meinte, du würdest nicht ans Telefon gehen. Was ist da los, Joanne?«

»Es ist … es ist eine lange Geschichte, Mum. Ich wollte dich nicht beunruhigen.«

»Na, jetzt bin ich beunruhigt, also sag schon. Was ist passiert?«

Sie hört zu, während ich ihr in gekürzter Form davon erzähle, was seit unserem letzten Gespräch geschehen ist.

»Oh, Joanne«, sagt sie, als ich fertig bin. »Warum hast du mir denn nichts davon erzählt? Ich kann es nicht glauben. Warum hat die Polizei die Frau nicht festgenommen? Man kann sie doch nicht frei herumlaufen und dich terrorisieren lassen. Und was Max betrifft … ich kann das gar nicht glauben, wirklich nicht. Er weiß doch, dass du eine gute Mutter bist. Oh, ich könnte mich treten, dir diese Tabletten gegeben zu haben …«

Jetzt ist es an mir, ihr zuzuhören, während sie sich vergeblich bemüht zu verstehen, was passiert ist. Ich fühle mich schrecklich, sie damit zu belasten. Sie hat schon genug damit zu tun, sich um Dad zu kümmern, aber wieder war es Max, der sie in dieses schreckliche Durcheinander hineingezogen hat. Wird das denn niemals aufhören?

»Du musst zurück nach Bristol, Joanne«, sagt Mum. »Weglaufen ist keine Lösung. Geh zurück, und stell das zusammen mit deinem Anwalt richtig. Niemand, der bei Verstand ist, wird glauben, dass du Elise etwas angetan hast.«

»Ich weiß, Mum.«

Ich biege hinter Pandora links ab, gehe an Superdry und Castle Fine Art vorbei. Boots ist fast leer. Zwei Verkäuferinnen plaudern miteinander an der Kasse. Sie unterbrechen ihre Unterhaltung zwar nicht, als ich an ihnen vorübergehe, aber eine der beiden, eine ältere Frau mit kurzen Haaren und einem seitlichen Pony, folgt mir mit den Augen. Ich haste einen der Gänge hinunter und verschwinde aus ihrem Blickfeld, aber das Gefühl, beobachtet zu werden, bleibt.

»Mum, ich muss Schluss machen.« Ich nehme das Telefon in die andere Hand und wische mir die rechte Handfläche an der Jeans ab. »Ich muss noch kurz etwas für Elise kaufen, dann fahre ich zurück nach Bristol.«

»In Ordnung, Liebes. Fährst du direkt zum Krankenhaus oder erst zu deinem Anwalt?«

»Ich weiß nicht. Wahrscheinlich zum Krankenhaus.« Ich werfe einen Blick über die Schulter. Ein Mann mit kurz geschorenen dunklen Haaren steht am anderen Ende des Ganges vor einem Regal mit Zahnpasta.

»Wie sahen die Blutergüsse heute Morgen aus?«

»Wie gestern.«

»Aber es sind keine neuen hinzugekommen?«

»Nein.« Helen hat gestern Abend vorgeschlagen, ein paar Aufnahmen von Elises blauen Flecken zu machen. Wir machten ein paar von ihrer Brust und ihrem Rücken und noch einige, auf denen ich sie halte, um zu zeigen, dass meine Fingerspitzen die Blutergüsse auf ihrem Rücken kaum berühren, wenn ich meine Daumen auf die Stellen an ihrer Brust lege. Ich weiß nicht, ob das ausreicht, um zu beweisen, dass ich sie nicht verletzt habe, aber Helen meinte, es sei wichtig, Fotobeweise zu haben, bevor die Blutergüsse verblassen.

»Also, das klingt doch gut«, sagt Mum, als ich den Gang wechsle und an Regalen voller Shampoo, Conditioner und Haartönungen vorbeigehe.

»Und Elise hat gar nichts gesagt? Nichts von einer Fremden in ihrem Zimmer, oder so?«

»Nein, kein Wort.« Ich wische mir mit der Rückseite der Hand über die Stirn. In der dicken Winterjacke ist mir zu warm, und mein Haaransatz ist schweißnass. Ich bin jetzt in dem Gang mit den Babysachen, kann aber kein Thermometer finden. Windeln, Tücher, Cremes und Kopfhörer, aber kein Thermometer.

Ich sehe nach links. Der Mann mit den kurz geschorenen Haaren steht am anderen Ende des Gangs. Er greift nach etwas auf dem oberen Regalbrett und wendet es in der Hand, um die Rückseite zu lesen. Aus dieser Entfernung kann ich es nicht mit Sicherheit sagen, aber es sieht aus wie eine Packung Einwegstilleinlagen. Er stellt sie zurück auf das Regal und greift nach etwas anderem. Absolut möglich, dass er ein frisch gebackener Vater ist und seine Frau ihn losgeschickt hat, um ein paar Kleinigkeiten zu besorgen, aber er hat keinen Korb am Arm und keine Liste in der Hand. Irgendetwas stimmt da nicht.

»Du musst die Polizei davon überzeugen, bei dir vorbeizukommen«, sagt Mum. »Sie müssen Fingerabdrücke von den Türklinken nehmen, denn wenn jemand deinen Schlüssel gestohlen hat, dann …«

Sie redet weiter, während ich den Gang mit den Babysachen verlasse, mich nach rechts wende und auf die Wand mit dem Make-up zulaufe. Unter dem schweren, wollenen Mantel prickelt mir die Haut, das Herz rast mir in der Brust, und ich atme stoßweise durch die Nase. Als ich an dem Aufsteller mit den Rimmel-Produkten vorbeigehe, werden meine Finger taub, und ich fühle mich benommen und schwummrig. Die Luft in dem Geschäft ist zu schwer, zu dick. Ich kann nicht atmen.

»Mum, ich muss Schluss machen.«

Ich lege auf, bevor sie widersprechen kann, und stopfe mir das Handy in die Hosentasche. Am Maybelline-Tisch bleibe ich kurz stehen. Der Boden unter meinen Füßen schwankt, kippt, ich strecke eine Hand aus, um mich festzuhalten. Tuben mit Foundation fallen von dem Regal und schlagen auf dem polierten Fußboden auf. Ich werde von Panik überwältigt. Ich darf das nicht zulassen. Ich muss ein Thermometer kaufen. Ich muss mich zusammenreißen. Für Elise. Niemand folgt mir. Ich bin paranoid. Ich bin …

Als ich das Geräusch von quietschenden Turnschuhen höre, sehe ich auf. Der Mann mit den kurz geschorenen Haaren kommt auf mich zu. Die Arme locker an den Seiten. Er geht schnell, zielstrebig, und er sieht mich direkt an.

»Jo? Jo Blackmore?«

Ich weiß nicht, ob es der Blick in den Augen unter den schweren Lidern ist, oder ob es die schmalen Lippen sind, aber ich reagiere intuitiv. Ich taumle von dem Make-up-Aufsteller weg, Kosmetika prasseln auf den Boden. Und ich renne.

KAPITEL 31

Bist du dir ganz sicher?«, sagt Helen durch das geöffnete Seitenfenster. Die Straße ist leer, aber sie spricht mit gedämpfter Stimme.

»Habe ich denn eine Wahl?«

»Du könntest zurück nach Bristol fahren und der Polizei alles erzählen.«

»Und was dann? Sie übergeben Elise dem Sozialen Dienst und verurteilen mich dafür, ihr etwas angetan zu haben? Die halten mich doch sowieso schon für drogenabhängig.«

»Das ist nicht wahr. Sie haben dich auf Kaution freigelassen.«

»Aber als Paula mich bedroht hat, haben sie nichts unternommen, oder? Und sie haben sich auch nicht blicken lassen, als ich anrief, um auszusagen, dass jemand mein Haus durchwühlt hat. Solange Paula auf freiem Fuß ist, ist Elise in Gefahr. Niemand glaubt mir, Helen. Weder die Polizei noch der Soziale Dienst und ganz bestimmt nicht Max.«

Helen zieht die Stirn kraus. »Ich glaube dir. Ebenso wie Mr Harrison. Und auch deine Mum. O Gott, Jo. Ich wünschte, ich könnte irgendetwas tun. Willst du nicht noch eine Nacht darüber schlafen und abwarten, wie du morgen darüber denkst?«

Ich werfe einen Blick nach hinten in den Wagen, wo

Elise den Kopf an den Kindersitz gelehnt hat, ihre Lider öffnen sich flatternd und schließen sich dann wieder, als kämpfte sie dagegen an einzuschlafen. Ihre Wangen leuchten rosa, und ihre Stirn ist schweißbedeckt, trotz des Teelöffels Calpol, den ich ihr vor fünf Minuten gegeben habe. Es ist nur eine Erkältung oder ein viraler Infekt, aber sie sollte in ihrem Bettchen liegen und nicht von einem Ort zum nächsten gezerrt werden. Wie soll sie sich erholen, wenn sie keine Ruhe findet?

»Nein.« Ich schüttle den Kopf. »Ich kann es nicht riskieren, nach Bristol zurückzufahren. Wenn die Polizei mich verhaftet, kommt Elise zu Max. Paula weiß, wo er arbeitet und wo wir wohnen. Es würde mich nicht wundern, wenn sie auch wüsste, welche Kita Elise besucht. Sie könnte sie sich immer noch holen. Ich muss hier weg, das ist der einzige Weg, sie zu beschützen.«

»Wenn du dir sicher bist.«

»Das bin ich. Danke. Für alles. Dass wir dein Auto nehmen dürfen und auch hierfür.« Ich tippe auf den Umschlag auf dem Beifahrersitz. »Du könntest ziemlich in Schwierigkeiten geraten, wenn die Polizei begreift, dass du sie mir überlassen hast.«

»Ich sage ihnen einfach, dass du sie gestohlen hast.« Sie lacht kurz auf. »Bist du sicher, dass du nicht doch mein Handy willst?«

Mein Handy hatte gerade noch genug Akku angezeigt, damit ich Helen aus meinem Versteck anrufen konnte – einem Container auf der Mill Lane Road –, bevor das Display schwarz wurde. Ich weiß nicht, wann ich wieder die Gelegenheit habe, es aufzuladen, aber ich kenne Mums Nummer auswendig, und Helen hat mir ihre auf den Umschlag geschrieben, den sie mir gegeben hat. Wenn ich Mr Harrison erreichen will, werde ich von einer Telefonzelle aus die Auskunft anrufen. Eigentlich sollte ich mir ein neues Handy anschaffen, eins mit einer Prepaid-Karte, das man nicht zurückverfolgen kann, aber auf keinen Fall werde ich eine Fahrt ins Zentrum von Cardiff riskieren.

»Nein«, sage ich. »Vielleicht muss ich dich erreichen. Aber danke.«

»Das ist doch das Mindeste«, sagt sie. »Wo willst du denn jetzt hin?«

Ich zucke die Schultern. Ich bin alle Optionen durchgegangen, während ich darauf wartete, dass Helen mit Elise im Auto auftauchte. Ich konnte rauf nach Chester fahren, aber sicher weiß die Polizei, wo meine Mum wohnt. Erst heute Morgen hat Mr Harrison gesagt, sie würden nach mir fahnden, wenn ich Elise nicht zurück ins Krankenhaus bringen würde, und ich habe genug Sendungen über gesuchte Personen gesehen, um zu wissen, dass sie auf Abhebungen, Überwachungsmaterial von den Autobahnen, Mobilfunkdaten und Social Media zugreifen können, um jeden in Großbritannien aufzuspüren. Ich muss das Land verlassen, das ist meine einzige Chance. Und es gibt nur einen Ort auf der Welt, an dem ich mich wirklich sicher fühle.

»Irland«, sage ich. »Ich gehe zurück nach Clogherhead.«

KAPITEL 32

Elise läuft vom einen Ende des Wohnmobils zum anderen, krabbelt auf das Sofa und schlägt mit beiden Händen gegen die Vorhänge, sodass ich aufschrecke.

»Dunkel!«, sagt sie, zieht die Gardinen auseinander und zeigt nach draußen. »Dunkel, Mummy!«

»Ja, nicht wahr?«

Vor vier Stunden sind wir bei dem Caravan-Park eingetroffen, nachdem die Frau im Büro von Fishguard Ferry mir gesagt hatte, die nächste Fähre werde erst um 2:30 Uhr in der Nacht ablegen. In elf Stunden. Ich warf einen Blick auf Elise, die dunklen Ringe unter ihren Augen, die rotzverkrustete Nase, und buchte stattdessen die Überfahrt am nächsten Tag um 14:30 Uhr. Eine weitere Nacht in Großbritannien zu verbringen fühlt sich riskant an. Irgendjemand hat es geschafft, mir bis nach Cardiff zu folgen, aber auf dem Weg hierher habe ich die Autobahn gemieden, und seit meiner Abfahrt weder mein leeres Handy noch meine Kreditkarte benutzt. Ich hatte überlegt, uns ein Hotelzimmer oder ein Bed & Breakfast in Fishguard zu buchen, aber dann sah ich einen Polizisten durch die Stadt laufen und entschied mich kurz entschlossen dagegen.

Die Frau an der Rezeption war weniger davon begeistert, mir ein Wohnmobil für nur eine Nacht zu vermieten, aber schließlich gab sie nach. Es sei Februar, sagte sie, und das Geschäft laufe schleppend. Was schade es schon? Ich beglich die Rechnung in bar und ignorierte ihre Frage nach meinen Plänen für den morgigen Tag.

Als ich sah, wo der Wohnwagen stand, direkt auf einer Klippe, hätte ich fast auf dem Absatz kehrtgemacht – einzig ein niedriger Metallzaun trennte uns von einem nahezu senkrechten Sturz in die schwarze, aufgewühlte See. Drinnen im Wohnwagen fühlte ich mich auch nicht besser. Es war, als beträte man ein rechtwinkliges, geriffeltes Fischglas mit zwei Fenstern auf jeder Seite und nur einer Tür. Ich schloss hinter uns ab, überprüfte, ob alle Fenster verschlossen waren, und zog die Vorhänge zu. Dann ging ich die Runde erneut, um mich ein zweites Mal zu vergewissern. Der Fernseher funktionierte nicht, also zwängte ich mich in eine Ecke des Sofas und zog Elise auf meinen Schoß. Aus dieser Perspektive konnte ich drei der Fenster und die Tür im Auge behalten. Ein Fenster hinter mir blieb übrig. Ich versuchte mich zu entspannen und las Elise aus *Snug as a Bug* vor, aber ich konnte kaum sprechen, so flach ging mein Atem. Die Worte tanzten auf den Seiten, und im Augenwinkel glaubte ich Schatten zu sehen. Ich wurde das Gefühl nicht los, jeden Moment könnte jemand das Fenster einschlagen und uns angreifen. Und so spielten wir schließlich im Schlafzimmer mit Puppen, eingeklemmt zwischen einer Seite des Bettes und der fensterlosen Wand, bis der Knoten in meinem Magen sich gelöst und mein Atem sich beruhigt hatte.

»Li-li«, sage ich, als ich aus dem winzigen Badezimmer trete. »Möchtest du ein Spiel spielen?«

Sie dreht sich um und sieht mich erwartungsvoll an. »Ja.«

Ich fühle mich hundeelend, bemühe mich aber um einen leichten, spielerischen Ton. »Es ist ein Verkleidungsspiel.«

»Prinzessin!« Elise hüpft vom Sofa und läuft auf mich zu. Sie zupft am Saum meines Pullovers. »Elsa-Kleid. Elsa-Kleid, Mummy!«

»Schätzchen, eigentlich« – ich lege die Hand an das Tuch um meinen Kopf und hocke mich neben sie –, »eigentlich dachte ich an ein etwas anderes Verkleidungsspiel. Mummy wird sich als Helen verkleiden, und du darfst dich wie Ben anziehen.«

Elise schüttelt den Kopf. »Nein, Mummy. Prinzessin spielen.«

»Das können wir morgen spielen, wenn wir in Irland sind. Aber heute dachte ich, es würde Spaß machen, zuerst wie Helen und Ben auszusehen.« Ich berühre die Plastiktüte, die an der Tür lehnt. »Helen hat mir ein paar von den Sachen gegeben, die Ben getragen hat, als er zwei Jahre alt war, so alt wie du. Wollen wir sie mal anziehen? Nachsehen, ob sie passen?«

Elise schüttelt den Kopf, diesmal resoluter, und schiebt die Unterlippe vor. »Nein.«

»Schau mal!« Ich ziehe mir das Handtuch vom Kopf und schüttle die Haare. Meine Tochter sieht mich mit offenem Mund an, ihre Augen werden ganz groß und füllen sich mit Tränen. Sie weicht zurück und schüttelt den Kopf. »Mag das nicht. Mag das nicht, Mummy.«

Ich hebe eine Strähne meiner feuchten, rot gefärbten Haare und wickle sie um einen Finger. »Wenn ich sie trockne, locke und eine Brille aufsetze, werde ich wie Helen aussehen. Ist das nicht ein lustiges Spiel?«

Elise sieht nicht überzeugt aus.

Montagmorgen, und ich konzentriere mich darauf, beim Anblick meiner Tochter nicht in Tränen auszubrechen. Die roten Lackschuhe, weißen Strumpfhosen, das graue Kleid und die scharlachrote Strickjacke sind in dem winzigen Mülleimer im Küchenschrank unter der Spüle verschwunden, zusammen mit einer von Bens Spiderman-Unterhosen. Ich brachte es einfach nicht über mich, Elises rosa Schlüpfer mit den weißen Punkten wegzuwerfen. Ich erlaube ihr, sie unter der Jeans zu tragen – der einzige Teil ihrer Identität, der nicht entsorgt wurde.

Tränenverschmiert und mit roten Augen zupft sie an dem abgetragenen grünen Sweatshirt, das ich ihr heute Morgen mit Mühe und Not übergezogen habe, und reibt einen Turnschuh an den anderen, während sie ihre Puppen auf dem kleinen Wohnmobiltisch versammelt. Aber es ist nicht Elises Kleidung, die mir das Herz bricht. Es ist ihr Haar. Ich wusste, dass sie mich niemals freiwillig ihre blonden Locken abschneiden lassen würde, also setzte ich mich mit einer Nagelschere hinter sie, während sie heute Morgen an einem Stück Toast mümmelte, auf den Boden krümelte und selbstvergessen aus dem Fenster schaute. Ich hob eine Strähne nach der anderen an und schnitt sie vorsichtig ab. Stille Tränen rannen an meinem Gesicht herab, während sie sich zu den anderen blonden Haaren in meinem Schoß gesellten. Ich befürchtete, auch Elise die Haare färben zu müssen, und war erleichtert, als ich Bens Pass aufschlug. Er war erst zwei gewesen, als das Foto aufgenommen worden war. Seine Haare waren damals noch heller und dazu sonnengebleicht von einem Urlaub in Spanien – dem letzten, den Helen und Jake vor ihrer Trennung gemeinsam verbracht hatten. Aber es war kurz, viel kürzer als Elises wilder

Wuschelkopf, den es jetzt nicht mehr gibt. Ich kann ihre Stirn sehen, die Ohren und den Nacken. Ich habe ihr alles Sanfte genommen, sie in ihrer Identität beschnitten. Faktisch sieht sie aus wie ein kleiner Junge.

Sie weinte, als sie bemerkte, was vor sich ging. Weil ich es schnell hinter mich bringen wollte, berührte ich sie aus Versehen mit dem kalten Metall der Schere am Hals. Ich verletzte sie nicht, aber ihre rechte Hand flog an die Rückseite ihres Halses, und sie drehte sich so energisch um, dass die Haare auf meinem Schoß aufflogen. Elise starrte mich mit vor Grauen geweiteten Augen an, während ihre Haare auf mich, auf sie, das Sofa und den groben abgenutzten Teppich herabsegelten.

»Meine Haare.« Sie befühlte die Haare auf ihrem Kopf, die Ohren, die Wangen. »Meine Haare, Mummy!«

Sie sah mich so bestürzt an, so verständnislos, so verraten, dass mir all die Worte, die ich mir zurechtgelegt hatte, um sie zu beruhigen, im Halse stecken blieben und ich in Tränen ausbrach. Seit Wochen erzählte ich jedem, der es hören wollte, dass ich keine schlechte Mutter sei, aber in diesem Moment fühlte ich mich wie die schlechteste Mutter der Welt. Meine Tochter hatte friedlich zwischen meinen Beinen gesessen, sich sicher und geborgen gefühlt, und ich hatte ihr Vertrauen missbraucht. Ich hatte ihr nicht nur gegen ihren Willen die Haare geschnitten, ich hatte sie verängstigt. Und zum ersten Mal, seit ich Bristol verlassen hatte, zweifelte ich an meiner Entscheidung wegzulaufen. Ich hätte mit ihr ins Krankenhaus fahren, sie den Ärzten vorstellen und Max gewinnen lassen sollen. Sie hätte noch ihre Haare, ihre Kleider, ihr Zuhause, ihre Identität. Sie müsste nicht die stickigen Autofahrten ertragen oder beengte Wohnmobile. Sie könnte zwar auch nicht in mein Zimmer laufen für eine morgendliche Umarmung oder ihre Lippen auf meine drücken, bevor sie einschlief, aber wenn ich beweisen könnte, dass ich sie nicht verletzt hatte, könnte ich sie vielleicht einmal die Woche und an jedem Wochenende besuchen. Ich hatte meine Flucht damit gerechtfertigt, dass ich sie davor bewahren wollte. Ich dachte, sie würde ohne mich leiden. Aber hatte ich diese Entscheidung zu ihren oder zu meinen Gunsten getroffen?

Jetzt, während sie nach einem Fläschchen greift und es an die Lippen ihrer Puppe drückt, betrete ich das enge Badezimmer und zwinge mich, in den Spiegel zu sehen. Ich fasse meine Haare an. Neben dem lebendigen Rot wirkt mein Gesicht fahl, und ich sehe blass und müde aus, aber als ich mir Helens Brille aufsetze, sehe ich ihr ähnlicher als noch vor zwölf Stunden. Meine Nase ist länger und breiter als ihre und mein Kinn schmaler, aber unsere Augen sind von dem gleichen verhangenen Grün, unsere Lippen wohlgeformt und voll. Wirft der Zollbeamte mehr als einen flüchtigen Blick auf das Foto im Pass, werden wir es nicht auf die Fähre schaffen. Fragt er Li-Li nach ihrem Namen, wird sie niemals Ben sagen. Es ist ein Risiko, genau wie diese letzte Übernachtung in Großbritannien. Ich ziehe an einer der Korkenzieherlocken, lasse sie los. Sie schnellt zurück. Zeit zu gehen.

KAPITEL 33

Ich habe dich gewarnt, Jo. Ich habe dir gesagt, du sollst nicht schlafen. Sagte ich nicht, es würde etwas Schlimmes geschehen, wenn du schläfst? Aber du hast nicht zugehört, ist es nicht so? Ich hätte dir deine Tochter wegnehmen können, während du allein in deinem Bett schliefst, völlig ahnungslos, dass ich in deinem Haus war. Ich hätte Elise hochnehmen und verschwinden lassen können, und du hättest sie nie wiedergesehen. Aber deine Tochter ist nicht so dumm wie du, Jo. Sie wachte auf, als ich mir Zutritt verschaffte. Sie starrte mich durch die Stäbe ihres Bettchens an – die Augen vor Entsetzen weit aufgerissen –, als ich in der Tür zu ihrem Zimmer auftauchte. Als ich es durchquerte, versuchte sie, aus ihrem Bett zu klettern, zu entkommen, aber sie verlor den Halt und stürzte zu Boden. Ich fing sie auf. Ich bewahrte sie vor einem Unglück. Und hätte sie nicht geschrien, dann hätte ich sie einfach mitgenommen.

TEIL 2

KAPITEL 34

Das Bügeleisen zischt, und eine Dampfwolke steigt auf, als Mary es von dem spröden Baumwolllaken hebt und auf der Halterung auf der rechten Seite des Bügelbretts abstellt. Sie greift die Kanten des Lakens und zieht es routiniert vom Brett. Sie schüttelt den Stoff, sodass die Kanten akkurat aufeinanderliegen, dann faltet sie es in der Mitte. Sie faltet es wieder und wieder, bis es ein straffes, ordentliches Quadrat ist. Sie fährt noch einmal mit dem Bügeleisen darüber und legt es dann vorsichtig und mit einem Blick auf die Uhr über dem Kamin auf den Stapel zu ihrer Linken.

Es ist 15:12 Uhr. Heute bleibt keine Zeit für eine Tasse Tee, aber sie hat noch ein paar Minuten, bevor die Kinder aus der Schule kommen, also huscht sie in den Flur, bleibt ruhig stehen und lauscht. Das Seamount House B&B beherbergt fünf Zimmer, aber im Februar ist es stets ruhig, und nur eines der Zimmer ist belegt. Seit dem Frühstück um acht Uhr morgens hat sie Mr Hogan nicht mehr zu Gesicht bekommen. Er hatte ihr gesagt, er werde geschäftlich nach Drogheda fahren und am späten Nachmittag zurückkehren, aber noch hat sie ihn nicht gesehen. Egal. Sie verlässt den Flur und betritt die Küche. Ihre Hausschuhe schlurfen leise über die Granitfliesen. Als sie in der Waschküche ist, nimmt sie die Schürze ab, die sie schon den ganzen Tag trägt, und lässt sie in einen

Wäschekorb fallen. Sie wählt eine saubere Schürze von dem Stapel auf dem Regal, zieht sie sich über den Kopf und bindet sie hinter dem Rücken, dann streckt sie sich nach dem Plastikkorb mit den Fensterputzmitteln darin.

Sie wirft einen Blick auf ihre Uhr. 15:14 Uhr. Vor dem Spiegel im Flur macht sie kurz halt. Sie nestelt an der Perlenkette um ihren Hals, ein Geschenk von Patrick, vor langer Zeit, dann fasst sie sich an die Haare und glättet eine kurze Strähne, die ihr vom Kopf absteht. Sie wischt sich den Pony in die Stirn und bringt ihn in Form, und zu guter Letzt neigt sie den Kopf nach vorne und untersucht den Ansatz. Sie verzieht das Gesicht. Erst 67 und schon vollständig grau, genau wie ihre Mutter in dem Alter. Sie wird Siobhán anrufen müssen, um ihren Termin um eine Woche vorzuverlegen. Sie will den anderen Damen keine Gelegenheit geben, darüber zu tratschen, sie würde sich gehen lassen. Sie kann es nicht ausstehen, wenn über sie geredet wird. Vor zweiunddreißig Jahren hatte sie weiß Gott schon genug davon. Damals konnte sie kaum die Straße überqueren, ohne »Oh, arme Mrs Byrne«, »Gott segne ihre Seele« oder »Es ist so schrecklich, was passiert ist« zu hören.

Sie sieht erneut auf die Uhr – 15:16 Uhr.

Sie eilt hinüber ins Esszimmer, räumt vorsichtig die Dekoration von der Fensterbank und zieht die Spitzengardine auseinander, sodass sie zu beiden Seiten des Fensters hängt. Es sind eigentlich drei Fenster – die beiden seitlichen lassen sich öffnen, das größere in der Mitte nicht. Mary öffnet eines der Seitenfenster, und eine frische Brise kalter Februarluft strömt herein. Es ist kostspielig, ein so großes Haus zu heizen, und es wird mindestens eine Stunde dauern, das Esszimmer wieder warm zu bekommen, aber Mary stört sich nicht daran. Es ist ein vergleichsweise niedriger Preis, den sie gerne zahlt, im Tausch für das aufgeregte Geschnatter der Kinder, die ausgelassen die Straße entlanggelaufen kommen.

Mary greift in den Korb und zieht den Glasreiniger hervor, richtet ihn im Abstand von etwa einer halben Armlänge auf das Fenster und sprüht. Sofort ist die Scheibe benetzt. Sie drückt erneut. Kinderlachen dringt durch die geöffneten Fenster. Mary sprüht noch mal. Gibt es ein schöneres Geräusch?

Als Rufe, Schreie, Gekicher und Gemurmel in das Gelächter einstimmen, greift Mary nach dem gelben Tuch und wischt durch den Sprühfilm, der das Fenster überzieht. Ein Kindergesicht erscheint. Es ist die kleine Aoife Flannigan, die drei Straßen weiter wohnt. Sie sieht so pfiffig aus in ihrem königsblauen Pullover mit dem kleinen gelben Wappen über dem Schlüsselbein.

»Hallo, Mrs Byrne!« Sie hüpft auf und ab und winkt. Ihre Mutter, Sinead, taucht hinter ihr auf. Sie ist im sechsten Monat, und ihr wollener grauer Mantel spannt an den Nähten.

»Wie steht's, Mary?«

»Prächtig. Und selbst?«

»Trächtig. Und es kommt noch dicker.« Sie tätschelt sich den Bauch und lacht.

Aoife und Sinead gehen Hand in Hand die Straße hinunter. Das kleine Mädchen sieht zu ihrer Mutter auf und sagt etwas, aber der Wind trägt es davon, und Mary kann nur raten, warum ein Lächeln auf Sineads Gesicht erscheint. Aber dann kommen der kleine Aiden O'Connor und sein Zwillingsbruder Declan vorbei, und Mary nickt ihnen zu und fragt sie lächelnd, wie es ihnen geht, auch wenn es ihr in der Seele wehtut. Und dann ist da noch Margaret Ryan mit ihren drei Enkelkindern. Sie schimpft mit Fionnán, dem Ältesten, während die anderen beiden hinter ihrem Rücken herumspringen und wild Grimassen schneiden. Margaret bleibt nicht stehen, um Mary zu grüßen, aber im Vorbeigehen hebt sie die Hand und nickt. Sie sieht müde aus und wirkt am Ende ihrer Kräfte. Ihr scheint nicht klar zu sein, was für ein Glück sie hat. Mary würde alles darum geben, eine Bande kichernder Enkelkinder von der Schule abholen zu können, mit ihnen am Küchentisch zu sitzen und ihren dummen Geschichten zu lauschen, während sie sich die kleinen Bäuche mit dem Inhalt des Kühlschranks vollschlugen.

Doch zu keiner Zeit verschwindet das Lächeln aus ihrem Gesicht, während sie so putzt und poliert. Als auch der letzte Nachzügler am B&B vorüberstreunt, sind die Fenster spiegelblank. Eigentlich sind sie das ja immer. Sie haben kaum eine Chance, Schmutz anzusetzen, werden sie doch fünfmal die Woche geputzt.

Als es ruhig wird auf der Straße, greift Mary nach den Fenstergriffen und schließt sie. Sie stellt den Korb mit Putzmitteln zurück auf das Regalbrett in der Waschküche und füllt am Waschbecken den Teekessel, dann steigt sie die Stufen zum obersten Zimmer im Haus hinauf. Niamh erwartet sie schon auf der silbergerahmten Fotografie auf der Frisierkommode, wie sie es immer tut – stets lächelnd und mit liebevollem Blick. Mary drückt sich die Finger an die Lippen, berührt dann sanft die Fotografie. Es ist Zeit für einen Besuch bei ihrer Tochter.

Mary zieht sich den Hut über die Ohren und den Reißverschluss ihres dicken Wintermantels nach oben, aber der ist längst am Anschlag. Sie trägt ein Thermohemd, ein Kleid, dicke Strumpfhosen, zwei Strickjacken, die wärmsten Winterstiefel, die sie besitzt, und einen Schal – und trotzdem fahren ihr Wind und Wetter in die Knochen.

Die Straßen sind wie leer gefegt, längst sind die Schulkinder verschwunden. Alle anderen sind bei der Arbeit oder suchen in der Wärme ihrer Wohnzimmer Schutz vor der unnachgiebigen Kälte. Der Wind pfeift, die See ist ein aufgerissener grauer Schlund, der ihr vom unteren Ende der Main Road entgegenbrüllt. Eigentlich sind da immer ein paar Leute am Strand – das ganze Jahr über –, führen ihre Hunde aus, fahren in ihren Autos oder atmen die frische Seeluft, aber heute sind nicht mal die Möwen da.

Als sie in ihren Wagen steigt, fühlt sich Mary Byrne wie der letzte Mensch auf Erden, aber auf keinen Fall hätte sie heute zu Hause bleiben können. Selbst wenn sie eine Grippe hätte, wie der arme Mr Carey, hätte sie doch einen Weg gefunden, das Haus zu verlassen. Es ist der 21. Februar.

Nichts und niemand könnten sie im Haus halten.

Mary senkt den Kopf und bekreuzigt sich, als sie das schwere Eisentor aufdrückt und den Friedhof betritt. Der Wind hat die gefallenen Blätter aufgewirbelt, und der Boden ist übersät mit spröden braunen Gerippen. Sie zerbröseln unter ihren Füßen, während sie über den Friedhof geht. Neben einem der Gräber bleibt sie stehen, und wieder bekreuzigt sie sich.

Im Gedenken an
CONOR MICHAEL HEALY
21. September 1925–4. November 1995

»Wer sich nun vor den Menschen zu mir bekennt, zu dem werde auch ich mich vor meinem Vater im Himmel bekennen.«

Und an seine Ehefrau
CIARA
5. Juli 1928–31. Dezember 1995

Sieben Wochen. So lange hatte Marys Mutter sich ans Leben geklammert, nachdem ihr Mann gestorben war. Alle sagten, sie sei an einem gebrochenen Herzen gestorben, und so war es – im übertragenen und im eigentlichen Sinne. Der Doktor sagte, sie hätte im Schlaf einen Herzinfarkt erlitten. Es war Mary gewesen, die sie am Morgen danach gefunden hatte, auf der Seite liegend, die eine Hand auf der leeren Hälfte des Bettes, als tastete sie nach ihrem entschwundenen Ehemann.

Mary spricht ein kurzes Gebet und geht weiter, drückt sich den Rosenstock an die Brust, den sie am Tag zuvor gekauft hat. Sie hatte ihn in zwei Plastiktüten eingepackt, bevor sie das Haus verließ, zum Schutz vor dem Wind. Sie zieht es vor, Topfpflanzen für die Gräber mitzubringen. Schnittblumen welken so schnell, und stets bricht es ihr das Herz, sie aus den Vasen zu nehmen, die Stängel vertrocknet, mit hängenden, ausgebleichten Köpfen.

Sie eilt weiter hinter die Kirche, vorbei an dem Grab der alten Mrs McDonagh, die vor vier Wochen verstorben ist, noch ist es mehr ein Hügel als flach. Und dann verlangsamt sie ihre Schritte. So ist es jedes Mal, wenn sie hierherkommt: als würde die Trauer ihre Schuhe beschweren.

Im stillen Gedenken an
unsere geliebte Tochter
NIAMH MARIA BYRNE
2. Januar 1981–21. Februar 1983

Und an
PATRICK BYRNE
Geliebter Ehemann und Vater
25. August 1947–12. April 1988

Marys Knie knacken, als sie sich neben das Grab hockt. Sie bekreuzigt sich, spricht ein Gebet, berührt mit den Fingern die Lippen. Sie drückt den Kuss auf den Namen ihres Mannes, legt die Finger wieder an die Lippen und küsst den Namen ihrer Tochter. Zweiunddreißig Jahre sind vergangen, seit sie Niamh verloren hat. Es heißt, die Zeit heile alle Wunden, aber manche Wunden sind zu tief, zu gewaltsam geschlagen, als dass man sich jemals von ihnen erholen könnte. Mary lebt mit nur einer Hälfte ihres Herzens. Es wurde entzweigerissen an dem Tag, an dem Niamh starb, und verätzt, als sie herausfand, wer dafür verantwortlich war. Sie kann sich nicht daran erinnern, wie Patrick die Polizei ins Esszimmer führte, sie hat am Fenster gesessen und blind auf die Straße hinaus gestarrt. Sie kann sich nicht an die Worte der Polizei erinnern. Aber sie kann sich an den Schmerz erinnern, der sie in zwei Hälften spaltete. Sie kann sich an den Schrei erinnern.

KAPITEL 35

Boot!«, kräht Elise von hinten aus dem Wagen, während wir uns Stück für Stück der Fähre nähern. »Boot, Mummy!«

»Ja!« Ich werfe einen Blick in den Rückspiegel. Hinter uns steht eine Schlange Autos, die bis zum Hafen von Fishguard reicht. Ich kann keine Polizei ausmachen, aber das beruhigt mich kaum. Sie könnten in einem Zivilfahrzeug oder an Bord auf mich warten.

Der Wagen vor mir fährt an und verschwindet im Bauch der Fähre. Währenddessen erscheint ein Mann in einer Warnweste und winkt mit den Armen. Einen schrecklichen Moment lang bin ich sicher, er ist ein Polizist, aber dann winkt er mich in den düsteren Bauch der Fähre, weist mir einen Platz am Ende einer Reihe geparkter Wagen an. Als ich den Motor ausschalte, schlägt mir das Herz bis zum Hals, und es kostet mich mehrere Versuche, den Anschnallgurt zu lösen.

»Mummy«, sagt Elise, als ich die Schnalle am Kindersitz öffne und sie hinaushebe, »stinkt.«

Sie hat recht. Auf dem Parkdeck riecht es nach Abgasen. Sie kratzen mir im Hals, während ich mir zwischen den Autos mit meiner Tochter auf dem Arm mühsam einen Weg zur Treppe bahne und die Fähre unangenehm unter meinen Füßen vibriert. Ich fühle mich schrecklich auffällig mit meinen glänzenden, rot gelockten Haaren und Helens Ersatzbrille mit dem schwarzen Rahmen, aber ich habe keine Zeit, zurück zum Wagen zu gehen und einen Hut zu holen. Ich muss so schnell wie möglich ein Versteck finden. Als ich den Treppenaufgang erreiche, windet sich Elise verzweifelt in meinen Armen, sie will runtergelassen werden. Ich hetze die Stufen hinauf, verlagere das Gewicht auf die Fußballen. Noch bevor ich den ersten Treppenabsatz erreicht habe, atme ich schwer, und das Herz sprengt mir fast die Brust, aber ein Scheppern, das von unten durch den Treppenaufgang klingt, treibt mich weiter. Hinter mir ist jemand. Ich kann die Schritte auf den metallenen Stufen hören, die gedämpften Stimmen – ein Mann und eine Frau.

»Mummy!« Elise brüllt, und ich haste an Deck 8 vorbei. Ihre Stimme scheint von den Wänden widerzuhallen, und ich muss mich zurückhalten, ihr nicht die Hand auf den Mund zu drücken. Stattdessen flüstere ich auf sie ein und laufe schneller. Schon brennen die Muskeln in meinen Oberschenkeln, und ich schnappe nach Luft, aber ich muss weiter. Noch am Morgen habe ich den Plan der Fähre studiert und weiß genau, wo wir uns verstecken müssen.

Just in dem Moment, als ich denke, keinen Schritt weiterzukönnen, erreiche ich Deck 9. Die schmale Tür öffnet sich zu einem weiten Raum, Schilder weisen den Weg zur Kantine, zum Kino, der Spielecke und dem Geschäft. Überall sind Menschen. Familien, Paare, Rentner und Kinder – sie stehen für Essen an, sehen aus dem Fenster, schaufeln Essen in sich hinein, spielen an den Tischen Karten und füttern die Spielautomaten mit Münzen. Die Kakofonie aus Stimmen, Gepiepse, Gedröhne, Geklirre überwältigt mich, und ich spüre jäh die Angst in mir aufwallen. Wie soll ich entkommen, wenn etwas schiefgeht? Weil ich den Plan studiert habe, weiß ich, wo sich die Rettungsboote befinden, aber es sind so viele Menschen an Bord. Wir würden niedergetrampelt werden, wenn etwas passierte.

»Entschuldigen Sie.« Die Hand auf meiner Schulter lässt mich zusammenzucken und herumfahren, und ich rechne fest damit, Paula oder einen Polizisten zu sehen. Stattdessen steht da ein älterer Herr in einem Tweedjackett und entblößt beim Lächeln seine gelben Zähne. »Dürften wir bitte vorbei?« Neben ihm steht eine ebenso alte Frau, er hält ihre Hand.

»Ja, sicher. Entschuldigung.«

Ich trete beiseite, und noch während ich das tue, sehe ich das Toilettenschild.

Fünfzehn Minuten. So lang verstecken wir uns jetzt schon in einer der Kabinen. Jede Minute fühlt sich an wie eine Stunde. Sobald sie Pipi gemacht hatte, wollte Elise die Toilette sofort wieder verlassen. Bens Hose noch in den Kniekehlen, rüttelte sie an der Tür. Ich lenkte sie mit einer geflüsterten Version von *Die Räder am Bus* ab, und als ihr Interesse nachließ, streifte ich mein silbernes Armband vom Handgelenk und überließ es ihr zum Spielen, ermahnte sie immer wieder, leise zu sein, wenn ihr Geplapper unerträglich laut wurde.

»Elise«, sage ich und erstarre, als die Tür zum Toilettenraum sich quietschend öffnet.

»Psst.« Ich drücke einen Finger an die Lippen und halte mir zwei Finger der anderen Hand wie Ohren hinter den Kopf. »Stille Maus.«

Das Blut rauscht mir in den Ohren, nur vage höre

ich das leise Quietschen von Schuhen auf den Fliesen, die Tür der benachbarten Kabine wird aufgerissen, die Trennwand wackelt. Sekunden später höre ich, wie jemand abschließt. Logisch betrachtet, weiß ich natürlich, dass es jeder der Passagiere sein könnte, aber die Angst hat mich zu fest im Griff, als dass ich noch klar denken könnte. Die Tür schwingt ein zweites Mal auf, und ein neues Geräusch erfüllt den kleinen Toilettenraum, ein langsames Klackern. Ich behalte die schmale Lücke unter der Kabinentür im Auge. Was für ein Schuh wird erscheinen – der polierte Schuh eines Polizisten, ein Herrenschuh oder der absatzbewehrte Schuh einer Frau?

»Ich weiß, dass ihr hier drin seid!«, erklingt eine weibliche Stimme. Ich drück die Finger an Elises Lippen und reiße die Augen auf, um sie zum Schweigen zu bewegen. Normalerweise würde sie an meiner Hand zerren und lachen. Aber diesmal nicht. Diesmal wird sie sehr, sehr still und starrt mich aus großen Augen an, mein Armband baumelt in ihrer Hand. Sie hat meine Furcht gespürt und ist genauso verängstigt wie ich.

»Ich weiß, dass ihr euch hier versteckt«, sagt die Frau. Ein Paar High Heels erscheinen neben der Kabinentür, und dann *Knall!* Die Tür rappelt in der Aufhängung. Elise zuckt so heftig zusammen, dass meine Hand von ihrem Mund gleitet. Das Armband fällt zu Boden, und ihr erschrockener Schrei zerreißt die Luft.

»Mist! Entschuldigung! Ich war nur …« Die Schuhe verschwinden, und zur gleichen Zeit erzittern Tür und Wand der Nachbarkabine unter kindlichem Lachen.

»Wir sind hier drin, Mummy!«

»Josh, Isaac, jetzt aber raus da! Das Spiel ist vorbei.«

Ich höre, wie der Riegel zurückgeschoben wird, dann

das Geräusch von Turnschuhen auf Fliesen, als die zwei Jungs aus der Kabine geschleift werden.

»Du hast uns nicht gefunden!«, jubiliert der eine.

»Raus!« Elise windet sich mit Tränen in den Augen aus meinem Schoß und schlägt mit beiden Händen an die Tür. »Raus!«

»Das tut mir so leid«, höre ich die Frau über die Schreie meiner Tochter sagen. »Ich wollte Sie nicht erschrecken. Ich wusste nicht, dass noch jemand hier ist.«

»Schon in Ordnung. Ich ... äh ...« Ich stehe auf, um meine Kleider zu glätten. »Ist die Fähre schon unterwegs? Haben wir abgelegt?«

»Ich denke schon, ja.«

Ich hebe das Armband auf, entriegle die Tür und öffne sie. Elise drückt sich an mir vorbei und läuft fast in einen der Jungs hinein. »Entschuldigung.« Ich schiebe sie an ihm vorbei zur Tür hinaus, ohne die andere Mutter anzusehen, dann den Gang hinunter. Fast muss ich vor Erleichterung weinen, als ich einen Blick aus dem Fenster erhasche. Wir sind auf See.

»Meer!« Elise kniet auf einem Stuhl und schlägt mit den Händen gegen das Fenster, während ich mein Handyladegerät in die Steckdose neben dem Tisch kämpfe. »Vögel! Wolken! Da, Mummy. Da!«

»Shhh. Ja, ich weiß.«

Seit wir uns hingesetzt haben, hat die Frau am Tisch nebenan schon dreimal zu uns rübergeschaut. Sie ist älter als ich, vielleicht um die fünfzig, ihre beiden Kinder haben Kopfhörer auf und starren konzentriert auf die Tablets vor ihnen auf dem Tisch. Ihr Ehemann liest die Zeitung und hat jeden Versuch, ein Gespräch anzufangen, mit einem Grunzen oder Schulterzucken vereitelt. Elise bemerkt, dass die Frau sie ansieht, und hört auf, auf dem Stuhl auf und ab zu springen. Sie lächelt schüchtern und legt die Hand an die Scheibe. »Meer!«

»Ja.« Die Frau sieht mich an und lächelt. »Ganz schön grau, oder?«

»Fisch!«, sagt Elise und zeigt nach draußen. »Fisch im Meer.«

»Ja, viele Fische.« Der Blick der Frau wandert über meine Tochter, über die abgewetzten Turnschuhe, die zu lange Jeans und das abgetragene Sweatshirt, bis hinauf zu den verhunzten Haaren. Sie spürt, dass ich sie beobachte, und begegnet meinem Blick. »Ich erinnere mich noch an Robbie, als er in dem Alter war.« Sie stößt den Teenager neben sich an. Er reibt sich den Arm und rückt von ihr ab, ohne von seinem iPad aufzusehen. »Der hier plapperte die ganze Zeit. Heute bringe ich kaum ein Wort aus ihm heraus. Wie alt ist er denn?« Sie sieht Elise an. »Zwei? Drei?«

»Zweieinhalb.« Ich bemühe mich, gelassen zu klingen, aber unter dem Tisch ramme ich mir die Fingernägel in die Haut über dem Knie.

»Wie heißt du denn, mein Kleiner?« Die Frau winkt, um Elises Aufmerksamkeit zu erregen.

Ich halte den Atem an, während Elise das Gesicht der Frau mustert. Unnachgiebig hat sie sich geweigert, sich selbst Ben zu nennen, als wir vor ein paar Stunden im Wohnwagen »so tun als ob« gespielt haben. Wie rechtfertige ich ihr Aussehen, wenn sie der Frau ihren echten Namen nennt?

»Li-Li«, flüstert meine Tochter und dreht sich wieder zum Fenster.

»Lee«, wiederholt die Frau. »Schön, dich kennenzulernen, Lee. Ich bin Mel. Und deine Mutter?« Sie sieht mich an.

»Helen«, sage ich leise.

»Ein schöner Name. Georges Schwester heißt Helen. Nicht wahr, Schatz?« Sie langt über den Tisch und tippt an den oberen Rand der Zeitung.

Ihr Mann schüttelt leicht das Papier und grummelt gereizt.

»Wir fahren mit den Kindern nach Galway«, sagt Mel. »Ein Besuch bei Georges Verwandten. Ein wunderschöner Ort. Waren Sie schon mal da?«

»Nein.« Ich rutsche unruhig auf dem Stuhl herum. Ich hätte es George gleichtun und eine Zeitung kaufen sollen, aber ich habe nicht mal ein Buch, hinter dem ich mich verstecken könnte, und Mel ist offensichtlich zum Plaudern aufgelegt. Das Letzte, was ich jetzt brauche, ist, darüber ausgefragt zu werden, wohin ich unterwegs bin und warum. Ich schiele auf mein Handy. Nur vier Prozent Akku. Wir sind seit drei Stunden unterwegs und nur noch eine Stunde von Irland entfernt. Es einzuschalten ist ein Risiko, aber seit gestern habe ich nicht mehr mit meiner Mutter gesprochen, und ich muss wissen, ob es Dad gut geht. Ich habe keine Ahnung, ob die Polizei mich aufspüren kann, wenn ich ihr schnell eine SMS schicke und das Handy dann wieder ausschalte. Selbst wenn sie es könnten, würden sie es wohl kaum innerhalb einer Stunde nach Rosslare schaffen. Oder doch? Sie könnten die irische Polizei darum bitten, mich abzufangen, sobald die Fähre anlegt.

»Kenne ich Sie?« Mel neigt den Kopf zur Seite und kneift die Augen zusammen. »Je länger ich Sie ansehe, desto bekannter kommen Sie mir vor.« Sie tippt erneut auf die Kante der Zeitung. »Kennen wir eine Helen?«

»Ich … ich denke nicht. Ich habe einfach eines dieser Allerweltsgesichter.« Abrupt stehe ich auf und strecke die Hand nach meiner Tochter aus. »Musst du mal?«

Meine Tochter schüttelt den Kopf.

»Wir könnten danach zur Spielecke gehen. Vielleicht haben sie eine Rutsche.«

Ihr Gesicht hellt sich auf, und sie krabbelt über die Plastikstühle auf mich zu. Mel beobachtet sie mit gerunzelter Stirn. Ich setze meine Tochter auf dem Boden ab und nehme sie an der Hand.

»Dann los, Schätzchen. Es war nett, Sie kennenzulernen«, sage ich zu Mel. Ihr Ehemann dreht sich auf dem Stuhl um und nickt mir zu, faltet die Zeitung und legt sie auf dem Furniertisch ab.

»Noch jemand einen Kaffee?« Er wedelt mit der Hand vor den Gesichtern seiner Kinder und formt mit dem Mund das Wort »trinken«. Mein Blick fällt auf die Schwarz-Weiß-Fotografie auf dem Titelblatt seiner zusammengefalteten Zeitung. Es zeigt mich und Elise, wie wir vor einem Weihnachtsbaum sitzen. Und darüber prangt die Schlagzeile:

Mutter aus Bristol mit ihrer zweijährigen
Tochter auf der Flucht

KAPITEL 36

»Brigid, hallo, wie schön, dich zu sehen.« Max streckt die Arme aus und tritt einen Schritt näher, um sie zu umarmen. Doch seine Schwiegermutter zieht sich zurück in die Sicherheit ihrer Küche. Sie sah schockiert aus, als sie ihm die Tür öffnete, aber nach einem kurzen Moment hatte sie sich wieder im Griff. Kalt hält sie seinem Blick stand.

»Es tut mir leid, ich hätte anrufen sollen.« Er drückt ihr den Strauß Lilien von der Tankstelle in die Hand. »Aber ich dachte, du würdest mich nicht sehen wollen.«

»Da hast du vollkommen recht.«

Als würde er eine faltigere, grauhaarige Version seiner Frau ansehen. Aber anders als Jo, die ihr Herz auf der Zunge trägt, ist Brigid für ihn ein Buch mit sieben Siegeln. Elf Jahre kennt er sie nun schon, und trotzdem haben sie nie ein Gespräch geführt, das über Triviales oder Alltägliches hinausging. Wann immer er versucht hat, tiefer zu graben, um etwas über Brigids Leben in Irland herauszubekommen, wechselte sie das Thema oder entschuldigte sich damit, in einem anderen Zimmer etwas zu tun zu haben. Jo hatte ihn gewarnt, ihm gesagt, dass ihre Mutter sich weigern würde, über Dinge von vor 1983 zu reden, als sie nach England gezogen waren, aber er ist Journalist, verdammt noch mal. Er hat schon Informationen aus Abgeordneten herausbekommen, deren Beruf es war, von unangenehmen Fragen abzulenken. Aber Brigid bleibt ein Rätsel. Er ist sich ziemlich sicher, dass sie selbst unter Anwendung von Waterboarding keines ihrer Geheimnisse preisgeben würde. Aber selbst verschlossene Menschen haben eine Achillesferse, und ihre ist Jo. Wenn er herausfindet, welche Knöpfe er drücken muss, wird ihr irgendwann doch etwas herausrutschen, jede Wette.

»Bitte, Brigid.« Er legt eine Hand an den Türrahmen, bleibt aber auf der Schwelle stehen. »Ich kann mir vorstellen, was Jo dir erzählt hat und wie du wahrscheinlich über mich denkst, aber du kennst nur die eine Seite der Geschichte. Es gibt vieles, was du nicht weißt.«

»Ich habe genug gehört.« Brigid greift nach der Türklinke und tritt einen Schritt vor. Wenn er sich nicht schnell etwas einfallen lässt, wird sie ihm die Tür vor der Nase zuschlagen.

»Sie hat Elise wehgetan.«

Brigid erstarrt, als sie den Namen ihrer Enkeltochter hört.

»Sie hatte überall blaue Flecken.« Max' Stimme bricht, als er sich an die Unterhaltung mit der Sozialarbeiterin erinnert. Lorraine Hooper hatte ihn angerufen, kurz nachdem er zurück im Hotel war, und ihn gefragt, ob er wüsste, wo sich seine Frau und seine Tochter aufhielten. Sie erzählte ihm, dass Jo mit Elise beim Arzt gewesen sei, weil sie einige verdächtige Prellungen entdeckt hatte. Aber sie sei weggerannt, anstatt die Ärztin ins Krankenhaus zu begleiten.

Elise, überzogen mit blauen Flecken. Es macht ihn krank, auch nur daran zu denken.

»Brigid, bitte. Ich hätte den weiten Weg nicht auf mich genommen, wenn ich nicht krank wäre vor Sorge. Du musst mir helfen.«

Seine Schwiegermutter klammert sich fester an die Tür. Für eine Sekunde denkt er, es ist vorbei und dass er sie doch nicht auf seine Seite ziehen konnte, aber dann schwingt die Tür weit auf.

»Du kommst besser rein«, sagt sie. »Lange kannst du nicht bleiben. Andys Krankenschwester wird gleich hier sein.«

»Ich weiß nicht, wie viel Jo dir erzählt hat«, sagt Max. Er sitzt Brigid am Küchentisch gegenüber, in der Hand eine Tasse Tee, den sie ohne ein weiteres Wort gemacht und ihm gegeben hatte. »Aber es geht ihr wirklich nicht gut. Geistig, meine ich.«

»Hm, aha.« Seine Schwiegermutter sieht ihn weiter starr an, die blauen Augen so klar, aber undurchdringlich hinter der Schildpattbrille. Sie hat kein einziges Wort gesagt, seit sie ihn in die Küche gebeten hat.

Max lässt sich davon nicht aus dem Konzept bringen. Ihr Blick mag eisern sein, aber nach ihrer Körpersprache zu urteilen, saugt sie jedes seiner Worte auf. Sie hört ihm zu, während er ihr von Jos Stimmungsschwankungen berichtet, ihrer Angst, ihrer Furchtsamkeit und ihrer geheimnistuerischen Art.

»Ich weiß, dass sie plant, in eure Nähe zu ziehen«, sagt er. »Und dass sie die Scheidung will. Hat sie dir gegenüber irgendwas erwähnt?« Brigid sieht zur Seite, nur für einen Moment, aber es reicht aus, um seine Vermutungen zu bestätigen. Natürlich weiß sie davon. Und sie weiß auch, wo Jo sich aufhält.

Er entscheidet sich, nicht über Jos Drogenproblem zu reden, schließlich war es Brigid, die ihr die Schmerztabletten gegeben hatte. Er erwähnt auch Paula nicht oder Jos Verhalten in der Kita. Stattdessen betont er, dass seine Frau in Gefahr ist, dass es ihr schlecht geht und sie Hilfe braucht.

»Deshalb ist es so wichtig, dass wir sie finden«, sagt er, wobei er die Betonung auf das Wort »wir« legt. »Die Polizei hat mich heute angerufen, um mir zu sagen, dass jemand sie auf der Fähre nach Irland gesehen hat. Weißt du, wo sie hinwill?«

Brigid schüttelt den Kopf. »Nein, ich weiß es nicht.«

»Ich denke, du weißt es. Ich weiß, sie ist deine Tochter, und du versuchst nur, sie zu beschützen, aber dein Schweigen macht es für sie nur schlimmer. In ihrer Panik setzt Jo nicht nur die Sicherheit ihrer Tochter aufs Spiel, es besteht auch die reelle Gefahr, dass sie ins Gefängnis kommt.« Er hält inne und wartet, dass seine Worte sich setzen.

»Gefängnis«, wiederholt seine Schwiegermutter. Eine Regung, die er nicht deuten kann, zieht über ihr Gesicht, wie eine Wolke. »Jo steckt in ernsten, sehr ernsten Schwierigkeiten, Brigid. Das Gericht hat sie zur Fahndung ausgeschrieben. Das bedeutet, wenn man sie findet, wird sie verhaftet.«

Er spürt, dass er ihren wunden Punkt getroffen hat. Ihre Hände, die auf der Baumwolltischdecke ruhen, zittern, und an ihrem Hals steigt Röte auf. Sie tauchte nahezu im gleichen Augenblick auf, in dem er das Wort »verhaftet« fallen ließ.

»Weißt du …« Er hält inne. Entweder wird die Frage sie knacken, oder sie wird sich verschließen. Es birgt ein Risiko, aber er muss es wagen. Er hat sie schon oft gefragt, wo sie in Irland gelebt hat, und sie antwortete stets mit Schweigen. »Kennst du jemanden im Gefängnis, Brigid?« Seine Schwiegermutter weicht auf ihrem Stuhl zurück und starrt ihn aus aufgerissenen Augen und mit offenem Mund an. Er hat sie geknackt. Sie ist kurz davor, ihm zu sagen, wo Jo steckt.

»Möchtest du noch eine Tasse Tee?«

Er muss sich zusammenreißen, um nicht zu fluchen. Stattdessen ringt er sich ein falsches Lächeln ab und nickt wortlos, denn er traut sich selbst nicht über den Weg, was er sonst sagen würde.

KAPITEL 37

Denke ich an Irland, denke ich nicht an beengte B&B-Zimmer mit flimmernden Fernsehern an der Wand, Gebläse im Badezimmer, die sich anhören wie Jumbojets kurz vor dem Abheben, oder an Fenster, die sich nicht öffnen lassen. Ich denke an windgepeitschte Strände. Ich denke an Jausen in braunen Papiertüten. An Orangen, rote Limonade, Tayto Chips und Schinkenbrote – oder Heinz Sandwich-Soße als kleines Extra. Ich denke an Mum, die ausgestreckt auf einem Tuch mit Schottenmuster liegt, daran, wie sie heißen Tee aus einer Thermosflasche trinkt. Ich denke an Babyöl, das in meine Haut massiert wird, um »ein bisschen Farbe auf diese Wangen zu zaubern«. An vergnügliche Tage, an denen wir uns nicht mit einem Picknick aufhielten und uns stattdessen die Hände an einer braunen Papiertüte Pommes wärmten und sich der Geruch von Essig mit der salzigen Seeluft mischte.

Dad begleitete uns nie zum Strand. Wenn er nicht arbeitete, war er bei den Pferden, im Pub oder im Clubhaus der Gaelic Athletic Association. Manchmal, an Samstagen, nahm er mich mit zu den Pferden, damit Mum auch mal freihatte. Ich saß dann mit einer Flasche Limo, einem Buch und einer Packung Chips im Auto, während er Stunden an der Rennbahn verbrachte. Das Buch durchgelesen und ohne jemand zum Reden, wurde mir langweilig, und ich machte mich auf die Suche nach ihm.

»In ’ner Minute bin ich bei dir.«

Ich habe nur wenige Erinnerungen an meinen Vater, aber ihn das sagen zu hören, daran erinnere ich mich. Es war sein sonntagnachmittägliches Mantra, heruntergespült mit sechs Pints Bier und ein paar Whisky.

Ich habe vergessen, wie oft ich aus dem Wagen und wieder hineinkletterte, und wie viele »Minuten« es dauerte, bevor wir endlich nach Hause fuhren und Dad um die Kurven schlingerte und ich mich auf dem Beifahrersitz am Türgriff festklammerte. Keiner von uns beiden war angeschnallt. Dad meinte, das sei unnötig. Er sei ein guter Fahrer, sagte er. Er fahre auf diesen Straßen, seit er siebzehn sei. Wenn nötig, könne er uns mit verbundenen Augen nach Hause bringen.

Ich hatte keinen Grund, ihm nicht zu glauben. Er war mein großer, starker Pa. Nicht wirklich hochgewachsen und sicherlich nicht der stärkste Mann, aber er hatte etwas Standhaftes, sodass ich mich sicher fühlte. Er war nicht gerade zärtlich, aber manchmal brachte er mir für ein paar Pfennig Süßigkeiten mit, wenn er nach einer Woche auf dem Bau oder von sonst wo zurückkehrte, oder er verstrubbelte mir das Haar und sagte mir, was für ein gutes Mädchen ich sei. Und das war genug. Er war genug.

Und dann, ganz plötzlich, war er weg.

Ich schwinge die Beine aus dem Bett und stehe auf, achte darauf, Elise nicht zu stören, die mit Effie Elefant im Arm zusammengerollt auf dem Laken liegt. Sie war im Auto eingeschlafen und hat sich auch nicht geregt, als ich sie die Stufen des B&B hinauftragen und auf das Doppelbett gelegt habe. Noch bevor wir die Fähre verließen, hatte ich mich gegen eine Übernachtung in Rosslare entschieden. Es waren einfach zu viele Briten in der Stadt, und da auf jeder Zeitung, die ich zu Gesicht bekam, ein Foto von uns prangte, wollte ich so viel Strecke wie möglich zwischen mich und den Hafen bringen, also fuhr ich stattdessen Richtung Wexford. Es war sieben Uhr abends, als ich ein B&B mit einem freien Zimmer ausmachte. Die Hauswirtin, ein dünnes Persönchen mit schwarz gefärbten Haaren, Brille und Ringen unter den Augen, öffnete mir höflich, aber unterkühlt die Tür. Ja, ein Zimmer sei frei. Ja, wir könnten über Nacht bleiben, aber sie müsse auf eine Vorauszahlung bestehen. Stumm dankte ich Gott für den Wechselschalter auf der Fähre und zählte ihr fünfzig Euro auf die ausgestreckte Hand.

Ich ziehe die Vorhänge zu. Morgen werde ich einen Spaziergang mit Elise unternehmen, um eine Telefonzelle zu suchen. Ich muss Mum wissen lassen, dass es uns gut geht. Und Helen, wenn Zeit dafür bleibt. Ich habe genug Krimiserien gesehen, um zu wissen, dass sie manchmal auch Telefone anzapfen, um verschwundene Personen ausfindig zu machen, oder Serienkiller. Wenn es nur ein kurzes Telefonat ist, haben sie nicht genügend Zeit, um den Anrufer zu lokalisieren. Ich weiß nicht, ob das stimmt. Wahrscheinlich ist es sicherer, früh am Morgen anzurufen, bevor wir die Küste hochfahren.

Ich gehe ins Badezimmer und benutze die Toilette. Als ich aufstehe, tanzen mir schwarze Punkte vor den Augen, und ich muss mich am Waschbecken festhalten, um nicht umzukippen. Seit Gott weiß wie vielen Tagen habe ich nicht mehr richtig geschlafen. Im Wohnwagen tat ich kein Auge zu. Jedes Mal, wenn ich die Augen schloss, schepperte es draußen, und meine Lider flogen wieder auf. Aber hier oben unter dem Dach des B&B fühle ich mich weniger ausgesetzt. Es gibt nur einen Fluchtweg, geradewegs die Treppe hinunter, aber etwa sechs Meter unterhalb unseres Fensters befindet sich ein Flachdach. Im Falle eines Feuers oder eines Notfalls könnte ich Elise in einem Laken darauf ablassen und dann selbst einen Weg hinunterfinden. Aber daran mag ich jetzt nicht denken. Ich muss schlafen.

Ich schrecke hoch, taste mit den Händen in der Dunkelheit umher, stoße mit der rechten Hand gegen die Wand. Als ich die Finger an die Brust presse, verwandelt sich die Schwärze in Grau, und aus den Schatten tauchen Gegenstände auf – eine Garderobe, ein kleiner Tisch, eine geschlossene Tür, eine umgeworfene Lampe. Elise liegt zusammengerollt neben mir auf dem Bett und seufzt im Schlaf. Als ich sie an der Schulter berühre, regt sie sich, wacht aber nicht auf. Ich schaue auf meine Uhr, um nachzusehen, wie spät es ist, aber es ist zu dunkel.

Dann schiebe ich mich aus dem Bett und öffne die Schlafzimmertür gerade weit genug, dass ein schmaler Streifen Licht ins Zimmer fällt und das Ziffernblatt meiner Uhr beleuchtet. 21:12 Uhr. Ich greife nach der Klinke, um die Tür wieder zu schließen, halte dann aber inne. Stimmen wehen die Stufen hinauf: das tiefe Grollen einer Männerstimme und die höhere Tonlage einer Frau. Ich trete hinaus auf den schmalen Treppenabsatz, halte den Atem an und lausche. Logisch gesehen weiß ich, dass es die Hauswirtin ist, die sich mit ihrem Mann unterhält oder mit einem anderen Gast, aber Furcht setzt Logik außer Kraft. Die Stimmen sind zu gedämpft, um zu hören, worum es geht, also gehe ich ein Stück die Treppe hinunter. Sie knarrt unter meinem Gewicht. Ich erstarre und lausche erneut. Die Unterhaltung dauert unvermindert an. Ich werfe einen Blick zurück in das Zimmer, in dem meine Tochter noch immer schläft. Sie ist in Sicherheit. Aber sie könnte jede Sekunde aufwachen. Ich gehe weiter die Treppe hinunter, setze den Fuß in die Lücke zwischen Teppich und Wand. Dieses Mal knarrt es nicht. Ich steige Stufe um Stufe hinunter, presse mich an die Wand. Jetzt bin ich im ersten Stock. Vier Zimmer gibt es hier. Alle Türen sind geschlossen. Als ich mich Stück für Stück an ihnen vorbeidrücke und mich dem Rand der Treppe nähere, die hinunter ins Erdgeschoss führt, schnappe ich einige Worte der Hauswirtin auf. »Das ist ja schrecklich. Ich werde die Augen offen halten. Danke, dass Sie Bescheid sagen.«

Noch immer kann ich nicht verstehen, was der Mann, mit dem sie spricht, darauf erwidert. Seine Stimme ist zu tief, der irische Akzent zu breit. Ich hole langsam und flach Atem und greife nach dem Treppengeländer. Jetzt bin ich so nahe, dass das kleinste Geräusch ihre Aufmerksamkeit erregen würde. Nur einen flüchtigen Blick, das ist alles, was ich will. Meine Finger schließen sich um das aufpolierte Holz. Langsam, ganz langsam, Zentimeter für Zentimeter, beuge ich mich über das Geländer.

Schirmmütze. Abzeichen. Hellblaues Shirt. Marineblaue Weste. Ich sehe ihn nur für den Bruchteil einer Sekunde, aber das reicht, um meine schlimmsten Ängste zu bestätigen. Ein Mitarbeiter der Gardaí – der irischen Polizei. Ich verspüre den Impuls wegzulaufen, so schnell ich kann, polternd die Stufen hinaufzurasen, aber er wäre wie der Blitz hinter mir her. Was dann? Was tue ich? Vor Angst kribbelt meine Haut. Offenbar hat mich die Hauswirtin anhand der Beschreibung der Polizei nicht erkannt. Warum sonst hätte sie gesagt, sie werde die Augen offen halten? Aber was, wenn sie nur so tat, als hätte sie mich nicht gesehen, weil sie wusste, dass ich auf der Treppe stand. Was, wenn sie dem Polizisten mit den Augen bedeutete – *eigentlich ist sie da oben* –, in der Hoffnung, sie könnten mich überrumpeln.

Ich presse mir eine Hand an das Gesicht, dämpfe die kurzen, scharfen Atemzüge, die ich durch die Nase nehme, und trete nach links. Ich tue noch einen Schritt. Dann bewege ich mich seitlich die Treppe hinauf. Leise. Ich muss leise sein. Es dauert unendlich lange, zurück auf den Dachboden zu gelangen, aber dann bin ich endlich wieder in unserem Zimmer. So leise wie möglich schließe ich die Tür. Elise, die immer noch zusammengerollt auf dem Bett liegt, murmelt im Schlaf vor sich hin und rollt sich auf die andere Seite. Sie ist so klein, so hilflos. Sie wird solche Angst haben, wenn sie von mir getrennt ist. Dieser Ort, diese Menschen, sie sind ihr ganz und gar fremd. Wenn sie mir weggenommen wird, muss ich dafür sorgen, dass sich jemand um sie kümmert, den sie liebt. Ich muss Mum anrufen.

Ich hebe meine Handtasche auf, die neben dem Bett liegt, und nehme sie mit ins Badezimmer. Ich setze mich auf die Kante der Toilette, wühle in der Tasche, und das Blut rauscht mir in den Ohren. Wo ist mein Handy?

Endlich schließen sich meine Finger um die Hülle aus Kunstleder. Ich drücke hektisch auf den Knopf an der Seite.

»Komm schon, komm schon, komm schon.« Es dauert eine Ewigkeit, bis sich das Handy einschaltet und Elises Foto auf dem Display erscheint.

Als es mit einem lauten Ton urplötzlich zum Leben erwacht, wickle ich es in die Falten meines Pullis. Ich erstarre und spitze die Ohren, ob Elise schreit, aber das einzige Geräusch im Zimmer ist das gedämpfte Klingeln des Handys.

Es verstummt, und ich schaue auf das Display. Nur noch zwei Prozent Akku. Ich muss mich beeilen. Fünfzehn entgangene Anrufe, mehrere Nachrichten auf der Mailbox und zwanzig Textnachrichten. Ich scrolle durch die ersten entgangenen Anrufe – Max, Max, Max, Mr Harrison, Mr Harrison, Lorraine Hooper, Mum, Mum, Helen, Diane – die Liste wird länger und länger. Immer wenn Max' Name auftaucht, wird mir schlecht. Er wird in den ersten Flieger nach Dublin springen, wenn er herausfindet, dass wir gefasst wurden. Auf keinen Fall wird Mum zuerst hier sein. Selbst dann nicht, wenn sie Dad alleine lassen könnte. Und Helen kann Ben nicht alleine lassen.

Erschöpft halte ich das Telefon in der Hand, während das Adrenalin abflaut, das durch meinen Körper geschossen ist, als ich die Treppen hochgerannt bin. Was ich auch tue, was ich auch sage, es ist vorbei. Wenn die Polizei die Treppen heraufkommt, muss ich so ruhig wie möglich bleiben, für Elise. Denn wenn ich mich fürchte, wird auch sie sich fürchten. Ich werde sie sanft wecken, sie ein letztes Mal an mich drücken und ihr versichern, dass alles gut wird. Ich werde ihr sagen, dass ich sie immer lieben werde, was auch geschieht.

Ich durchquere das Zimmer und öffne die Vorhänge.

Elise schnauft, als die Plastikrädchen am Vorhang durch die Schienen gleiten. Draußen flackert die Straßenbeleuchtung, und das bernsteinfarbene Licht durchschneidet die neblige Dunkelheit der Straße. Auf der engen Anwohnerstraße parken mehrere Autos. Mein Auto steht zwei Wagen weiter, der Rücksitz und der Fußraum sind vollgestopft mit den Überbleibseln meines Lebens in Bristol. Ich habe die Koffer nicht mit reingenommen. Mit Elise auf dem Arm konnte ich das nicht. Der Wagen der Polizei – weiß mit einem blauen und einem gelben Streifen – parkt direkt vor dem B&B.

»Mummy«, murmelt Elise.

»Schlaf weiter.« Ich drehe mich halb zu ihr um, aber als ich das tue, erscheint unten auf der Straße eine Gestalt. Selbst im Halbdunkel kann ich erkennen, was er anhat – eine Schirmmütze, ein kurzärmliges blaues Shirt und eine kugelsichere Weste. Ich lege mir die Hand an die Brust, während er auf seinen Wagen zugeht, die Fahrertür öffnet und sich hineinsetzt. Und dann … nichts. Ich kann ihn nicht mehr sehen. Ich habe keine Ahnung, ob er Verstärkung anfordert oder das Revier davon in Kenntnis setzt, dass er mich festnehmen wird.

»Mummy«, meldet sich Elise erneut zu Wort. »Milch. Bitte, Milch, Mummy.«

Unten auf der Straße leuchten die Scheinwerfer auf. Einen Moment später setzt sich der Wagen in Bewegung, fährt langsam zum Ende der Straße, biegt rechts ab und verschwindet. Ich lehne die Stirn an das kühle Glas des Fensters, und alle Luft entweicht in einem langen, langsamen Strom aus meiner Lunge. Er ist weg. Ich war mir so sicher … so sicher, dass – Klopf. Klopf.

Ich fahre herum, meine Haut kribbelt vor Angst. Elise

starrt die Schlafzimmertür an, der verschlafene Blick plötzlich alarmiert.

Klopf. Klopf. Klopf.

Diesmal klingt das Geräusch lauter, dringlicher. Waren da zwei Polizisten? Ich schiele zu dem Fenster auf der anderen Seite des Zimmers. Noch könnte ich versuchen, zu entkommen. Aber die Tür sieht alt und nicht sehr robust aus. Sie vibriert unter jedem Klopfen. Ein Rempeln mit der Schulter, und schon wäre sie offen.

Klopf. Klopf. Klopf.

Ich möchte es ignorieren. Ich möchte mich unter der Bettdecke verkriechen, mir die Finger in die Ohren stecken und so laut summen, wie ich nur kann, um das permanente Klopfen auszusperren, aber ich bin kein Kind mehr. Ich glaube nicht mehr daran, dass ich verschwinde, wenn ich die Augen verschließe.

»Schon gut, schon gut.« Ich fummle an dem Schloss herum, und Elise bettelt um Milch, während ich die Tür öffne.

Ich schaffe das. Ich kann gefasst sein. Ich kann mich zusammenreißen.

»Entschuldigen Sie die späte Störung.« Die Hauswirtin schiebt sich eine schwarze Strähne hinters Ohr. »Aber ich dachte, Sie sollten wissen, dass die Polizei gerade hier war. Unten auf der Straße sind heute drei Autos aufgebrochen worden, und wenn Sie irgendetwas Wertvolles in Ihrem Wagen haben, wollen Sie es vielleicht nach oben in Ihr Zimmer bringen.«

Ich sehe, wie sich ihre Lippen bewegen. Die Worte »Polizei«, »Wagen« und »wertvoll« schwirren mir durch den Kopf, aber sie könnten auch einer fremden Sprache entstammen, so wenig Sinn ergeben sie. Ich bin so erleichtert, die Hauswirtin zu sehen, dass ich kein Wort von dem verstehe, was sie sagt.

Sie starrt mich über den schwarzen Rand ihrer Brille an. »Werden Sie Ihre Sachen aus dem Wagen holen?«

»Ja … ja … entschuldigen Sie. Ja, ich werde …« Ich werfe einen Blick auf Elise, die vom Bett gerutscht ist und die Schranktür auf- und zumacht. Rums. Rums. Rums.

Die Hauswirtin verzieht das Gesicht. »Ich werde hier oben mit der Kleinen warten. Wenn Sie sich beeilen.«

»Ja, sicher. Danke. Haben Sie vielen Dank.«

Als ich mir den Mantel überziehe, die Füße in meine Schuhe schiebe und zwei Stufen auf einmal nehmend die Treppen hinuntereile, kann ich noch immer ihren ratlosen Blick im Rücken spüren.

KAPITEL 38

Wir rasen die M1 hoch. Es sind keine Blätter mehr an den Bäumen, aber die Felder zu beiden Seiten der Autobahn sind grün, und überall am Straßenrand wuchert der Ginster. Wir haben Dublin passiert, und noch immer kommt mir nichts bekannt vor, aber ich bin froh, raus aus Wexford und wieder auf der Straße nach Norden zu sein. Der Himmel sah verhangen aus, als wir aufbrachen, mit ein paar wenigen Anflügen von blauem Himmel zwischen den dunklen Wolken. Es fühlt sich an wie ein Omen, ein Zeichen dafür, dass ich das Richtige tue.

Wir verließen das B&B nach dem Frühstück. Elise rümpfte zwar die Nase über den White and Red Pudding, verdrückte aber ein Würstchen, Speck, Bohnen und einen halben Toast. Ich war zu müde, um zu essen, und stocherte in meinem Frühstück herum.

Ich nehme die nächste Ausfahrt auf die R152 Richtung Drogheda. Nach etwa einer halben Meile überhole ich einen Traktor, und als ich auf das Gaspedal trete, gibt der Motor ein eigenartiges, stotterndes Geräusch von sich.

»Scheiße«, fluche ich leise, als das Kontrolllämpchen auf dem Armaturenbrett aufleuchtet. Ich gebe noch mal Gas. Diesmal passiert nichts. Ich sehe in den Rückspiegel. Elise schläft auf dem Kindersitz. Ich könnte weiterfahren und hoffen, dass das Auto durchhält, bis wir ankommen – ich bin nur noch eine halbe Stunde von

Clogherhead entfernt –, aber es ist ein zu großes Risiko. Ich habe keine Ahnung, ob es nur eine Kleinigkeit ist oder nicht. Mir bleibt nichts anderes übrig, als auf dem Seitenstreifen anzuhalten.

Ich durchwühle eine Tasche hinten im Kofferraum, schichte auf der Suche nach meinem Handy Pullis, Socken und Unterwäsche auf eine Seite um. Die Straße liegt jetzt still da, der Traktor ist längst weg. Ein paar Autos wurden langsamer, während sie an uns vorbeifuhren, aber ich winkte sie alle weiter. Hilfe zieht Fragen nach sich, und noch immer weiß ich nicht, ob Elise und ich bereits in der irischen Presse aufgetaucht sind. Es muss doch einen Mechaniker in der Nähe geben, der herfahren und uns zu seiner Werkstatt abschleppen kann. Ich habe noch etwa hundertundfünfzig Euro in Scheinen bei mir, und es kostet sicher mehr, den Wagen reparieren zu lassen … eigentlich weiß ich es nicht genau. Ich weiß nicht mal, wie ich für eine Unterkunft in Clogherhead aufkommen soll. Ich hätte in Wexford mehr Bargeld abheben sollen. Selbst wenn die Polizei die Abhebung nachverfolgen könnte, wüssten sie noch lange nicht, in welche Richtung ich unsere Flucht fortsetzen würde.

»Verdammt.« Ich schiebe die Pullis, Socken und Unterwäsche zurück auf die andere Seite der Tasche. »Wo ist es?«

»Aha!« Ich schnappe mir das Telefon und drücke auf den Knopf an der Seite. Nichts passiert; das Display bleibt schwarz. Ich drücke erneut, halte den Knopf diesmal länger gedrückt. Immer noch nichts. Ich heble die Rückseite des Handys mit den Fingernägeln auf und reibe den Akku zwischen den Händen, aber ich weiß, es ist vergebens, auch als ich ihn wieder an der vorgesehenen Stelle einpasse und den Knopf erneut betätige. Ich habe das Telefon gestern Nacht in die Tasche geworfen, als ich dachte, die Polizei sei drauf und dran, mich zu verhaften. Nachdem ich die Tasche hochgebracht hatte, wollte Elise etwas zu essen haben, und danach hatte ich vollkommen vergessen, es aufzuladen.

»O Gott.« Ich reibe die Hände über das Gesicht und atme tief durch. Was jetzt? Was zur Hölle mache ich jetzt?

Ich höre das Auto, noch bevor ich es sehe; das Schnurren des Motors, als es langsamer wird, und das Knirschen der Bremsen, als es hinter mir auf dem Seitenstreifen hält. Es ist ein schwarzer Mercedes – groß, glänzend und kraftvoll. Die Sonne reflektiert auf der Frontscheibe, es ist unmöglich zu erkennen, wer darin sitzt.

Jemand eilt mir zur Hilfe. Gott sei Dank.

Nein.

Moment.

Ein Funken Angst durchzuckt mich, als ich mich daran erinnere, dass ich nicht einfach irgendeine Frau bin, die am Straßenrand liegen geblieben ist. Ich bin auf der Flucht. Mein Gesicht prangt auf jeder Zeitung. Man sucht nach mir.

Wenn der Mercedes gehalten hätte, um mir zu helfen, hätte der Fahrer doch die Lichthupe betätigt oder gehupt, als er auf den Seitenstreifen fuhr. Er wäre nicht heimlich, still und leise hinter mir aufgetaucht und hätte den Motor abgestellt.

Ich trete einen Schritt von dem offenen Kofferraum zurück und zu Elises Tür, die Augen auf den Wagen geheftet, der in weniger als zwanzig Metern Entfernung steht.

Verfolgen sie mich schon seit Wexford? Ich habe sie im

Rückspiegel nicht gesehen. Hatten sie sich absichtlich zurückfallen lassen und hinter anderen Autos versteckt, während sie jede meiner Bewegungen im Auge behielten? Ist der Hauswirtin heute Morgen aufgegangen, wer ich bin, und hat sie die Gardaí informiert? Oder ist es Paula? Sitzt sie neben dem Mann, der mich durch den Drogeriemarkt gejagt hat? Wer verbirgt sich hinter der Windschutzscheibe, beobachtet mich und wartet?

Mit einem sehr leisen *Klong* wird die Verriegelung an der Fahrertür geöffnet. Sie steigen aus.

»Elise!« Ich reiße die Wagentür auf und zerre am Gurt des Kindersitzes. Effie Elefant gleitet ihr aus der Hand und fällt in den Fußraum, als sie sich im Schlaf regt.

»Elise, wach auf! Komm schon, Schätzchen! Elise, wir müssen gehen!«

KAPITEL 39

Max nippt an seiner Bierflasche. Er hätte wirklich große Lust auf eine Zigarette, aber er kann sich nicht überwinden, sich eine anzustecken. Elise mag Meilen entfernt sein, aber das hier ist immer noch ihr Zuhause, und er möchte nicht, dass sie in ein Haus zurückkehrt, das nach Zigaretten stinkt. Es ist von großer Wichtigkeit, dass alles genauso bleibt, wie es war. Sie wird traumatisiert sein nach der Tortur, der Jo sie aussetzt, und sie wird Stabilität und Vorhersehbarkeit brauchen, wenn sie zurückkehrt.

Nicht dass er ihr auf die Spur gekommen wäre. Es gab diesen kurzen Moment zu Hause bei Brigid, als er dachte, er stünde kurz vorm Durchbruch. Andys Pfleger war aufgetaucht, während Brigid eine zweite Tasse Tee für ihn aufbrühte, und sie begleitete ihn ins Schlafzimmer, was Max die Gelegenheit bot, sich im Haus umzusehen. Er steuerte sofort das Wohnzimmer an, in der Hoffnung, ein Foto zu finden oder einen Brief, der ihm verraten würde, wohin Jo verschwunden war. Er zog die obere Schublade einer Kommode in der Ecke des Zimmers auf: Stickzeug. Er versuchte es mit der zweiten Schublade: Untersetzer, Platzdeckchen und Tischdecken. Als er die dritte Schublade aufzog, kam Brigid herein. Er setzte gar nicht erst zu einer Verteidigung an. Stattdessen drehte er sich um und verließ das Haus, ohne ein Wort zu sagen.

Er nimmt noch einen Schluck Bier und stellt es dann auf den Untersetzer neben seinem Laptop. Die Fahrt zu Brigid war reine Zeitverschwendung gewesen, aber als er nach Hause kam, hatte er Jos Geburtsurkunde in einem Ordner in der untersten Schublade ihrer Kommode gefunden, zusammen mit Elises Geburtsurkunde, der Hypothek und ein paar alten Rechnungen und Kontoauszügen. Er faltet sie auseinander und überfliegt die ersten Informationen.

Voller Name des Kindes: Joanne Mary Gallagher
Geburtsdatum: 5. Juli 1975
Mutter: Brigid Gallagher
Vater: unbekannt

Unbekannt? Er zieht eine Augenbraue hoch. Also hatte Brigid Jo vor ihrer Heirat geboren? 1975. Kein Wunder, dass seine Schwiegermutter gereizt reagiert, wenn man sie auf Irland anspricht. Das muss damals einen ganz schönen Skandal gegeben haben.

Geburtsort: Cork

Max kneift die Augen zusammen, während er die Karte von Irland vor sich auf dem Bildschirm begutachtet, stützt einen Ellbogen auf den Schreibtisch und kratzt sich am Kopf. Cork liegt an der Südwestküste. Er hätte schwören können, dass Jo ihm erzählt hat, sie sei an der Ostküste von Irland aufgewachsen.

Definitiv hatte sie die See und die Strände mehrfach erwähnt, als sie sich über ihre Kindheit unterhalten hatten.

»Verdammt!« Er schlägt mit der Faust auf den Schreibtisch. Warum hat er ihr nicht besser zugehört, als sie ihm von ihrer Kindheit erzählt hat? Er steckt in einer Sackgasse. Ohne den Namen des Vaters auf der Geburtsurkunde und ohne eine Ahnung, wie sein Name lautet, ist sein einziger Anhaltspunkt über ihre Herkunft der Name ihrer Mutter.

Brigid Gallagher

Er gibt den Namen bei Google ein und drückt auf Enter.

290 000 Ergebnisse.

Scheiße.

Brigid musste definitiv irgendwann mit Jos Vater verheiratet gewesen sein. Er kann sich daran erinnern, dass Jo ihm von einer Fotografie ihrer Eltern an ihrem Hochzeitstag erzählt hat. Brigid hatte das Foto irgendwo versteckt, und Jo hatte es an sich genommen. Er öffnet eine Website – eine, auf der man nach irischen Heiratsdokumenten suchen kann –, aber nach 1950 halten sie keine Aufzeichnungen fest, also versucht er es auf einer Ahnenseite.

Bingo!

Es gibt einen Eintrag über eine Brigid Gallagher, die am 5. August 1975 einen Liam O'Brien geheiratet hat, in der Herz-Jesu-Kirche der Gemeinde Laytown, der Diözese von Meath, vier Wochen nach Jos Geburt.

Er öffnet Google Maps und sucht nach Laytown. Es liegt an der Ostküste Irlands. Das muss es sein.

Erneut ruft er die Ahnenseite auf und scrollt auf der Suche nach weiteren Informationen nach unten. Was zur Hölle? Es ist eine zweite Brigid Gallagher verzeichnet, doch diese hatte Joseph Kearney geheiratet – gleiche Kirche, aber vier Monate später.

Scheiße.

Auf der Suche nach Brigids Anschrift klickt er beide Einträge an, aber sie wird online nicht angezeigt. Um an sie heranzukommen, müsste er für eine Kopie der Heiratsurkunde zahlen, aber das würde ihn bis zu zwei Wochen Zeit kosten. Scheiß drauf.

Er gibt die Adresse der Herz-Jesu-Kirche bei Google ein. Keine Telefonnummer. Verdammt.

Er lehnt sich zurück und reibt sich über das Gesicht. Als die Polizei ihn gestern um 9:00 Uhr morgens anrief, um ihn über die Sichtung von Jo und Elise auf der Fähre in Kenntnis zu setzen, sagten sie, mehr Informationen hätten sie nicht. Und doch ist er in weniger als einer halben Stunde auf eine Spur gestoßen. Was zum Teufel treiben die eigentlich?

Er könnte diese Information an sie weitergeben und hoffen, dass sie etwas unternehmen, aber es bringt ihn fast um, derart passiv herumzusitzen und ihnen die Kontrolle zu überlassen. Je mehr Zeit verstreicht, desto seltsamere Blüten treibt seine Fantasie. Was, wenn Jo Irland längst hinter sich gelassen hat? Was wenn sie einen Flieger nach Barbados oder Dubai genommen hat, oder in sonst ein Land, das nicht Mitglied der Haager Konvention ist? Er wird Elise für immer verlieren.

Nein. Er setzt sich aufrecht hin, trommelt mit den Fingern auf dem Schreibtisch. Er kann nicht blind darauf vertrauen, dass die Polizei schnell genug handelt, nicht wenn so viel auf dem Spiel steht. Er muss selbst nach Irland reisen. Fährt er nach Dublin, kann er sich ein Auto mieten und die Kirche aufsuchen. Lassen sie ihn in die

Heiratsurkunden einsehen, wird er zwei Adressen bekommen, zwei potenzielle Brigid Gallaghers und eine vage Idee davon, wohin Jo verschwunden ist.

Er öffnet die oberste Schreibtischschublade und stöbert zwischen Stiften, Post-it-Zetteln, USB-Sticks und Quittungen. Kein Ausweis. Er öffnet die zweite Schublade und sucht weiter. Und die dritte Schublade und die vierte Schublade. Er steht auf, sieht sich in seinem Büro um und geht ins Wohnzimmer. Er muss ihn in das Schränkchen in der Ecke des Zimmers gelegt haben. Als er die Tür aufreißt und den verwaisten Platz sieht, an dem die Kiste mit den Erinnerungen an Henry stand, verkrampft sich sein Magen. Er ignoriert das Gefühl und geht die zurückgelassenen Bücher und Brettspiele durch, erst vorsichtig, dann verzweifelt.

»Wo zum Teufel ist er?«, brüllt er und fegt mit einem Schwung seiner Hand alles von den Regalen und auf den Boden. »Wo ist mein verdammter Ausweis?«

KAPITEL 40

Komm jetzt, Elise. Komm her.« Ich ziehe meine schlafende Tochter aus dem Wagen und hetze los, ohne einen Blick zurück zu werfen. Ich kann das Knirschen von Schuhen auf Schotter hören. Der Fahrer des Mercedes ist aus dem Wagen gestiegen und legt die kleine Distanz über den Seitenstreifen zurück. Sie kommen. Sie kommen näher. Wohin … wohin … wohin soll ich mich wenden? Wo mich verstecken? Zu beiden Seiten der Straße ragen Hecken auf, aber sie sind zu dicht und stachlig, um durch sie hindurch auf das Feld zu gelangen. Mein Atem geht schnell und stoßweise, und vor lauter Angst wird mir schwindlig. Wohin soll ich gehen? Die Straße ist die einzige andere Option. Ich werde ein Auto anhalten, aber da sind keine. Warum sind da keine anderen Autos?

Als ich die Stoßstange umrunde, riskiere ich einen Blick zurück. Ein Mann mit glänzenden schwarzen Schuhen, einem dunklen Anzug und kurz geschnittenen Haaren begegnet meinem Blick. Er sieht nicht weg. Stattdessen kommt er noch einen Schritt näher, ballt die Hände an den Seiten zu Fäusten.

Ich trete näher an die Straße heran. Sie liegt noch immer verwaist da. Wo sind die Autos? Wo die Menschen? Niemand wird mich hören, wenn ich schreie. Niemand außer der Krähe, die über mich hinwegfliegt und laut krächzt. Ich kann nur weglaufen, aber auf keinen Fall kann ich ihn abhängen, nicht mit Elise auf dem Arm. Soll ich flehen? Vielleicht hat er selbst Kinder? Vielleicht hat er Mitleid mit mir. Allerdings nicht, wenn er Polizist ist. Wenn er ein Polizist ist, wird er mich zwingen, in seinen Wagen zu steigen, und mich umgehend zurück nach England bringen. Dann werde ich meine Tochter nie wiedersehen.

»Bitte!«, schreie ich, als ich die Straße erreiche. »Bitte nicht.«

Der Mann bleibt stehen. Er hat das Heck meines Wagens erreicht. Er wirft einen Blick in den Kofferraum, dann auf mich. Ein Runzeln erscheint über seiner Braue. Gehört er zu Paula? Hat er deshalb in den Kofferraum gesehen? Er glaubt, dass ich das dabeihabe, was immer Max ihr gestohlen hat. Ich muss ihn davon überzeugen, dass dem nicht so ist, dass es keinen Grund gibt, uns zu verletzen, und dass ich ihm alles geben werde, wenn er uns nur gehen lässt.

Ein tiefes, dumpfes Grollen erfüllt die Luft, und der Boden unter meinen Füßen vibriert. Etwas Großes und Schweres muss sich uns nähern: ein Lastwagen oder ein Traktor. Von dort, wo ich stehe, kann ich es nicht sehen. Er muss hinter mir sein. Ich muss auf die Straße treten und ihn rauswinken. Ich mache einen Schritt nach links. Sowie ich das tue, erwacht der Mann zu neuem Leben und eilt auf mich zu.

»Warten Sie!«, schreit er, als ich auf die Straße trete. »Passen …«

Eine Hupe ertönt, ein Luftstoß trifft mich im Gesicht, und Elise schreit mir ins Ohr. Dann werde ich sehr energisch an den Schultern zurückgerissen.

»Scheiße!«, flucht der Mann, als ein Sattelschlepper

vorbeirumpelt, nur wenige Zentimeter von der Stelle entfernt, an der ich gerade noch gestanden habe. »Sie hätten sich fast umgebracht.«

»Es tut mir leid, tut mir so leid, so leid.« Ich streiche Elise die kurzen Haare aus dem Gesicht, sie gräbt mir die Fingernägel in den Nacken und starrt mich aus großen Augen verständnislos an. Ich hätte sie fast umgebracht. Ich hätte uns beide fast umgebracht.

»Sie zittern«, sagt der Mann. »Setzen Sie sich hin.«

Er führt mich zu einem Flecken Gras am Rande des Seitenstreifens, und ich wehre mich nicht dagegen. Ich drehe mich nicht weg, als er mich am Ellbogen packt, weil meine Beine unter mir nachgeben, und mich langsam absetzt.

Mehrere Minuten zittere ich einfach nur, dann, als der Mann sich neben mich setzt, breche ich in Tränen aus.

»Tun Sie es einfach«, sage ich und vergrabe das Gesicht in Elises Haaren, Tränen rinnen an meinen Wangen hinunter. »Tun Sie, was immer Sie tun müssen.«

»Sie, was?« Er lehnt sich von mir weg, und sieht mich mit einem verwirrten Ausdruck an, fährt sich mit der Hand durch die Haare, vor und zurück. »Ich ... ähm ... ich bin nicht sicher, ob ich Sie verstehe.«

Ire. Er spricht in einem breiten irischen Akzent. Ich hebe den Kopf aus Elises Haaren. Aus der Nähe kann ich sehen, dass seine Nase schmaler, sein Kinn breiter und seine hellen blauen Augen tiefer liegen als bei dem Mann, der mich durch den Drogeriemarkt gejagt hat. Außerdem ist er jünger. Anfang dreißig vielleicht.

»Ich habe angehalten, weil Sie offenbar Schwierigkeiten mit Ihrem Wagen haben«, sagt er. »Es tut mir leid, wenn ich Ihnen Angst eingejagt habe. Ich wollte mich gerade vorstellen, als Sie auf die Straße liefen und … also …« Er weiß nicht weiter und wirft einen sehnsuchtsvollen Blick zu seinem Wagen.

»Es tut mir leid. Ich bin … Ich bin … nur etwas nervös.«

»Sie sind aus England?«

»Irland«, erwidere ich. »Aber ich war eine Weile weg.«

»Eine recht lange Weile, würde ich sagen!« Als er lächelt, zeichnen sich feine Linien um seine Augen ab. Sein Gesicht sieht weniger Angst einflößend aus, aber noch bin ich misstrauisch. »Wohin sind Sie unterwegs?«

»Warum wollen Sie das wissen?«

»Oh, okay, okay.« Er hebt die Hände auf Brusthöhe. »Ich wollte Ihnen nur anbieten, Sie irgendwo hinzufahren, wenn Sie das wollen, das ist alles.«

Vertraue ich ihm? Nur weil er Ire ist, heißt das noch lange nicht, dass er keine Bedrohung darstellt. Er könnte ein verdeckter Ermittler sein.

»Kennen Sie sich mit Autos aus?«, frage ich. »Das Kontrolllämpchen leuchtet. Ich glaube, mit dem Motor stimmt etwas nicht.«

»Nein, Motoren sind leider nicht mein Steckenpferd. Ich dachte, sie brauchen vielleicht Hilfe beim Reifenwechseln oder haben Probleme mit der Batterie. Ich habe Ladekabel im Kofferraum.«

»Nein, ich bin ziemlich sicher, dass es der Motor ist. Kennen Sie eine Werkstatt in der Nähe? Ich wollte bei einer anrufen, aber …« Ich verstumme. Ich möchte ihm nicht sagen, dass der Akku meines Handys leer ist, denn ich fühle mich schon verletzlich genug, ohne dass er das weiß.

»In Drogheda gibt es einige«, sagt er. »Ich fahre gerade

zurück nach Clogherhead. Ich könnte Sie auf dem Weg dorthin absetzen, wenn Sie das möchten.«

Es ist schon das zweite Mal, dass er mir anbietet, mich mitzunehmen. Entweder ist er einfach freundlich, oder er möchte uns in seinen Wagen locken.

»Nein.« Ich schüttle den Kopf. »Schon in Ordnung, danke. Ich werde … hm … ich werde anrufen.«

»Okay, also« – er richtet sich auf, klopft sich etwas Gras vom Rücken und den Beinen –, »ich belästige Sie nicht länger. Gut, schönen Tag noch.«

Ich erwidere nichts darauf, aber als er zurück zu seinem Wagen geht, windet sich Elise in meinen Armen und will, dass ich sie gehen lasse. Ich habe nur noch ein Tetrapak Apfelsaft und ein paar Bananen im Wagen. Wenn die erst mal aufgegessen sind, werde ich sie nur noch so lange beschäftigen können, bis der Akku des iPads leer ist. Ich könnte fragen, ob ich das Telefon des Fremden benutzen darf, um einen Mechaniker anzurufen, aber wahrscheinlich müssten wir ziemlich lange warten, bis er hier auftaucht. Wenn überhaupt jemand auftaucht. Ich muss meinem Gefühl vertrauen, und mein Magen sagt mir, dass wir sicherer sind, wenn wir gehen, anstatt zu bleiben.

»Warten Sie!«, rufe ich.

Der Mann bleibt in der offenen Wagentür stehen und schaut zu mir zurück. »Ja?«

»Sie fahren nach Clogherhead?«

»Genau.«

Ich hebe Elise von meinem Schoß, nehme ihre Hand und rapple mich auf. »Es tut mir wirklich sehr leid. Ich bin sehr müde, und wir haben eine weite Reise hinter uns. Normalerweise reagiere ich nicht so unhöflich, wenn ein Fremder mir Hilfe anbietet.«

»Aha.« Jetzt sieht er misstrauisch aus.

Ich gehe mit ausgestreckter Hand auf ihn zu. »Helen Carr. Und das hier ist« – ich zeige auf Elise – »mein Sohn Ben.« Er drückt mir die Hand. »Sean Hogan, nett, Sie kennenzulernen, Helen.«

Sean redet in einer Tour, seit wir in seinen Wagen gestiegen sind. Er hat mir von seiner Hauswirtin erzählt (verwitwet, keine Kinder), seiner Arbeit, seinen Eltern und seinen Plänen, ein Haus in Clogherhead zu kaufen. Er stammt aus Dublin, erzählt er, aber er ist das Gewimmel in der Stadt leid und möchte irgendwo leben, wo es ruhiger ist, sich niederlassen, heiraten und Kinder haben. Unsere Augen treffen sich, als er das sagt, und die Röte steigt ihm den Nacken hinauf, als hätte er mir gegenüber etwas Peinliches eingestanden. Ich schätzte ihn nicht als nervös ein, aber sein atemloser Monolog und die feuchte Stirn verraten ihn. Während er erzählt, betrachte ich sein Gesicht. Er ist älter, als ich ihn anfangs geschätzt habe.

Die Lachfältchen um seine Augen verschwinden nicht, wenn er aufhört zu lächeln, und ein paar graue Strähnen durchziehen seine Haare an den Schläfen. Er ist eher Ende dreißig, höchstens Anfang vierzig. Was seine Augen betrifft, habe ich mich allerdings nicht getäuscht. Sie sind von dem hellsten Blau, das ich je gesehen habe, durch seine dunklen Wimpern und dicken Augenbrauen wirken sie sogar noch heller.

»Und, sind Sie verheiratet, Helen?«

Seans Blick schweift von der Straße und fällt auf meine Hände, die in meinem Schoß liegen.

»Verwitwet«, sage ich leise. Getrennt oder geschieden

käme der Wahrheit näher, aber beide Antworten würden weit mehr Fragen nach sich ziehen, als ich zu beantworten bereit bin.

»Das tut mir leid«, sagt er. »Für den Kleinen muss es schwer sein, und für Sie natürlich auch.«

Ich drehe mich auf dem Sitz herum, um nach Elise zu sehen, aber sie starrt aus dem Fenster und hält Ausschau nach dem Meer.

»Ja«, sage ich.

Als die Straße kurviger wird und wir Drogheda hinter uns lassen, verfallen wir in Schweigen. Links erstreckt sich ein niedriger Holzzaun und dahinter ein Fluss, rechts eine steinerne Mauer. Die Felder sind gesprenkelt mit Bäumen und kleinen weißen Häusern mit grauen Dächern. Über uns haben sich die Wolken zu großen, weißen Knoten zusammengebraut und verdecken den Himmel. Ich möchte die Stille durchbrechen und Sean vermitteln, dass er mir nicht zu nahe getreten ist, aber wie? Wenn ich ihm sage, dass es mir gut geht, dass ich über den angeblichen Tod meines Mannes hinweg bin, wird er das bestimmt seltsam finden. Wenn ich ihm sage, dass »Ben« seinen Vater vermisst, wird das seine Laune eher verschlechtern. Ich entscheide mich stattdessen für Small Talk.

»Haben Sie Geschwister?«, frage ich, genau im gleichen Augenblick, als Sean sagt: »Haben Sie Verwandte hier?«

Wir lachen, und die Schwere fällt von uns ab.

»Drei Schwestern«, sagt Sean. »Ich bin der Jüngste.«

Ich lächle. »Das muss eine interessante Erfahrung gewesen sein.«

»Ganz besonders, als sie mich wie eine Puppe angezogen haben, als ich« – er legt eine dramatische Pause ein – »sechzehn Jahre alt war.«

Wieder müssen wir lachen.

»Das Meer!«, ruft Elise vom Rücksitz und winkt mit dem Arm. »Das Meer!«

Ich sehe vorbei an Sean, und da ist es, hinter der Graskuppe und den Ferienhäusern schmiegt es sich an die Landschaft wie eine ausgebleichte blaue Decke. Das Meer. So blass, dass es fast mit dem Himmel verschwimmt. Es ist dreiunddreißig Jahre her, seit ich es zuletzt gesehen habe, aber noch immer macht mein Herz vor Freude einen Satz. Ich kurble das Fenster runter und atme die Luft, sauge sie tief in die Lungen. Ich kann es nicht riechen. Ich kann gar nichts riechen, aber vor Aufregung werfe ich den Kopf zurück und lache. Ich habe von diesem Ort geträumt, seit ich acht Jahre alt war; Träume, die mit der Zeit verschwammen, als hätte ich mir das alles nur eingebildet. Es ist überhaupt nicht so, wie ich es mir vorgestellt habe, aber es ist real. Es ist hier. Meine Tochter kreischt vor lauter Aufregung, und ich lächle so breit, dass mir die Wangen schmerzen. Ich bin zu Hause.

Als Elise ruhiger wird und ich den Kopf an die Kopfstütze lehne und einen tiefen, zufriedenen Atemzug nehme, wirft Sean mir einen Blick zu und lächelt. »Ich wünschte, ich hätte das aufgenommen. Ich hätte es für eine Menge Geld an die Touristenbehörde verkaufen können. Möchten Sie's nicht noch mal machen? Vielleicht bekomme ich genug für eine Anzahlung für ein Haus zusammen!«

KAPITEL 41

Als sie den Wagen hört, der draußen vor dem Haus in die Einfahrt fährt, eilt Mary von der Küche in den Flur. Sie hastet noch mal zurück, um ein gelbes Staubtuch und eine Büchse mit Politur aus dem Schrank unter dem Waschbecken zu holen, und besprüht und poliert geschäftig den kleinen Tisch im Flur. Sie weiß, dass sie sich lächerlich macht, indem sie einen Grund heraufbeschwört, Mr Hogan zu begegnen, aber er ist ein so netter junger Mann, wie ein frischer Wind, und sie genießt die Plaudereien mit ihm. Es ist so schön, sich über etwas anderes auszutauschen als über Wehwehchen, Seifenopern und Tratsch. Nicht dass sie die Damen aus der Kirchengruppe nicht zu schätzen wüsste, es sind ganz reizende Frauen – alles in allem. Und sie haben ihr durch eine schreckliche Zeit geholfen, als sie Niamh und Patrick im Abstand von nur fünf Jahren verloren hat. Aber sie stehen einander nicht nahe. Nicht so, wie Brigid ihr nahegestanden hat. Ihr hätte sie alles erzählen können.

»Schauen Sie mal, was ich hier für Sie habe.« Sean öffnet mit Schwung die Tür und schiebt eine müde dreinschauende Frau mit wilden roten Haaren herein, die einen verstrubbelten Jungen auf dem Arm trägt. »Neue Gäste!«

Die Frau sieht sie erschrocken an. Sie erinnert Mary an eine der Katzen ihrer Nachbarn, die ihr von der Mauer aus den gleichen misstrauischen Blick zuwirft, wenn sie in den Garten hinausgeht, und dann schnell davonhuscht.

»Es tut mir leid, dass wir uns nicht angekündigt haben«, sagt die Frau, »aber mein Akku ist leer, und mein Wagen hat den Geist aufgegeben.« Sie sieht an ihr vorbei zu Mr Hogan, der die Eingangstür schließt. »Sean hat freundlicherweise angehalten und angeboten, uns mitzunehmen. Er sagte, Sie hätten vielleicht ein Zimmer frei.« Sie stockt, um dann, als Mary nicht sofort antwortet, hinzuzufügen: »Wenn nicht, könnten wir ein Cottage mieten. Wenn es Sean nichts ausmacht, uns noch mal zu fahren.«

»Oh, seien Sie still.« Er klopft ihr freundschaftlich auf die Schulter, und sie zuckt zusammen. »Ich bin sicher, Mrs Byrne hat noch ein Zimmer für Sie. Oder, Mary?«

Mary versteift sich, als er sie so zwanglos beim Vornamen nennt, aber Sean mildert es mit einem Zwinkern ab. Er scherzt mit ihr – gibt sich heiter und kokett. Es ist ein kleines Spiel, bei dem Sean so tut, als wäre sie nicht 67, und sie so tut, als wäre er nicht jung genug, um ihr Sohn zu sein. Sie macht sich lächerlich, eine Frau in ihrem Alter, die bei diesem Spiel mitspielt, aber es ist harmlos, eine Fantasie, wie die Seifenopern, die ihre Freundin Cathleen Quinn so sehr mag. Aber diesmal kann sie nicht mitspielen, nicht vor den neuen Gästen. Das würde sich nicht schicken. Also erwidert sie sein Lächeln nicht.

»Wenn Sie daran gedacht hätten, mich anzurufen, Mr Hogan, hätte ich ein Zimmer vorbereiten können«, sagt sie, obwohl alle Zimmer in makellosem Zustand sind und die Laken, wenngleich unbenutzt, erst gestern frisch gestärkt wurden.

»Es ist schon in Ordnung, wirklich«, sagt die rothaarige Frau und setzt das Kind ab. »Ich möchte Ihnen nicht zur Last fallen.«

»Sie sind mir keine Last«, sagt Mary. Die Frau hat etwas an sich, das ihr eigenartig vorkommt, und das liegt nicht nur daran, dass sie Britin ist. Es kommen eine Menge Touristen nach Clogherhead, aus den verschiedensten Ländern, aber mit dieser Frau hier stimmt etwas nicht. Ihre Stimme hat etwas Atemloses, als verschlucke sie die Worte am liebsten wieder gleich, kaum dass sie sie ausgesprochen hat. Unter Marys Blick scheint sie in sich zusammenzusinken, sich zu winden, als wolle sie sich verstecken, ohne dabei den Raum zu verlassen.

»Wenn Sie sich sicher sind«, sagt die Britin. »Oh, Lee, sei vorsichtig damit!« Sie schnappt sich die Marienstatue von dem Tisch im Flur, bevor die ausgestreckten Finger des Jungen zugreifen können. Sie stellt sie zurück auf den Tisch und schaut hinüber zu Mary. »Tut mir sehr leid.«

»Machen Sie sich keine Gedanken.« Mary beugt sich hinunter und sieht das Kind prüfend an. »Du wolltest sie nicht zerbrechen, nicht wahr? Du wolltest nur einen Blick darauf werfen.«

Das Kind weicht einen Schritt zurück, auf die Mutter zu, aber seine Augen sind noch immer auf die Statue gerichtet.

»Hier.« Mary kniet sich mit der Statue in den Händen hin und zeigt sie dem Kind. »Du kannst sie anfassen, wenn du möchtest, aber ganz sanft, nur mit einem Finger.«

Das Kind tritt zögerlich einen Schritt vor.

»Nur zu«, sagt seine Mutter.

Der Junge streckt einen Finger aus und legt ihn an das Gesicht der Statue.

»Ist sie nicht wunderschön?«, sagt Mary. Sie mustert das Gesicht des Kindes. Für einen Jungen hat er sehr weiche, feine Züge. Hübsche, dunkle, federige Wimpern rahmen die wohl glänzendsten, großen blauen Augen. Niamh hatte grüne Augen. »So grün wie eine Wiese«, pflegte Patrick zu sagen. Auch sie war ein neugieriges Kind, schlüpfte immer und überall in alles hinein. Mary konnte ihr kaum den Rücken zukehren, ohne dass sie einen Schrank öffnete und sich durch die Töpfe und Pfannen wühlte.

»Sie ist hübsch«, sagt das Kind in dem gleichen weichen Englisch wie seine Mutter, und das Bild von Niamh sinkt zurück in die Tiefen ihrer Erinnerung, wie ein Stein, der in einen See fällt.

Sie richtet sich wieder auf und stellt die Statue zurück auf den Tisch. »Lee, sagten Sie, ist sein Name?«

»Ben«, sagt Mr Hogan.

Mary sieht die Mutter an. Ihr Gesichtsausdruck hat sich verändert, von angespannt zu ängstlich. »Ich dachte, ich hätte gehört, wie Sie ihn Lee gerufen haben.«

»Mein Lee Lee«, sagt das Kind und tippt sich auf die Brust.

»Ja«, sagt die Mutter. »Ich rufe ihn auch Lee. Er heißt Ben, aber Lee ist sein zweiter Name. Er hat ihn lieber.«

»Ich verstehe«, sagt Mary, aber das tut sie nicht. Irgendetwas an ihrer Antwort erscheint ihr unglaubwürdig. Warum würde man ein Kind sich seinen Namen aussuchen lassen, wenn man doch einen völlig angemessenen gewählt hatte? Und dieses Kind dann mit dem Namen vorstellen, den man nicht mochte?

»Nun, ich bin Mary Byrne. Und Sie sind?«

»Helen.«

»Werden Sie länger bleiben, Helen?«

»In Clogherhead?«

»Nein, hier.« Seltsam oder nicht, sie kann sie nicht in eines der Cottages ziehen lassen – nicht bei der Feuchte, die dem Jungen auf die Brust schlagen würde, und dem Stromzähler, der dazu neigte, sich zu jeder Tages- und Nachtzeit auszuschalten. Und überhaupt, sie hat Zimmer, die sie füllen muss.

»Werden Sie länger hier in Seamount bleiben?«

»Ich weiß es nicht. Eine Woche vielleicht. Oder länger. Ich … Ich bin noch nicht sicher, wie es weitergeht, aber mindestens eine Woche.«

»Ich habe kein Bettchen für den Kleinen.«

»Das ist schon in Ordnung. Er kann sich das Doppelbett mit mir teilen.«

»Also gut. Belassen wir es dabei. Sie können die Rechnung nächsten Dienstag bei mir begleichen und mich dann wissen lassen, ob Sie länger bleiben. Sind Sie damit einverstanden?«

Das erste Mal seit ihrer Ankunft lächelt die Frau. »Das klingt wunderbar. Ich danke Ihnen. Vielen Dank.«

»Sie können mir danken, wenn Sie wieder abreisen. Auf Ihrem Zimmer werden Sie eine Liste mit Hausregeln finden, aber halten Sie sich bitte insbesondere an diese.« Sie geht durch den Flur und tippt auf die kleine Tafel, die an der Haustür angebracht ist.

Stellen Sie sicher, dass die Tür geschlossen ist, wenn Sie das Haus betreten oder verlassen.

KAPITEL 42

Genießt du die Zeit in Irland, tust du das, Jo? Hast du Elise die Wicklow Mountains gezeigt? Oder die Powerscourt Gardens? Oder den Strand? O nein, warte, vermutlich nicht, denn du musst dich ja verstecken. Du sitzt es aus, in heruntergekommenen B&Bs, zuckst bei dem geringsten Geräusch zusammen und springst bei jedem Schatten auf. Du fährst meilenweit, wirfst prüfende Blicke in den Rückspiegel, um nachzusehen, wer dir auf den Fersen ist. Siehst du mein Gesicht? Träumst du in der Nacht von mir? Ich stelle mir vor, dass du mittlerweile in einem ziemlich schlechten Zustand bist. Dunkle Ringe unter den Augen, weil du nicht schlafen kannst. Und Probleme beim Atmen? Fühlst du dich in die Enge getrieben? Bestimmt, denn das Netz zieht sich langsam zu, Jo. Ich freue mich schon darauf zu sehen, wie du dich windest, wenn dir irgendwann klar wird, dass du in der Falle sitzt.

KAPITEL 43

Die Treppe knarrt, als ich sie mit Elise an der Hand hinuntergehe. Als wir den Speisesaal betreten, fühle ich mich wie ein Eindringling, der in diesem riesigen, leeren Haus herumschleicht. Sofort sehe ich mich nach Sean um. Aber er ist nicht da, und sonst auch niemand. Nachdem Mary mir gestern mein Zimmer gezeigt hat, erzählte mir Sean, wir seien die einzigen Gäste. Nebensaison, meinte er, das Geschäft gehe schleppend. Nicht, dass es ihn störte. Seit etwa zwei Jahren kam er immer wieder bei Mary unter – immer, wenn ihn seine Firma hoch nach Drogheda zu einem Kundentermin schickte. Er hätte auch ein Hotel in der Stadt beziehen können, aber stattdessen hatte er Clogherhead gewählt, weil er am Meer sein wollte. Marys B&B war das einzige mit einem freien Zimmer gewesen.

»Mary ist einsam«, sagte er. »Sie würde es nicht zugeben, aber man spürt es, weißt du? Es hängt über ihr wie eine dunkle Wolke.«

Es überraschte mich, wie einfühlsam er war, wie sehr ihm etwas an der Hauswirtin lag. Nicht dass ich irgendetwas von ihrer Verletzlichkeit mitbekommen hätte. Sie war brüsk und unterkühlt gewesen, als sie mir gezeigt hatte, wie man die Dusche und den Fernseher bedient. Überall im Haus verteilt hängen laminierte Schilder, die den Gästen mitteilen, was sie zu tun und zu lassen haben.

»Möchten Sie das Irische Frühstück?«

Mary taucht plötzlich hinter mir auf, und ich zucke zusammen. Es ist acht Uhr morgens, und ihre Haare sitzen tadellos. Ihr blonder Pony ist fein säuberlich über die Stirn gekämmt und legt die kleinen Perlenohrringe an den Ohrläppchen frei. Sie passen zu der Kette um ihren Hals, die auf ihrer blau und weiß gestreiften Schürze seltsam fehl am Platz wirkt. Einzig ihre Hausschuhe, grau, ausgebleicht und ausgelatscht, sind nicht perfekt gepflegt oder ordentlich gebügelt.

»Ja, ja, bitte.«

»Und der Kleine?« Marys Blick fällt auf Elise, die nach einem Gewürzkorb auf dem nächsten Tisch greift.

»Er nimmt das Gleiche. Aber, wenn es geht, ohne Black and White Pudding.«

»Dann nehmen Sie Platz.« Sie deutet auf den Tisch nahe am Fenster. »Möchten Sie Tee oder Kaffee?«

»Kaffee, bitte.« Ich ziehe einen Stuhl zurück und setze meine Tochter darauf. »Und eine Tasse Milch für El… Lee … wenn es nicht zu große Umstände macht.«

Für den Bruchteil einer Sekunde wirkt Mary irritiert, aber das ist lange genug, dass ich mir Sorgen mache. Auf keinen Fall darf mir Elises Name herausrutschen. Wenn irgendjemand auf die Idee kommt, dass sie kein Junge ist, wird das Fragen aufwerfen, und wir werden gehen müssen. Nicht dass wir lange bleiben könnten. Es wird nicht mehr lange dauern, bis Paula oder die Polizei auf meine Verbindung zu Clogherhead kommen und auf der Suche nach mir hier aufkreuzen. Ich muss Mums Schwester oder Bruder ausfindig machen, vielleicht auch meine Cousins. Ich hoffe, dass sie mir einen anderen Ort in Irland empfehlen können, wo ich wirklich untertauchen kann. Ich werde mir außerdem etwas Geld leihen müssen, genug, um mich die nächsten Wochen über Wasser zu halten. Und danach? Ich weiß es nicht. An irgendeinem Punkt werde ich Mr Harrison anrufen müssen, um ihn zu fragen, ob er etwas von der Polizei gehört hat. Das Beste wäre, wenn er mir sagen würde, dass Paula verhaftet wurde und ich sicher nach England zurückkehren kann. Und das Schlimmste? Ich möchte nicht an den schlimmsten Fall denken. Ich möchte nicht den Rest meines Lebens damit zubringen, mich ängstlich umzuschauen.

Gestern Abend, nachdem Mary die Führung beendet hatte, klopfte Sean an die Tür und fragte mich, ob ich Hilfe bei der Suche nach einem Mechaniker brauche, um meinen Wagen abzuschleppen.

Als ich ihm sagte, ich würde online nach einem suchen, lachte er. Mary habe kein WLAN, sagte er, aber er könne einen für mich suchen, wenn ich wollte. Ich hätte ihn umarmen können. Stattdessen schenkte ich ihm ein warmes Lächeln, bot ihm das Du an und sagte, dass, wenn es irgendetwas gebe, das ich im Gegenzug für ihn tun könne, er nur fragen solle.

»Nein, das geht in Ordnung, ich …« Er brach mitten im Satz ab und sah an mir vorbei zum Fenster, wo Elise spielte. Der Magen drehte sich mir um. Sie hatte eine ihrer Puppen – ein Baby mit rosa Hut, Kleid und Schühchen – aus einer der Plastiktüten gezogen, drückte sie mit dem Gesicht an die Fensterscheibe und sagte ihr, sie solle hinausschauen. Mist. Ich hatte ihr die Haare geschnitten, wir trugen geborgte Kleider und benutzten Bens Ausweis (unsere eigenen hatte ich in der Seitentasche eines Koffers versteckt, zusammen mit Max', den ich aus Versehen eingesteckt hatte), aber es war mir nicht in den Sinn gekommen, Helen danach zu fragen, mir einige von Bens Spielsachen zu leihen. Ganz automatisch hatte ich beim Packen nach Elises Lieblingsstücken gegriffen und nicht daran gedacht, dass sie jemand damit spielen sehen könnte.

»Es ist … er …«

Sean lächelte. »Komm schon, Jo. Wir sind hier etwas offener, als du dir vielleicht vorstellst. Na ja, ein paar von uns jedenfalls. Wenn ein kleiner Junge mit Puppen spielen möchte, juckt mich das nicht. Alles eine gute Vorbereitung auf mein Dasein als Vater.«

Sean deutete mein Schweigen als Zeichen, dass es für ihn an der Zeit war zu gehen, und nickte.

»Ich lasse dich allein. Du musst ganz schön müde sein nach diesem Tag. Mach dir keine Sorgen um den Wagen. Ich kümmere mich darum.«

An dem Tag begegnete ich ihm nicht mehr, aber als ich heute Morgen aufwachte, lag da eine Notiz, die unter der Tür durchgeschoben worden war:

Dein Auto ist beim Mechaniker. Sie haben gesagt, sie hätten ziemlich viel zu tun, aber sie werden es sich ansehen, sobald sie können. Wenn du eins mieten willst, während du wartest, sag mir Bescheid, dann fahre ich dich nach Drogheda – es gibt dort ein paar Autovermietungen. Sean.

Als Sean angeboten hatte, uns mitzunehmen, war ich so erleichtert gewesen, von dem Seitenstreifen wegzukommen, dass ich keinen weiteren Gedanken an den Wagen verschwendet hatte. Aber in der letzten Nacht hatte ich aus lauter Sorge um den Wagen kaum geschlafen. Es war

Helens Wagen, nicht meiner. Was, wenn ihn jemand beschädigte oder ihn zum Laufen brachte und davonfuhr? Was, wenn ihn jemand bei der Polizei meldete und sie dort wussten, dass ich damit gefahren war?

»Die Milch steht da drüben«, sagt Mary jetzt. Sie zeigt auf eine Anrichte am anderen Ende des Raumes. »Dazu Saft und Müsli, wenn Sie welches wollen. Ich bin gleich mit Ihrem Kaffee und dem Frühstück zurück.«

Bevor ich ihr danken kann, verlässt sie das Zimmer. Ein paar Minuten später ist sie wieder da, mit Kaffee, den sie wortlos vor mir abstellt. Zehn Minuten darauf betritt sie den Raum mit zwei Tellern in den Händen.

»Zweimal Frühstück.«

»Haben Sie vielen Dank.«

»Keine Ursache.«

Ich warte, dass sie das Zimmer wieder verlässt, aber das tut sie nicht. Sie geht hinüber zur Anrichte und öffnet den Schrank, nimmt eine Packung Cornflakes heraus und füllt sie in den Müslispender aus Plastik. Dann macht sie das Gleiche mit den Reisplätzchen.

»Ihr erster Besuch in Irland?«, fragt sie, während ich Elises Würstchen mit Speck in kleine Stücke schneide.

»Nein.« Ich schüttle den Kopf. »Aber es ist lange her, dass ich zuletzt hier war.«

»Also machen Sie Urlaub?«

»Ja.«

Mary verstummt, und die Stille lastet schwer auf dem Zimmer. Sie ist noch nicht fertig.

»Wird Ihr Ehemann nachkommen?«, fragt sie in lockerem Tonfall. »Ich frage nur, weil ich ein Zimmer mit Doppel- und Einzelbett habe, aber ich bräuchte etwas Zeit, es vorzubereiten.«

»Nein. Nur ich und Lee. Ich bin verwitwet.«

Mary hört auf, die Anrichte abzuwischen, und klammert sich an den Rand, wie um sich zu sammeln.

»Man kann um die ganze Welt reisen, und doch kann man dem Schmerz nicht entkommen«, sagt sie sanft. »Da müsste man sich schon das Herz rausschneiden, um sich davon zu befreien.«

Sie trägt einen Ring am Finger der linken Hand, aber ich weiß, dass sie auch verwitwet ist, das hat Sean mir im Auto erzählt. Ich kann den Schmerz in Marys Augen sehen. Schmerz, den ich verursacht habe, indem ich sie anlog. Warum habe ich nicht einfach die Wahrheit gesagt?

»Es tut mir leid.« Ich stehe auf und gehe durch das Esszimmer. »Ich habe Sie aufgebracht.«

»Nein, nein.« Sie steht jetzt sehr aufrecht und weicht zurück. »Es geht mir prächtig. Gehen Sie nur wieder zurück, Ihr Frühstück wird sonst kalt.«

»Aber …«

Sie scheucht mich davon. »Haben Sie Pläne für heute? Es soll erst später regnen, falls Sie mit dem Kleinen zum Strand wollen.«

Ich habe vage Erinnerungen daran, wie ich mit meinen Cousins am Stand spiele, daran, wie wir drei nach Muscheln suchen und in Felsentümpel spähen. Aber es sind nicht die lieb gewonnenen Erinnerungen, die mich aus Marys B&B und die Straße hinunter zur Küste treiben. Auch nicht, dass Mary mich vielleicht für seltsam hält, weil ich mich nach der langen Fahrt erst mal den halben Tag in meinem Zimmer verkrochen hatte. Ich gehe nur Elises wegen aus dem Haus. Sie verdient eine normale

Kindheit, oder eine so normale, wie ich sie ihr in Anbetracht der Umstände bieten kann. Sie muss den Wind auf dem Gesicht spüren und den Sand unter den Füßen. Sie muss laufen und spielen und kreischen. Ich bin ihre Mutter, und es liegt in meiner Verantwortung, ihr die Welt zu zeigen und sie mit ihr zu erkunden, bis sie alt genug ist, es selbst zu tun.

Seit wir aus Cardiff weg sind, habe ich den Wagen kaum verlassen, außer bei dem Rundgang auf der Fähre, beim Betreten des B&Bs oder als das Auto liegen blieb. Nach Jahren, in denen ich mir gesagt hatte, dass etwas Schlimmes geschehen würde, sobald ich das Haus verlasse, geschahen gleich drei beängstigende Dinge nacheinander. Paula bedrohte mich, zweimal, und ein Fremder verfolgte mich in einem Laden. Aber ich hyperventilierte nicht oder bekam eine Panikattacke. Ich schrie, und ich schubste. Ich rannte davon, und ich versteckte mich. Die Gefahr, auf die ich reagierte, war eine reale, keine eingebildete. Der Schweiß rann mir den Rücken runter, und ich dachte, das Herz würde mir aus der Brust springen, aber ich fiel nicht in Ohnmacht oder brach zusammen. Ich starb nicht.

Wenn ich das alles überlebt habe, dann kann ich auch meine Tochter an der Hand nehmen und sie eine Straße hinunterführen, an die ich mich nicht erinnere. Ich kann ihr zum ersten Mal das Meer zeigen. Und wenn ich das schaffe, kann ich alles schaffen.

Nach nur wenigen Minuten erreichen wir das untere Ende der Main Road. Auf der linken Seite ragen Felsen mit winzigen Meerwasser-Mulden auf, die durch eine hohe Steinmauer von einem Feld getrennt sind. Auf der rechten Seite erstreckt sich der Strand, so weit das Auge reicht. Sobald wir den Sand betreten, quietscht Elise vor Freude. Sie steckt in einem von Bens alten Wintermänteln. Eine graue Mütze bedeckt den Kopf, an den Füßen trägt sie ein Paar Transformer-Stiefel. Es regnet ein bisschen und ist sehr windig, aber es ist nicht das Wetter, das mir den Atem verschlägt. Es ist der Anblick meiner Tochter. Ihre Augen leuchten, und ihre Haut ist vor Aufregung gerötet. Ich musste mich wirklich durchringen, um aus der Tür des B&B zu treten und die Straße hinunterzugehen, aber ich habe es getan. Ich bin durch die Tür getreten und habe es bis hinunter zum Strand geschafft. Mein unterer Rücken ist verschwitzt, und auf dem Weg hierher muss ich mir die Handflächen wohl unzählige Male an der Jeans abgewischt haben, aber allein für den Anblick von Elises Gesicht war es das wert. Es wird nichts geschehen. Im Geist wiederhole ich das Mantra, das mich mein Therapeut gelehrt hat. Ich bin an einem sicheren Ort. Obwohl ich vielleicht aufhöre, dieses Mantra zu benutzen. Man ist nirgendwo sicher.

»Meer!« Elise zieht mich an der Hand, während sie auf und ab hüpft und den Finger ausstreckt. »Meer! Meer, Mummy!«

»Ich weiß, ist es nicht wunderschön?«

Ich lasse mich von meiner Tochter über den nassen Strand ziehen, vorbei an den riesigen Felsen zu unserer Linken, glitschig vom Meerwasser und grün von Flechten und Algen. Als Kind habe ich Stunden damit zugebracht, über die Felsen zu klettern und in die Mulden zu spähen, einen Eimer in der einen Hand, ein Netz in der anderen. Mum hatte ein Auge auf mich und auf das Meer und die Flut. Eine Erinnerung ist mit der Zeit nicht verblasst. Wie ich mit Mum dabei zusah, als das Meer zurückkam. Wir hielten einander an der Hand – ich trug rote Wollfäustlinge und sie trug weiche braune Lederhandschuhe. Wir standen weiter oben auf der Straße, wo nichts passieren konnte, und sahen dabei zu, wie ein Sturm die Flut vor sich herschob. Ich kann heute noch die Wellen sehen – wie sie die Felsen ganz verschlingen und gegen die Backsteinmauer am Ende von Mr Galways Garten peitschen, wie die Gischt über den Rand spritzt und springt. Ich war wie gebannt. Nie zuvor in meinem Leben habe ich etwas so Beängstigendes und zugleich Herrliches gesehen.

»Mummy, guck!«

Elise zieht an meiner Hand und zeigt auf ihren rechten Gummistiefel, während sie ihn in den nassen Sand gräbt. Meerwasser spritzt auf und Sand besprenkelt ihre Gummistiefel, Jeans und den unteren Rand ihres Mantels.

Ich werfe einen Blick zurück auf das Schild eingangs des Strandes, das davor warnt, dass die Felsen unterspült werden können, und sehe nach, wie spät es ist – 9:30 Uhr. Mary hat gesagt, dass die Flut den höchsten Stand um 12:40 Uhr erreicht. Ein paar Stunden sind wir noch sicher.

»Das kann ich auch«, sage ich und stampfe mit den Turnschuhen auf den Sand. Diesmal werden wir beide nass. Elise lacht laut auf.

»Noch mal, noch mal!«

Ich sehe nach rechts. Der Strand ist leer. Wir haben ihn ganz für uns.

»Und wenn wir stattdessen laufen? Bis runter zum Meer?«

Das Lächeln meiner Tochter wird breiter.

»Okay. Drei, zwei, eins … los!«

Wir rennen den Strand hinunter, auf ihren kleinen Beinchen läuft Elise wie Speedy Gonzales vorweg, während ich zu weiten Galoppschritten aushole, um mit ihr Schritt zu halten. Als wir das Meer erreichen, tippe ich sie kurz mit der Hand an, um sie davon abzuhalten, geradewegs in die Wellen zu laufen.

»Lass uns springen«, sage ich. »Da kommt sie. Achtung, fertig, Sprung!«

Meine Tochter wendet die glänzenden Augen nicht von mir ab, während wir springen und springen und springen. Wir lachen, wir saugen die saubere, eiskalte Seeluft ein. Der Nieselregen befeuchtet mein Gesicht und der Himmel ist grau. Wir kreischen, als wir eine Welle falsch einschätzen und sie über meinen Schuhen und ihren Gummistiefeln bricht, unsere Hosenbeine nass werden und uns der Stoff an der Haut klebt. Meine Tochter sieht mit zitternder Unterlippe zu mir auf, und ich hebe sie hoch und schließe sie in die Arme. Sie klammert sich an meinen Hals und zieht mir dabei die Kapuze vom Kopf.

»Ungezogenes Meer.« Mit einer Hand öffne ich den Reißverschluss meines Mantels und wickle ihn ihr um die nassen Beine. »Sollen wir das Meer ausschimpfen, weil es uns nass gespritzt hat?«

Sie sieht mich stirnrunzelnd und mit glasigen Augen an, die kurz davor sind, überzulaufen.

»Sollen wir es anschreien?«, sage ich. »So laut wir können?«

Schreien ist nichts, wozu man sie zu Hause oder in der Kita ermuntert, und so hat mein Vorschlag den gewünschten Effekt. Ein Lächeln erscheint in ihren Mundwinkeln.

»Böses Meer!«, ruft sie.

Ich küsse sie auf die Wange. »Lauter!«

Sie sieht hinüber zu den Wellen, die etwas mehr als einen Meter vor uns brechen. »BÖSES MEER!«

»Genau so!«

»Jetzt du, Mummy.«

»Nur, wenn du es auch sagst.«

»BÖSES MEER!«, schreien wir. »BÖSES MEER!«

Da ist kein Horizont. Das Meer ist ohne Ende, der Himmel ohne Anfang. Sie sind von dem gleichen Grau, das ineinander verschwimmt. Vor drei Wochen hätte ich mich vor dieser schieren Weite noch gefürchtet, und davor, wie winzig ich mich davor fühle, aber jetzt und hier denke ich, dass ich niemals zuvor etwas Schöneres gesehen habe. Die Haare kleben mir klatschnass am Kopf, die Finger in meinen dünnen Handschuhen sind fast taub und meine Beine nass, aber ich fühle mich lebendig. In den letzten dreieinhalb Jahren habe ich mich gefühlt, als säße ich auf dem Grund einer Grube fest. Ich konnte oben andere Menschen vorbeigehen sehen – die lachten, liebten, ihr Leben lebten. Einige ignorierten mich, andere warfen einen Blick hinunter und gingen dann weiter. Einige leuchteten mit einem Scheinwerfer in das Loch und riefen mir zu, herauszukommen.

Ich versuchte es. Und versuchte es. So oft versuchte ich, herauszuklettern, um mich ihnen anzuschließen, aber je höher ich kletterte, desto tiefer fiel ich. Als Elise zur Welt kam, streckte ich eine Hand aus dem Loch, aber statt die Wände heraufzuklettern und mich zu ihr zu setzen, zog ich sie mit hinunter. Zwei lange Jahre behielt ich meine Tochter unten bei mir in der Grube und wartete und wartete und wartete, auf jemanden, der eine Leiter herunterließ, sodass ich hinausklettern könnte. Ich bemerkte nicht, dass es an einer Seite des Lochs einen Notausgang gab. Ich hatte so viel Zeit damit verbracht, nach oben zu starren, dass ich gar nicht daran dachte, mich umzuschauen.

Ich werfe den Kopf zurück, sauge die kalte Luft ein und jauchze vor Freude.

»Mummy!« Elise legt die Hände auf die Ohren und kneift die Augen zu.

»Entschuldige.« Ich lege meine kalte Wange an ihre. »Es tut mir leid, Schätzchen. Mummy ist einfach sehr, sehr glücklich.«

Sie schlingt mir die Arme fester um den Hals und wird ganz steif.

»Mummy, guck.« Sie hebt den Arm und deutet über den Strand. Ich folge ihrem Blick und sehe einen blauen Wagen, der langsam über den Sand auf uns zukommt.

KAPITEL 44

Mary steht unbeweglich im Flur und lauscht. Es ist Viertel nach sieben, und Helen und das Kind sind seit einer halben Stunde zurück in ihrem Zimmer. Noch immer kann sie den Jungen weinen und jammern hören. Beim Frühstück hatte er so fröhlich gewirkt, aber jetzt war er schon den größten Teil des Tages völlig durch den Wind. Mary hatte sich mächtig erschrocken, als die beiden zurück in das B&B gestürzt waren, nicht mal eine Stunde nach ihrem Aufbruch zum Strand. Die Frau sah noch blasser aus als sonst, und der Junge weinte. Weil Helen ihn über der Schulter trug, hatte Mary sofort an einen Unfall oder Schlimmeres gedacht und war aus der Küche gerannt, die Hände nass von Seifenlauge, und mit klopfendem Herzen.

»Nein, nein«, hatte Helen gesagt, als Mary sie fragte, ob sie einen Krankenwagen rufen solle. »Es geht ihm … es geht ihm gut.«

Sie klang gehetzt, als wäre sie den ganzen Weg vom Strand zurückgelaufen. Die roten Haare klebten ihr am Kopf, die Turnschuhe waren durchweicht, und der Mantel stand offen. Der Junge hatte noch die Mütze auf, aber seine Hose war nass bis über die Knie.

»Also ist er nicht auf den Felsen hingefallen?« Mary musste sich zurückhalten, die Hand auszustrecken und das Kind zu berühren. »Er hat sich nichts getan?«

»Nein.« Helen strich ihm mit der Hand über den Rücken und beruhigte ihn sanft, war aber offensichtlich selbst den Tränen nahe. Sie warf einen Blick zurück auf die geschlossene Eingangstür. Mary konnte Angst und Unentschlossenheit in ihren Augen erkennen, als sich ihre Blicke trafen.

»Sie sehen verängstigt aus«, wagte sie zu sagen. »Ist etwas passiert?«

Sie ging durch den Flur und griff nach der Klinke, aber noch bevor sie sie hinunterdrücken konnte, schrie Helen auf.

»Nein!«

»Was ist denn?«

»Da war ein Wagen am Strand, er kam direkt auf uns zu, also bin ich gerannt.«

Mary stützte sich Halt suchend mit einer Hand an der Tür ab, als die Angst sie überkam. Es war genau wie das, was Niamh zugestoßen war, nur dass ihre Tochter alleine war, als das Auto über die Straße auf sie zugerast kam. Es war, als wiederholte sich die Geschichte, fast auf den Tag genau.

»Welche … welche Farbe hatte es denn?«, stotterte sie und betete, dass es kein weißer Ford Fiesta gewesen war.

»Blau. Ein recht kleiner Wagen. Welche Marke, weiß ich nicht.«

Es war nicht dasselbe Auto. Wie auch?

»Jimmy«, hauchte Mary. »Jimmy McCall. Sein Pa gibt ihm Fahrstunden.«

»Am Strand?« Helen sah immer noch aus, als würde sie bei dem nächsten lauten Geräusch aus der Haut fahren, aber die Angst war aus ihren Augen verschwunden.

»Ja.« Mary ließ die Tür los und richtete sich auf. Fast

hätte sie ihre Verteidigung sinken lassen. Dabei zeigt sie niemandem ihre verwundbare Seite. Sie sollte das B&B um Niamhs Todestag wirklich schließen, denn statt leichter fiel es ihr nur immer schwerer, ein tapferes Gesicht aufzusetzen. Sie dachte, mit der Zeit würde die Trauer vergehen, aber das tat sie nicht. Sie ist nicht mehr so roh wie an dem Tag, an dem Niamh starb, aber jede Zeit wartet mit einem anderen Schmerz auf. Die Jahre vergehen ohne Niamh, und in jedem Februar schreibt Mary auf, was hätte passieren können – sie wäre in die Grundschule gegangen, die weiterführende Schule, zur Universität, hätte ihren Abschluss gemacht, ihre erste Stelle angetreten. Sie hätte heiraten können, ein Baby bekommen können. Enkel.

»Mary?« Helens Stimme schneidet sacht durch ihre Gedanken.

»Geht es Ihnen gut?«

»Ja, entschuldigen Sie. Was wollte ich sagen? Das Fahren auf dem Strand wurde verboten. Die Kommune hat Schilder aufgestellt, aber im Winter drücken alle ein Auge zu. Für die Jüngeren ist es die sicherste Möglichkeit, es zu lernen. Jimmy übt jetzt schon seit ein paar Wochen.«

Helen antwortete nicht. Sie stand im Flur, verteilte überall auf den frisch geputzten Fliesen Wasser, einen äußerst seltsamen Ausdruck auf dem Gesicht, während sie sich das schluchzende Kind an die Brust drückte. Mary hatte über die Jahre alle möglichen Leute in ihrem B&B – Paare, die sie mit ihren lauten Liebesgeräuschen beschämten, Geschäftsmänner, die die Zähne nicht auseinanderbekamen, es sei denn, sie beschwerten sich über das fehlende WLAN, Wanderer, Senioren, Kleinfamilien.

All diese Gäste hatten ihre Eigenarten und Gewohnheiten – einige brachten sie zum Lächeln, auf andere hätte sie verzichten können –, aber nie hatte sie jemanden wie Helen getroffen. Sie war ängstlich und dazu empfindlich. Sie war nicht nur umweht von einem Geheimnis, es stand vielmehr da wie eine Mauer.

»Vielleicht wollen Sie hinaufgehen und sich umziehen«, schlug Mary vor. »Sie werden sich noch erkälten, wenn Sie die nassen Sachen anbehalten.«

Beim Klang ihrer Stimme ging ein Ruck durch Helen, dann nickte sie kurz und eilte mit dem Kind im Arm die Treppe hinauf. Mary blieb noch ein paar Minuten im Flur stehen und starrte nachdenklich auf die schmutzigen Fliesen, dann rief sie sich zur Ordnung und ging in die Küche, um ein Tuch zu holen.

Mary sieht hinunter auf den Korb mit Spielsachen zu ihren Füßen. Sie weiß, dass Ben eigene Spielsachen hat. Er umklammerte einen flauschigen grauen Elefanten, als sie ankamen, und sie konnte ein iPad sehen, das oben aus Helens Tasche hervorschaute. Aber Kinder sind es schnell leid, tagein, tagaus mit denselben Sachen zu spielen, und wenn sie den Jungen mit ein paar neuen Spielsachen überrascht, lenkt ihn das vielleicht vom Weinen ab. Als Sean vorhin zurückkam, sagte er, dass ihn das Geschrei nicht störe. Aber sie stört es. Es geht ihr durch Mark und Bein. Sie war nicht bewusst losgegangen, um Helen und Ben zur Mittagszeit zu folgen. Sie hatte alle Zimmer geputzt außer ihrem und ein willkommenes Tässchen Tee im Wohnzimmer getrunken, als sie hörte, wie die Eingangstür zufiel. Sie hastete zum Fenster und sah sie Hand in Hand die Straße hinaufgehen. Beide hatten die Hose gewechselt, und der Junge trug eine andersfarbige Mütze. Mary wog ihre Möglichkeiten ab. Das Haus war jetzt leer, und sie hätte Zeit, das Zimmer zu putzen. Andererseits hatte es endlich aufgehört zu regnen, und sie musste noch frisches Brot vom Bäcker und einen Umschlag mit Rechnungsformularen von der Post holen. Es würde sie nicht mehr als ein paar Minuten kosten, und sie könnte das Putzen immer noch erledigen, bevor jemand zurückkäme.

Ich spioniere ihnen nicht hinterher, versicherte sie sich selbst, während sie ihren Mantel, Hut und Stiefel anzog. Ich mache einfach das Beste aus dieser Regenpause.

Es dauerte nicht lange, bis sie sie auf der Main Road sah. Sie hatten vor einem der kleinen Cottages haltgemacht. Mit den weiß getünchten Wänden, den winzigen, tief sitzenden Fenstern und den strohgedeckten Dächern waren die Cottages schon immer ein Touristenmagnet. Wenn sie einen Euro für ein Foto berechnen würden, scherzten die Besitzer, wären sie reich genug, um es zu verkaufen und mit dem Geld ein größeres Haus in Drogheda zu kaufen. Nur dass Helen keine Kamera in der Hand hatte. Sie starrte das Haus an, als wäre sie in Trance. Mary zögerte und versteckte sich hinter einer großen Hecke. Würde Helen sich umsehen, wäre sie nicht in der Lage, sie zu sehen, Mary aber hätte durch die kahlen Äste immer noch eine perfekte Sicht. Sie öffnete ihre Handtasche und hielt sie vor sich, als schaute sie hinein. Käme jemand vorbei, den sie kannte, könnte sie sich damit herausreden, dass sie nach ein paar Briefmarken oder einem Taschentuch suchte.

Warum starrte Helen das Haus an? Kannte sie die Kennedys? Sie hatte nach der Sonntagsmesse mit Nora gesprochen, und die hatte nichts davon gesagt, dass sie irgendwelche Gäste erwartete. Und hatte Helen nicht gesagt, sie sei nur wegen einer Auszeit in Irland? Sie hatte kaum ein Wort gesagt, seit sie angekommen war. Das war nicht ungewöhnlich; viele von Marys Gästen blieben lieber unter sich, und Mary schnüffelte ihnen niemals hinterher. Aber sie wurde das Gefühl nicht los, dass mit Helen und ihrem Sohn etwas nicht stimmte. Und das machte sie nervös.

Sie hatte Sean während des Frühstücks über ihren neuen Hausgast ausgefragt, aber er war ihr keine große Hilfe gewesen. Helen war Irin, nicht Engländerin, erzählte er. Mehr wisse er auch nicht. Mary war wenig überrascht von dieser Offenbarung – sie hatte zahllose Gäste aus Amerika gehabt, die behaupteten, Iren zu sein, wo sie in Wirklichkeit doch nur eine vage Verbindung hatten –, aber sie wollte mehr wissen. Sie hatte versucht, Helen beim Frühstück in ein Gespräch zu verwickeln, aber dann hatte die junge Frau die Bombe platzen lassen, sie sei Witwe, und Mary hatte sich gefühlt, als wäre ihr der Teppich unter den Füßen weggezogen worden.

Es hatte keinen Sinn, zu spekulieren, entschied sie, als sie ihre Handtasche schloss, ihren Mantel glatt strich und hinter der Hecke hervortrat. Wenn sie Antworten wollte, dann musste sie direkt sein.

»Schön, nicht wahr?«, bemerkte sie, während sie sich Helen näherte, die noch immer neben ihrem Sohn auf dem Bürgersteig hockte.

Die Frau schreckte vor Überraschung zusammen und sah zu ihr auf. »Wie bitte?«

»Das Cottage.« Sie besah es sich selbst – da war nichts Besonderes im Esszimmerfenster außer der Statue einer

Tänzerin als neue Dekoration. »Kennen Sie die Kennedys?«

»Nein, nein.« Helen schüttelte den Kopf, das gefärbte rote Haar strich ihr über die Schultern. Sie stand auf und nahm ihren Sohn an der Hand. »Sie wissen nicht zufällig, ob wir hier in der Gegend irgendwo ein Mittagessen bekommen können?«

Mary lächelte in sich hinein. Sie erkannte ein Ablenkungsmanöver, wenn sie es sah. »Das Little Strand, aber zu dieser Jahreszeit hat es mittags nicht geöffnet. Dann die Pizzeria, die Main Road weiter hoch. Wenn die auch geschlossen hat, ist da immer noch die Imbissbude.« Sie sah hinunter auf Ben, der an der Hand seiner Mutter zerrte und ihren Namen rief. »Wenn er hungrig ist – sie machen gute Pommes.«

»Danke.« Helen lächelte gezwungen. »Das war sehr hilfreich.«

»Pagetti«, sagte das Kind. »Will Pagetti, Mummy.«

»In Ordnung.« Sie sah die Straße hinauf und zog an seiner Hand, sehr darauf erpicht, aufzubrechen.

»Eine … ähm … eine Sekunde noch«, sagte Mary.

Helen blieb stehen und sah sich zu ihr um. »Ja?«

»Was hat Sie an dem Cottage so interessiert?«

»Die … ähm … die Katze.«

Sie ging weiter.

»Katze?«, frage der Junge, während er neben seiner Mutter herlief, um mit ihr Schritt zu halten. »Welche Katze, Mummy?«

In der Tat, welche Katze, dachte Mary, als sie sich umdrehte und in die andere Richtung davonging. Die Kennedys besaßen keine Katze. Sie besaßen keine Tiere. Von den Haaren bekam Rory Asthma.

Mary kann das tiefe Brummen des Fernsehers aus Helens Zimmer hören, dazu das schrille Heulen des Jungen, und irgendwo darunter Helen, die versucht, ihn zu beruhigen. Mary klopft an die Tür – dreimal –, dann wartet sie. Der Fernseher verstummt, der Junge weint, und sie kann deutlich hören, dass Helen den Jungen durch ein leises *Pst* auffordert, still zu sein.

Sie klopft erneut. »Ich bin es nur«, sagt sie diesmal noch. Ein paar Sekunden später öffnet sich die Tür einen Spaltbreit, und Helen beäugt sie misstrauisch. Ihr Haar ist zu einem unordentlichen Zopf zusammengebunden, und sie hat die Brille abgesetzt. Auf der Nase ist ein roter Abdruck zu sehen, dunkle Ringe liegen unter den Augen.

»Es tut mir wirklich sehr leid«, sagt Helen. »Stört Lees Weinen sehr? Er ist übermüdet, und ich kann ihn einfach nicht zum Einschlafen bewegen. Er weigert sich, seinen Schlafanzug anzuziehen.«

»Die hier sind für ihn.« Mary hält ihr den Korb mit Spielsachen hin.

»Oh.« Ihr Mund formt einen perfekten Kreis, während ihr Blick über die hölzerne Steckspielkiste, die Fisher-Price-Uhr, das Holzpuzzle und die Zootiere aus Plastik zuckt. Dann sieht sie Mary wieder an. »Das ist so freundlich von Ihnen.«

Sie öffnet die Tür, um den Korb entgegenzunehmen. Während sie das tut, erhascht Mary einen Blick auf das Kind, halb nackt sitzt es am Rand des Doppelbetts. Es hat aufgehört zu weinen, schwingt die Beine vor und zurück und beobachtet den Austausch an der Tür.

»Achten Sie darauf, dass er nichts zerbricht«, sagt Mary, als Helen ihr den Korb abnimmt.

»Ja, ja, sicher. Vielen Dank noch mal. Wirklich. Sie sind so freundlich. Lee wird sich so sehr …«

Helen ist immer noch dabei, sich zu bedanken, als Mary sich bereits umgedreht hat, hastig die Treppe hinuntersteigt und auf ihrem Weg zurück ins Erdgeschoss das Geländer fest umklammert hält. Sie eilt durch den Flur, betritt ihr Wohnzimmer, schließt die Tür hinter sich und stützt sich auf die Lehne des Sessels. Sie beugt sich nach vorne und holt tief Luft, füllt die Lungen. Sie hat nur einen flüchtigen Blick auf das Kind erhascht, wie es am Rand des Bettes saß, in einem rosa Schlüpfer mit weißen Punkten und blauen Flecken auf dem Rücken und der Brust. Und in diesem kurzen Augenblick hätte sie schwören können, dass Niamh dort saß.

KAPITEL 45

Nun gut, ich sollte mich besser umziehen.« Sean rückt den Stuhl vom Frühstückstisch zurück und steht auf. Ich hatte nicht erwartet, ihm an diesem Morgen im Esszimmer zu begegnen, aber als wir vor einer halben Stunde hereinkamen, saß er an dem Tisch am Fenster und nippte an einem Kaffee. Sofort lud er uns zu sich ein und brachte Elise zum Lachen, indem er so tat, als fürchteten sich Salz- und Pfefferstreuer vor ihr und würden über den Tisch davonlaufen. Als ich ihn fragte, ob er freihabe, sagte er, sein erster Kundentermin sei erst für zehn Uhr angesetzt, weshalb er stattdessen am Strand eine große Runde laufen gegangen sei. Sein Haar liegt eng am Kopf an, noch nass von der Dusche, und er ist leger gekleidet, in Jeans und T-Shirt. »Machen Sie sich einen schönen Tag, ja?«

»Und du, kleiner Mann« – er verstrubbelt Elise die Haare, als er an ihr vorbei kommt –, »sei lieb zu deiner Mammy.«

»Nicht Mann«, ruft Elise ihm hinterher. »Mein ein Mädchen.« Scharf hole ich Luft. Mary ist nicht im Zimmer, aber das heißt nicht, dass sie nicht lauscht. Sie mäandert schweigend von Raum zu Raum, wie ein Geist mit Schürze, grauen Hausschuhen und Perlen. Im Gegensatz zu Sean, der durch das Haus trampelt, die Haustür zuknallt und in dem Zimmer neben unserem herumpoltert, erscheint Mary wie aus dem Nichts. Genau wie gestern Nachmittag, als ich vor Mum und Dads altem Cottage stand, und gestern Abend, als sie an meine Zimmertür klopfte.

»Na sicher bist du das.« Sean bleibt kurz in der Tür stehen und dreht sich um. Er zwinkert mir zu und lächelt Elise an. »Und noch dazu so ein entzückendes Mädchen.«

Zufrieden mit seiner Erwiderung schenkt sie ihm ein gewinnendes Lächeln.

»Wir sehen uns!« Zum Abschied hebt er die Hand. Sekunden später fällt die Haustür ins Schloss, sein Schatten gleitet über das Fenster, und schon er ist verschwunden.

»Also« – ich greife über den Tisch und berühre meine Tochter an der Hand –, »ich habe mir gedacht, dass wir heute noch mal zum Strand gehen könnten, um die Tümpel in den Felsen genauer zu untersuchen. Aber zuerst rufen wir Granny an.«

Es ist Tage her, seit ich zuletzt mit Mum gesprochen habe, und ich muss dringend mit ihr sprechen, nicht nur, weil ich keine Ahnung habe, wo ich meine Tante Sinead, Celeste oder Onkel Carey finden soll. Das letzte Mal, als ich mit ihr geredet habe, ging es Dad nicht gut. Ich hasse den Gedanken daran, dass sie Pflegeentscheidungen für ihn treffen muss, ohne jemand um Rat fragen zu können.

»Zu Gan's altem Haus?«, sagt Elise.

»Nein.« Ich schüttle den Kopf. »Dort gehen wir heute nicht mehr hin.« Ich hätte nicht gedacht, dass ich unser altes Haus wiedererkennen würde, nicht nach all den Jahren und den mir so fremden Straßen von Clogherhead, aber sobald wir bei den Lea Cottages auf die Main Road abgebogen waren, blieb mir die Luft weg. Ausschnitthafte Erinnerungen aus meiner Kindheit flackerten durch meine Gedanken – gestreifte Tapete, ein dunkelgrüner Paisley-Teppich, ein Kachelofen, ein gerahmtes Jesusbild im Flur und im Fernsehen im Wohnzimmer *Wanderly Wagon*. Da sind auch Gerüche – das Aftershave meines Dads und sein alkoholgetränkter Atem, wenn er vom Fußball zurückkam, der blumige Duft des Lavendels, der in Mums Garten wuchs, und der schwere, deftige Geruch von Brot, das in der Küche buk. Ich hörte den Wind unter der Haustür hindurchpfeifen, wenn jemand vergessen hatte, den Zugluftdackel wieder an Ort und Stelle zu legen, und das Geschrei der Möwen vor meinem Schlafzimmerfenster. Ich ertastete die Atmosphäre unseres Zuhauses, als wäre sie eine weiche, warme Decke. Diese Decke wurde an dem Tag zurückgeschlagen, als Dad verschwand.

»Er ist ein schlechter Mann, und ohne ihn sind wir besser dran.« Das war Mums steife Antwort, wann immer ich wissen wollte, wo er war. Als Kind hörte ich irgendwann auf, nach ihm zu fragen, aber der verzweifelte Wunsch zu erfahren, was mit ihm geschehen war, kehrte mit der Pubertät zurück. Ich war ein schüchternes, übergewichtiges und furchtbar unglückliches Mädchen. Ich war der Ansicht, ich sei anders als meine fröhlichen, offenen Schulkameraden, und in mir wuchs die Gewissheit, dass ich glücklicher wäre, wenn wir nur in Irland geblieben wären. Ich versuchte, Mum dazu zu bringen, mir zu erzählen, was mit Dad passiert war. Ich brüllte, ich heulte, ich beschimpfte sie, und ich sagte ihr, ich würde sie dafür hassen, mich aus Irland mitgenommen zu haben, und dafür, mich stattdessen zu zwingen, in einem Drecksloch im Nordosten Englands zu leben. Alles, was ich hatte, um mich an ihn zu erinnern, war eine verblasste Fotografie, die ich in einem Fotoalbum versteckt unter Mums Bett gefunden hatte. Es zeigte meine Eltern an ihrem Hochzeitstag. Ich versteckte es in meinem Zimmer, hinter einem gerahmten Foto von einer Freundin und mir.

»Welche Mutter stiehlt einem Vater das Kind?«, schleuderte ich ihr entgegen.

»Eine Mutter, die nicht möchte, dass ihr Kind für die Sünden ihres Vaters verurteilt wird. Eine Mutter, die ihr Kind vor ausgestreckten Zeigefingern und Geschwätz bewahren möchte. Eine Mutter, die nur das Beste für ihr Kind will.« Sie legte die Hände auf den Küchentisch, der uns voneinander trennte. »Denkst du, ich vermisse unser altes Leben nicht? Denkst du, ich würde nicht sofort zurückkehren, wenn ich es könnte? Alles, was ich jemals getan habe, Joanne, habe ich für dich getan.«

Eine Träne glitzerte in ihrem Augenwinkel und lief ihr über die Wange. Es war das erste Mal, dass ich sie je weinen sah, und ich fühlte mich so elend, dass ich mir stumm schwor, sie nie mehr nach meinem Dad zu fragen.

»Welche Mutter stiehlt einem Vater das Kind?« Die Ironie entgeht mir nicht.

»Bist du fertig?« Ich deute auf Elises Teller, und sie nickt. »Gut, dann lass uns die Mäntel anziehen.«

Sie zappelt herum, während ich sie in Mantel, Mütze, Schal und Handschuhe kämpfe, dann ziehe ich meinen eigenen Mantel an und schnappe mir meine Handtasche.

»Na dann, lass uns gehen und Granny anrufen.« Ich öffne die Haustür und bleibe kurz stehen. Habe ich genug Münzen für das Telefon? Ich öffne die Handtasche und krame nach meiner Brieftasche. Sie ist nicht da, muss mir oben herausgefallen sein.

»Mist.« Ich versetze der Tür einen Schubs und hebe Elise auf einen Stuhl im Flur.

»Warte hier. Ich hole nur schnell meine Brieftasche aus unserem Zimmer. Rühr dich nicht von der Stelle!« Noch bevor sie widersprechen kann, durchquere ich den Flur und laufe die Treppen zwei Stufen auf einmal nehmend hinauf. Ich fummle den Schlüssel in das Schloss, drücke die Tür auf, und da ist sie, meine Brieftasche. Sie liegt oben auf dem Koffer auf der anderen Seite des Raumes. Ich schnappe sie mir, und in genau diesem Moment steigt ein schreckliches Heulen die Treppe hinauf. Es klingt so jämmerlich, dass mir das Blut in den Adern gefriert. Ich lasse die Brieftasche fallen und hechte aus dem Zimmer.

»Li!«

Während ich über den Treppenabsatz laufe, gehen mir etwa hundert verschiedene Szenarien durch den Kopf – meine Tochter eingeklemmt unter einem schweren Möbel, auf das sie klettern wollte, oder verletzt und blutend, weil sie etwas Scharfes angefasst hat. Oder schlimmer – strampelnd und schreiend, während ein Fremder sie aus dem Haus zerrt.

»Li! Mummy kommt! Mummy kommt, Li.«

Mein Fuß verfängt sich auf der obersten Stufe der Treppe. Ich greife nach dem Geländer, um zu verhindern, dass ich falle, aber ich drehe mich unglücklich, und als ich mit der unteren Wirbelsäule auf der Treppe aufschlage, verdreht sich meine Schulter im Gelenk. Der Schmerz verschlägt mir den Atem, und unten bricht Elises qualvolles Geschrei so unvermittelt ab, wie es angefangen hat. Die Stille jagt mir mehr Angst ein als ihr Geschrei.

»Li!« Ich rapple mich auf, nehme die nächsten drei Stufen auf einmal und biege um das Treppengeländer. Da ist nur eine Person im Flur – Mary. Sie sitzt auf dem Boden, mit dem Gesicht zur Tür. Ihr Rücken ist gekrümmt, der Kopf gesenkt. Als mir ein kalter Windhauch entgegenschlägt, stellen sich mir die Haare auf den Armen auf. Die Haustür steht weit offen.

»Mary.« Ich laufe zu ihr. »Mary, wo ist Li?«

Als sie nicht antwortet, zerre ich an ihrem Arm. Und dann sehe ich Elise, gefangen in der Umarmung der Hauswirtin, den Kopf an Marys Brust gedrückt, die kleinen blauen Gummistiefel unter Marys Hausschuhen. Sie windet sich, um mich anzusehen, aber Mary hält sie so fest, dass sie sich kaum bewegen kann.

»Mary.« Sie rührt sich nicht, als ich sie an der Schulter berühre, sieht nicht auf. Stattdessen schaukelt sie vor und zurück. »Mary, was ist passiert? Sie machen mir Angst. Bitte, Mary, sagen Sie mir, was passiert ist.«

KAPITEL 46

Max verlässt eilig den beeindruckenden Glasbau und hält den Umschlag in seiner Hand fest umklammert. Zwei Tage hat er gewartet, um einen Termin bei der Passstelle von Newport zu bekommen. Zwei Tage, die er doch längst in Irland für die Suche nach seiner Frau und seinem Kind hätte nutzen können. Ein Notfalltermin einen Tag früher hätte zusätzlich etwas gekostet, aber er war mit entsetzlichen Krämpfen in seinem Hotelzimmer aufgewacht und den ganzen Tag zwischen Zimmer und Bad hin und her gehastet. Daran war der verfluchte Kebab schuld, den er sich nach der Arbeit geholt hatte. Der oder die paar Bier, die er getrunken hatte. So oder so, es war das letzte Mal, dass er sich so gehen lassen würde. Er muss einen kühlen Kopf bewahren, jetzt, da er im Besitz eines Passes und der Adresse der Kirche in Meara ist, wo Brigid wahrscheinlich Jos Vater geheiratet hat. Er hat für den nächsten Morgen einen Flug nach Dublin gebucht, eine Karte von Irland gekauft und für einen Mietwagen am Flughafen gezahlt. In weniger als 48 Stunden wird er seine Tochter in die Arme schließen, und all das wird vorbei sein.

Als er seinen Wagen aufschließt, klingelt sein Handy. Es wird wieder Fiona sein. Seit neun Uhr morgens versucht sie, ihn zu erreichen. Warum setzt sie ihn so unter Druck? Sie hat doch gesagt, er könne sich freinehmen, wann er wolle, und er hat ihr eine E-Mail geschickt, um ihr mitzuteilen, dass er nach Irland fliegt, um nach Jo und Elise zu suchen. Was gibt es da noch zu besprechen?

Er steigt in den Wagen und steckt den Schlüssel in die Zündung, lässt den Motor aber nicht an. Stattdessen lehnt er den Kopf zurück. Seit drei Wochen ernährt er sich von Kaffee, Alkohol und Adrenalin. Er hat kaum geschlafen oder gegessen. Und der Darminfekt zusammen mit der Fahrt nach Newport haben seine letzten Reserven aufgezehrt.

Er sollte zurück nach Bristol fahren. Er muss aus seinem Hotelzimmer auschecken und das Haus aufräumen, sodass es warm und einladend aussieht, wenn Elise zurückkommt. Sein Mädchen, wieder da, wo sie hingehört. Wenn er sich jetzt auf den Weg machen würde, hätte er noch Zeit, um bei Cabot Circus vorbeizufahren und ihr ein paar Spielsachen zu kaufen. Er würde ihr alles in dem Laden kaufen, wenn er könnte.

Seine Lider werden schwer. Er kämpft dagegen an, aber er ist zu erschöpft. Nur ein kurzes Nickerchen, sagt er sich gähnend und verschränkt die Arme über der Brust. Er lächelt, als ein Bild von Elise, wie sie lacht und in seine Arme läuft, vor seinem inneren Auge aufsteigt, dann klingelt erneut das Handy. Warum kann sie ihn nicht einfach in Ruhe lassen?

Er tastet in seiner Innentasche nach dem Handy, nimmt nur vage wahr, dass die Nummer unterdrückt ist, und presst sich das Handy ans Ohr.

»Hallo?«

»Hallo, Max.«

Dieser Singsang. So überheblich, so siegessicher, so abstoßend. Er umfasst das Handy fester, aber er sagt keinen Ton. Er traut sich nicht zu antworten.

»Du solltest wirklich an deinem Konversationsstil arbeiten«, säuselt Paula ihm ins Ohr. »Von einem Journalisten hätte ich mir mehr erwartet. War die Nachricht, die ich dir geschickt habe, nicht eindeutig genug? Sag mir nicht, dass ich mich wiederholen muss, Max. Denn das ließe sich einrichten. Sag nur ein Wort.«

Max knirscht mit den Zähnen.

Lass dich nicht provozieren. Lass sie nicht wissen, dass sie dich trifft.

»Sag mir nicht, ich muss eine Nachricht an deine Frau schicken, Max. Ernsthaft? Ich weiß, du bist ein Dieb. Aber auch noch ein feiger, herzloser Dreckskerl … Scheiße, du bist ja wirklich ein Prachtexemplar, Max. Du würdest wohl nicht mal mit der Wimper zucken, wenn ich deiner entzückenden kleinen Tochter eine Nachricht zukommen lassen würde. Ich weiß, ich bin eine Schlampe, aber du bist ein 1A-Wichs…«

»Fick dich!« Der ganze Ärger, die Wut und Frustration, die sich über die letzten Wochen in Max angestaut haben, brechen sich Bahn, während er in sein Handy brüllt. »Du verfickte Schlampe!«

Klatsch! Er schlägt das Handy auf das Armaturenbrett. »Fick dich!« Er schlägt es noch mal dagegen. Das gläserne Display zerspringt, aber er bemerkt es nicht. »Schlampe!« *Klatsch!* »Schlampe!« *Klatsch!*

Das Handy zerbricht in seiner Hand, aber er hämmert es weiter gegen das Armaturenbrett. Erst als sich die Muskeln in seinen Schultern verkrampfen und er den Arm nicht mehr heben kann, hört er auf. Dann wirft er sich über das Lenkrad, legt den Kopf auf die Hände und schluchzt.

KAPITEL 47

Marys Augen weiten sich in Verwunderung, während sie das Gesicht der jungen Frau betrachtet. Wer ist sie?

»Bitte«, sagt die rothaarige Frau. »Bitte, Mary, erzählen Sie mir doch, was passiert ist.«

Mary starrt erst sie verständnislos an, dann hinunter auf das Kind in ihren Armen. Sie berührt die Wange des Kindes. Sie ist warm. Sie bewegt sich. Sie atmet. Das hier ist kein Traum. Sie hat es geschafft. Sie war vor ihrer Tochter an der Tür. Sie hat sie von der Straße zurückgerissen. Niamh ist nicht tot. Sie hat sie gerettet. Tränen rinnen ihr die Wangen hinunter. Sie hat sie gerettet.

»Mary!« Die Frau zerrt an ihrem Arm. »Mary, bitte, lassen Sie Li los. Sie drücken ihn zu fest. Es ist ihm zu viel. Er möchte zu mir. Er möchte seine Mummy.«

Mummy.

Seine Mummy.

Sie lügt. Mary erkennt doch ihre eigene Tochter. Sie erkennt die dunkelblonden Haare, die sich im Nacken kräuseln, die hellen, wissbegierigen grünen Augen, die sich mit Liebe füllen, wann immer sie morgens das Kinderzimmer betritt, und die süßesten rosigen Lippen, die sie je geküsst hat.

»Mary, bitte lassen Sie Li jetzt los. Bitte. Ich muss doch sehen, ob es ihm gut geht.«

Sie kann den Kummer in der Stimme der anderen

Frau hören, aber sie kann, sie wird das Kind nicht loslassen.

»Mummy!«, kreischt das Kind, und reckt sich nach der rothaarigen Frau.

Mummy. Nicht Mummy. Das Wort ist ein Fels, der gegen Marys Herz geschleudert wird. Und es zerspringt wie Glas. Niamh ist noch immer tot. Sie hat sie nicht gerettet. Sie liegt tief unter der Erde.

»Die Tür«, sagt sie, während Helen an ihren Fingern zerrt, um den Griff um Lee zu lockern. »Sie müssen die Tür schließen. Sie hätten ihn verlieren können. Sie hätten ihn für immer verlieren können.«

Sie versucht den Jungen loszulassen, aber sie kann es nicht. Geist und Herz mögen die Wahrheit verstanden haben, aber der Körper hält noch immer an der Illusion fest, das Kind in ihren Armen wäre Niamh. Helen muss ihr aufhelfen und führt sie ins Wohnzimmer, Lee noch immer in den Armen. Sie hilft ihr auf einen Stuhl. Helen sagt etwas wie, sie wolle schnell ein Glas Wasser holen, aber bevor sie den Raum verlassen kann, fängt ihr Kind an zu weinen. Und da geben Marys verkrampfte Glieder ihn plötzlich ohne Widerstand frei. Als er von ihr wegkrabbelt, bereitet ihr der Verlust fast physische Schmerzen, dann, als seine Mutter ihn hochhebt und in die Arme schließt, überkommt sie Scham.

»Was ist passiert?« Helen setzt sich auf den Stuhl neben ihr. »Bitte, Mary. Bitte erzählen Sie mir, was passiert ist.«

»Ich war in der Küche«, sagt sie. Sie ist wie betäubt, losgelöst, als würde jemand anders die Worte aussprechen, die aus ihrem Mund kommen. »Und ich spürte einen Luftzug. Mir wurde klar, dass jemand die Tür offen gelassen hatte, also ging ich in den Flur, um sie zu schließen. Und da sah ich Lee, er stand draußen, ganz allein. Er wollte gerade auf die Straße gehen.«

»O Gott.« Helen legt sich die Hand auf den Mund. »Aber ich habe die Tür zugemacht. Ich hätte schwören können, dass ich die Tü…«

»Da kam ein Auto«, fährt Mary fort. »Ich habe ihn aus dem Weg gerissen.«

»O mein Gott.« Die Frau bricht in Tränen aus. »Oh, ich danke Ihnen. Ich weiß nicht … ich weiß nicht … wenn etwas passiert wäre …«

Mary sagt kein einziges Wort, während ihr Gast fortfährt, sie zu preisen und sich bei ihr bedankt. Ihre Brust ist so eng, sie kann nicht sprechen.

Sie hat in der Küche gestanden und die Spülmaschine eingeräumt, als sie den Luftzug spürte. Das Radio lief, und sie sang leise zu Queens »We Will Rock You«. Das Lied erinnerte sie an Patrick. Er war ein großer Fan der Band gewesen und hatte ihre CDs im Auto gehört, wann immer sie unterwegs waren. Mary stichelte ihn immer, weil sie etwas anderes hören wollte, die Beatles oder die Beach Boys, vielleicht einen einzigen Song von Daniel O'Donnell, aber er bestand darauf: »Mein Auto, meine Musik.« Mit den Jahren mochte sie Queen fast so sehr wie er und hatte unwillkürlich alle Texte auswendig gelernt. Wenn sie mitsang, fühlte sie sich ihrem verstorbenen Ehemann nahe. Es erinnerte sie an glücklichere Tage.

In den ruhigeren Passagen des Liedes, den Pausen zwischen den Noten, hörte sie Gesprächsfetzen aus dem Speisesaal. Sie konnte nicht verstehen, was Helen sagte, aber sie konnte das Kind hören, Lee, der irgendetwas über seine Großmutter sagte. Als sie ihnen das Frühstück serviert hatte, hatte sie Helen nach ihren Plänen für heute gefragt. Die Antwort darauf war recht unverbindlich ausgefallen, irgendetwas darüber, die Gegend näher zu erkunden. Mary hatte nicht weiter nachgehakt; sie war zu sehr damit beschäftigt gewesen, das Kind anzusehen. In seinem Alter sahen die meisten Kinder weder besonders jungen- oder mädchenhaft aus – alle hatten sie weiche, runde Gesichter und große Augen –, sodass man darauf achten musste, wie sie gekleidet waren, um etwas über ihr Geschlecht zu erfahren. Lee war wie ein Junge gekleidet, Helen sprach von ihm als Junge, und doch hatte Mary ihn in Unterwäsche für Mädchen auf dem Bett sitzen sehen. Das Bild hatte sie verwirrt – Lee sah so sehr wie ein kleines Mädchen aus, dass sie sofort an Niamh hatte denken müssen. Es gab unzählige Gründe, warum ein Junge die Unterwäsche eines Mädchens trug – er hatte eine Schwester, Helen war seine normale Unterwäsche ausgegangen, und in den Geschäften gab es nur Mädchenunterwäsche, oder er wollte lieber rosa Höschen als Unterhosen für Jungs. Aber nichts davon traf zu. Lee war ein kleines Mädchen. Mary war sich dessen zu hundert Prozent sicher. Sie sah hinter den Kurzhaarschnitt und das Sweatshirt, die Jeans und Turnschuhe; sie konnte sehen, wie zart Lees Züge waren. Aber warum würde Helen ihr kleines Mädchen als Jungen verkleiden? Mary hatte eine Sendung auf RTÉ gesehen über Transgenderkinder, aber Lee musste ungefähr zwei Jahre alt sein, fast drei? Sie hielt sich selbst in den meisten Dingen für recht tolerant, aber dieses Kind war nun wirklich noch zu jung, um selbst zu entscheiden, ein anderes Geschlecht anzunehmen. Oder?

Das Lied von Queen war zu Ende, und als sie die letzten Teller in die Spülmaschine sortierte, hörte sie Schritte auf der Treppe. Sie dachte sich nichts dabei, aber dann erschauderte sie, als der Luftzug durch die offene Küchentür hereinwehte. Jemand hatte die Haustür offen gelassen. Sie war eine Spur verärgert, als sie aus der Küche in den Flur ging, um sie zu schließen. Und dann sah sie das Kind, das an der offenen Haustür stand. Und es war Niamh, in ihrem rot weiß gepunkteten Sommerkleid, wie sie auf den Fußballen auf und ab sprang und hinaus an den blauen Sommerhimmel zeigte und »Drachen! Drachen!« rief. Mary sah wie angewurzelt dabei zu, wie ihre Tochter in ihren glänzenden roten Lackschuhen aus der Tür und auf den Gehweg hinaustrat. Ein Schrei stieg aus Marys Kehle auf. Sie versuchte zu laufen, aber jeder Schritt war schwer, angstbesetzt und furchtbar langsam.

Aber sie schaffte es. Sie erreichte ihre Tochter noch vor dem Auto. Sie riss sie beiseite und in die Arme. Halb stolperte sie, halb fiel sie in den Flur zurück und schluchzte erleichtert. Sie hatte tausendmal von diesem Moment geträumt. Von dem Moment, in dem die Tür halb offen, halb geschlossen war, da sie, statt mit ihrer Freundin zu sprechen, einen Blick in den Flur geworfen hatte, um nachzusehen, was ihre Tochter tat, und sie rettete. Keine kreischenden Bremsen. Kein anhaltender Schrecken, sobald sie realisierte, dass sie verschwunden war. Keine Suche. Diesmal hatte sie ihre Tochter gerettet. Nie mehr würde sie zu ihrem Grab gehen müssen. Sich nie mehr fragen müssen, was wäre wenn. Sich nie mehr peinigen müssen. Sich nie mehr hassen müssen. Sie hat ihre Niamh wieder. Sie konnte weiteratmen, weiterleben, weiterlieben.

Und dann war Helen aufgetaucht und hatte an ihrem Arm gezerrt.

Fünf, vielleicht zehn Minuten lang sitzen sie schweigend zusammen, dann fängt Lee an zu quengeln, sie möchte an den Strand gehen. Mary weiß wohl, dass Helen hin- und hergerissen ist. Sie möchte mit ihrem Kind nach draußen, aber sie traut sich nicht, sie alleine zurückzulassen. Sie braucht einen kleinen Schubs, um die richtige Entscheidung zu treffen.

»Gehen Sie einfach«, sagt Mary schroff. »Ich bin durchaus in der Lage, auf mich selbst achtzugeben. Um das Kind sollten Sie sich sorgen, nicht um mich.«

Helen reagiert mit einem betroffenen »Oh!«, aber Marys beabsichtigte Härte erfüllt den Zweck. Sie steht auf, greift nach der Hand des Kindes, sagt, schon wieder, »Danke« und verlässt das Wohnzimmer. Lee zerrt sie an der Hand, dreht sich noch einmal um und sieht Mary an. Sie hebt eine Hand, lächelt und sagt mit ihrer sanften, piepsigen Stimme: »Tüss! Tüss!«

Mary wendet das Gesicht ab, um die Tränen zu verbergen.

KAPITEL 48

Als Elises Lider flattern und sich schließen, rücke ich vorsichtig von ihr ab und schwinge die Beine über den Rand des Doppelbetts. Ich muss Mum anrufen. Ich konnte mich nicht eher dazu durchringen, ihre Nummer zu wählen, nicht nach der Sache mit Mary. Ich hätte mich versichern müssen, dass die Tür geschlossen war. Elise hätte sonst was passieren können. Sie hätte von einem Auto angefahren, verschwinden oder entführt werden können. Es wäre meine Schuld gewesen. Gott sei Dank war Mary rechtzeitig bei ihr.

Ich wusste, dass Mum sofort die Angst in meiner Stimme hören würde, also ging ich stattdessen mit Elise zum Strand, in der Hoffnung, ein Spaziergang würde mich beruhigen. Beim zweiten Mal war es schon leichter, das Haus zu verlassen. Als wir den Strand erreichten, waren meine Hände nicht halb so klamm wie beim ersten Mal. Nach Jahren, in denen ich das Unbekannte gefürchtet hatte, fühlte ich mich tatsächlich entspannt. Das Meer, die Felsentümpel und die Freude in Elises Stimme, sooft wir eine Muschel, Krabbe oder einen kleinen Fisch entdeckten, spülten langsam die Anspannung und die Übelkeit von mir ab. Und beides kehrte nicht zurück, bis wir wieder im B&B waren und ich Mary sah, die noch immer im Wohnzimmer saß, so wie wir sie zurückgelassen hatten, einen ruhelosen Ausdruck auf dem Gesicht.

»Mary?«, sage ich, während ich unentschlossen in der Tür zum Wohnzimmer stehe. Sie ist keine große Frau, aber mit ihrer Ausstrahlung erfüllt sie jeden Raum, den sie betritt, nur heute nicht. Sie wirkt ganz winzig, versinkt fast in dem großen geblümten Sessel, in dem sie sitzt. Ihre Haare sind zerzaust, die Wangen blass, und ihr Blick ist glasig und starr.

»Mrs Byrne.« Ich trete einen Schritt näher. »Mary?«

Ihr Blick flackert zu mir herüber, aber in ihren Augen regt sich kein Gefühl. Offenbar ist sie noch immer traumatisiert von den Ereignissen des Morgens, und ich muss mich zusammenreißen, um sie nicht in den Arm zu nehmen und zu drücken.

»Mary, geht es Ihnen gut?«

»Prächtig, danke«, sagt sie mit glasigem Blick. »Haben Sie Ihren Ausflug zum Strand genossen?«

»Ja, das haben wir, danke. Gibt es … ähm … eine Telefonzelle in der Nähe, die ich benutzen kann? Ich bin auf dem Rückweg an einer vorbeigekommen, aber sie war außer Betrieb, und Lee war zu müde, um noch länger herumzulaufen, also sind wir wieder hergekommen. Er schläft jetzt, aber ich dachte, wir könnten später noch mal rausgehen, wenn er aufwacht.«

»Sie können mein Telefon benutzen.« Sie deutet auf ein schwarzes schnurloses Telefon auf einem Beistelltisch aus Pinienholz. »Ein Gespräch innerhalb Irlands?«

»Nein, nach Großbritannien.«

»Gut. Darf ich Sie dann darum bitten, zu fragen, ob man Sie zurückrufen kann, wenn Sie jemanden erreichen? Die Nummer steht auf dem Telefon.«

»Ja, ja, sicher. Danke.«

»Ich lasse Sie allein.« Sie stützt sich auf die Lehne des

Sessels, steht auf und geht durch das Zimmer, aber als sie die Tür erreicht, dreht sie sich noch einmal um. »Könnte ich Sie um etwas bitten, Helen?«

»Aber sicher.«

»Ich wäre Ihnen sehr dankbar, wenn Sie die Ereignisse von heute Morgen den Einheimischen gegenüber nicht erwähnen würden. Ich möchte nicht, dass die Leute darüber tratschen.«

Ich bin mir nicht sicher, warum sie sich darum sorgt, die Leute könnten darüber reden. In meinen Augen hat sie etwas Heldenhaftes getan, und wem sollte ich es schon erzählen, außer Sean, aber ich sage: »Sicher. Ja.«

Mary nickt. »Ich danke Ihnen, Helen.«

Sobald es klingelt, greife ich nach dem Telefon. »Hallo, Mum?«

»Joanne! Oh, Joanne. Ich habe mir solche Sorgen um dich gemacht. Wie geht es dir? Wie geht es Elise?«

»Es geht ihr gut. Mir geht es gut. Warte mal.« Mary hat beim Herausgehen die Tür offen gelassen. Das Telefon noch in der Hand, schließe ich sie sachte.

»Du bist überall in den Nachrichten«, sagt Mum, als ich mir das Telefon wieder ans Ohr drücke. »Ich kann kaum den Fernseher anschalten, ohne dass dein Gesicht mich vom Bildschirm aus anstarrt. Die Zeitungen berichten, du seist in Irland. Das stimmt doch, oder?«

»Wir sind in Clogherhead, in einem B&B.«

Am anderen Ende der Leitung höre ich sie scharf einatmen.

»Mum?«

»Was willst du denn da?«

»Ich dachte, vielleicht könnte mir hier jemand helfen.

Jemand von unseren Verwandten.« So schnell ich kann, erzähle ich ihr von der Überfahrt mit der Fähre, der Gardaí und dem B&B in Wexford, wie Sean uns gerettet hat, als wir die Panne hatten. Mum schweigt zu alledem. Und dann blafft sie mich an.

»Hast du irgendjemandem erzählt, wer du bist?«

»Nein, ich gebe mich als Helen aus. Ich habe mir die Haare rot gefärbt, um auszusehen wie sie.« Dass ich Elise die Haare abgeschnitten habe, behalte ich für mich. Es würde ihr das Herz brechen.

»Du darfst niemandem erzählen, wer du wirklich bist.«

»Ich weiß.« Ich bin bestürzt über ihren Ton. Es klingt fast, als wäre sie wütend auf mich, weil ich hergekommen bin.

»Und such ja nicht nach Sinead oder den anderen. Halt sie da raus.«

»Aber … der Wagen ist noch in der Werkstatt, und ich brauche Geld.«

»Ich gebe dir den Namen eines Freundes in Cork, der dir vielleicht mit etwas Geld aushelfen kann, aber du kannst dort nicht bleiben, Joanne. Hörst du? Du bist in Gefahr.«

»Ich weiß.«

»Nein, Joanne. Nichts weißt du. Du hast Rauch gesehen, und statt umzudrehen, bist du direkt ins Feuer gelaufen. Du musst diesen Ort so schnell wie möglich verlassen.«

»Aber wohin soll ich denn gehen? Wer ist dieser Freund in Cork? Ich möchte ja nach Hause kommen, Mum, aber sie werden mich verhaften, sobald ich auch nur einen Fuß in einen britischen Flughafen setze.«

»Oh, Joanne.« Die Stimme meiner Mum zittert, dann putzt sie sich die Nase. Sie regt sich sonst nie so auf. Niemals.

»Du fehlst uns«, sage ich. »Du fehlst uns beiden so sehr.«

Mum putzt sich erneut lautstark die Nase, und ihr Atem bebt, als sie versucht, die Tränen zurückzuhalten. Ich hasse es, sie zusätzlich zu belasten. Ich sollte bei ihr sein, ihr mit Dad helfen, und nicht Hunderte Kilometer entfernt in Übersee sitzen. Ich hätte nicht nach Irland kommen, sondern mich irgendwo in der Nähe von Chester nach einem Versteck umsehen sollen.

»Wie geht es ihm?«, frage ich. »Wie geht es Dad?«

Es entsteht eine Pause, und ich warte, dass Mum sagt, es gehe ihm gut, dass die Pfleger da gewesen seien, dass er es bequem habe. Aber die Pause dauert an. Draußen vor dem Fenster schlendert eine ältere Dame in einem schweren Wollmantel und einer transparenten Regenhaube auf dem Kopf mit ihrem grauen Hund mit Maulkorb vorbei.

»Mum?« Die Kehle schnürt sich mir zu. »Mum?«

Sie unterdrückt ein Schluchzen. »Es geht ihm nicht gut, Joanne. Die Ärzte sagen, dass er die Woche nicht überstehen wird.«

KAPITEL 49

Ja?« Fiona drückt den Knopf auf der Freisprechanlage. Sie muss mit der Personalabteilung über eine neue Empfangsdame sprechen. Seit Sally weg ist, wird sie mit Anfragen überhäuft, Anrufe entgegenzunehmen oder Besucher zu begrüßen, mit denen man eigentlich kurzen Prozess machen sollte. Wie zur Hölle soll sie sich konzentrieren und ihre Arbeit erledigen, wenn sie ständig unterbrochen wird?

»Hier ist eine Paula Readman, die Sie sehen möchte.«

»Wer?«

»Sie sagte, sie muss mit Ihnen über Max Blackmore sprechen.«

Fiona seufzt. »Sie und der Rest der Welt. Sagen Sie ihr, ich weiß nicht, wo er ist.«

Es stimmt. Sie hat keinen blassen Schimmer, wo ihr investigativer Journalist sich aufhält. Vor zwei Tagen hat er ihr eine E-Mail geschickt, in der er sie davon unterrichtete, dass er auf dem Weg nach Irland sei, um seine Frau und seine Tochter zu suchen. Sie hatte sofort zum Telefon gegriffen, um mit ihm zu reden, aber der Anruf landete auf der Mailbox, wie seitdem jeder ihrer Anrufe. Er ging weder an sein Arbeitshandy, noch hatte er auf irgendeine ihrer E-Mails reagiert. Gestern hat sie in dem Hotel angerufen, in dem er übernachtete, nur um herauszufinden, dass er bereits vor zwei Tagen ausgecheckt hatte. Als sie bei ihm klingelte, blieb die Tür verschlossen, und sein Wagen stand nicht auf der Straße. Er war definitiv gefahren, ohne ein Wort darüber zu verlieren, wann er zurückkommen würde.

»Miss Readman sagt, sie hat etwas, dass Sie sich ansehen sollten«, fügt die Empfangsdame an. »Sie sagt, es sei der Beweis, dass Max Blackmore gegen das Gesetz verstoßen hat.«

Sie seufzt. Noch eine Beschwerde über Max. Was hat er diesmal verbrochen? Den Namen eines Rentners falsch geschrieben? Ohne Genehmigung ein Foto aufgenommen? »Und gegen welches Gesetz soll er ihrer Meinung nach verstoßen haben?«

»Sie will es mir nicht sagen, und sie weigert sich, die Rezeption zu verlassen, wenn Sie sie nicht empfangen. Soll ich den Wachdienst hinzuziehen?«

Fiona seufzt. »Warten Sie fünf Minuten, dann begleiten Sie sie in mein Büro.«

Die blonde Frau zieht ihre schwarze Daunenjacke aus, nimmt auf dem Stuhl gegenüber Platz und setzt ein warmes Lächeln auf.

Fiona erwidert es steif. Paula hat es sich bequem gemacht. Das wird kein kurzer Plausch, sie hat sich darauf eingestellt, länger zu bleiben.

»Ich mag die Ohrringe«, sagt Paula.

»Diese hier?« Sie berührt die Ohrhänger, die ihr von den Ohrläppchen baumeln. Ihr Ehemann, Mike, würde es nicht einmal bemerken, wenn sie in einem Müllsack zur Arbeit gehen würde, und ihre Mitarbeiter fürchten sich zu sehr vor ihr, um sich einen Kommentar über ihr Erscheinungsbild zu erlauben.

»Die Farbe unterstreicht den Bernsteinton Ihrer Augen.«

»Oh … ähm … danke Ihnen.« Für eine Frau, die sich angeblich geweigert haben soll, die Rezeption zu verlassen, wirkt Paula äußerst ruhig und selbstsicher. Sogar freundlich.

»Recht teuer, nehme ich an.«

Aha, Zeit, ihre Meinung über Paula zu revidieren. Es lag etwas zutiefst Abstoßendes in der Art, wie ihre Augen glitzerten, als sie das Wort »teuer« artikulierte.

»Nicht wirklich, nein.« Als Paula sich auf ihrem Stuhl umdreht, um durch die Glasscheibe in das Großraumbüro zu schauen, runzelt sie verärgert die Stirn.

»Ist es Ihnen lieber, wenn ich den Sichtschutz schließe?«, fragt sie.

»Wenn Sie möchten.«

Fiona schließt den Sichtschutz und setzt sich wieder hin. »Gut, worüber genau wollen Sie mit mir reden?«

Die Blondine lehnt sich in ihrem Stuhl nach vorne. Sie klackert mit den Spitzen ihrer gefeilten Fingernägel auf den Rand des Schreibtischs. »Wo ist Max?«

»Er ist krankgeschrieben.«

»Nein, ist er nicht.«

»Können wir hier langsam zum Punkt kommen?« Fiona bemüht sich, ruhig zu bleiben. Sie ist müde; Mike hatte vergessen, seine Medikamente gegen das Schnarchen einzunehmen, und sie war alle paar Stunden davon aufgewacht. Diese Frau in ihr Büro zu lassen war ein Fehler gewesen. »Sie erwähnten der Empfangsdame gegenüber, Sie könnten beweisen, dass einer meiner Journalisten das Gesetz gebrochen hat. Das ist eine sehr ernste Anschuldigung.«

»Ja, nicht wahr?«

Dumme Kuh. Sie sollte besser aufhören Spielchen zu spielen und auf den Punkt kommen. »Erzählen Sie mir doch einfach, was Max Ihrer Meinung nach getan hat.«

»Das finden Sie schon selbst heraus, wenn ich Ihnen das Videomaterial übergebe.«

»Welches Videomaterial?«

»Aus der Überwachungskamera.«

Aus dieser Frau Informationen herauszubekommen, scheint ebenso schwer zu sein, wie an einem Freitagabend einen Drink im Cornubia zu bestellen. »Und das Max wobei genau zeigt?«

Paula lehnt sich nach vorne, und bevor Fiona sie davon abhalten kann, greift sie sich die silbergerahmte Fotografie ihrer Familie vom Schreibtisch. Sie dreht es um und betrachtet die Fotografie. »Ich wette, Ihr Ältester ist ein kleiner Herzensbrecher, eh? Hübsche Familie, die Sie da haben.«

»Danke.« Fiona greift nach dem Rahmen, aber Paula zieht ihn weg.

»Sie würden alles für sie tun, habe ich nicht recht?«

»Wie bitte?«

»Sie würden ihre Sicherheit nicht wegen etwas aufs Spiel setzen, das Sie verbrochen haben, oder?«

Fiona starrt die blonde Frau mit der Botox-Stirn und den rot glänzenden Lippen unverwandt an. Worauf will sie hinaus?

»Wollen Sie andeuten, dass Max das Wohl seiner Familie wegen einer Straftat aufs Spiel gesetzt hat?«

»Andeuten« – sie betont das Wort – »tue ich hier gar nichts. Es ist nur eine Frage, Fiona. Nur eine simple

Frage, und Sie wirken auf mich wie eine ehrliche Frau« – sie grinst – »für eine Journalistin.«

Fiona macht sich nicht die Mühe, ihre Geringschätzung zu verbergen. Diese Frau ist Abschaum, so einfach ist das, aber sie hat etwas gegen Max in der Hand, und Fiona wird sie nicht eher gehen lassen, ehe sie herausgefunden hat, was es ist. »Nein«, sagt sie. »Ich würde das Wohl meiner Familie nicht aufs Spiel setzen.«

Paula nickt. »Da haben wir es, ich hatte recht. Ehrlich. Genau, wie ich gesagt habe. Und habe ich außerdem recht damit, dass Sie auf die Bitte, einen verlorenen Gegenstand zurückzugeben, so schnell wie möglich eingehen würden? Wiederholte Erinnerungen wären unnötig. *Entschlossene* Erinnerungen.«

Irgendetwas in der stummen Warnung, die in dem Wort »Erinnerungen« aufscheint, lässt Fiona auf ihrem Stuhl zurückweichen. Wer zur Hölle ist diese Frau, und was hatte Max mit ihr zu schaffen?

»Gut, Paula. In Ordnung.« Sie hebt die Hände. »Genug gefragt. Sagen Sie mir einfach, was Sie wollen.«

»Zehntausend Pfund.«

Fiona lacht laut auf, aber die Frau verzieht keine Miene. »Wofür?«

»Für das Videomaterial, das sich in meinem Besitz befindet.«

»Ach, kommen Sie schon, Paula, ein bisschen mehr müssen Sie mir schon verraten. Videomaterial von was? Ich rücke nicht einfach zehntausend raus, nur weil Sie mich danach fragen.«

Die Blonde legt den Kopf auf die Seite und schürzt die Lippen, als würde sie ihre Aussage überdenken.

»Sie mögen doch Max' Ehefrau?«, fragt sie nach einer langen Pause.

»Ich habe sie nie getroffen.«

»Ich schon. Sie ist … lustig. Erinnert mich an ein Pferd. Schreckhaft, große Nase.« Sie lacht. »Sie wissen, dass sie nach Irland abgehauen ist?«

»Ja, das weiß ich. Es läuft ja überall in den Nachrichten. Und?«

»Ich kann herausfinden, wohin genau. Betrachten Sie die Zehntausend als Finderlohn, und das Videomaterial gebe ich Ihnen gratis obendrauf. Sie bekommen zwei Storys zum Preis von einer – die ahnungslose Ehefrau und der raffgierige Journalist. Die Wahrheit ist, ich werde auch nicht jünger, Fi, und ich habe nicht die Energie, eine Reise nach Irland auf mich zu nehmen, um mir mein verlorenes Hab und Gut zurückzuholen. Ich meine, ich könnte jemanden schicken, um es für mich zu holen, aber Sie wissen ja, die Betriebskosten …«

Fiona kauft ihr das mit dem nicht jünger werden keine Sekunde ab. Das ist Erpressung, so einfach ist das. Paula hat angedroht, Max und Jo zu verfolgen, es sei denn, sie zahlt ihr die zehntausend Pfund.

Sie fährt sich mit dem Zeigefinger der rechten Hand über die Lippen und wägt ihre Möglichkeiten ab. Aus moralischer Sicht sollte sie damit auf direktem Weg zur Polizei gehen. Wenn es stimmt, was Paula über ihr Wissen um Jos Verbleib sagt, sollte sie unbedingt davon erfahren. Und hätte Max das Gesetz gebrochen, dürfte sie das nicht für sich behalten.

Aber sie kann die wachsende Neugier nicht ignorieren, die sie verspürt, seit Paula den Mund aufgemacht hat. Was genau soll Max getan haben?

»Wenn Sie nicht interessiert sind, gehe ich mit der Story zu anderen Zeitungen«, schiebt Paula hinterher. »Einer Ihrer Journalisten hat Dreck am Stecken – na, das wird ein Gelage.«

Fionas Puls steigt. Sie kann es nicht gebrauchen, dass einer ihrer Journalisten von der Konkurrenz auseinandergenommen wird. Das würde ihrer Zeitung schaden. »Paula, indem Sie zu mir gekommen sind«, sagt sie deshalb schnell, »haben Sie genau das Richtige getan.«

Die Blonde lächelt siegesgewiss. »Großartig. Ich wusste, wir würden uns verstehen, Fiona.«

»Wie auch immer«, setzt Fiona nach, »ich brauche Beweise für die Echtheit Ihrer Informationen.«

Paulas Lächeln verrutscht keinen Zentimeter. »Ich dachte mir schon, dass Sie das sagen würden.« Sie greift in die Handtasche und zieht ein Papier heraus, dann faltet sie es auseinander und schiebt es über den Schreibtisch, hält es aber noch am Rand fest.

»Bitte!« Sie tippt auf die Mitte des körnigen Bildes. »Das hier ist Max.«

Fiona nickt. Es ist Max, in der Tat, und sie kann genau erkennen, was er tut, aber unter keinen Umständen wird sie Paula auf der Grundlage eines einzelnen Schwarz-Weiß-Bildes einen Scheck über zehntausend Pfund ausstellen. Sie muss Zeit gewinnen, um zu entscheiden, wie sie mit der Situation umgehen soll.

»In Ordnung, Paula«, sagt sie, während die Blondine das Bild wieder zurück in die Handtasche schiebt. »Ich sage Ihnen, was ich tue. Ich werde in der Buchhaltung anrufen und eine Zahlung für Sie anweisen. Aber das wird sich ein paar Tage hinziehen. Wir reden hier schließlich nicht über Taschengeld. In der Zwischenzeit muss ich Sie darum bitten, etwas für mich zu tun. Sie müssen mir versprechen, dass Sie sich hiermit an keine andere Zeitung wenden.«

Paula lächelt. Sie denkt, sie hat die Oberhand. »Ich werde Ihnen gar nichts versprechen. Vielleicht bieten die mir ja noch mehr an.«

»Wohl wahr. Oder sie bieten Ihnen gar nichts. Nachrichten verbreiten sich schnell, und sollte ich herausfinden, dass Sie mit der Story bei unserer Konkurrenz hausieren waren, bekommen Sie nichts. Verstehen wir uns?«

»O ja.« Die Frau rückt den Stuhl zurück und steht auf. »Das tun wir.«

»Eine Sache noch, bevor Sie gehen.« Fiona schiebt einen Stift und ein leeres Blatt Papier über den Schreibtisch. »Geben Sie mir Ihre Handynummer. Auf diese Weise kann ich Sie erreichen, wenn das Geld angewiesen wurde.«

Paula sieht sie lange prüfend an, als versuchte sie herauszufinden, ob das wirklich eine so gute Idee ist, dann greift sie nach dem Stift.

»Und, schon was gefunden?« Fiona wartet hinter dem Schreibtischstuhl des IT-Mitarbeiters und reibt sich die Arme. Durch die Server, die nahezu den gesamten Raum einnehmen, ist es ständig kalt in dem Büro.

»Nichts von einer Paula Readman. Soll ich noch nach einem anderen Namen auf Max' Computer suchen?«

»Nein. Haben Sie Zugriff auf seine Mailbox?«

Graham zieht die buschigen Augenbrauen hoch. »Handy oder Büroapparat?«

»Beides.«

Die meisten ihrer Mitarbeiter hätten ihr bis hierher

schon ein Dutzend Fragen gestellt, aber nicht Graham. Er arbeitet seit neun Jahren bei der Zeitung, und außer dass er alleinstehend ist und keine Kinder hat, weiß sie nicht das Geringste über ihn. In der ganzen Zeit, in der er für die *Bristol News* arbeitet, hat er an keiner einzigen Betriebsfeier und auch an sonst keinem Mitarbeitertreffen teilgenommen. Bittet man ihn um etwas, erledigt er es, steht es hingegen nicht in seinem Vertrag, kann man die Sache gleich vergessen, gesellschaftliche Anlässe eingeschlossen. Zuerst erschien Fiona seine roboterartige Einstellung der Arbeit gegenüber seltsam, aber mittlerweile begrüßt sie seine Art. Es ist eine ungemeine Erleichterung, Dinge erledigt zu bekommen, ohne eine Anfrage ständig rechtfertigen zu müssen.

»Auf die Handy-Mailbox kann ich nicht zugreifen, aber die Nachrichten auf seinem Büroapparat können Sie sich anhören«, meint Graham.

»Großartig, tun Sie das. Und lassen Sie mich wissen, wenn darunter irgendwelche Nachrichten von einer Frau namens Paula sind oder von irgendeiner Frau, die sich danach anhört, als würde sie ihn erpressen, ihm drohen oder Geld von ihm verlangen. Oh, und können Sie mir sagen, ob Sie diese Nummer zurückverfolgen können?« Sie gibt ihm den Zettel, auf dem Paula ihre Nummer vermerkt hat. »Ideal wäre eine Anschrift.«

Fiona folgt Graham hinaus aus seinem arktischen Zimmer zurück in das Großraumbüro, durch das ein Gemisch aus Stimmen und Tastengeklapper rumort. Während sie zwischen den Schreibtischen hindurchgeht, folgen ihr mehrere Augenpaare und lösen sich desinteressiert – oder möglicherweise erleichtert –, als sie ihr Büro wieder betritt und die Tür schließt. Sie bückt sich unter den Schreibtisch und zieht ein Blatt Papier darunter hervor. Es bedurfte nur eines kleinen Tritts gegen die Handtasche, um sie umzustoßen, während sie Paula um ihre Telefonnummer bat, und dann einer kleinen Bewegung des Fußes. Sie betrachtet den Ausdruck und lächelt. Ehrliche Journalistin? Diese Paula Readman hat ja keine Ahnung.

KAPITEL 50

Mary?«, frage ich.

Als sie meine Stimme hört, fährt die Hauswirtin erschrocken herum. Sie faltet Bettlaken und schichtet sie zu ordentlichen Stapeln auf den Esszimmertischen auf. Nachdem ich mich am Telefon von meiner Mutter verabschiedet hatte, saß ich noch zehn Minuten alleine im Wohnzimmer. So lange brauchte ich, um aufzuhören zu weinen und das Zimmer verlassen zu können.

»Ja – oh.« Das Laken, das sie faltet, schleift über den Teppich, als sie auf mich zukommt. »Was ist mit Ihnen?« Sie sieht mich forschend an. »Es ist doch nichts mit dem Kleinen, oder? Es ist ihm doch wohl nichts …«

»Nein.« Ich nehme einen tiefen, beruhigenden Atemzug. »Mein Dad. Er ist … es geht ihm schon seit einer ganzen Weile nicht gut, und meine … meine Mum … sie hat gesagt, dass er nicht mehr« – ein Schluchzen stiehlt sich in meine Stimme –, »dass er nicht mehr viel Zeit hat.«

»Oh, nein. Oh, das tut mir so leid.« Mary tätschelt mir sanft die Schulter. »Kann ich irgendetwas tun?«

Ich wische mir mit dem Handrücken über die Augen, aber prompt ersetzen neue Tränen jene, die ich weggewischt habe. Ich versuche, etwas zu sagen, aber meine Brust vibriert unter jedem Atemzug, und ich stottere einzig ein zittriges »Ich … ich … ich …«.

»Ist schon gut. Sie haben gerade schlimme Neuigkeiten erfahren. Lassen Sie sich Zeit.« Mary führt mich am Ellenbogen zu einem der Stühle und bleibt dann schweigend an meine Seite stehen. »Wie wäre es mit einem Tee?« Ohne eine Antwort abzuwarten, verlässt sie das Zimmer. Als sie mit zwei dampfenden Tassen Tee in den Händen zurückkehrt, habe ich meinen Atem wieder unter Kontrolle.

»Danke.« Ich ziehe die Ärmel meines Pullis hoch und schließe die Hände um die Tasse. »Sie sind sehr freundlich.«

Sie setzt sich auf den Stuhl neben mir. »Was werden Sie jetzt tun?«

Tun? Ich weiß nicht, was ich tun soll, denke ich. Gehe ich, verliere ich vielleicht Elise, bleibe ich, werde ich mich nie von Dad verabschieden können. Ich werde ihm nie mehr sagen können, wie sehr ich ihn liebe oder wie dankbar ich war, als er in unser Leben trat. Ich werde ihm nie dafür danken können, Mum glücklich gemacht zu haben, oder dafür, der beste Dad der Welt gewesen zu sein. Ich werde den Rest meines Lebens damit zubringen, über die Dinge nachzudenken, die ich ihm niemals sagen konnte. Es ist ein Risiko, aber ich habe Helens und Bens Ausweise. Wenn die Polizei noch nicht herausgefunden hat, dass ich mich für sie ausgebe, könnte ich es vielleicht wagen, wieder einzureisen. Ich könnte es vielleicht sogar an Dads Seite schaffen, bevor ich verhaftet werde. *Wenn* ich verhaftet werde. Möglicherweise habe ich das Glück auf meiner Seite. Ich werde Clogherhead so oder so den Rücken kehren müssen, und ich habe nicht die geringste Ahnung, wo in Irland ich sonst hinsollte.

»Zurück nach England fliegen, denke ich.«

»Können Sie Ihre Tickets denn umbuchen?«, fragt Mary. »Den Abflugtermin vorziehen?«

»Ich bin nicht geflogen. Ich habe auf der Fähre ein One-Way-Ticket gekauft, und mein Wagen ist noch nicht aus der Werkstatt zurück.«

»Oh. Nun, ich bin sicher, es kann nicht mehr lange dauern. Er ist doch schon seit ein paar Tagen da, oder? Wenn Sie jetzt aufbrechen wollen, würde Sean Sie sicher nach Dublin zum Flughafen fahren, wenn Sie ihn darum bitten. Ich würde es Ihnen selbst anbieten, aber …«

»Nein, nein, das ist nicht nötig.« Ich schüttle den Kopf. »Aber könnte ich vielleicht Ihren Computer benutzen? Um die Tickets zu buchen?«

Mary verzieht entschuldigend das Gesicht. »Es tut mir leid. Ich habe im Moment keinen Internetanschluss. Es gab ein großes Durcheinander, als ich den Anbieter gewechselt habe, und sie können erst nächsten Monat vorbeikommen. Ein paarmal die Woche gehe ich mit meinem Laptop rüber zum Haus meiner Freundin Carmel, um nachzusehen, ob neue Buchungen oder dergleichen eingegangen sind.« Sie denkt nach. »Ich bin mir sicher, es würde ihr nichts ausmachen, wenn Sie bei ihr vorbeigingen. Haben Sie einen Computer?«

»Ich habe ein iPad.«

»Das geht sicherlich. Bestimmt können Sie auch Carmels Computer benutzen. Sie wird jetzt zu Hause sein. Soll ich bei ihr anrufen?«

»Das wäre großartig, ich danke Ihnen viel… ach herrje!« Ich werfe einen Blick auf meine Uhr. Elise schläft erst seit einer halben Stunde. Eigentlich schläft sie nach dem Mittagessen zwei Stunden. »Ich denke, ich sollte Lee wecken.«

»Nein. Nein. Lassen Sie ihn schlafen. Ich werde ein Auge auf ihn haben. So lange wird es schon nicht dauern, ein paar Tickets auszudrucken, oder?«

»Komm schon, komm schon, komm schon.« Ich trommle mit den Fingernägeln auf Carmels weiß lackiertem Computertisch und schiele zum dritten Mal innerhalb weniger Minuten auf meine Armbanduhr.

Carmel, eine kleine, dünne Frau mit braunen, gewellten Haaren, die ihr bis zu den Schultern reichen, reißt den Blick von dem großen Flachbildschirm auf der anderen Seite des Raumes los. »Es dauert eine ganze Weile, nicht wahr? Die Verbindung kann hier in der Gegend schon mal furchtbar launisch sein. Es geht bestimmt gleich weiter, Sie werden schon sehen.«

Ihr Haus liegt nur ein paar Straßen von Marys entfernt, trotzdem bin ich hergelaufen. Mein Instinkt sagte mir, keine Sekunde von Elises Seite zu weichen, aber was war die Alternative? Sie aufwecken und mitnehmen – aufgekratzt und quengelig. Es ist nicht so, als könnte ich Mary nicht vertrauen. Sie hat Elise heute Morgen das Leben gerettet. Schon allein bei dem Gedanken wird mir immer noch ganz schlecht.

»Komm schon.« Während der Kreis in der Mitte der Aer Lingus Webseite sich Runde für Runde weiterdreht, öffne ich einen neuen Tab und tippe die Adresse meines E-Mail-Postfachs bei der Arbeit ein. Seit über einer Woche habe ich nichts von meiner Chefin gehört oder gesehen. Wahrscheinlich wird die Polizei mit ihr Kontakt aufgenommen haben, um sie zu fragen, ob sie weiß, wo ich abgeblieben bin. Sie wird ganz krank vor Sorge sein.

Meine E-Mails erscheinen, und schnell scrolle ich mich durch die eingegangenen Nachrichten. Fünf E-Mails von Max – ich kümmere mich nicht darum, sie zu öffnen – und eine von Helen, die mich bittet, sie wissen zu lassen, ob es mir gut geht. Außerdem sind da einige E-Mails von Diane, in der letzten schreibt sie, dass sie mich in den Nachrichten gesehen hat und ich mich bei ihr melden soll. Da sind haufenweise Anfragen von Akademikern und Studenten. Auch diese lasse ich ungeöffnet und scrolle mich stattdessen weiter durch die Mails, vorbei an Rundmails der Personalabteilung, vorbei an Ankündigungen von Gastdozenten, vorbei an einer E-Mail mit der Betreffzeile »Sieh selbst, Jo«, vorbei an einer E-Mail meines Finanzberaters, mit der Bitte um ein Treffen. Vorbei an Naija Mattu.

Naija Mattu.

Ich halte inne. Naija hat mir vier E-Mails geschickt. Seltsam. Wir haben nie unsere Handynummer ausgetauscht und die E-Mail-Adressen nur, damit ich ihr die Details zu einem Kurs schicken konnte.

Ich öffne die erste Mail. Das Eingangsdatum liegt fast drei Wochen zurück.

Hi, Jo, wie geht es dir? Entschuldige, dass ich an deine Arbeitsadresse schreibe, aber ich war überrascht, Max zur Mittagszeit vorm Haus zu sehen. Er meinte, ihr hättet einen Wasserrohrbruch. Ist alles in Ordnung? Muss ich mir Sorgen um das Haus machen?
Naija

Und die nächste E-Mail:

> Hi, Jo, ich schon wieder. Ich habe dich schon seit ein paar Tagen nicht mehr gesehen. Kannst du mir sagen, ob der Rohrbruch behoben wurde? Wir brechen doch morgen nach Indien auf, und ich möchte nicht bei Flut zurückkehren! Aber ich will dich nicht bedrängen. Entschuldige!
> Naija

Die dritte E-Mail:

> Hi, Jo, ignorier meine letzte Mail einfach. Ich habe Max eben getroffen, als er aus dem Haus kam. Er sagte, der Rohrbruch sei behoben. Ich habe dich jetzt eine Weile nicht gesehen. Ich hoffe, es ist alles in Ordnung. Wir sehen uns, wenn wir aus dem Urlaub zurückkommen.
> Naija

Die vierte E-Mail:

> Hi, Jo, wir sind zurück aus Indien, und ich habe ein Bild von dir in den Nachrichten gesehen. Sie sagen, du seist mit Elise davongelaufen, und dass du sie zu ihrer eigenen Sicherheit zurückbringen sollst. Ich kann das gar nicht glauben. Was ist denn passiert? Geht es dir gut? Mit Max konnte ich nicht sprechen, weil ich ihn nicht gesehen habe, und ich möchte mich nicht einmischen, aber wenn du jemand zum Reden brauchst, hier ist meine Handynummer …

Ich klicke das Kästchen neben den E-Mails an und bewege die Maus auf »Löschen«. Es ist nichts Neues, dass Naija ausflippt, wenn es Ärger mit dem Haus gibt. Sie war die Erste, die sich beschwert hat, als die Dachdecker entschieden, die kaputten Schindeln einfach vom Dach aus in den Container zu werfen, statt eine Schütte zu benutzen, und als der Kammerjäger vorfuhr, um unser Mäuse-Problem zu beheben, stand sie innerhalb von Minuten vor unserer Haustür. Aber …

Ich hebe den Finger von der Maus. Ein Rohrbruch? Es war ja schon so einiges schiefgelaufen, seit wir das Haus gekauft hatten – ich denke nur an das Feuchtigkeitsproblem –, aber mit den Leitungen war noch nie etwas gewesen. Der Makler sagte uns, der letzte Besitzer habe alle Leitungen fachgerecht erneuern lassen. Und der Heizungskessel kann es nicht sein, der wurde vor ein paar Monaten erst gewartet.

Ein Rohrbruch?

Ich starre auf das Datum der E-Mail. Donnerstag, 10. Februar. An dem Tag habe ich gearbeitet. Ich erinnere mich, weil ich mich mit der Beschwerde eines Studenten über einen Kollegen auseinandersetzen musste und keine Minute Zeit hatte, meine E-Mails durchzugehen. Danach hatte ich Elise von der Kita abgeholt und war nach Hause gefahren. Und da war kein Rohrbruch. Keine Überschwemmung. Nicht an jenem Tag und auch nicht an dem davor.

O mein Gott. Es war der Tag, an dem die Polizei bei mir auftauchte, das Haus durchsuchte und mich für den Besitz von Drogen verhaftete. Ich hatte Max angerufen, damit er mich von der Polizeistation abholte, und nachts schlief er bei mir auf dem Sofa. Ich fragte ihn, wie sein Tag gewesen sei, und er sagte, er hätte das Büro nicht verlassen. Aber Naija meinte, er sei nach Hause gekommen, um sich um den Rohrbruch zu kümmern.

Erneut lese ich die zweite E-Mail:

> Hi, Jo, ich schon wieder. Ich habe dich schon seit ein paar Tagen nicht mehr gesehen. Kannst du mir sagen, ob der Rohrbruch behoben wurde? Wir brechen doch morgen nach Indien auf, und ich möchte nicht bei Flut zurückkehren! Aber ich will dich nicht bedrängen. Entschuldige!
> Naija

Sie hatte die Mail gesendet, als wir oben in Chester bei Mum und Dad zu Besuch waren. Und dann die dritte:

> Hi, Jo, ignorier meine letzte Mail einfach. Ich habe Max eben getroffen, als er aus dem Haus kam. Er sagte, der Rohrbruch sei behoben. Ich habe dich jetzt eine Weile nicht gesehen. Ich hoffe, es ist alles in Ordnung. Wir sehen uns, wenn wir aus dem Urlaub zurückkommen.
> Naija

Das war, als … Ich zähle die Tage an den Fingern ab. Das war, als wir zurück nach Bristol fuhren, um Lorraine Hooper zu treffen. Am Telefon hat Max gesagt, er sei seit dem Mittwoch, an dem ich verhaftet wurde, nicht mehr im Haus gewesen. Das war gelogen. Er war an dem Morgen, nachdem ich ihm von Lorraine Hooper erzählt hatte, im Haus gewesen. Und Naija hat er erzählt, er würde die Überschwemmung beheben.

Aber es gab keinen Rohrbruch, der behoben werden musste.

Er war im Haus gewesen und hat den Müll verteilt, damit es so aussah, als könnte ich mich nicht um meine Tochter kümmern.

Und dann die Drogen. Sie waren der Grund, warum ich mich überhaupt mit Lorraine Hooper traf. Auch die hat er mir untergeschoben.

KAPITEL 51

Ich stürme in das B&B, in der Hand einen Ausdruck der Tickets nach Dublin, und nehme auf dem Weg nach oben immer zwei Stufen auf einmal. Ich schwitze, und das nicht nur, weil ich in meinem Wollmantel und mit Mütze durch halb Clogherhead gerannt bin. Es war Max. Alles, was mir zugestoßen ist, geht auf Max' Konto. Paula hat mich in meinem Auto und auf offener Straße bedroht, aber für alles andere war er verantwortlich. Naijas E-Mails beweisen es. Es gab keinen Rohrbruch. Ich wüsste davon, wenn es so gewesen wäre. Und warum sonst sollte Max sie anlügen, wenn er nicht etwas zu verbergen hätte? Er muss den Ersatzschlüssel an sich genommen haben, dann hat er mir mit dem Sozialen Dienst eine Falle gestellt und mich davon überzeugt, Paula sei dafür verantwortlich.

Als ich den oberen Treppenabsatz erreiche, bleibe ich stehen. Mir wird schlecht. War Max auch für Elises blaue Flecken verantwortlich? Hat er unserer Tochter absichtlich Schaden zugefügt, um dafür zu sorgen, dass die Richter sie ihm zusprechen? Wie kann er behaupten, sie zu lieben und etwas so Schreckliches tun? Er muss ihr sehr wehgetan haben, um ihr solche Male zuzufügen.

»Elise?« Ich sprinte durch die offene Zimmertür und bleibe wie angewurzelt stehen. Kein Hügel unter der

Bettdecke. Keine kurzen, verstrubbelten Haare auf dem Kissen.

»Elise?« Ich laufe um das Bett herum, aber auf den Teppich ist sie nicht gefallen. Auch versteckt sie sich nicht hinter den Vorhängen. Sie ist nicht im Schrank oder im Bad.

»Elise?« Ich rumple die Treppen hinunter und hinein in die Küche. »Mary?«, rufe ich, als ich den leeren Raum wieder verlasse und in den Speisesaal laufe. »Mary?«

Noch immer türmen sich Laken und Handtücher auf den Tischen, aber keine Spur von der Hauswirtin.

»Mary? Elise?« Ich laufe ins Wohnzimmer, aber auch das ist verwaist.

Erneut renne ich die Treppen hinauf, das Herz pumpt in meiner Brust, während ich mich gegen jede Tür auf dem Flur drücke. Sie sind alle verschlossen.

»Mary?« Ich schiebe den Vorhang zurück, der vor der Treppe zu Marys privaten Räumlichkeiten oben im Haus hängt, und hechte die Stufen hinauf.

Aber Marys Schlafzimmer ist leer. Die Vorhänge sind zurückgezogen, das Doppelbett ordentlich gemacht, ein Laken ist über das untere Ende der Bettdecke gespannt, und auf dem Nachttisch liegt ein aufgeschlagenes Buch. Auch im Bad ist niemand.

Ich laufe auf die letzte Tür im zweiten Stock zu. Sie müssen einfach da sein.

Als ich die Tür aufstoße, bleibt mir die Luft weg.

Ein Kinderbettchen. Ein Schaukelpferd. Ein Stillsessel. Teddys. Puppen. Ein rosafarbenes Laken. Bilder von Winnie Puuh. Eine Buchstaben-Bordüre. Ordentlich gefaltete rosa Schlafanzüge mit weißen Punkten auf dem

Kissen. Ein winziger Spielzeugbuggy. Eine offene Kommode, davor Mädchenkleider auf dem Boden.

Es ist ein Kinderzimmer. Aber Sean hat mir erzählt, dass Mary keine Kinder oder Enkelkinder hat. Und sie selbst hat mir gesagt, sie hätte kein Kinderbettchen. Auf der anderen Seite des Zimmers glänzt ein silberner Bilderrahmen im schwachen Licht der Februarsonne, die durch die offenen Vorhänge fällt. Traumwandlerisch gehe ich darauf zu.

Es ist die Fotografie eines kleinen Mädchens, nicht älter als zwei Jahre. Ein kleines Mädchen, dick eingepackt für den Winter, mit einer cremefarbenen Pudelmütze auf dem Kopf und einem roten Wollmantel mit goldenen Knöpfen. Ein kleines Mädchen, das Elise sehr ähnlich sieht.

»Mary! Mary Byrne! Elise!« Ich laufe die Main Road hinunter zum Strand, aber es ist Flut, und die Küste liegt verlassen da, weshalb ich mich auf dem Absatz umdrehe und mit wehendem Mantel zurücklaufe. Die Straßen sind verlassen. Fernseher und Lichter flackern hinter den Gardinen, an denen ich vorbeikomme. Als ich die Strand Street erreiche, bleibe ich kurz stehen, beuge mich vor und atme die kalte Luft ein. Marys Auto steht noch vor dem B&B, also müssen sie in der Nähe sein. Es sei denn, jemand hat sie mitgenommen. Nein, nein, das kann ich nicht glauben. Sie sind noch hier. Ich weiß, dass sie irgendwo hier sein müssen. Ich richte mich wieder auf und laufe weiter. Meine Lungen brennen, und meine Wangen glühen, während ich die Main Road entlanglaufe. Als ich an der Spielhalle vorbeikomme, verlangsame ich das Tempo, aber außer einem Mann, der an einem der Automaten spielt, ist sie leer. Während ich durch das Fenster starre, kommt ein älterer Herr an mir vorbei, der mit seinem Hund spazieren geht. Ich spreche ihn an, frage ihn, ob er eine ältere Dame mit einem kleinen Mädchen gesehen hat.

»Einem kleinen Jungen«, korrigiere ich mich völlig außer Atem. »Das Kind sah vielleicht wie ein Junge aus.«

Der Mann schüttelt den Kopf und zerrt an der Hundeleine.

Ich laufe weiter die Straße entlang, und eine neuerliche Welle der Angst überkommt mich. Max. Nach allem, was er getan hat, hätte er sicher keine Skrupel, Elise aus dem B&B zu entführen. Aber welchen Grund könnte er haben, auch Mary mitzunehmen? Er kann uns einfach nicht gefunden haben. Elise und Mary müssen hier irgendwo sein, aber Clogherhead ist ein kleiner Ort, und mir gehen die Möglichkeiten aus. Denk nach, Jo, denk nach. Weiter den Strand runter gibt es eine Station der RNLI, aber das ist kaum mehr als eine Hütte mit einem Rettungsboot darin. Vielleicht der Arzt? Vielleicht ist Elise mit Fieber aufgewacht, oder sie ist aus dem Bett gefallen? Aber wo ist die Praxis? Ich habe keine Ahnung. Vielleicht weiß es die Frau im Postamt.

In weniger als zwei Minuten laufe ich zum Postamt. Als ich die Tür erreiche, pfeife ich auf dem letzten Loch. Ich trete ein, und eine Glocke bimmelt.

Vor der Kuchenvitrine steht ein kleines Mädchen mit einer cremefarbenen Wollmütze und einem großen Bommel darauf, in einem roten Wollmantel mit goldenen Knöpfen. Sie wendet mir den Rücken zu.

»Li-Li?« Meine Worte sind wenig mehr als ein Flüstern, trotzdem reichen sie aus, dass sich das kleine Mädchen umdreht, um zu sehen, woher das Geräusch kommt.

»Mummy!« Ihr Gesicht hellt sich auf, und sie stürmt mit ausgebreiteten Armen auf mich zu.

»O mein Gott.« Ich hebe sie hoch und drücke sie an mich, drücke mein Gesicht an ihres. Aber sie riecht nicht nach meiner Tochter. Statt frisch und warm riecht sie muffig und herb. Sie trägt Kleider, die ich ihr nicht gekauft habe. Kleider, die ich nicht von Helen habe.

»Helen?« Mary kommt aus einer der Regalreihen hervor, einen Lutscher in der einen und einen Laib Brot in der anderen Hand. Sie schaut zu der Frau hinter der Theke, die uns mit unverhohlener Neugierde über ihre Brillengläser hinweg anstarrt.

»Helen«, wiederholt Mary. »Lassen Sie uns draußen reden.«

Ich gebe ihr keine weitere Gelegenheit, etwas zu sagen. Stattdessen gehe ich rückwärts aus der Tür, Elise immer noch im Arm, und renne davon. Aber sie ist einfach zu schwer, um sie weit zu tragen, und ich verfalle erst in einen leichten Trab, dann in schnelles Gehen. Ich kann Mary hinter mir hören, ihre Schuhe klappern über den Gehweg, während sie sich beeilt, zu mir aufzuschließen.

»Helen, warten Sie!«, ruft sie.

»Lassen Sie uns in Ruhe.« Ich versuche, schneller zu gehen, aber mir schmerzen die Arme, und der Schweiß rinnt mir das Gesicht runter. Elise windet sich in meinen Armen und löst eine Hand von meinem Hals.

»Lutscha!«, ruft sie.

Sie windet sich wild hin und her, tritt mir mit den Gummistiefeln gegen die Schenkel und drückt den Rücken durch. Ich habe nicht die Kraft, gegen sie anzukämpfen, also setze ich sie ab und nehme sie an der Hand, die in einem Fäustling steckt.

»Haben Sie auch nur die leiseste Ahnung, was ich durchgemacht habe?«, sage ich, als Mary sich nähert. »Sie können nicht einfach mein Kind mitnehmen, ohne mir zu sagen, wo Sie hingehen. Das können Sie nicht tun, Mary!« Sie bleibt abrupt stehen. »Ich wollte ihr nur einen Lutscher kaufen. Als sie aufgewacht ist, hat sie nicht mehr aufgehört zu weinen. Ich habe alles versucht, um sie zu beruhigen – Fernsehen, Plätzchen, Singen –, aber sie hat weiter nach Ihnen gerufen, also habe ich …« Sie öffnet die Hand und zeigt mir den mit Plastik umwickelten Lutscher. »Ich wollte Sie nicht belästigen. Ich wusste doch, wie aufgebracht Sie Ihres Vaters wegen waren und …«

»Ich bin zurück zum B&B gekommen, und sie war weg. Ich habe mir solche Sorgen gemacht, dass etwas Schreckliches passiert ist.«

»Aber … aber ich habe eine Nachricht hinterlassen.«

»Welche Nachricht?«

»Auf dem Tischchen im Flur. Ich habe Ihnen eine Nachricht hinterlassen, wohin wir gegangen sind.«

»Ich habe nirgends eine Nachricht gesehen.«

»Ich, also …« Mary sieht ehrlich verzweifelt aus. »Ich habe ganz bestimmt eine hinterlassen. Oh, Helen, es tut mir so leid. Ich wollte Sie nicht verängstigen, aber es geht ihr gut. Ich habe ihr einige warme Kleider angezogen, weil ihre vom Spielen an den Felsentümpeln heute Morgen noch feucht waren. Ihr ist nichts zugestoßen.«

Ihre. Sie. Ich erschaudere. Während der gesamten Unterhaltung hat Mary über Elise als »sie« und von »ihren«

gesprochen, und eben erst habe ich es bemerkt. Mary steckt Elise in die Kleider eines anderen Kindes und redet sie wie ein Mädchen an. Wie lange weiß sie es schon? Seit sie ihr den Mantel eines anderen Mädchens angezogen hat? Seit wir angekommen sind? Sie hat mich nicht danach gefragt, warum ich meine Tochter wie einen Jungen anziehe, oder warum ich sie als meinen Sohn ausgebe. Aber das wird sie. Ich sehe es daran, wie ihr Blick immer wieder zurück zu Elise springt. Ich muss hier weg, bevor sie anfängt, Fragen zu stellen. Oder schlimmer noch, bevor sie mit der Polizei spricht.

KAPITEL 52

»Hallo, hallo!« Sean kommt in Jogginghose, langärmligem Laufshirt und Turnschuhen die Treppen hinunter, als Elise, Mary und ich aus der Kälte in die Wärme des Flurs treten. Auf dem Weg zurück zum B&B verlief die Unterhaltung eher schleppend. Mary ging mit keinem Wort darauf ein, dass mein »Sohn« in Wirklichkeit ein Mädchen ist, und ich schwieg mich über das Kinderzimmer aus, das ich im zweiten Stock entdeckt hatte. Stattdessen konzentrierten wir uns auf Elise, fragten sie, ob sie das morgendliche Fischen in den Tümpeln genossen habe, oder ob sie die Möwe sehen könne, die sich auf dem Laternenpfahl niedergelassen hatte. Aus dem Augenwinkel sah ich, wie Mary mich musterte. Ich spürte, wie es in ihr arbeitete. Tat sie, genau wie ich, als wäre alles in Ordnung, während sie plante, die Polizei zu rufen, sobald wir zurück wären? Ich wollte ihr die Wahrheit sagen. Ich wollte ihr erklären, warum ich ausgerastet war, als ich entdeckt hatte, dass Elise nicht in ihrem Bett lag. Aber wie soll ich einer völlig Fremden vertrauen, wenn ich nicht mal meinem eigenen Ehemann vertrauen kann?

»Gute Neuigkeiten, Helen«, sagt Sean jetzt, der Elise die Hand entgegenstreckt, damit sie ihn abklatscht.

»Die Werkstatt hat angerufen, der Wagen steht morgen früh zur Abholung bereit.«

»Oh, großartig.« Vor lauter Erleichterung fühle ich mich ganz schwach. Das eröffnet mir neue Möglichkeiten. Der Flug nach Manchester geht nicht vor morgen Nacht. Ich kann nach Drogheda fahren und etwas Geld abheben, um Mary zu bezahlen, und dann abreisen. Wir könnten in Dublin übernachten.

»Wusste ich doch, dass du dich darüber freuen würdest. Hey, Mary« – er dreht sich zu der Hauswirtin um, die sich neben dem Tischchen im Flur gebückt hat –, »was haben Sie da gefunden? Hat Ihnen jemand einen Liebesbrief geschickt?«

»Nein.« Sie gibt mir den Zettel und geht in die Küche.

»Was ist es dann?«, fragt Sean, als ich das Papier auseinanderfalte. Er lacht. »Die Ankündigung einer Zwangsräumung?«

Ich schüttle den Kopf.

Helen, ich bin auf dem Weg zum Postamt, um dem Kleinen einen Lutscher zu kaufen. Lee ist aufgewacht und noch etwas durcheinander, und ich wollte Sie bei Carmel nicht stören.

Mary

Elise schläft zusammengerollt neben mir auf dem Doppelbett, das Gesicht in das weiche graue Fell ihres Elefanten vergraben. Draußen vor den zugezogenen Vorhängen ist es dunkel, und das einzige Licht im Schlafzimmer ist das stumme Flackern des Fernsehers in der Ecke. Es ist elf Uhr abends, und auch ich sollte schlafen, aber meine Gedanken kreisen. Ich werde das Gefühl nicht los, dass es ein Fehler ist, eine weitere Nacht hierzubleiben. Es fühlt sich an, als kämen die Wände immer näher, aber ohne den Wagen kommen wir hier nicht weg. Wir können nirgendwo hin.

Über meinem Kopf knarren die Dielen, Mary wandert in ihrem Schlafzimmer umher. Auch sie schläft nicht. Ich kann nicht vergessen, wie ihre Schultern herabsanken und das Licht in ihren Augen erlosch, als sie mir die Nachricht gab. Oder das Gesicht des kleinen Mädchens auf der Fotografie im Kinderzimmer. Wer ist sie? Marys Tochter? Ihre Enkelin? Warum sollte sie sonst ein Zimmer bereithalten, wenn sie nicht verwandt wären? Aber die Einrichtung sah so abgegriffen aus und die Fotografie so verblasst. Mary hat das Gesicht verzogen, als ich ihr sagte, ich sei verwitwet. Und sie wirkte verstört, nachdem sie Elise davon abgehalten hatte, auf die Straße zu laufen. Ist ihrer Tochter etwas zugestoßen? Ich bin nicht die Einzige in diesem Haus, die Geheimnisse hat.

Ich möchte mit Mary reden, mich bei ihr entschuldigen. Sie hat Elise das Leben gerettet, und sie war so freundlich zu mir, als ich von Dad erfuhr. Und wie danke ich es ihr? Ich schreie sie an, weil sie meiner Tochter einen Lutscher kaufen wollte. Ich habe mich in jemand verwandelt, den ich kaum noch wiedererkenne. Die Sorte Mensch, die Fremde meidet, die durch Vorhänge späht, die misstrauisch ist, wenn ein netter Mann anhält, um zu helfen. Die läuft und läuft und läuft.

In den letzten Tagen habe ich Dinge getan, die noch vor einem Monat eine ausgewachsene Panikattacke in mir ausgelöst hätten. Ich bin unbekannte Strecken gefahren, habe eine Fähre genommen und bin in einem Wohnwagen und zwei B&Bs untergekommen. Ich hätte mir nicht träumen lassen, solche riesigen Schritte tun zu können. Vielleicht bin ich auf dem Weg, meine Agoraphobie zu überwinden, aber frei von Angst bin ich nicht. Oder von Furcht. Ich habe Seeluft geatmet. Ich bin mit meiner Tochter Hand in Hand den Strand entlanggelaufen. Ich habe mit ihr gelacht, mit ihr gespielt, mit ihr geforscht, aber nichts davon habe ich getan, ohne Blicke über die Schulter zurückzuwerfen. Ich lebe nicht. Wir leben nicht. Wie soll ich Elise eine glückliche Kindheit ermöglichen, wenn ich ständig nach Gefahr Ausschau halte? Wenn ich zu viel Angst davor habe, jemanden an mich heranzulassen, weil man mich verraten könnte?

Max. Er ist der Grund, warum ich so fühle. Aber welche Beweise habe ich schon? Selbst wenn ich Naija bitte, mit meinem Anwalt und der Polizei zu sprechen, was beweist das schon? Dass Max sich Zugang zu dem Haus verschafft hat, dessen Miteigentümer er ist? Dass er unserer Nachbarin fälschlicherweise erzählt hat, wir hätten einen Wasserrohrbruch? Er könnte behaupten, er habe das gesagt, weil sie neugierig war, weil er sie hochnehmen wollte. Ich kann nicht beweisen, dass er die Drogen im Haus versteckt hat, es sei denn, seine Fingerabdrücke sind auf dem Päckchen. Als ich DS Merriott bei der Vernehmung gefragt habe, ob er meine Fingerabdrücke nehmen würde, verneinte er das, die Menge sei zu klein. Auf seinem Gerichtsantrag führt Max meine Verhaftung als Grund an, warum ich nicht geeignet sei, mich um Elise zu kümmern. Als ich Mr Harrison sagte, das sei nicht wahr, hat er eine Augenbraue hochgezogen. »Hat er wegen irgendetwas auf diesem Formular gelogen, könnte ihn das Gericht wegen Meineides belangen«, hat er mir erklärt. Ich muss also beweisen, dass er gelogen hat. Aber wie? Vielleicht weiß Naija mehr, als sie in ihren E-Mails durchblicken lässt. Ich muss mit ihr sprechen.

Ich wische mit dem Daumen über das schwarze Display meines Handys. Soll ich das Risiko eingehen und es einschalten, um ihr eine Nachricht zu schicken? Ich habe keine andere Wahl.

Ich drücke auf den Knopf an der Seite des Handys, warte, bis das Display wirbelnd zum Leben erwacht, und öffne den Messenger. Das Handy piept und piept und piept, während sich das Display mit neuen, ungelesenen Nachrichten füllt. Ich ignoriere sie und tippe einen Text ein.

Naija, ruf mich bitte an, sobald du das hier liest.
Es ist DRINGEND. Jo. X

Ich lege das Telefon auf das Nachtschränkchen, Elise schnarcht leise neben mir, und ich sinke zurück in die Kissen, jedoch nicht, weil ich mich entspannen will. Irgendetwas nagt an mir. Irgendetwas, das ich gesehen oder gehört habe. Etwas Wichtiges, das ich ignoriert habe. Nur was?

KAPITEL 53

Ich habe es geschafft, Jo. Ich bin in Irland. Nicht mehr lange und wir sind wieder vereint. Na ja, ich spreche von »wir«, dabei meine ich Elise und mich. Dich werde ich nicht mit zurück nach England nehmen. Du kannst selbst zurückfinden. Oder vielleicht beschleunige ich den Prozess auch, indem ich die Gardaí und die Polizei von Avon und Somerset anrufe. Sie werden schon dafür sorgen, dass du im Flugzeug nicht alleine bist. Ich denke, du wirst das Gefängnis nicht mögen, Liebling. Einmal, weil es keine Möglichkeit gibt zu entkommen. Und dann sind da noch die anderen Insassen. Eine Frau, die ihr Kind verletzt hat, wird wohl nicht besonders freundlich empfangen werden. Ich bin immer noch ganz krank, wenn ich an die blauen Flecken denke. Lorraine Hooper hat mir erzählt, wie der Doktor sie beschrieben hat – große Striemen am ganzen Körper. Warum würdest du deinem Kind so etwas antun, Jo? Warst du frustriert wegen der Verhaftung? Dabei solltest du doch nur einsehen, wie verletzlich du ohne mich bist, Jo, unserem Baby solltest du nichts antun. Du hattest vor, unser kleines Mädchen mit nach Chester zu nehmen, aber die Verhaftung hat deine Pläne zunichtegemacht, nicht wahr? Du hast realisiert, wie sehr du mich brauchst. Wen hast du danach angerufen? Mich. Wen hast du darum gebeten, bei dir zu übernachten? Mich. Du hast mich gebraucht, Jo. Ich habe nur versucht, dir zu zeigen, wie sehr!

Max stellt den Mietwagen an der Straße ab, würdigt die schöne Giebelwand der Herz-Jesu-Kirche kaum eines Blickes und betritt das Gebäude durch das schmiedeeiserne Tor. Er findet sich in einem ungewöhnlichen oval geformten Raum wieder, mit gekalkten Wänden, tief eingesetzten Fenstern und Kirchenbänken aus Eichenholz. Im Chor, hinter dem Altar, sieht er ein riesiges Fenster, das einen überwältigenden Blick auf den Strand und die Irische See eröffnet. Aber er ist nicht wegen der Aussicht hier, sondern wegen des Priesters. Es stand keine Telefonnummer auf der Webseite, auf die er gestoßen war, also fuhr er von Dublin direkt hierher. Nur ist nirgendwo ein Priester zu sehen. Die einzige andere Person in der Kirche ist eine ältere Dame, die ein paar Kerzen aufstellt.

Max sieht auf die Uhr. Es ist halb zehn Uhr morgens. Auf der Webseite hieß es, die Messe werde um Viertel nach zehn beginnen, weit kann der Priester also nicht sein. Erneut sieht er zu der alten Dame hinüber. Vielleicht weiß sie ja, wo er den Priester finden kann. Als er zu ihr geht, öffnet sich eine Seitentür zum Hauptgebäude, und ein Mann im schwarzen Anzug und mit dem Kragen eines Geistlichen erscheint. Na also! Max geht eilig und mit ausgestreckter Hand auf ihn zu, während er etwas auflegt, wovon er hofft, dass es ein gewinnendes Lächeln ist.

»Max Blackmore, schön, dass ich Sie antreffe.«

Der Mann greift nach seiner Hand und drückt sie fest.

»Pater O'Shea. Wie kann ich Ihnen helfen?«

»Ich würde gerne einen Blick in Ihr Hochzeitsregister werfen, wenn das möglich ist. Ich bin auf der Suche nach meinen irischen Wurzeln.«

»Ah.« Der Priester verzieht das Gesicht, und Max' Hoffnung schwindet. »Ich kann nur hoffen, dass Sie nicht von weit her kommen.«

»Aus Bristol.«

»Oh, das ist ein ganz schönes Stück. Ich fürchte, Max, dass wir kein Hochzeitsregister haben. Die Aufzeichnungen sind vor ein paar Jahren einem Brand zum Opfer gefallen. Eine schreckliche Sache, wir haben viele unersetzliche Stücke verloren.«

»Aber … aber sie waren auf der Seite … der Ahnenwebseite, die ich besucht habe.«

»Nun, ja. Sie wurden vor langer Zeit fotografiert, und es gibt Kopien der Heiratsurkunden im Allgemeinen Melderegister in Roscommon. Sind die Kopien nicht auf der Webseite verfügbar, die Sie besucht haben? Ich dachte, man könnte sie dort bestellen.«

»Das kann man, ja. Aber … eh … die Zeit drängt, und ich hatte gehofft, ich könnte heute etwas herausfinden.« Max fährt sich mit der Hand über den Kopf und versucht, seine Verärgerung zu verbergen. Er weiß, dass der Priester nur helfen will, aber genauso gut könnte er *Du hast es verkackt, Junge* sagen.

»Herrje.« Der Priester fährt sich mit der Hand über das Kinn. »Ich bin jetzt seit zehn Jahren hier. Wenn die Hochzeit erst kürzlich stattgefunden hat, kann ich Ihnen vielleicht helfen.«

»In den Siebzigern.«

»Aha, ich verstehe. Lange vor meiner Zeit, befürchte ich.«

»Sieht so aus.« Max nickt kurz angebunden. »Wie auch immer, ich danke Ihnen. Ich weiß das zu schätzen.«

»Gehen Sie mit Gott«, ruft Pater O'Shea ihm hinterher, als er die Kirche verlässt.

Gehen Sie mit Gott? Ich brauche Gottes Hilfe nicht. Und die der Polizei auch nicht. Ich kann dich auch alleine finden, Jo. Mit Menschen kenne ich mich aus. Ich erzähle ihnen einfach, was sie hören wollen – wie ich dir erzählte, ich hätte den Einbruch angezeigt. Wie ich deinen Freunden erzählte, ich würde mich um dich sorgen, als du nicht auftauchtest, um Elise von der Kita abzuholen, während du doch die ganze Zeit über auf dem Sofa schliefst. Ja, Jo. Ich sah dich durch das Fenster. Als ich klopfte und du nicht aufwachtest, nahm ich Elise mit ins Hotel, um dich zur Besinnung zu bringen. Als du wegen der Drogen verhaftet wurdest, sagte ich dir, ich würde der Polizei bei ihren Ermittlungen helfen. Du hast es mir wirklich abgenommen, als ich dir weismachte, ich hätte DS Merriott von den Leuten erzählt, über die ich bei der Arbeit recherchiert hatte, oder? Ich erzählte ihnen, wie krank du seist, wie du dich selbst mit illegalen Drogen behandeltest, um den Tag zu überstehen, wie ich es übrigens auch Lorraine Hooper erzählte. Und sie kauften es mir ab, weil sie es glauben wollten. Unter keinen Umständen hätte ich Paula erwähnt.

O ja, ich kenne Paula. Natürlich kenne ich sie. Aber das würde ich niemals vor jemandem zugeben. Am wenigsten vor dir.

KAPITEL 54

CBeebies«, sagt Elise, und zeigt auf den Fernseher. Als wir nach dem Frühstück zurück in unser Zimmer kamen, bestand sie darauf, alle ihre Kleider auszuziehen, und jetzt sitzt sie in Unterhose auf dem Bett, nippt an einem Glas Milch und ist so fidel wie eh und je. Ihre Erkältung ist fast gänzlich abgeklungen, und die blauen Flecken sind blasser geworden, aber immer noch da. Jedes Mal, wenn ich sie sehe, wird mir ganz schlecht.

»Elise, du wirst dich wieder erkälten.« Lautstark protestierte sie, als ich ihr ein langärmliges T-Shirt über den Kopf ziehe.

»Schhhh«, sage ich. »Mary wird dich noch hören.«

Die Hauswirtin hat mir mein gestriges Verhalten nicht verziehen. Als sie den Speisesaal betrat, starrte sie auf einen Punkt etwa dreizehn Zentimeter oberhalb meines Kopfes und fragte kurz angebunden, was wir essen wollten. Alle Wärme, alle Verletzlichkeit, all die Freundlichkeit, die sie uns in den letzten achtundvierzig Stunden entgegengebracht hatte, waren verschwunden. Sie war so kühl und zugeknöpft wie am Tag unserer Ankunft. Ich schob meinen Stuhl zurück und stand auf, verzweifelt darum bemüht, die Entschuldigung loszuwerden, die ich die ganze Nacht über eingeübt hatte, aber sie machte meine Bemühungen zunichte, noch bevor ich auch nur ein Wort sagen konnte.

»Zweimal das Irische Frühstück, eins ohne Pudding. Ich bin gleich zurück.«

Und damit war sie auch schon wieder verschwunden. Auch als sie mit Kaffee und Milch zurückkam, verlor sie kein Wort. Und als sie das Frühstück vor Elise abstellte, sah sie sie kaum an. Nach dem Essen startete ich einen neuen Versuch. Ich folgte ihr in die Küche und bat sie, mich anzuhören. Ich erklärte, wie leid mir all das tue. Sie bedachte mich mit einem kühlen Blick und sagte, sie müsse weiterarbeiten, kehrte mir den Rücken zu und öffnete die Spülmaschine. Mir blieb nichts anderes übrig, als in mein Zimmer zurückzukehren.

»CBeebies«, wiederholt Elise.

»CBeebies laufen heute nicht, aber das sieht doch auch gut aus. Es geht um Zahlen, es wird dir gefallen.« Ich strecke mich nach einem schmutzigen Schlafanzug auf dem Boden und stopfe ihn in eine Plastiktüte. Da wir nun zurück nach England fliegen, statt die Fähre zu nehmen, werde ich ziemlich viele Sachen im Auto im Parkhaus des Flughafens zurücklassen müssen. Wer weiß, wann ich es wieder abholen kann. *Wenn* ich es denn jemals wieder abholen kann. Ich werde einen Weg finden müssen, es zu Helen zurückschicken zu lassen.

»Will *Justin's Haus*«, jammert meine Tochter, aber als auf dem Bildschirm ein kleines Kind auf eine Eins aus Plastikbällen zuwankt, lehnt sie sich zurück in die Kissen und deckt Effie Elefant mit der Bettdecke zu. Es mag nicht ihre Lieblingssendung sein, aber sie ist fröhlich und farbenfroh, und die Hintergrundmusik ist entsprechend quietschig.

Ein schrilles Geräusch lässt mich zusammenzucken.

Mein Handy vibriert auf dem Nachtschränkchen, und Naijas Name leuchtet auf dem Display auf.

»Naija?« Ich drücke mir das Telefon ans Ohr.

»Jo! O Gott. Wir haben uns solche Sorgen um dich gemacht. Wo bist du?«

Es fühlt sich an, als wäre eine Ewigkeit vergangen, seit ich das letzte Mal vor unserem Haus mit ihr sprach und sie darum bat, Elise zu halten, damit ich Paula hinterherrennen konnte.

»Das kann ich dir nicht verraten«, sage ich. »Und ich muss mich kurz fassen. Ich weiß nicht, ob der Anruf zurückverfolgt wird.«

»Zurückverfolgt?« Ich kann die Erschütterung in ihrer Stimme hören. »Du liebe Güte, Jo. Was ist denn passiert? Bist du in Ordnung?«

»Es geht mir gut. Elise geht es gut. Hör zu. Ich habe deine E-Mails erhalten, die über Max und den Wasserrohrbruch.« Ich greife nach dem Malblock meiner Tochter und blättere die Seiten um, bis ich auf die Notizen stoße, die ich mir letzte Nacht gemacht habe. »Bist du sicher, dass du gesehen hast, wie Max am Donnerstag, den 10. Februar ins Haus gegangen ist?«

Sie denkt kurz nach, dann sagt sie: »Ja. Absolut. Ich kam gerade mit den Zwillingen von einem Ausflug in den Zoo zurück, und Jayesh hatte sich erbrochen, über sich und den ganzen Autositz. Und Shaan fand es lustig, Spielsachen aus dem Fenster zu werfen, während ich versucht habe, seinen Bruder sauber zu kriegen. Und dann sah ich Max, wie er durch euren Vorgarten ging. Ich ließ einen Kommentar darüber fallen, dass ich ihn sonst tagsüber kaum je zu Gesicht bekäme, und er sagte, er käme nach Hause, weil ihr einen Wasserrohrbruch hättet.«

»Hast du gesehen, ob ein Klempner kam?«

»Also … ich habe nicht den ganzen Nachmittag damit verbracht, aus dem Wohnzimmerfenster zu schauen, aber nein, ich glaube nicht. Normalerweise laufen die Jungs zum Fenster, wenn jemand draußen vorfährt, falls es ihr Dad ist, aber das haben sie nicht getan.«

»Hast du jemand anders ins Haus gehen sehen?«

»Nein.«

»Und hast du gehört, ob Max mit irgendjemandem gesprochen hat? Oder hast du etwas Ungewöhnliches beobachtet? Da war niemand im Garten oder auf dem Weg hinterm Haus?«

»Nein, nichts. Gar nichts.«

»Und das nächste Mal hast du Max am Sonntag, den 13. Februar gesehen?«

»Das stimmt, ja. Einen Tag, bevor wir nach Indien geflogen sind, kurz nach dem Mittagessen. Dad war vorbeigekommen, um die Katze abzuholen, und ich verabschiedete mich gerade von ihm, als Max aus dem Haus kam. Ich war überrascht, weil ich eure Autos seit ein paar Tagen nicht mehr vor dem Haus gesehen hatte. Ich wusste nicht mal, dass Max überhaupt zu Hause war. Er blieb nicht stehen, um Hallo zu sagen, also rief ich ihm hinterher und fragte, ob die Rohre repariert worden seien. Er bejahte und ging weiter.«

»Wir wirkte er auf dich?«

»Unfreundlich vielleicht? Aber was zur Hölle ist denn los, Jo? Als wir letzte Woche aus Indien zurückkamen, warst du überall in den Nachrichten. Aakarsh hat dein Bild im Fernseher gesehen und rief mich ins Wohnzimmer. Ich konnte es kaum glauben.«

»Das ist eine lange Geschichte.« Ich sehe rüber zu

Elise, die vom Bett gerutscht ist und in der Kiste mit Spielsachen wühlt, die Mary uns geliehen hat. »Hör zu, Naija. Vielleicht werde ich dich darum bitten müssen, mit der Polizei zu sprechen.«

»Das habe ich schon.«

»Was?«

»Sie standen vor ein paar Tagen vor der Tür, kurz nachdem ich dir gemailt hatte. Ich habe ihnen gesagt, ich wüsste nichts.«

»Ich muss dich bitten, noch einmal mit ihnen zu sprechen, ihnen zu erzählen, was du mir über Max erzählt hast.«

»Sicher, aber warum denn?«

»Weil er der Grund dafür ist, dass ich auf der Flucht bin. Er hat mir die Polizei und den Sozialen Dienst auf den Hals gehetzt, damit es so aussieht, als wäre ich eine schlechte Mutter.«

»Dann komm doch zurück. Erzähl du ihnen davon. Ich begleite dich auch zur Polizei.«

»Das geht nicht, noch nicht.«

»Warum nicht? Wenn du nichts Falsches getan hast, dann werden sie sicher …«

»Elise, nein!«, rufe ich abgelenkt. Meine Tochter hat das Interesse an dem Spielzeug verloren und greift nach Henrys Kiste. Ich habe sie vor dem Frühstück aus dem Schrank genommen und ans Fußende des Bettes gestellt, damit ich sie nicht vergesse. Als ich auf Elise zuhechte, greift sie die Kiste mit beiden Händen und versucht, sie hochzuheben. Entsetzt sehe ich, wie die Kiste umkippt, der Deckel sich öffnet und Dutzende Geldscheine auf den Boden flattern.

KAPITEL 55

Komm schon, Max, du kriegst es raus. Du kannst sie finden. Du bist doch nicht so weit gereist, nur um jetzt aufzugeben.

Max rückt auf dem Autositz hin und her. Er hat den Sitz, so weit es geht, zurückgestellt, aber seine Beine sind trotzdem furchtbar eingeengt. Noch immer steht er mit seinem neuen Handy vor der Herz-Jesu-Kirche und überdenkt die Lage. Laut der Webseite, die er gefunden hat, handelt es sich bei den meisten Aufzeichnungen, die in Roscommon verwahrt werden, um Geburten, Todesfälle und Hochzeiten vor 1921. Will man an sie herankommen, muss man ein Formular ausfüllen und es einschicken. Da hätte er auch in Bristol bleiben und darauf warten können, dass die Ahnenwebseite ihm eine Kopie der verdammten Heiratsurkunde zuschickt.

Stattdessen sitzt er hier, in Irland, wie Jo und Elise. Es ist ein großes Land, und sie könnten überall sein. Wäre er auf der Flucht, würde er einfach irgendwohin gehen, völlig wahllos, in eine Stadt oder Großstadt, zu der er keine Verbindung hätte, sodass er in der Menge und dem Trubel untertauchen könnte. Aber Jo ist nicht wie er. Sie ist weichlich und sentimental, noch dazu agoraphobisch. Er kann sie sich nicht in einem Schlafraum oder Hotelzimmer in einer großen, unbekannten Stadt wie Dublin oder Cork vorstellen. Nein, sie würde irgendwohin gehen, wo sie schon mal war, wo sie sich sicher fühlt. Sie würde sich in das Dorf an der Ostküste flüchten, wo sie aufgewachsen war. Dessen ist er sich sicher.

Er faltet die Karte von Irland auf, zieht einen Stift aus seiner Tasche und kreist die Dörfer an der Küste ein, die nördlich von Dublin liegen: Howth, Portmarnock, Malahide, Skerries, Balbriggan, Laytown, Bettystown, Termonfeckin, Clogherhead, Annagassan. Er kreist alle Dörfer bis an die Grenze von Nordirland ein, dann öffnet er sein Notizbuch.

Brigid Gallagher
Liam O'Brien
Joseph Kearney

Einer dieser beiden Männer ist Jos Vater.

Er nimmt sein Handy aus der Innentasche, entsperrt es und knackt den Hals erst nach links, dann nach rechts. Es wird eine Weile dauern, die verschiedenen Kombinationen von Namen und Dörfern in das irische Nachrichtenarchiv einzugeben, aber außer darauf zu warten, dass ihm eine Heiratsurkunde geschickt wird, ist es die einzige Spur, die er hat.

Er klickt in das Textfeld, gibt die Wörter *Brigid Gallagher* und *Howth* ein und klickt dann die Suche an. Ein Pop-up-Fenster erscheint auf dem Display:

»Durchsuche Einträge … Bitte warten … Lädt … Aufgrund des großen Datenvolumens kann es einen Moment dauern.«

Einen Moment dauern. Gut, ich kann warten. Mit Geduld kenne ich mich aus. Es hat mich viel Zeit gekostet, Ian Whites Vertrauen zu gewinnen. Er war nicht bereit, seine Geheimnisse mit einem x-beliebigen Typ von der Straße zu teilen, der sich auf eine Stelle als Schuldeneintreiber beworben hatte. Aber ich schmeichelte mich ein. Ich zog den Kopf ein, ich tat, was man mir sagte, und stellte keine Fragen. Ich studierte die anderen Männer. Ich beobachtete, wie sie miteinander und mit Ian umgingen. Ich notierte mir, was ihn zum Lachen brachte und was ihn wütend machte. Er grinste, wenn einer der anderen beschrieb, wie er eine Familie mit kleinen Kindern terrorisiert hatte. Und auch ich grinste, wenn ich ihm eigentlich viel lieber die Faust gegen den Schädel gerammt hätte. Ich tat beeindruckt, wenn er mir erzählte, wie viele Läden ihm in der Stadt gehörten. Dass es leichter sei, Leute im Süd-Osten einzuschüchtern als im Nord-Westen. Frauen nannte ich dumme Schlampen. Ich flirtete mit Paula, ohne ihr zu nahe zu kommen. Paula traf sich mit Ian. Wenn man Paula nervte, nervte man ihn. Als Ian mich ins Hinterzimmer bat, um eine Nase Koks mit ihm zu nehmen, war das mein erster Durchbruch.

Koks. Ich wollte das Zeug nicht nehmen, aber ich beugte mich runter und sniffte es. Ian begann sich mir anzuvertrauen. Er erzählte mir, wem er vertraute und wen er für ein wertloses Stück Scheiße hielt. Er ließ mich die Tageseinnahmen zählen, bat mich aber, den Raum zu verlassen, wenn er sie in den Tresor legte. Eines Tages war er nicht so vorsichtig. Wir waren im Pub. Er hatte vergessen, Geld aus dem Tresor zu nehmen, um es seinem Dealer zu geben, und bat mich, ihn zum Büro zu begleiten. Er brauchte Verstärkung, für den Fall, dass er mit ein paar verärgerten Klienten zusammenstieß, die ihm eine Abreibung verpassen wollten. Habe ich schon erwähnt, wie paranoid er war? Paranoid und ein Kokainjunkie. Eine gefährliche Mischung. Aber er war genervt in dieser Nacht und kümmerte sich nicht darum, mich rauszuschicken, als er den Tresor öffnete. Ich sah die Kombination und prägte sie mir ein. Außerdem sah ich, wie viel Geld im Tresor lag.

An diesem Punkt hatte ich genug gegen ihn in der Hand, um meine Story zu schreiben und die Beweise an die Polizei zu übergeben. Ich müsste nur sicherstellen, dass niemand im Büro wäre, wenn die Polizei ihn verhaftete. Mein Kontakt gab mir einen Tipp. Sie würden ihn um drei Uhr am Sonntagmorgen verhaften. Am Freitag ließ ich die Ersatzschlüssel aus dem Hinterzimmer mitgehen. Ich kannte den Code für die Alarmanlage. Ich kannte die Kombination für den Tresor. Ich nahm mir zehntausend. Für Elise. Für die drei Monate, in denen ich an den Abenden und den Wochenenden geschuftet hatte. Ich hatte entscheidende Wochen mit meiner kleinen Tochter verpasst. Das Geld war meine Art, es wiedergutzumachen. Als ich die Schule verließ, hatte ich nichts zum Fressen, und ihr sollte es anders ergehen. Ihr Dad würde dafür sorgen, dass es ihr niemals an etwas fehlte.

Ich wusste nicht, dass Ian eine Überwachungskamera im Hinterzimmer installiert hatte. Paula schon.

KAPITEL 56

Sean?« Ich klopfe an die Zimmertür und bete, dass er da ist. Er war nicht unten beim Frühstück, und da Sonntag ist, kann es durchaus sein, dass er nach Dublin gefahren ist, um das Wochenende mit seinen Eltern und seinen Schwestern zu verbringen.

»Sean?« Ich klopfe erneut, diesmal länger und lauter.

Ich höre ein Rumsen, ein lautes »Fuck!«, dann öffnet sich die Tür. »Oh, du bist es.« Sean, mal abgesehen von den Boxershorts völlig nackt, sieht mich aus müden Augen an, beugt sich nach unten und reibt sich den großen Zeh am rechten Fuß. »Ich habe mich an der verdammten Fußleiste gestoßen. Zur Hölle mit der Fußleiste. Als wäre die gestern Abend, als ich ins Bett gegangen bin, nicht auch schon da gewesen.« Er richtet sich wieder auf und lächelt. »Entschuldige. Wie kann ich dir helfen, Helen?«

»Tut mir leid, dich zu wecken«, sage ich. »Aber ich … ich muss dich um einen Gefallen bitten. Ich würde nicht fragen, wenn es nicht wichtig wäre.«

»Kein Problem. Eigentlich sollte ich längst beim Laufen sein, aber ich habe verschlafen.« Er fröstelt und verschränkt die Arme vor der nackten Brust. »Was brauchst du?«

»Du kannst mich nicht vielleicht zu einem Internetcafé nach Drogheda fahren? Ich muss auf meine Arbeits-E-Mails zugreifen.«

»Du kannst meinen Laptop benutzen, wenn du willst. Ich habe einen Wi-Fi-Stick von der Arbeit. Gib mir nur eine Minute, damit ich mir was überziehen kann.«

»Das wäre großartig. Vielen, vielen Dank, Sean.«

»Kein Problem.«

Als er die Tür schließt, gehe ich zurück in mein Zimmer und setze mich zu Elise aufs Bett. Ein paar Minuten sehen wir fern, aber sobald der Abspann läuft, verliert sie das Interesse und rutscht vom Bett hinunter auf den Boden.

»Kiste! Mummy, Kiste!«

Sie bummelt zum Kleiderschrank, reckt die Arme nach oben und kreischt jammernd auf.

»Alles in Ordnung mit dem kleinen Mann?«, fragt Sean von der Tür aus. Er trägt Jeans, ein T-Shirt und hat den Laptop unter dem Arm.

»Sie jammert, weil ich sie nicht mit der Kiste spielen lasse, die ich oben auf den Schrank gestellt habe.«

»Sie?« Er sieht mich verwirrt an. »Lee ist ein Mädchen?«

»Sie war immer ein Mädchen.« Ich winke ihn herein. »Komm rein. Dann erkläre ich dir alles.«

»Gott!« Sean wirft einen Blick auf Elise, die endlich aufgehört hat zu weinen. Vom Teppich aus starrt sie gebannt auf den Fernseher. »Entschuldige.« Er senkt die Stimme. »Ist dein Mann eine Art Monster, Helen?«

»Jo.«

»Jo, klar.« Er sieht skeptisch aus, und ich kann es ihm nicht verdenken, nach allem, was ich ihm gerade erzählt habe. Ich hätte lügen können. Ich hätte mir irgendeine dämliche Geschichte ausdenken können, warum ich so getan habe, als sei Elise ein Junge, aber ich musste ihm einfach die Wahrheit sagen. Ich muss anfangen, den Menschen zu vertrauen. Ich schaffe das nicht mehr alleine.

»Jetzt ergibt alles einen Sinn«, sagt Sean, »warum Elise immer wieder gesagt hat, ihr Name sei Lee, und die Puppen und der Kram.«

»Ich habe versucht, sie dazu zu bringen, sich mit Ben vorzustellen, aber sie wollte nicht.«

»Nein.« Er lächelt. »Das kann ich mir vorstellen.« Sein Blick springt hinüber zum Kleiderschrank, hinauf zu Henrys Kiste und der mit Geld vollgestopften Plastiktüte.

»Wie viel ist da deiner Schätzung nach drin?«

»Mehrere Tausend.«

»Gott.«

»Ich weiß.«

»Wie ist es da reingekommen?«

»Keine Ahnung. Aber ich denke, es gibt eine E-Mail, die es erklärt.«

Sieh selbst, Jo.

Die Erleuchtung kam mir heute Morgen, während ich Elise wusch und anzog. Die E-Mail in meinem Postfach bei der Arbeit war als Spam markiert. Sie hatte einen Anhang. Damals dachte ich mir nichts dabei. Aber jetzt bin ich davon überzeugt, dass ich die E-Mail öffnen sollte.

»Bitte sehr, dann nimm den.« Sean gibt mir seinen Laptop. Er wartet, während ich mich einlogge und durch die ungelesenen E-Mails scrolle.

Sieh selbst, Jo.

Der Absender ist Fiona Spelling. Max' Chefin. Ich wähle die Nachricht mit einem Doppelklick aus. Bitte, lass es etwas Wichtiges sein, bitte, bitte, bitte.

Ich überfliege die E-Mail und lese sie dann noch mal.

Hallo Jo,
ich weiß nicht, ob diese E-Mail Sie erreicht, aber ich musste Sie einfach kontaktieren. Es gibt da etwas, das Sie wissen sollten. Max hat gelogen, als er sagte, er kenne keine Paula Readman. Er hat Sie angelogen. Und er hat mich angelogen.
Paula Readman war eine Angestellte von Cash Creditors, dem Kredithai-Ring, an dem Ihr Mann dran war. Max hat etwas an sich genommen, von dem Paula glaubt, es gehöre ihr. Er hat eine große Menge Geld aus dem Tresor gestohlen.
Wir haben auf die Nachrichten zugegriffen, die Paula auf Max' Mailbox des Telefons an seinem Arbeitsplatz hinterlassen hat und in denen sie ihm droht, Ihnen und Ihrem Kind etwas anzutun. Max hat sie gelöscht, aber mein IT-Mensch hat es geschafft, sie wiederherzustellen.
Ich hänge ein Bild von dem Überwachungsmaterial an diese E-Mail an, damit Sie sich versichern können, dass ich die Wahrheit sage. Paula hat versucht, mir Geld für das Material abzupressen, aber ich werde ihr keinen Penny zahlen. Ich habe alles der Polizei übergeben. Während ich das hier schreibe, fahnden sie schon nach Max und Paula.
Ich weiß nicht, warum Sie sich entschieden haben, mit Ihrer Tochter zu fliehen, und ich kann mir kaum vorstellen, wie verängstigt Sie sein müssen, aber ich bin hier, wenn Sie jemand zum Reden brauchen. Meine Durchwahl haben Sie ja.
Beste Grüße
Fiona Spelling

»O mein Gott. Lies das.« Ich schiebe Sean den Laptop auf die Knie, sacke nach vorne und stütze den Kopf in die Hände. Ich kann es nicht fassen. Max hat nicht nur versucht, mich als schlechte Mutter dastehen zu lassen, er hat noch viel mehr getan. Er hat mir ins Gesicht gesagt, er kenne keine Paula – und das, nachdem sie mich bedroht hatte. Er hat es mir geschworen, bei Elises Leben. Was für ein Mann stiehlt Tausende Pfund und bringt die eigene Familie wissentlich in Gefahr? Er hätte es Paula zurückgeben können. Stattdessen hat er mir eine Lüge nach der anderen aufgetischt, während das Geld die ganze Zeit über in Henrys Kiste versteckt war. Allein wenn ich mir vorstelle, wie er die schmutzigen Scheine auf die kostbaren Erinnerungen an seinen Sohn schichtet, wird mir ganz schlecht.

»Hast du das hier gesehen?« Sean deutet auf den Bildschirm des Laptops.

Und da ist er. Mein Mann, wie er bündelweise Banknoten aus einem Tresor räumt und dabei direkt in eine Überwachungskamera lächelt.

»Du weißt schon, was das bedeutet, oder?«, fragt Sean. »Du bist in Sicherheit. Du musst nicht mehr davonlaufen. Alles wird gut.«

KAPITEL 57

Es war ein Verbrechen ohne Opfer, Jo. Dieses Geld wäre nie an die Menschen zurückgegeben worden, die Ian White ausgenommen hat. Die Regierung hätte es beschlagnahmt. Ich habe nur ein bisschen aufgerundet, für all die Mühe, für Elise.

Nachdem ich es genommen hatte, geschah ein paar Wochen lang nichts. Ich dachte, ich sei damit durchgekommen, aber dann veröffentlichte die Zeitung meine Story, und Paula verstand, wer ich war. Sie fing an, mich anzurufen. Sie hinterließ mir eine Nachricht nach der anderen auf meiner Mailbox bei der Zeitung. Wenn ich das Geld nicht zurückgäbe, würde sie sich meine Familie vorknöpfen. Ich glaubte ihr nicht. Sie ist eine großmäulige Schlampe, aber keine Verbrecherin. Auf keinen Fall würde sie riskieren, sich einen Nagel abzubrechen, um jemanden fertigzumachen. Aber ihre Schläger waren verschwunden – Ian und seine Truppe saßen im Knast –, sie war also allein. Ich drehte fast durch, als ich deine Nachricht erhielt, Elise sei vielleicht entführt worden. Bis ich zur Tür herein war, dachte ich wirklich, Paula hätte ihre Drohungen wahr gemacht. Aber sie hatte sich Elise nicht genähert. Das Kunststück, sich Zugang zu deinem Wagen zu verschaffen und dir Elises Handschuh zu geben, das war Pillepalle, ein billiger Versuch, mich aufzuschrecken. Bei dir hingegen hat es funktioniert, stimmt's?

Jede vernünftige Mutter hätte eine fremde Frau angegriffen, die ihr Kind bedroht. Oder sie hätte zumindest die Polizei gerufen. Aber nicht du, Jo. Du machtest dich aus dem Staub und gabst ihr das Gefühl, die Oberhand zu haben. Hättest du ihre Drohungen damals sofort im Keim erstickt, dann hätte Paula sich vielleicht verpisst. Aber nein. Sie setzte noch einen drauf. Sie kreuzte draußen vor meinem Arbeitsplatz auf und erzählte mir von dem Videomaterial. Nicht dass mich das beunruhigt hätte. Was sollte sie schon damit anstellen – es der Polizei zeigen? Meiner Chefin? Sie wäre nicht an ihr Geld gekommen, egal, für welche Option sie sich auch entschieden hätte.

Und dann tauchte sie bei uns in der Straße auf, und du musstest sie unbedingt schubsen. Ich empfand fast so etwas wie Respekt für dich, Jo. Fast.

Ich habe versucht, dir zu helfen. Ich tat alles, was ich konnte, um dich nach Henrys Tod zu unterstützen, obwohl ich mich fühlte, als hätte mir jemand das Herz rausgerissen. Ich ließ dir deinen Raum. Ich ließ dich weinen. Ich wartete darauf, dass deine Trauer versiegte, um unser Leben wiederaufzunehmen. Aber nichts half, nichts von dem, was ich sagte, und nichts von dem, was ich tat. Hast du eine Ahnung, wie frustrierend das war? Einem geliebten Menschen dabei zuzusehen, wie er langsam verschwindet? Ich versuchte es mit Argumenten, mit Ermutigungen, mit Schmeichelei. Ich bettelte dich an, dir Hilfe zu suchen, und als du das ablehntest, drohte ich damit, dich zu verlassen, wenn du nicht zum Arzt gehen würdest. Du hasstest mich dafür, aber diese Drohung war mein letzter Ausweg. Mir blieb nichts anderes übrig.

Es schien dir besser zu gehen, nachdem du eingestellt

warst und die Therapie machtest. Du warst weniger ängstlich und sahst zuversichtlicher in die Zukunft. Ich durfte dich sogar anfassen, aber als wir das erste Mal wieder miteinander schliefen, wurdest du schwanger mit Elise, und alles ging wieder von vorne los. Du schliefst kaum, wolltest sie nicht aus den Augen und auf keinen Fall aus dem Haus lassen, nicht mal mit mir. Hast du auch nur die leiseste Ahnung, wie erniedrigend sich das anfühlte? Deine eigene Frau traut dir nicht zu, auf dein Kind aufzupassen. Es war, als würde ich ersticken, und trotzdem verließ ich dich nicht. Ich überließ es dir zu entscheiden, was Elise durfte und was nicht, und ich stürzte mich in die Arbeit, weil es der einzige Bereich meines Lebens war, in dem ich immer noch das Gefühl von Kontrolle hatte.

Wie naiv von mir, zu glauben, du wärst mir dankbar dafür. Dass du die Opfer anerkennen würdest, die ich gebracht hatte. Dass du mich lieben würdest. Sehr naiv, wie sich herausstellte, denn du hast die ganze Zeit Pläne geschmiedet, mich heimlich zu verlassen. Und unsere Tochter wolltest du mitnehmen. NACH ALLEM, WAS ICH FÜR DICH GETAN HABE. Du WUSSTEST, wie fertig ich war, als mein Vater mich verließ, dass ich mir schwor, meinen Kindern niemals das Gleiche anzutun. Und trotz alledem hattest du vor, mir Elise wegzunehmen. Du dumme, selbstsüchtige, kaltherzige Schlampe.

Im Nachhinein war ich froh, dass du Paula geschubst hast. Denn das hieß, dass du sie nicht bei der Polizei melden konntest und sie nichts von dem Geld erfahren würden. Außerdem konnte ich dir die Drogen unterschieben und sicher sein, dass du sie beschuldigen würdest. Ich würde nicht länger der Böse sein. An mich würdest du dich Hilfe und Rat suchend wenden. Mich würdest du darum bitten, dich und Elise zu beschützen. War es nicht so, als du verhaftet wurdest? Aber nur für eine Nacht, denn schon am nächsten Morgen verkrochst du dich bei deiner Mum und deinem Dad. Du benutztest mich, Jo. Schon wieder. Und da ging mir auf, dass ich genug davon hatte, nachsichtig mit dir zu sein. Warum dem Sozialen Dienst nicht zeigen, was für eine schlechte Mutter du wirklich warst? Ich musste das Haus nur in ein Drecksloch verwandeln, bevor Lorraine Hooper auftauchte. Es war fast schon zu einfach.

Und jetzt bin ich dir auf den Fersen. Es hat mich gerade mal zwei Stunden gekostet, die verschiedenen Kombinationen von Namen und Dörfern durchzugehen. Die Webseite des Nachrichtenarchivs war zwar verdammt langsam, und alle paar Minuten brach die Verbindung ab, aber das hielt mich nicht auf. Ich musste nur ein Stück fahren, bis ich wieder besseren Empfang hatte, und von vorne anfangen. Beharrlichkeit nennt man das, Jo. Ich gebe nicht auf, bis ich habe, was ich will. Das solltest du mittlerweile doch wissen.

Und ich habe ihn gefunden. Ich habe deinen Daddy gefunden. Liam O'Brien – die Adresse: Ard na Mara, Main Road, Clogherhead. Verheiratet mit Brigid. Dein Vater.

Also Clogherhead. Dorthin hast du dich geflüchtet. Ich habe im Internet nachgesehen. Ein Fischerdorf in County Louth, 3026 Einwohner. Drei Pubs, drei Restaurants und eine Imbissbude. Selbst wenn du dich in einem der Ferienhäuser verkrochen hast, wirst du irgendwann rauskommen müssen, um Lebensmittel zu besorgen.

Du fragst dich, wie ich deine alte Adresse gefunden habe, Jo? Denk mal an! Dein Daddy war in der Zeitung.

Brigid hatte recht. Dein Daddy war ein übler Kerl. Ein wirklich übler Kerl. Ich kann verstehen, warum sie dir nichts davon erzählt hat, als er verschwand.

Aber ich werde es tun.

Und ich werde es genießen, dein Gesicht zu beobachten, wenn ich es dir erzähle. In Clogherhead wirst du nicht bleiben wollen, wenn ich und Elise weg sind. Und ich bin mir ziemlich sicher, dass die Einheimischen das auch nicht wollen.

KAPITEL 58

KAPITEL 58

Mary schlüpft durch die Haustür des B&Bs. Sie lässt die Tür offen und beugt sich leicht vor, sodass sie im Verborgenen bleibt, und beobachtet die Straße. Helen ist schon halb die Strand Street hoch. Das kleine Mädchen schiebt sie im Buggy vor sich her. Mary war hinten und packte eine Ladung Wäsche in den Trockner, als sie hörte, wie die Haustür ins Schloss fiel. Sie war ins Esszimmer geeilt und hatte die Vorhänge zurückgezogen, um zu sehen, wer es war, aber die Straße war menschenleer gewesen. Den ganzen Morgen über hatte sie oben Schritte und Türengeklapper gehört. Zuerst nahm sie an, es sei die Kleine, die spielte, aber während sie sich am Fuß der Treppe herumdrückte und so tat, als poliere sie das Geländer, hörte sie Stimmen. Sean sagte »Ich habe es«, worauf Helen »Super« erwiderte. Sekunden später schloss sich eine Tür, und im Haus kehrte wieder Ruhe ein. Mary harrte ein paar Minuten aus und stieg dann die Treppen hinauf. Das einzige Geräusch, das aus Helens Zimmer drang, war der nervenaufreibende Lärm einer Kindersendung. Die Tür zu Seans Zimmer stand sperrangelweit offen. Ein kurzer Blick hinein verriet ihr, dass er nicht da war.

Mary nestelte an ihrer Kette. Für gewöhnlich beruhigte sie das Gewicht der Perlen auf dem Schlüsselbein, aber jetzt fühlte sie sich zu eng an, fast als würde die Kette sie würgen. Es war nicht so, dass sie es nicht mochte, wenn ihre Gäste sich untereinander anfreundeten. Über die Jahre hatte sie wunderbare Beziehungen wachsen und sich entwickeln sehen, gerade zwischen den älteren Stammgästen, die ihre Einsamkeit trugen wie einen Mantel, aber irgendetwas an dieser hektischen Betriebsamkeit im ersten Stock verursachte ihr Unbehagen. Sean war morgens nicht zum Frühstück heruntergekommen, und für gewöhnlich ließ er keine Mahlzeit aus. Dafür waren Helen und ihre Tochter erschienen. Mary war ins Esszimmer hinübergelaufen, wo sie die beiden am Fenstertisch vorgefunden hatte, Helen mit einem Glas Orangensaft und das kleine Mädchen mit Niamhs Holzhund an der Schnur, der eine Sprungfeder anstelle einer Rute hatte. Es tat Mary in der Seele weh, sie dort so zufrieden sitzen zu sehen, während sie nachts kaum ein Auge zugetan hatte. Sie hatte all das aus reiner Herzensgüte für die kleine Lee getan. Und wie hatte man es ihr gedankt? Helen war in das Postamt gestürmt und hatte sie angesehen, als wäre sie eine Art Kindesentführerin. Es hatte einen Moment gegeben, da Mary sich von Helens Verletzlichkeit und Ängstlichkeit angezogen gefühlt hatte, aber sie war auch nicht besser als die anderen Mütter, die ihre Kinder von der Schule abholten und verkniffen lächelten, wenn sie an Mary vorbeigingen und dabei ihren Kindern schützend eine Hand auf die Schulter legten. Sie wusste, was sie dachten: Ich darf meinem Kind nicht von der Seite weichen, sonst könnte mir zustoßen, was Mary zugestoßen ist. Arme Mary. Öffnet fremden Leuten ihr Haus, weil sie selbst keine Familie hat, um die sie sich kümmern kann. Es soll uns allen eine Lehre sein.

Helen versuchte sich zu entschuldigen. Mary weiß nicht mehr, wie oft sie sich während und nach dem Frühstück entschuldigte. Ihr war bewusst, dass es nur rechtens wäre, der jungen Frau zu verzeihen und ihr zu sagen, es sei schon in Ordnung – aber es war nicht in Ordnung, oder? Sie war wütend. So wütend wie schon lange nicht mehr. Wütend auf Helen, wütend auf Sean, weil er sie mied, wütend auf die Welt. Sie war eine gute Mutter. Sie hatte sich um Niamh gekümmert. Sie gewaschen, sie angezogen, mit ihr gespielt. Sie hatte sich nur für Sekunden umgedreht, und schon war ihr die Tochter genommen worden. Eins … zwei … weg. Aber Helen hat eine Tochter. Sie zieht sie an wie einen Jungen und ruft sie bei einem Jungennamen. Einem Namen, der sich von jetzt auf gleich von Ben zu Lee änderte. Sie gibt vor, eine Witwe zu sein, aber der helle Streifen Haut am Ringfinger der linken Hand zeugt davon, dass sie ihren Ehering erst vor Kurzem abgelegt hat. Als sie eintraf, waren ihre rot gefärbten Haare gelockt, und sie trug eine Brille. Aber sie trägt die Brille nie beim Frühstück, nur wenn sie das Haus verlässt. Und wenn ihr Haar glatter, weniger lockig ist als sonst, versteckt sie es unter einer Mütze. Nur der ängstliche Blick bleibt. Ist unverändert. Wovor fürchtet sie sich so?

Mary winkt der kleinen Aoife Flannigan, die auf einem Laufrad über die Straße pest, steigt in ihren Wagen und lässt den Motor an. Helen verbirgt etwas, und sie wird herausfinden, was das ist.

KAPITEL 59

Mary ist mir bis zur Post gefolgt. Ich bin fast sicher, dass sie es in dem silbernen Wagen war, der auf der anderen Straßenseite parkte, als ich hineinging, und schnell davonfuhr, als ich wieder rauskam. Bei unserer Ankunft war mir ein silberner Ford Fiesta aufgefallen, der draußen vor dem B&B parkte und seither nicht bewegt worden war. Wenn er Mary gehört, muss sie Clogherhead schnell umfahren und zum B&B zurückgekehrt sein. Ich kann sie oben herumklappern hören.

»Mary?« Ich befreie Elise aus dem Buggy und trage sie die Stufen hinauf. »Mary, sind Sie da oben?«

Die Tür zu meinem Zimmer steht offen, und die Wäsche von heute Morgen liegt noch auf dem Boden verstreut, weil ich das Packen unterbrechen musste, als Elise die Kiste mit den Erinnerungen an Henry umgekippt hatte.

»Mary?« Ich betrete das Zimmer. »Sind Sie hier drin?«

»Ja.« Sie kommt aus dem Badezimmer, den Badreiniger in der einen und ein Tuch in der anderen Hand. Sie trägt ihre Schürze und die Hausschuhe, aber ihre Perlenkette hat sie abgelegt. Ihr Blick wandert an mir hinunter zu meiner Tochter, aber ihre Augen bleiben leer und glasig. Es ist der gleiche Ausdruck, den ich an ihr bemerkte, nachdem Elise aus der Tür gerannt war.

»Ich wollte ... ich wollte das noch einpacken«, sage ich.

»Nicht nötig. Ich kann um das Chaos herumputzen.«

»Aber würde es nicht schneller gehen, wenn …«

»Schneller würde es gehen, wenn Sie mich meine Arbeit machen ließen. Wenn ich mich nicht irre, geht Ihr Flug erst am Nachmittag. Richtig?«

»Das stimmt, aber …«

Sie dreht mir den Rücken zu und wischt mit dem Tuch über den Fernseher. »Je eher ich weitermache, desto eher bin ich hier fertig.«

»Mary, was gestern passiert ist, tut mir so leid. Wirklich, ich lag die halbe Nacht wach und habe darüber nachgedacht, wie …«

Ohne ein Wort zu sagen, geht sie zurück ins Badezimmer und würgt mich ab, indem sie den Hahn aufdreht. Ich weiß, ich sollte einfach gehen, aber mir missfällt die Vorstellung, dass Mary sich durch meine Sachen wühlen muss, um zu putzen.

Gerade als ich einen von Elises einsamen Socken aufheben will, erscheint sie wieder in der Badezimmertür.

»Warum gehen Sie nicht zum Strand?«

»Ich …« Ich möchte ihr sagen, dass ich nicht zum Strand gehen will. Dass ich meine Sachen und mein Auto haben will, um aufzubrechen. Aber ich möchte sie nicht noch mehr aufregen, als ich es schon getan habe.

»Gut«, sage ich. »In einer Stunde sind wir zurück.«

KAPITEL 60

Weißt du was, Jo? Ich habe wirklich nicht damit gerechnet, dass Paula jemand schicken würde, der mir eine Abreibung verpasst. Ich dachte, die Sache würde sie irgendwann langweilen oder sie würde aufgeben. Aber ich spürte keine Angst, als ich mich wieder aufrappelte, mit einer Platzwunde am Auge und schmerzenden Gliedern. Ich war verdammt wütend. Für wen zur Hölle hielt diese Frau sich? Das Geld gehörte ihr nicht. Es war nicht sie, die sich den Arsch dafür abgearbeitet hatte. Sie hatte nur Ians Schwanz gelutscht und sich zugekokst. Sie hatte gelacht, als einer von Ians Schlägern ihr erzählt hatte, wie er eine alleinerziehende Mutter mit Baby auf dem Arm eingeschüchtert hatte. Genau diese Scheiße hatte ich aufgedeckt. Ich hatte alles riskiert, um diese bösartigen Wichser bloßzustellen. Und ich würde es nicht zulassen, dass sie mich und meine Familie einschüchtert. Aber genau die wollte ich nicht in Gefahr bringen. Und wenn ich »Familie« sage, dann meine ich Elise.

Du bist ein hoffnungsloser Fall. Du bist so unberechenbar geworden, so verschlagen, so verstrickt in deinen Gedanken, dass du den Bezug zur Realität völlig verloren hast. Wenn du dich nicht selbst mit Drogen betäubst, brüllst du ins Telefon oder schlägst um dich. Es ist nicht nur Paula, vor der ich Elise beschützen muss. Du bist so labil, und so bist auch du eine Gefahr für sie geworden.

Scheiß auf den Gerichtsbeschluss. Ich weiß, das Gericht würde mir das Aufenthaltsrecht zusprechen, aber das dauert zu lange. Ich will Elise. Sofort.

Als ich mich nach dem Überfall dem Haus näherte, sah ich zwei Autos, die davor parkten. Keins davon kam mir bekannt vor, und vor lauter Angst wurde mir ganz schlecht. Was, wenn der Mann, der mich zusammengeschlagen hatte, im Haus war? Was, wenn du die Schlösser ausgetauscht hattest, und ich nicht hineinkäme? Aber nein, so schlau bist du nicht, oder, Jo? Wärst du es, hättest du bemerkt, dass ich den Ersatzschlüssel mitgenommen hatte, als ich die Drogen deponierte, aber du hast es nie erwähnt.

Ich war noch betrunken, als ich die Tür aufschloss. Ich hatte vor, mir Elise zu schnappen und dann Henrys Kiste aus dem Wohnzimmer zu holen. Ich hatte das Geld darin deponiert, und zwar an dem Tag, als ich das Haus verwüstet hatte. Ich fühlte mich nicht wohl damit, es in meiner Sporttasche im Hotel zu lagern, nicht nachdem Paula bei der Zeitung aufgekreuzt war. Aber als ich mich durch den Flur schlängelte, stieß ich an das Schuhregal. Einer meiner Schuhe fiel auf den Boden. Das Geräusch schien im ganzen Haus widerzuhallen, und fast wäre ich wieder abgehauen. Aber nichts rührte sich. Es wurde wieder still, und ich schlich die Treppe hinauf. Helen war von dem Geräusch nicht aufgewacht, ich fand sie ausgestreckt auf dem Rücken liegend im Gästezimmer. Aber Elise. Sie war schon halb aus ihrem Bettchen raus. Und den Rest kennst du.

Als ich am nächsten Tag aufwachte, nüchtern und mit Kater, realisierte ich, was für ein beschissener Idiot ich in der Nacht gewesen war – bis oben hin voll mit verletztem

Stolz, Alkohol und Angeberei. Zum Teufel mit dem Geld. Ich würde es Paula zurückgeben. Ich würde es ihr in das selbstgefällige Gesicht stopfen. Es zählte nur, dass Elise in Sicherheit war. Aber als ich vor unserem Haus vorfuhr, um sie zu holen, musste ich feststellen, dass du weg warst – zusammen mit Elise und der Kiste voller Geld.

Max steht mit den Händen in den Taschen draußen vor dem Cottage, während er das geweißelte Mauerwerk, die kleinen, tief liegenden Fenster, das strohgedeckte Dach und die knallrote Tür in sich aufnimmt. Ard na Mara, Main Street. Dem Zeitungsbericht zufolge ist es das Haus, in dem Liam O'Brian zusammen mit Brigid und Jo wohnte, als er verhaftet wurde. Hier ist Jo aufgewachsen. Er hat nie auch nur ein Foto dieses Hauses zu Gesicht bekommen – Jo hat sich immer über das Fehlen von Fotografien ihrer Kindheit in Irland beklagt, aber es ergibt Sinn. Es ist klein, heimelig. Er kann sich Brigid darin vorstellen, wie sie geschäftig in der Küche hin und her geht, über Oberflächen wischt und Besteck in die Schublade einsortiert. Und Jo, im Wohnzimmer, wie sie im Schneidersitz auf einem Teppich vor dem Fernseher sitzt. War ihr Vater bei ihr, in einem Sessel versunken, mit einer ausgebreiteten Zeitung auf dem Schoß, oder war er ein eher abwesender Vater gewesen, wie der von Max? Nie da, wenn man ihn brauchte, und immer im Weg, wenn man ihn gerade nicht brauchte.

Während er sich der Tür nähert, greift er in seine Gesäßtasche. Seine Finger schließen sich um eine Fotografie von Jo und Elise, aufgenommen vor sechs Monaten auf Elises Geburtstagsfeier. Nicht dass man es eine Party hätte nennen können – da waren nur er, Elise und Jo. Brigid konnte nicht kommen, und Jo wollte niemand aus der Kita einladen.

Als sie darüber diskutiert hatten, hatte sie gesagt, fremde Menschen im Haus zu haben, verursache ihr Panik.

Auf dem Foto lächelt sie Elise an. Elise starrt mit großen Augen die zwei Kerzen auf dem Kuchen an, den Jo mit einer Hand balanciert. Seine Tochter wird keinen von diesen einsamen Geburtstagen mehr verleben, nicht einen, wenn er sie wiederhat. Er wird Gott und die Welt zu ihrem dritten Geburtstag einladen. Ach, scheiß drauf. Er wird einen Saal mieten. Er wird einen Zauberer engagieren und einen Caterer und jemanden, der den Saal mit Luftballons und Luftschlangen und Spruchbändern mit dem Namen seiner Tochter darauf schmückt. Er wird tun, was immer nötig ist, um den verflucht besten Geburtstag auszurichten, den sie sich nur wünschen kann.

Er ballt die rechte Hand und klopft an die rote Tür. Draußen parkt ein Wagen, und er ist sich ziemlich sicher, dass jemand im Haus ist, auch wenn er nicht zu hoffen wagt, dass es Jo ist. Gut möglich, dass das Haus schon mehrfach verkauft wurde, seit Brigid sich auf und davon gemacht hat, aber vielleicht kennen die jetzigen Besitzer Brigids Verwandte. Oder, noch besser, haben Jo und Elise gesehen.

»Hallo?« Die Tür öffnet sich, und eine große Frau mit kurzen, schwarzen Haaren schaut ihn an. »Kann ich Ihnen helfen?«

»Das hoffe ich.« Max zeigt ihr das Foto. »Ich suche nach dieser Frau und diesem Kind. Haben Sie sie gesehen?«

Die Frau späht auf das Foto und streckt die Hand

danach aus. »Ich habe meine Brille nicht auf. Darf ich es mal haben?«

»Natürlich.«

Er wartet ab, während die Frau den Arm von sich reckt und in dem Versuch, das Foto von seiner Frau und seinem Kind zu fokussieren, die Augen zusammenkneift.

»Sie sind von der Polizei?«, fragt sie und mustert ihn.

»Nein. Ich arbeite für Heir Hunters. Vielleicht haben Sie schon von uns gehört. Wir verschaffen Leuten das Geld, das ihnen laut dem Testament entfernter Verwandter zusteht.«

»Aha, so ist das.« Die Frau wirft einen Blick die Straße hinunter. »Sie haben gar keine Kameras dabei.«

Max schüttelt den Kopf. »Nein. Das hier hat nichts mit der Sendung zu tun. Es ist eine private Firma.«

»Oh.« Der aufgeregte Ausdruck verschwindet aus ihrem Gesicht.

»Haben Sie sie gesehen?«

»Nein, tut mir leid.« Sie schüttelt den Kopf. »Und sie leben wirklich hier? Ich kenne eine Menge Leute in Clogherhead, aber die beiden kommen mir nicht bekannt vor.«

»Sie sind auf Besuch hier, kommen aber ursprünglich aus der Gegend. Kennen Sie einen Liam O'Brien oder eine Brigid O'Brien? Ihr Mädchenname war Gallagher.«

Erneut schüttelt die Frau den Kopf. »In dieser Gegend gibt es eine Menge O'Briens und Gallaghers, aber diese Namen sind mir fremd. Ich lebe erst seit ein paar Jahren hier. Sie könnten auf dem Postamt nachfragen. Clodagh lebt schon ihr ganzes Leben hier. Wenn Ihnen jemand weiterhelfen kann, dann sie.«

Max schenkt der Frau ein Lächeln und steckt das Foto

zurück in seine Tasche. »Ich danke Ihnen, Sie waren mir bereits eine große Hilfe.«

»Nora Kennedy«, ruft sie ihm hinterher, als er sich umdreht und den Weg zurückläuft. »Sie lassen es mich doch wissen, wenn ich Geld erwarten kann?«

Geld. Noch so eine billige Schlampe, die von Geld besessen ist. Genau wie Paula. Ich dachte, sie wäre die eigentliche Bedrohung für Elise, aber das warst immer du, nicht wahr, Jo? Du hast sie hinter den Mauern unseres Hauses gefangen gehalten, du hast sie vernachlässigt, du hast sie vergessen, und dann hast du sie misshandelt. Ich werde dir nie verzeihen, dass du unserem kleinen Mädchen wehgetan hast, dass du ihren kleinen Körper mit blauen Flecken bedeckt hast. Wenn ich sie zurückbekomme, werde ich dafür sorgen, dass sie dich genauso hasst, wie ich es tue.

KAPITEL 61

Mary richtet sich langsam auf und legt eine Hand an den unteren Rücken, während sie das blitzblanke Bad begutachtet. Fünfzehn Minuten hat sie gesprüht, geschrubbt und gewischt. Ihre Stirn ist feucht von Schweiß, ihr tun die Arme weh, und ihr Rücken ist verspannt, aber der Ärger, der sich den ganzen Morgen über in ihr angestaut hat, ist verflogen. Sie hat nichts herausgefunden, als sie Helen heute früh folgte, außer dass sie bei der Post war. Mary hatte davor geparkt, in der Hoffnung, etwas zu sehen, aber die schwache Februarsonne, die sich im Fenster spiegelte, machte es unmöglich, etwas zu sehen. Sie war dann schnell zum B&B zurückgefahren, in der Hoffnung, Sean würde etwas Licht in das Gespräch bringen, das sie nach dem Frühstück in Teilen belauscht hatte. Aber wo sonst sein Auto stand, war ein leerer Platz, und als sie an seine Tür klopfte, erhielt sie keine Antwort. Dann eben nicht. In ein paar Stunden würde Helen ihren Wagen abholen, packen, zahlen und gehen – zusammen mit ihrer Tochter, dem kleinen Mädchen, das Niamh so ähnlich sah, dass sein Anblick ihr jedes Mal aufs Neue das Herz brach. In dem kurzen Moment, in dem sie das Kind in dem Höschen auf der Bettkante sitzen gesehen hatte, war Mary davon überzeugt gewesen, ihre Tochter sei zu ihr zurückgekehrt. Aber dann hatte sie geblinzelt, und sie war verschwunden. Sie versuchte, es als eine optische Täuschung, eine Reflexion des Fernsehers auf Lees Gesicht oder als bloßes Wunschdenken abzutun, aber kein noch so logischer Gedanke konnte das Bild von Niamhs herzförmigem Gesichtchen vertreiben. Ihr Kind war seit über dreißig Jahren tot, und sie war ihr nie erschienen. Warum dann in Helens Zimmer? Versuchte Niamh sie vor irgendetwas zu warnen? Oder warnte ihr eigenes Unbewusstes sie davor, dass ein anderes Kind in Gefahr war?

Mary tritt aus dem Bad hinaus in das kleine Schlafzimmer. Helen hatte ihre Handtasche dabei, den Riemen quer über dem Körper unter dem Kind, als sie vorhin reinkam, aber die übrigen ihrer Sachen sind im Zimmer. Mary geht hinüber zu dem offenen Koffer und bleibt stehen. Sie hat noch nie in den Sachen der Gäste gewühlt. Nie. Aber hier geht es nicht um Neugierde. Sie hatte Helen in gutem Glauben in ihr Haus eingelassen. Sie hatte der Kleinen Spielsachen gegeben, sie hatte Helen das Telefon überlassen, als sie in Großbritannien hatte anrufen müssen, und sie war wegen eines Lutschers mit dem Mädchen rausgegangen, als es aufgelöst war. Und wie hatte man ihr diese Freundlichkeit vergolten? Mit Beschimpfungen, Misstrauen und Lügen. Schon in dem Moment, als Helen zur Tür hereingekommen war, hatte sie schamlos gelogen – und sie glauben gemacht, das Kind sei ein Junge. Was für eine Frau würde so etwas tun? Über so etwas log man nicht ohne Grund. Kein kleines Mädchen würde freiwillig Jungenkleider tragen und sich die Haare abschneiden lassen. Helen muss sie gezwungen haben, ihr Äußeres zu verändern. Mary wird ganz schlecht bei dem Gedanken.

Sie fasst sich an den Hals, berührt die Stelle, an der

ihre Kette sein sollte, und da kommt ihr ein schrecklicher Gedanke in den Sinn. Was wenn Helen gar nicht die Mutter des Kindes ist? Das würde erklären, warum sie so viel auf sich nahm, um das Äußere des Mädchens zu verändern. Es würde alles erklären. Wenn sie nur einen Internetanschluss hätte, dann könnte sie die Nachrichten schauen, um zu sehen, ob es Berichte über ein entführtes oder vermisstes Kind gab. Mary liest nicht die Zeitung, und sie schaut keine Nachrichten, weil es sie deprimiert. Aber es bleibt keine Zeit, jetzt noch eine Zeitung zu kaufen. Sie muss die Wahrheit herausfinden, bevor Helen zurückkehrt und ihre Sachen zusammenpackt.

Sie kniet sich neben den Koffer, wirft einen Blick zurück über die Schulter, um zu überprüfen, ob die Schlafzimmertür noch immer verschlossen ist, und wühlt in dem Berg aus Wäsche und den Toilettenartikeln. Sie stößt auf nichts von Interesse, also steht sie wieder auf und blickt sich in dem kleinen Zimmer um. Einige Spielsachen liegen wahllos auf dem Boden, eine Plastiktüte befindet sich auf dem Bett, halb voll mit Anziehsachen, eine andere auf dem Schrank neben einer Kiste aus Holz. Sie streckt sich nach der Kiste, setzt sich aufs Bett und stellt sie sich auf den Schoß.

HENRY

Mit dem Finger fährt sie den eingravierten Namen auf dem Deckel nach, dann hebt sie ihn vorsichtig an. Das Herz pocht ihr laut in der Brust, als sie eine winzige Strickmütze herausnimmt. Erneut wirft sie einen Blick zur Tür, überzeugt, ein Geräusch auf dem Treppenabsatz gehört zu haben. Sie steht auf, um die Schlafzimmertür abzuschließen, kehrt dann zurück zum Bett und nimmt die Strickmütze wieder in die Hand. Sie ist zu klein, sie füllt gerade ihre Handfläche aus. Instinktiv führt sie die Mütze zur Nase und riecht daran, aber sie riecht nach nichts. Sie ist zu klein für den Kopf eines Babys, auch einer Puppe würde sie nicht passen. Mary entnimmt der Kiste ein weiteres Strickstück. Es ist eine Decke, aber eine sehr kleine, vielleicht doppelt so groß wie eine Hand. Außerdem ist da noch ein Teddybär, mit blassbraunem Fell und einem blauen Bändchen um den Hals. Und ein Ultraschallbild. Für Niamh hatte Mary nie eins; in den Siebzigern war die Technik noch nicht so weit entwickelt. Sie wusste nicht mal, welches Geschlecht ihr Kind hatte, bis es auf der Welt war. Sie fährt mit dem Finger über das Schwarz-Weiß-Bild. Es ist eindeutig ein Baby. Sie kann sogar die Nabelschnur erkennen, die zum Bauch des Babys führt, aber was ist das?

Da steht ein Name am oberen Rand des Ultraschallbildes. Mrs Joanne Blackmore und ein Datum von vor vier Jahren. Joanne Blackmore? Das ist also Helens echter Name.

Vorsichtig legt sie die Gegenstände wieder in die Kiste, stellt sie zurück auf den Schrank und streckt sich nach der Plastiktüte. Sie liegt recht weit hinten, und sie muss sich auf die Zehenspitzen stellen, um den Griff zu fassen zu bekommen. Sie sieht den Inhalt, noch bevor sie die Tüte vom Schrank zieht. Sie ist voll gestopft mit Geld. Sie reißt sie an sich und wühlt darin herum. Es müssen Tausende Pfund sein.

Ihre Beine geben nach, und sie sinkt aufs Bett. Niemand trägt so viel Geld in bar mit sich herum. Es muss gestohlen sein. Es sei denn, Joanne Blackmore ist auf der Flucht? Mary steht wieder auf und packt die Plastiktüte zurück auf den Schrank. Das Herz schlägt ihr bis zum

Hals, während sie sich im Zimmer umsieht. Was versteckt Joanne noch?

Sie hebt die Kissen und die Bettdecken an, aber darunter ist nichts, also widmet sie sich der Matratze, schiebt die Hände darunter und tastet nach irgendetwas Ungewöhnlichem. Als sie nichts findet, stellt sie die Matratze auf. Die Kissen, Decken und die Plastiktüte voller Kleidung rutschen auf den Boden. Nichts. Da ist nichts unter der Matratze. Dann vielleicht unterm Bett? Sie sinkt auf die Knie und sieht nach. Auch da: nichts, abgesehen von ein paar Socken und dem rosa-weißen Höschen, das sie an dem Mädchen gesehen hatte.

Wo noch? Wo noch? Sie kehrt zurück zu dem Koffer und geht die Sachen noch einmal durch, sucht nach Fächern mit Reißverschluss und versteckten Taschen, stößt aber auf nichts Ungewöhnliches. Jetzt bleibt nur noch das Nachtschränkchen. Es ist einer der ersten Orte, an denen sie nachsieht, wenn ein Gast abreist. Ständig vergessen sie ihre Brille, Medikamente und Bücher. Aus den Augen, aus dem Sinn, wenn sie erst verborgen sind.

Sie reißt das Schranktürchen auf, aber dahinter befindet sich nichts Ungewöhnliches. Nur ein paar Blister, etwas Windelcreme und etwas, das wie ein dünnes Fotoalbum aussieht. Sie nimmt es und schlägt es auf. Die erste Fotografie zeigt Joanne, aber mit langen, blonden Haaren. Sie liegt in einem Krankenhausbett, mit einem Baby im Arm, eingewickelt in eine weiße Decke. Mary blättert um. Noch ein Foto, das im Krankenhaus aufgenommen wurde. Diesmal von Joanne und einem Mann mit blonden Haaren, das Baby liegt zwischen ihnen. Der Mann trägt einen Ehering. Und Joanne auch. Das muss also ihr Ehemann sein, der, von dem sie behauptet hat, er sei tot. Mary blättert weiter. Von Seite zu Seite wächst das Kind – aus dem Neugeborenen wird ein lächelndes Baby, aus Krabbeln wird Laufen. Einige der Fotografien zeigen Joanne, einige den Mann, andere zeigen nur das Kind. Marys Verwirrung wächst, als sie das vorletzte Bild des Albums erreicht. Es besteht kein Zweifel, dass das Kind in dem Buch die kleine Lee ist. Auf den Bildern hat sie lange, blond gelockte Haare, aber das Gesicht – die großen blauen Augen und rosigen Lippen – ist genau dasselbe. Es ergibt keinen Sinn. Wenn Lee Joannes Kind ist, warum ihr die Haare abschneiden und sie als Junge verkleiden? Warum Tausende Pfund in einer Plastiktüte verstecken?

Mary blättert die letzte Seite um. Die letzte Fotografie zeigt das Kind und eine ältere Frau, wie sie neben einem Bett stehen. In dem Bett liegt ein Mann mit eingefallenen Wangen. Er schaut in die Kamera, aber anders als das Kind und die Frau lächelt er nicht. Er sieht krank aus. Marys Blick bleibt an dem Gesicht der älteren Frau hängen. Sie kommt ihr so bekannt vor. Ihr Lächeln verursacht ihr ein mulmiges Gefühl in der Magengrube. Sie fährt mit dem Finger über die glänzende Beschichtung des Fotos. Es fühlt sich ungewöhnlich dick an, also knibbelt sie es aus den Fotoecken und steckt einen Finger hinter die Fotografie. Sie berührt etwas und zieht es vorsichtig heraus. Es ist ein anderes Foto, aber es ist zusammengefaltet.

Sie faltet es auf, blickt auf die beiden Menschen auf der Schwarz-Weiß-Fotografie und wirft sie von sich.

Es segelt auf den Teppich und bleibt dort liegen. Ein Mann und eine Frau schauen zu ihr herauf. Beide lächeln sie. Die Frau auf dem Bild ist Brigid Gallagher, Marys beste Freundin aus Kindertagen. Sie steht vor der Herz-Jesu-Kirche, in einem einfachen weißen Kleid und einem Schleier im Haar. Neben ihr steht ein Mann in einem billigen schwarzen Anzug.

Liam O'Brien.

Der Mann, der Niamh getötet hat.

KAPITEL 62

Ich hab dich, Jo.

Da ist es – das Seamount B&B – hier hast du dich also mit meiner Tochter versteckt. Die Frau im Postamt hat dich auf dem Foto nicht sofort erkannt, aber als ich ihr sagte, dass du vielleicht anders aussehen würdest, erzählte sie mir, sie habe eine Touristin bedient, die der Frau auf meinem Bild ähnlich sehe. Aber sie hätte rotes Haar. Ich deckte deine Haare mit den Fingern ab und bat sie, noch einen Blick darauf zu werfen. Könnte die Frau mit den roten Haaren die Frau auf dem Foto sein? Ja, sagte sie und nickte, die könnten Schwestern sein, aber die Frau, die sie bedient habe, sei definitiv mit einem Jungen da gewesen. Zugegeben, mit einem zarten Jungen, aber definitiv einem Jungen. Ich war schon drauf und dran zu gehen, wollte stattdessen bei den Wohnwagen fragen, aber die Besitzerin des Ladens rief mich noch einmal zurück.

»Lee!«, sagte sie. »Der Junge heißt Lee. Ich erinnere mich ganz genau, dass seine Mutter ihn so angesprochen hat, als er versuchte, an ein paar Süßigkeiten auf dem Regal zu kommen.«

Lee. Li-Li. So hast du es also angestellt, Jo. Du hast versucht, unsere Tochter als Jungen auszugeben.

Die Besitzerin des Ladens war sehr entgegenkommend, als ich sie fragte, ob sie wisse, wo du untergekom-

men sein könntest. Sie gab mir die Adresse von Marys B&B und empfahl mir, mich zu beeilen, wenn ich dich noch erwischen wollte, da die Hauswirtin ihr erzählt habe, dass du am Nachmittag einen Flug nach Dublin nehmen würdest. War das nicht nett von ihr, Jo? So hilfsbereit.

»Hallo?« Er erhält keine Antwort auf sein Klopfen an der Tür, also klopft er an das Fenster. Eine Spitzengardine hängt darin, aber dahinter kann er Stühle, Tische und im hinteren Teil des Raumes eine Kommode ausmachen.

Er kehrt zurück zur Eingangstür und will gerade klopfen, als sie sich öffnet. Eine Frau mit aschfahlem Gesicht, etwa Mitte sechzig, starrt ihn an. Die Tür ist nur einen Spaltbreit geöffnet, sodass er gerade ihr Gesicht sehen kann.

»Ja?«

Max greift in die hintere Tasche seiner Jeans, überlegt es sich dann aber anders. Irgendetwas an der Art, wie die Besitzerin des B&B ihn ansieht, kommt ihm seltsam vor. Sie sieht angespannt und ängstlich aus. Hat Jo ihr von ihm erzählt, versteckt sie sich deshalb hinter der Tür?

»Ich … ähm …« Er räuspert sich. »Ich habe mich gefragt, ob Sie wohl ein Zimmer frei hätten.«

»Nein.« Sie schüttelt den Kopf.

»Aber da hängt ein Schild im Fenster, auf dem steht, dass Sie etwas frei haben.«

»Habe ich nicht. Ich muss das Schild abnehmen. Auf Wiedersehen.«

»Warten Sie!« Er lehnt sich gegen die Tür, bevor sie sie schließen kann. »Bitte, ich muss mit Ihnen sprechen.«

»Lassen Sie die Tür los, oder ich rufe die Polizei. Ich habe Ihnen doch gesagt, ich habe keine Zimmer.«

»Ich weiß und … es tut mir leid … ich weiß, ich dränge mich auf, aber ich bin verzweifelt.« Er beißt sich so fest auf die Innenseite seiner Lippe, dass er Blut im Mund schmeckt, und seine Augen werden feucht.

Seine »Tränen« haben den gewünschten Effekt. Mary lehnt sich nicht mehr gegen die Tür, und ihr Gesichtsausdruck wird weicher.

»Verzweifelt weshalb?«

»Ich bin auf der Suche nach meiner Frau und meiner Tochter.« Mit der einen Hand hält er die Tür fest, mit der freien greift er in die hintere Tasche seiner Jeans. Er zieht das Foto heraus und zeigt es ihr. »Haben Sie sie gesehen?«

Er beobachtet Mary genau, während sie sich das Foto ansieht. Man arbeitet nicht neunzehn Jahre als Journalist, ohne zu lernen, wie man Körpersprache liest. Tatsächlich, ihre Augen weiten sich, ein klein wenig nur. Wiedererkennen.

»Es tut mir leid.« Sie schiebt das Foto zu ihm zurück. »Ich habe die beiden noch nie gesehen.«

Interessant. Alle anderen, denen er das Foto gezeigt hat, wollten mehr von ihm wissen. Warum werden seine Frau und seine Tochter vermisst? Wo kommt er her? Wie lange sind die beiden schon verschwunden? Nicht so Mary Byrne. Sie sieht aus, als könnte sie ihn nicht schnell genug loswerden.

»Die Frau auf dem Postamt hat mir gesagt, dass sie hier untergekommen sind.«

»Sie irrt sich.« Mary schaut demonstrativ auf seine Hand. »Ich habe noch zu tun.«

»Sie ist drogenabhängig. Wussten Sie das, Mrs Byrne?« Die ältere Dame zuckt zusammen, als er sie mit ihrem Namen anspricht, aber er hat keine Zeit, ihr zu erklären, warum er ihn kennt. »Die Polizei hat sie verhaftet, weil sie Drogen bei uns zu Hause aufbewahrte. Und sie ist psychisch labil. Sie ist krank und nicht in der Lage, sich um unsere Tochter zu kümmern. Ich habe einen Gerichtsbeschluss, der mir das Sorgerecht für Elise zuerkennt. Möchten Sie ihn sehen?« Er greift in die Innentasche seines Jacketts, aber Mary winkt ab.

»Nicht nötig. Wie ich Ihnen schon sagte, ich erkenne die Frau und das Kind auf dem Foto nicht. Einen schönen Tag noch.«

»Bitte! Jo ist eine sehr manipulative Frau.« Er hält inne, lässt den Gesichtsausdruck der älteren Dame auf sich wirken. Er hat definitiv gesehen, dass ihre Lippen schmaler wurden, als er den Namen *Jo* erwähnte. »Sie hat Ihnen einen anderen Namen genannt, ist es nicht so? Da haben Sie es! Mit dieser Art Frau haben wir es hier zu tun. Sie ist manipulativ, und sie ist eine Lügnerin. Was hat sie zu Ihnen gesagt? Dass sie mit unserer Tochter abhauen musste, um sie zu schützen? Dabei ist es Jo, die Elise in Gefahr bringt.«

Er wartet darauf, dass Mary etwas erwidert. Er kann die Unentschlossenheit in ihrem Gesicht sehen. Er war schon tausendmal in dieser Situation – Zeugen, die sich nicht sicher sind, ob sie mit ihm sprechen sollen. Die teilen möchten, was sie gesehen haben, darauf brennen, mit jemandem darüber zu sprechen, der es vielleicht versteht, aber mit einem Journalisten? Jeder weiß doch, dass Journalisten einem das Wort im Mund verdrehen. Und was, wenn das irgendwelche Folgen vonseiten des Straftäters oder dessen Familie nach sich zieht? Er weiß, wann sie schwanken. Wann sie noch einen kleinen Schubs brauchen, um ihre Herzen auszuschütten. Genau an diesem Punkt ist er jetzt mit Mary. Er wird die Karten auf den Tisch legen müssen.

»Ich weiß, wer Sie sind«, sagt er, jetzt mit weicherer Stimme und mit dem mitfühlendsten, innigsten Ausdruck aus seinem Repertoire. »Ich weiß, was Sie durchgemacht haben, und ich bedaure Ihren Verlust so, so sehr. Ich kann mir nicht mal ansatzweise vorstellen, wie sehr Sie gelitten haben. Mir wurde richtig schlecht, als ich herausfand, dass Jo bei Ihnen ist. Von all den Orten, die sie sich hätte aussuchen können ...« Er schüttelt den Kopf. »Es steht schlechter um sie, als ich dachte. Es sei denn« – er macht eine dramatische Pause –, »sie hat Sie sich bewusst ausgesucht, Mary. In diesem Fall wäre sie genauso gefährlich wie ihr Vater. Und diesmal ist ein anderes Kind in Gefahr, mein Kind, und Sie sind die Einzige, die es davor bewahren kann, dass ihm etwas Schreckliches zustößt. Sie könnten ihm das Leben retten.«

Als er den letzten Satz sagt, zuckt er innerlich zusammen. Es ist ein schrecklich schmalziger Satz, die Art Satz, mit dem TV-Spots von Stiftungen für ausgesetzte Hunde oder geschundene Esel schließen. Jedes einzelne Wort dieser Spots ist sorgfältig gesetzt, um einem das Herz zu zerreißen und einen dazu zu bringen, die Brieftasche zu zücken.

Er lässt das Kinn zittern, ringt die Hände und schluckt schwer, als müsste er mit den Tränen kämpfen. Und er wartet. Seine Worte werden einsinken. Mary wird ihr Gewissen prüfen. Vielleicht kommen ihr sogar die Tränen. Fünf, vier, drei, zwei ...

Die Tür schlägt zu.

Was zur Hölle?

»Mary!« Max hämmert gegen die Tür, bückt sich und ruft durch den Briefschlitz. »Mary Byrne. Bitte! Sie müssen mir helfen. Ich weiß, dass sie hier sind. Bitte, Mary. Tun Sie das Richtige, oder Sie leisten Beihilfe zur Kindesentführung.«

Er wartet, aber Mary erscheint nicht im Flur. Das einzige Geräusch, das er hört, ist sein eigener verzweifelter Herzschlag, der ihm in den Ohren dröhnt.

Er steckt eine seiner Visitenkarten durch den Briefschlitz. »Hier ist meine Nummer, Mrs Byrne. Denken Sie über das nach, was ich gesagt habe, und rufen Sie mich an. Niamh konnten Sie nicht retten, aber vielleicht Elise. Tun Sie das Richtige, Mary. Ich weiß, Sie sind ein guter Mensch.«

Die Briefklappe fällt scheppernd zu, als er sich aufrichtet und sich umschaut. Zwei Wagen parken vor dem Haus. Der eine ist sein Mietwagen, der andere ist ein silberner Ford Fiesta. Auf der Suche nach einem Hinweis dafür, dass es Jos Wagen ist, späht er durch das Fenster, aber da liegen keine CDs auf dem Beifahrersitz verstreut, keine Diätcola, kein Kindersitz, keine Kekskrümel auf der Rückbank oder Spielzeuge, Bücher und Spiele. Jo muss einen Wagen gemietet haben, um von Rosslare hierherzukommen. Aber sind sie und Elise alleine gereist, oder begleitet sie jemand? Was, wenn sie längst auf dem Weg nach Dublin sind, um den nächsten Flieger zu erwischen?

Er schlägt mit der flachen Hand auf das Dach des Wagens. Was jetzt? Er schaut von dem Ford Fiesta zurück zum B&B und dann zu seinem eigenen Wagen. Er könnte vor dem B&B warten, um zu sehen, ob Jo zurückkommt, oder er könnte zum Dubliner Flughafen fahren und in der Ankunftshalle warten. Oder …

Nein!

Er hastet zurück zum B&B, öffnet die Briefklappe und späht hinein. Ein silberner Buggy parkt im Flur, er sieht aus wie der von Elise.

Max lächelt.

Soso, du bist also noch nicht abgereist, Jo. Du bist noch hier. Entweder versteckst du dich im B&B oder irgendwo in der Stadt.

So oder so, ich werde dich finden. Ich werde nirgendwohin gehen, bis es so weit ist.

KAPITEL 63

Mary beobachtet hinter den Spitzengardinen, wie Max in den roten Vauxhall Astra steigt. Tief im Herzen weiß sie einfach nicht, was sie glauben soll. Sie war derart erschrocken, als sie die Tür öffnete. Es war, als wäre er direkt aus dem Fotoalbum gefallen. In der einen Minute war er noch gefangen in der Zeit, lächelnd auf einer Fotografie, und in der nächsten stand er auf ihrer Türschwelle und flehte sie an, ihm zu helfen, das Leben seines Kindes zu retten. Was geschah da gerade? Erst die Offenbarung, dass die rothaarige Helen eigentlich eine blonde Frau namens Jo war, dann die Entdeckung der Fotografie von Brigid und Liam, und jetzt Max, der ihr damit drohte, sie leiste Beihilfe zur Kindesentführung. Als er erwähnt hatte, dass Jo Liams Tochter sei, hatte sie sich gefühlt, als wankten unter ihren Füßen die Grundfesten ihres Heims und als erzitterten die Wände. Ihr Instinkt riet ihr, Max die Tür vor der Nase zuzuschlagen und sich zu verstecken, bis das Gröbste vorüber wäre.

Aber sie tat es nicht. Sie stand in der Tür und verteidigte ihr Heim vor einem Mann mit Tränen in den Augen und Verzweiflung in der Stimme. Er sprach so schnell, sie konnte nicht alles verstehen. Jo sei eine psychisch instabile Drogenabhängige. Sie sei manipulativ und eine Lügnerin. Sie gefährde Elises Leben. Sie sei Liam O'Briens Tochter, und sie sei gefährlich. Es war, als spräche er

Marys Ängste laut aus, und sie war schon kurz, so kurz davor, ihm zu sagen, dass Jo und Elise am Strand waren. Aber dann hatte er Niamh erwähnt – er hatte herausposaunt, dass sie sein Kind retten sollte, weil sie ihr eigenes Kind nicht hatte retten können –, worauf ihr Herz und die Tür gleichzeitig zuschlugen. Wie konnte er es wagen, Niamhs Tod gegen sie zu verwenden, um sie zu manipulieren! Was wusste er schon, was damals geschehen war? Was kümmerte es ihn? Für ihn war sie kein Mensch, sondern nur ein Mittel zum Zweck.

Brigid Gallagher hatte die echte Mary kennengelernt. Sie hatten einander am ersten Tag in der Grundschule getroffen. Mary hatte Brigids lange schwarze Zöpfe bewundert und Brigid die rote Schleife in Marys Haar. Es war ihre allererste Unterhaltung und der Beginn einer Freundschaft, die sich über Kindheit, Jugend und ihre frühen Zwanziger erstreckte. Sie teilten Sorgen und Ängste miteinander, Einzelheiten ihrer ersten Küsse, ihre Hoffnungen und Träume für die Zukunft. Sie hatten über ihre Seelenverwandten, Babynamen und Karrieren gesprochen. Sie fuhren gemeinsam in den Urlaub. Und als Mary bei einer Tanzveranstaltung in Drogheda Patrick traf, war Brigid die Erste, der sie von ihm erzählte. Es war das erste Mal, dass es in ihrer Beziehung schwierig wurde. In diesen ersten aufregenden Monaten verbrachte Mary eine Menge Zeit mit Patrick und traf sich nur noch selten mit ihrer besten Freundin. Brigid warf Mary vor, sie im Stich zu lassen. Sie sagte ihr, sie sei froh, dass sie die Liebe gefunden habe, sie aber ihre Freundschaft aufs Spiel setze.

»Das würde ich nie tun«, sagte sie. »Doch nicht für einen Mann. Für gar nichts. Wir haben einen Pakt geschlossen, als wir klein waren, erinnerst du dich? Für immer Freunde zu bleiben.«

In jener Nacht hatte Mary vor lauter Weinen keinen Schlaf gefunden. Sie war verrückt nach Patrick, aber Brigid hatte recht, sie war eine schlechte Freundin. Am nächsten Tag verabredete sie sich mit Brigid zum Tee. Und sie rief Pat an, um ihn zu fragen, ob er nette Freunde habe, die er Brigid vorstellen könnte. Aber bevor sie irgendjemand vorgestellt werden konnte, traf Brigid Liam, als sie mit dem Hund der Familie am Strand spazieren ging. Zuerst mochte Mary ihn nicht. Sie hielt ihn für einen Herumtreiber, einen Landstreicher, fünf Jahre älter, der auf der Suche nach Arbeit von Stadt zu Stadt zog, aber er war nett zu Brigid. Er behandelte sie gut und brachte sie zum Lachen.

Und dann ging Liam für eine Stelle auf dem Bau nach England, und Brigid fand heraus, dass sie schwanger war.

Sie weinte, als bräche ihr das Herz in Stücke. Sie weinten gemeinsam, denn es war die schlimmste Schande, die einer unverheirateten Frau im Irland der Siebzigerjahre zustoßen konnte. Brigids Mutter schlug ihr vor, nach Cork zu gehen, zu einer ihrer Cousinen, und das Baby dort zu bekommen, geschützt vor neugierigen Blicken. Sie sagte, wenn sie ein ansatzweise respektables Leben führen wolle, solle sie es weggeben. Brigid ging nach Cork, um das Baby zu bekommen, aber sie gab es nicht weg. Kurz nach der Geburt kehrte sie nach Clogherhead zurück, mit einem winzigen rosa Bündel im Arm, und ihren Eltern sagte sie, wenn sie die kleine Joanne nicht akzeptierten, würde sie so weit fortgehen, dass sie keine von ihnen beiden je wieder zu Gesicht bekämen.

Brigids Pa war außer sich. Er schäumte vor Wut, brüllte sie an, niemand drohe ihm, und erst recht nicht seine Tochter. Aber Brigids Mum redete ihm ins Gewissen. Wenn ihre Tochter aufrecht durch die Straßen gehen könne, dann könne sie das auch. Und Gnade dem Gott, der sie dafür verurteilte.

Was sie natürlich taten. Es gab Getuschel und heimliche Blicke und hochgezogene Augenbrauen. Einige der älteren Einwohner des Dorfes wechselten die Straßenseite, wenn sie Brigid mit dem Kinderwagen kommen sahen. Mary wusste, innerlich loderten in Brigid Scham und Wut, aber sie ließ es sich nie anmerken. Kein einziges Mal. Stattdessen reckte sie das Kinn vor und wünschte ihnen einen wunderschönen guten Morgen.

Niemand dachte, Liam O'Brien würde zurückkommen, Mary am allerwenigsten, aber Brigid war hartnäckig. Sie sagte, wenn er den Brief lesen würde, in dem sie ihm von dem Baby geschrieben hatte, dann würde er zurückkommen und sie heiraten. Und so war's. Wider Erwarten kehrte er zurück nach Clogherhead. Der örtliche Priester wollte sie nicht trauen, also waren sie gezwungen, sich an eine andere Gemeinde zu wenden, und in der Herz-Jesu-Kirche steckte er ihr einen Ring an den Finger. Mary kam nicht zur Hochzeit. Niemand kam. Brigid sagte, sie verstehe, warum ihre Eltern nicht gekommen seien, aber Mary blickte hinter die stoische Miene ihrer besten Freundin. Sie war bitter, bitter verletzt.

Niamh kam sechs Jahre nach Joanne zur Welt. Brigid war Brautjungfer auf Mary und Patricks Hochzeit. Nach der Zeremonie hatte sie Mary ins Ohr geflüstert, dass sie noch in dieser Nacht schwanger werden würde, aber es hatte länger gedauert. Viel länger. Fünf Jahre lang betete

Mary jede Nacht zu Gott, ihr ein Kind zu schenken. Und dann, endlich, wurden ihre Gebete erhört.

Für zwei herrliche Jahre war sie eine Mutter. Es waren die glücklichsten Jahre ihres Lebens. Und dann hatte Liam O'Brien sie ihr gestohlen.

Mary steht so schnell auf, dass ihr das Blut im Kopf rauscht und schwarze Punkte vor ihren Augen schwimmen. Sie hält sich am Fensterbrett fest und wartet ab, bis sie verschwinden, dann läuft sie zur Tür. Sie reißt sie auf und schaut die Straße hoch und runter, aber Max und das rote Auto sind verschwunden. Der Wind pfeift ins Haus, und im Augenwinkel bemerkt Mary etwas kleines Weißes den Flur entlangflattern. Sie beugt sich hinunter und hebt es auf. Es ist eine Visitenkarte.

Max Blackmore, steht auf der Vorderseite.

Kriminalreporter.

Bristol News.

Eine Handynummer und eine E-Mail-Adresse.

Je länger sie darauf starrt, desto schwindliger wird ihr. Was soll sie tun?

KAPITEL 64

Der Wind peitscht mir die Haare ins Gesicht. Rote Locken wickeln sich mir um Wangen, Nase und Hals. Ich streiche sie mit beiden Händen zurück, nur damit sie mich nach dem Bruchteil einer Sekunde wieder attackieren. Elise stochert mit ihrem Netz in einem Felsentümpel und sagt etwas, das ich nicht verstehe, weil es vom Wind fortgetragen wird. Ich wische mir die feuchten Handflächen an meiner Jeans ab, aber auch die ist nass. Ich drehe mich um, erwarte einige große Felsen und einen breiten Streifen Strand hinter uns. Aber er ist weg. Die See, die das letzte Mal, als ich nachgesehen habe, mindestens hundert Meter weit weg war, steht so hoch, dass Wellen gegen die Felsen schlagen, auf denen wir spielen. Als wir ankamen, war die See noch flach, fast still, und die Sonne glitzerte auf dem Wasser, aber graue Wolken sind am Himmel aufgezogen, und das Meer – durchzogen von den Kämmen riesiger Wellen – ist schwarz geworden.

Klatsch! Noch eine Welle schlägt an die Felsen – unvermittelt, wild. Ich kann nicht mehr tun, als Elise unter den Achseln zu packen und sie hochzuheben, bevor die weiße Brandung aufpeitscht und sich über uns aufwölbt. Sie verpasst uns knapp und schlägt gegen den Sandstein nur einen Meter von uns entfernt. Dahinter folgt die nächste Welle, größer und dunkler. Wir müssen hier weg. Jetzt.

Ich werfe einen Blick auf meine Uhr, während ich über die feuchten Steine in Richtung sicheres Festland eile. Die Flut kommt nicht vor Mittag herein, und es war erst zehn Uhr, als ich das letzte Mal nachgesehen habe und …

Zehn Uhr.

Wie kann es immer noch zehn Uhr sein?

Ich tippe auf das Glas.

Der Sekundenzeiger bewegt sich nicht.

Ich werfe einen Blick zurück, als eine Welle auf die Felsen trifft, mit mehr Kraft als die letzte, und dieses Mal werden wir mit Seewasser bespritzt. Elise stößt einen schrillen Schrei aus und schlingt mir die Arme fester um den Hals, dabei rutscht ihr das Netz aus der Hand.

»Netz!«, kreischt sie mir ins Ohr und versucht sich aus meiner Umarmung zu winden. »Netz, Mummy!«

Zwar greife ich nicht nach dem Netz, aber ich höre auf zu laufen, das Herz pocht mir wie wild in der Brust. Wohin jetzt? Ich habe das Ende der Felsen erreicht, aber eine hohe Steinmauer trennt den Strand von dem sicheren Grünstreifen. Spitze, schartige Steine sind in die Kante eingelassen. Auf keinen Fall komme ich darüber. Die einzige Möglichkeit, hier wegzukommen, besteht darin, über die Felsen zu klettern, bis ich den kleinen Flecken Strand am Ende der Main Road erreiche.

Elise schreit weiter nach ihrem Netz, als ich wieder loslaufe. Ihr ohrenbetäubendes Gekreische schneidet durch den Wind, während ich mir vorsichtig einen Weg über die Felsen bahne. Durch die Gischt sind sie feucht und glitschig, und als ich mit dem linken Fuß ausrutsche, schlingert meine Tochter in meinen Armen. Ich kämpfe darum, das Gleichgewicht zu halten, aber indem ich heftig zur Seite wegrutsche, verdrehe ich mir das rechte

Knie, sodass es fast nachgibt. Als ich den Fuß aufsetze, zucke ich zusammen.

»Mummy!« Elise schreit mir ins Ohr. »Angst!«

Ich drücke sie fest an mich, schlinge die Arme um sie. Die See tobt und holt nach uns aus. Riesige graue Wellen rollen auf uns zu, springen hoch auf und brechen, werden schneller und höher, je näher sie uns kommen. Es fühlt sich an, als stünden wir in Reichweite der Fänge eines riesigen dunklen Monsters, das uns im Ganzen verschlingen will. »Ist schon gut. Ich habe dich. Wir sind fast …« Ich spüre, dass uns jemand beobachtet, und drehe mich um.

Mary steht am Strand, am Rande der Felsen, den dunkelblauen Wollmantel bis oben hin geschlossen, den Paisley-Schal um den Hals geschlungen und die graue Strickmütze über die Ohren gezogen. Sie schlägt die behandschuhten Hände zusammen, während sie zu uns hinüberstarrt. Sie ist gekommen, um uns vor der Flut zu warnen.

»Mary!« Ich springe von dem letzten Felsen und lande schwer auf dem Sand. Meine Hauswirtin reicht mir nicht die Hand, um meinen Sprung abzufedern. Sie bewegt sich keinen Zentimeter, nicht mal, als der Wind ihr den Schal vom Hals reißt und ihn hoch in die Luft hebt. Elise schaut ihm nach, während er über unseren Köpfen wirbelt und tanzt, ehe der Wind ihn weiter über den Strand peitscht.

»Mary?« Ich setze mir Elise auf die Hüfte. »Stimmt was nicht? Was ist los?«

Sie blinzelt, aber ihre Augen sind glasig und leer, sie starrt durch mich hindurch.

»Mary, kommen Sie.« Ich berühre sie am Ellenbogen. »Wir müssen los. Die Flut kommt. Wir müssen …«

Sie zuckt vor meiner Berührung zurück und greift in einer einzigen blitzschnellen Bewegung nach meinem Handgelenk.

»Mary?« Ich versuche mich loszureißen, aber sie ist erstaunlich kräftig. Mit Elise im anderen Arm kann ich mich nicht befreien, ohne mein Kind fallen zu lassen. »Mary, Sie tun mir weh. Lassen Sie mich los, bitte.«

»Wer sind Sie?«

»Sie wissen, wer ich bin.«

»Ich weiß, wer Sie vorgeben zu sein.« Der glasige Blick verschwindet, und sie schleudert mir die Worte entgegen.

»Mary!« Ich weiche zurück, aber sie hält mein Handgelenk fest umklammert, und ein stechender Schmerz schießt mir durch die Schulter, als sie mich zurückreißt. Hinter den regenverhangenen Brillengläsern ist ihr Blick stählern.

»Ich weiß alles über Sie, Joanne Blackmore. Ich weiß, Sie haben einen Ehemann namens Max. Ich weiß, Sie haben Elise entführt. Ich weiß, Sie nehmen Drogen und haben psychische Probleme ...«

»Das ist nicht wahr.«

»Nein? Sie haben genug Medikamente in Ihrem Nachtschrank, um ein Pferd ruhigzustellen.«

»Die sind gegen meine Agoraphobie und meine Angststörung.«

»Verbringen Menschen mit Agoraphobie viel Zeit am Meer?«

»Bitte«, bettle ich. Die See kommt unaufhaltsam näher. Es ist nur noch ein schmaler Streifen Felsen übrig, der noch nicht überspült ist und ein winziger Flecken Strand vor uns. »Lassen Sie uns zum B&B zurückgehen. Ich werde alles erklären. Ich verspreche es.«

»Warum sind Sie hergekommen, Joanne? Warum sind Sie in mein Haus gekommen?«

»Weil Sean mich mitgenommen hat und meinte, Sie hätten noch Zimmer frei.«

»Noch mehr Lügen, Joanne? Wie ich höre, sind Sie eine gute Lügnerin.«

»Mary, ich weiß nicht, was Sie gehört oder was Sie in der Zeitung gelesen haben, aber Sie liegen falsch. Ich bin kein schlechter Mensch, das schwöre ich. Ich …«

»Neugier, oder? War es das, was Sie hergetrieben hat? Sie wollten sich selbst davon überzeugen, welchen Schaden Ihr Daddy angerichtet hat.«

Bei der Erwähnung meines Dads zucke ich zusammen. Was redet sie da? Ich schwitze unter meinem dicken Wintermantel, aber jetzt kann ich nicht mehr aufhören zu zittern.

»Haben Sie es vergessen, Joanne? Es verdrängt?«

»Ich weiß nicht, wovon Sie reden. Bitte, Mary« – meine Stimme bricht –, »Sie machen mir Angst. Und ich muss Elise in Sicherheit bringen.«

Marys Blick bleibt hart. Mein Flehen wurde vom Wind mitgerissen. Entweder das, oder sie ignoriert es mit Absicht.

»Sie waren im Auto. Erinnern Sie sich? In dem weißen Ford Escort Ihres Daddys. Sie waren mit ihm beim Fußball. Er ließ Sie draußen im Wagen sitzen, mit einem Buch, Limonade und Tayto Chips, während er sich das Spiel ansah. Er trank ein paar Bier. Viel Bier. Erinnern Sie sich nicht, Joanne? Erinnern Sie sich nicht, was für eine Fahne er hatte, als er endlich zum Wagen zurückkam?«

»Nein.« Ich schüttle den Kopf, aber es ist eine Lüge.

Ich kann mich erinnern. Ich erinnere mich an zahllose Gelegenheiten, bei denen ich im Wagen warten musste, während mein Vater mit seinen Freunden herumhing. Ich erinnere mich, wie langweilig mir war. Wie ich in den Klub lief, um ihn zu fragen, ob wir jetzt endlich gehen könnten, nur um mit einem »In ein paar Minuten bin ich bei dir« vertröstet zu werden. Aber die paar Minuten schienen sich ewig in die Länge zu ziehen, und wenn ich mein Buch durchgelesen hatte, schlief ich auf dem Rücksitz ein. Ich erinnere mich an die Überraschung, wenn ich aufwachte und feststellte, dass es draußen dunkel war und mein Vater vorne saß und den Motor anließ. Er rauchte eine seiner John Player Specials, und es stank nach Rauch.

»Erinnern Sie sich daran, dass er raste, Joanne? Wie er Gas gab und um die Kurven schlingerte? Erinnern Sie sich daran?«

Ich nicke stumm, zu verängstigt, um ein Wort herauszubringen.

»Wollte er Sie nicht zum Strand fahren, um sich mit Ihrer Mutter und ein paar ihrer Freunde zu treffen? Aber er war spät dran, also gab er Gas. Er muss um die achtzig gefahren sein, auf der Strand Street.«

»Nein, Mary.« Mir kommen die Tränen. »Bitte, Mary, nein.«

»Haben Sie ein leichtes Holpern gespürt, na, haben Sie? Als Ihr Vater die Main Road entlangfuhr? Hat er Ihnen erzählt, es sei eine Katze?«

Ich möchte das nicht hören. Ich kann nicht. Mein Leben lang hat man mir erzählt, mein Vater sei ein schlechter Mann, und nie habe ich es geglaubt. Ich konnte es nicht. Wie konnte der Mann, der mich auf seinen Schultern reiten ließ, der mich zum Lachen brachte mit seinen dummen Scherzen, der mir Tüten mit Süßigkeiten schenkte, wenn Mum nicht hinsah, ein schlechter Mann sein? Schlechte Männer trugen Narben im Gesicht und hatten komische, schiefe Zähne. Sie hatten keine strahlend blauen Augen und dickes blondes Haar. Gut, dann stank er eben manchmal nach Alkohol und Zigaretten. Dann ging er nicht mit mir in den Park und redete nicht mit mir, wenn er vorm Fernseher saß, aber waren nicht alle Väter so? Als Teenager dachte ich, er hätte meine Mum betrogen. Hatte sie für eine andere verlassen. Oder schlimmer noch, hatte ein Kind mit einer anderen Frau, und das war ein derartiger Skandal, dass sie Clogherhead verlassen mussten. Aber doch nicht das. Ich weiß, was Mary sagen wird. Es kann nur eines sein.

»Das war mein kleines Mädchen, Joanne«, sagt sie. »Mein Kind, das Ihr Vater getötet hat, keine Katze.«

Tränen rinnen mir die Wangen runter, während ich die Hand schützend auf Elises Kopf lege, die Nässe ihrer wollenen Pudelmütze spüre und ihr warmes Gesicht an meinen Hals presse. Ich schließe die Augen, aber ich kann sie immer noch sehen – das kleine, lächelnde Mädchen auf dem Foto. Noch immer den muffigen roten Mantel riechen. Mein Vater hat sie getötet. Er hat ein Kind getötet. Sie war noch ein Baby. Fast so alt wie Elise. Ich versuche den Schmerz niederzuringen, der mir die Brust zerreißt, aber ich schaffe es nicht. Das Leid in Marys Stimme ist unerträglich – und ein ersticktes Schluchzen kommt mir über die Lippen.

»Der Mann meiner besten Freundin hat mein Baby getötet, Joanne. Er setzte Sie am Strand ab, dann fuhr er nach Hause und machte sich ein Bier auf, als wäre nichts geschehen. Und all das, während Niamh mit gebrochenen Knochen und blutend auf der Straße lag.«

»O Gott, Mary. Das wusste ich nicht. Ich schwöre, ich wusste es nicht.« Meine Hauswirtin hat den Griff um mein Handgelenk gelockert, aber ich kann mich nicht dazu überwinden, es wegzuziehen. Dieses große, leere Haus, der Schrein im Kinderzimmer, die Einsamkeit, die Trauer, die über Mary hängt wie eine Wolke – mein Vater hat das verursacht. Er hat ihr Kind überfahren und nicht angehalten. Welcher Mann tut so etwas? Welches Monster?

»Mummy?« Elise betrachtet mich neugierig. »Mummy weinen?« Sie tippt mir auf die Wangen und schaut dann zu Mary. »Mary weinen.«

Sie streckt die Hand nach Marys Gesicht aus, aber die alte Dame schreckt zurück, als hätte sie sich verbrannt. Sie fasst sich mit der Hand an den Hals, als suchte sie nach ihrem Schal und sieht überrascht aus, als sie feststellt, dass er nicht da ist.

»Mary«, sage ich, »ich schwöre, ich wusste es nicht. Ich wäre niemals zu Ihnen gekommen, hätte ich davon gewusst. Ich wäre nicht zurück nach Clogherhead gekommen. Es tut mir so leid. Ehrlich, ich …«

»Aber Ihre Mammy wusste es, Joanne, oder etwa nicht? Er war ihr Ehemann. Wie könnte sie so etwas nicht wissen?«

»Sie wusste es nicht. Sie kann es nicht gewusst haben. Sie hasst Liam. Ich konnte es ihr ansehen, wann immer ich versucht habe, über ihn zu sprechen. Sie sagte mir, er sei ein schlechter Mann. Sie sagte mir, in ihrem Haus solle ich nicht über ihn sprechen.«

Das Feuer in Marys Augen verändert sich. Der Hass lässt ein klein wenig nach. Sie möchte mir glauben.

»Mary«, sage ich, als mir die Brandung über die Schuhe spült. »Mary, wir müssen hier weg!«

Aber meine Hauswirtin bewegt sich nicht. Stattdessen starrt sie Elise mit einem fremden, wie aufgeklebten Lächeln auf dem Gesicht an und streckt die Hände nach ihr aus.

»Geben Sie mir das Kind.«

»Nein.« Ich weiche einen Schritt zurück, aber ich kann nirgendwo hin. Mary hat mich zwischen der Straße festgesetzt. Ich müsste sie zur Seite stoßen, um an ihr vorbeizukommen.

»Geben Sie sie mir«, wiederholt sie. »Sie hätten mich fast zum Narren gehalten, Joanne – mit den Tränen und der Entschuldigung und dem Gerede über Brigid. Sie sind so schlau, genau wie Ihr Mann gesagt hat.«

Ich bekomme es mit der Angst zu tun. »Max? Wann haben Sie mit Max gesprochen?«

»Man darf ein Kind nicht stehlen.« Sie streckt sich nach vorne und greift Elise am Arm. »Man darf sie jemandem nicht wegnehmen, der sie liebt. Ich werde das nicht noch einmal zulassen.«

»Mary, nein.« Ich versuche mich wegzudrehen, aber Mary lässt nicht los, und Elise schreit auf. »Was auch immer Max Ihnen gesagt hat, es ist eine Lüge. Er ist ein Lügner. Er hat mir keine andere Wahl gelassen, als wegzulaufen. Ich musste meine Tochter doch beschützen.«

»Sie sind krank«, sagt Mary sanft. »Das haben Sie und Ihr Vater gemeinsam. Wie könnten Sie sonst ein Kind verletzen und so tun, als wäre nichts geschehen, außer, mit Ihrem Gehirn stimmt etwas nicht.«

Sie bricht ab, aufgeschreckt von dem Geräusch eines Wagens, der über den Strand auf uns zurast. Die Flut steht so hoch, dass es auf dem Strand kaum noch Platz hat. Als die Reifen durch die Brandung preschen, flackert der linke Blinker auf. Er will links auf die Main Road einbiegen, und wir stehen im Weg. Instinktiv greife ich nach Marys Unterarm und reiße sie aus dem Weg und auf die Felsen. Der Wagen rauscht an uns vorbei und verfehlt uns nur um wenige Zentimeter, als er auf die Main Road einbiegt.

Mary starrt mich an, keuchend und mit weit aufgerissenen Augen. Elise schreit, als die Gischt auf uns niederregnet, und scharfkantige Felsen drücken sich in meinen Rücken. Er hätte uns erfassen können. Dieser Idiot hätte uns alle umbringen kön…

Das Geräusch von kreischenden Bremsen zerreißt das Tosen der See und das Heulen des Windes. Rote Bremslichter leuchten auf. Das Auto ist nicht die Main Road hinauf verschwunden. Es steht seitlich da und versperrt uns den Weg zur Straße. Wir sitzen am Strand in der Falle.

Die Tür auf der Fahrerseite öffnet sich, und ein Mann steigt aus.

Es ist Max.

KAPITEL 65

KAPITEL 65

»Hallo, Jo.« Mein Mann steht neben dem Wagen und verschränkt die Arme vor der Brust. Er trägt eine graue Steppjacke und modische braune Schuhe, aber sein Kinn ist unrasiert, und es liegen tiefe Ringe unter seinen Augen.

Er lächelt. Nach allem, was er mir angetan hat. Unserer Familie. Elise.

Er lächelt.

Und ich bin wie gelähmt vor Empörung und Angst. In all der Zeit habe ich gedacht, ich würde vor der Polizei und vor Paula fliehen, dabei war es Max, vor dem ich mich hätte fürchten sollen. Max, der gelogen, gestohlen und betrogen hat. Max, der unsere Tochter in Gefahr gebracht und alle Welt davon überzeugt hat, die größte Gefahr gehe von mir aus.

»Komm schon, Liebes.« Bevor ich auch nur die Chance habe zu reagieren, reißt Mary mir Elise aus den Armen und strebt direkt auf Max und den Wagen zu. Sein Lächeln wird breiter, als sie näher kommt, und er streckt die Arme weit aus, die Augen fest auf Elise gerichtet.

»Nein! Mary, nein!«

Ich laufe ihr hinterher und rudere mit den Armen, als ich mich gegen den Wind werfe. Jeder eisige Atemzug sticht mir in den Lungen, jeder Schritt durch den schweren, nassen Sand ist mühsam und langsam, als würde ich durch Sirup waten.

Ich bin fast dreißig Jahre jünger als Mary, aber sie hat das Überraschungsmoment auf ihrer Seite und erreicht Max vor mir. Er streckt ihr die Hände entgegen, damit sie ihm Elise gibt. Seine Fingerspitzen berühren Elises Mantel. Es ist, als liefe vor mir ein Horrorfilm in Zeitlupe ab. Oder als wäre ich in einem Albtraum, in dem ich, so sehr ich mich auch anstrenge, nicht von der Stelle komme. Ich muss ihn davon abhalten, mir meine Tochter wegzunehmen, aber ich bin nicht schnell genug. Max' Hände verkrampfen sich, als er sie um Elises Taille legt, und Mary hebt sie ihm entgegen.

»Nein!« Ich schreie. »Nein!«

Dieses Mal reißt mir der Wind die Worte nicht vom Mund, und Elise dreht sich erschrocken zu mir um.

Noch drei Meter.

Max lässt Elises Taille los, als er herumfährt, um nach mir zu sehen.

Noch zwei Meter.

Er schubst Mary an der Schulter und schiebt sie und Elise beiseite.

Seine Hände zucken, und er hebt die Arme, aber er ist zu langsam, um sich zu verteidigen, und ich ramme ihn frontal, treffe ihn mit beiden Händen hart an der Brust. Er strauchelt rückwärts und prallt gegen die geschlossene Beifahrertür. Bevor er sich berappeln kann, laufe ich zu Mary, die nahe dem Kofferraum am Wagen steht und vergeblich versucht, die weinende Elise zu trösten.

»Geben Sie sie mir!« Ich hasche nach meiner Tochter, doch bevor ich sie zu fassen bekomme, erwischt Max genau zwischen den Schulterblättern ein Stück meines

Mantels. Er zieht sich eng um meine Brust, als Max mich von Elise wegreißt.

»Lass mich los!« Ich drehe mich nach rechts und will ihm den Ellbogen in die Seite rammen, aber er weicht aus. Ich trete nach ihm und spüre, wie mein Schuh ihn am Knie oder Schienbein berührt, aber er zuckt nicht mal. Stattdessen schlingt er mir die Arme um die Schultern, zieht mich rittlings an seine Brust und hält mich gefangen.

»Nein!« Ich reiße den Kopf ruckartig zurück, aber ich bin zu nahe an ihm dran, und es steckt zu wenig Kraft in dem Stoß gegen seine Brust. Als ich erneut versuche, ihn zu treten, hakt er die Fußgelenke um meine Füße und lehnt sich gegen das Auto. Ich stecke in der Falle. Mein Körper ist komplett in seinem gefangen.

»Jo«, zischt Max mir ins Ohr. »Du musst dich beruhigen. Elise hat das alles mitbekommen, und sie weint. Du machst ihr Angst.«

»*Ich* mache ihr Angst?« Ich kann gerade eben den Kopf drehen, um ihn entsetzt anzusehen. »Ich bin ihre Mutter, Max. Sie liebt mich, und du … du …«

»Ich habe getan, was nötig war, um sie zu beschützen. Du bist krank, Jo. Das bist du schon seit langer Zeit. Ich habe immer nur versucht, dir zu helfen.«

»Indem du mir meine Tochter wegnimmst? Indem du …« Ich spare mir den Rest des Satzes. Er weiß nicht, dass ich dahintergekommen bin, was er getan hat. Er denkt, ich glaube immer noch, dass Paula hinter allem steckt. Ich darf es ihm noch nicht zeigen. Es ist die einzige Waffe, die ich habe.

Wir erstarren, als wir zur gleichen Zeit ein Geräusch hören. Elise kreischt verzweifelt auf.

»Es ist alles in Ordnung, mein Schatz«, sagt Max. »Daddy ist hier.«

Ich wölbe den Rücken gerade genug, dass ich in der Lage bin, den Kopf zur Seite zu drehen. Mary, immer noch neben dem Kofferraum, kämpft verzweifelt mit Elise in ihren Armen. Das Gesicht meiner Tochter ist rot gefleckt, und die Haare kleben ihr am Schädel.

»Mummy!« Sie streckt beide Hände aus und rudert durch die Luft, um mich zu erreichen.

»Sie braucht mich, Max«, sage ich. »Sieh dir ihr Gesicht an. Du musst mich gehen lassen. Bitte.«

»Es ist gut, Li-Li«, sagt er sanft. »Alles ist gut. Mummy und Daddy umarmen sich nur ein bisschen. Oder, Mummy?« Er drückt mich so fest, dass ich kaum noch Luft bekomme, aber für meine Tochter ringe ich mir ein Lächeln ab.

Mary fängt meinen Blick auf.

»Helfen Sie mir«, sage ich stumm, aber sie sieht weg.

»In Ordnung«, sagt Max. »Genug geplaudert. Mary, könnten Sie Elise bitte auf dem Kindersitz hinten im Wagen anschnallen?«

»Nein.« Ich beuge die Knie, um mich aus Max' Armen zu winden, aber er verstärkt den Griff um meine Schultern.

Mary berührt Elise sanft an der Wange. Meine Tochter reißt den Kopf wütend zur Seite und schreit weiter nach mir.

»Der Kindersitz, bitte, Mary«, wiederholt Max.

Marys Blick schnellt von Elises Gesicht zu Max' und dann zum Wagen. Mich sieht sie nicht an.

»Mary, tun Sie das nicht! Bitte.«

Max lacht angespannt. »Erinnern Sie sich, was ich

Ihnen über Jo gesagt habe? Darüber, wie manipulativ sie ist? Dass alles, was aus ihrem Mund kommt, eine Lüge ist? Sie hat Elise verletzt. Deshalb ist die Polizei hinter ihr her.«

»Das ist nicht wahr! Sie wissen, ich würde Elise niemals etwas antun. Sie haben uns doch gesehen. Sie wissen, wie sehr sie mich liebt. Nichts hiervon ist meine Schuld. Wie das, was Niamh zugestoßen ist, nicht Ihre Schuld war. Ich weiß, Sie geben sich dafür die Schuld, die Tür offen gelassen zu haben, aber das dürfen Sie nicht. Sie konnten nicht wissen, was geschehen würde. Unter keinen Umständen hätten Sie es wissen können. Was Liam getan hat, ist unverzeihlich. Und ich hasse ihn dafür. Und Sie hassen mich. Das verstehe ich, aber bitte, bitte, Elise hat nichts Falsches getan. Sie ist unschuldig.«

Mary bewegt nicht einen Muskel.

»Sie ist ein unschuldiges kleines Mädchen«, rufe ich. »Genau wie Niamh. Wenn Sie sie Max geben, wird sie verletzt werden. Er ist gefährlich! Bitte, Mary. Bitte. Sie können all dem ein Ende setzen. Bitte!«

»Jetzt kommen Sie schon, Mary«, sagt Max. »Setzen Sie Elise einfach hinten in den Wagen.«

Noch immer rührt sich Mary nicht. Der Mantel ist eng um ihren Körper geschlungen, und das blonde Haar liegt ihr flach am Kopf an. Nur ein paar Schritte liegen zwischen uns und den Wellen. Warum sagt Mary nichts? Warum hilft sie mir nicht? Sie kann doch nicht ernsthaft glauben, was Max ihr erzählt.

»Mary«, sagt Max. »Jo ist nicht wie Sie. Sie ist keine gute Mutter. Sehen Sie sich doch an, was sie mit Elises Haaren gemacht hat. Sie hat sie ihr abgehackt. Was für eine Mutter würde so etwas tun? Sie jedenfalls nicht, oder? Sie würden niemals etwas so Furchtbares tun.«

»Mit einer Sache hatte Jo recht«, fährt Max fort. Ich weiß, er möchte Mary anschreien, Elise in den Wagen zu setzen, aber er hält sich zurück. Er hat von ihr erwartet, sich zu fügen, anstatt zu erstarren, und jetzt befürchtet er, sie könnte eine Dummheit begehen. »Elise ist unschuldig. Sie ist ein unschuldiges kleines Mädchen, die ein Leben, in dem sie angezogen wird wie ein Junge und nicht weiß, wo sie am nächsten Tag wohnen wird, nicht verdient hat. Sie braucht ein Zuhause. Sicherheit. Geborgenheit. Das alles kann ich ihr bieten, Mary. Ich kann auf sie aufpassen. Ich kann ihr alles geben, was sie braucht.«

Während er so redet, beuge ich langsam, ganz langsam den rechten Arm, schiebe die Hand in meine Tasche und schließe die behandschuhten Finger um mein Telefon. So vorsichtig und unauffällig wie ich nur kann, ziehe ich es aus der Tasche. Ich fahre mit dem Daumen über das Display und dann über die Ziffern. 1 ... 2 ... 3 ...

Ich bewege den Daumen nach unten. 6.

Und weiter. 9.

999. Die Notrufnummer in Großbritannien, aber ich habe keine Ahnung, ob es in Irland dieselbe Nummer ist. Ich könnte es darauf ankommen lassen. Ich könnte die Taste dreimal drücken und schreien, dass es einen Notfall am Strand von Clogherhead gibt, aber dann würde Max mich hören. Er würde sich Elise schnappen und mit ihr davonfahren, bevor sie hier einträfen. Und damit hätte es sich. Er würde sie mitnehmen nach Großbritannien. Und folge ich ihnen, werden sie mich wegen Kindesentführung vor Gericht stellen. Ich könnte von Glück sagen, wenn ich sie jemals wiedersehen würde.

»Mary«, sage ich. »Mary, hören Sie mich an. Alles, was Max Ihnen erzählt, ist eine Lüge. Ich bin keine schlechte Mutter. Mein Mann hat es so aussehen lassen, als wäre ich eine. Er hat Drogen in unser Haus geschmuggelt und der Polizei gesagt, sie gehörten mir. Ich wurde verhaftet, und der Soziale Dienst wurde informiert. Vor deren Besuch hat Max das Haus verwüstet, damit es so aussah, als könnte ich mich nicht um Elise kümmern. Dann ist er … eines Nachts brach er bei uns ein und versteckte Geld, das er gestohlen hatte, in der Kiste mit den Erinnerungen an mein Baby. Henry. Das Baby, mit dem ich vor Elise schwanger war. Er starb, als ich im vierten Monat war. In der Kiste bewahre ich unschätzbare, kostbare Erinnerungen an unseren kleinen Jungen auf, aber Max ist das egal. Er hat Henrys Andenken besudelt, als er sein schmutziges Geld auf die einzigen Erinnerungen gestapelt hat, die mir noch geblieben sind.«

»Das war für Elise«, zischt Max und entblößt dabei die Zähne.

»Du hast es gestohlen! Deinetwegen war Paula hinter mir her. Deinetwegen hat sie mich bedroht. Du hast unser beider Leben in Gefahr gebracht, und für was? Für zehntausend Pfund, die du einem Kredithai gestohlen hast? Und du nennst dich einen guten Vater?«

»Ich möchte ihr ein gutes Leben bieten.«

»Sie hatte ein gutes Leben!«

»Wirklich? Glaubst du das wirklich, Jo? Du glaubst, sie Tag und Nacht im Haus einzusperren ist ein gutes Leben? Du glaubst, dich mit Schmerztabletten zuzudröhnen und sie eingepisst und weinend in der Kita zu vergessen ist ein gutes Leben?«

»Ich habe versucht, wieder auf die Beine zu kommen. Wenn du nur etwas geduldiger mit mir gewesen wärst …«

»Was? Was wäre dann passiert? Ich hätte mit ansehen müssen, wie du mit meiner Tochter nach Chester abziehst, das wäre passiert. Du hast gedroht, ich würde sie nie wiedersehen!« Spucke spritzt ihm aus dem Mund und bleibt an meiner Haut kleben, als er mir ins Gesicht schreit. Es ist ganz genau wie bei unserem Streit im Wohnzimmer. Elise weint, mein Herz schlägt mir so hart gegen die Brust, dass mir übel wird, und ich zittere am ganzen Körper, aber ich kann nicht mehr aufhören, diesmal kann ich mich nicht mehr wegducken. Ich kann einfach nicht. Ich werde es nicht zulassen, dass er mich einschüchtert.

»Deshalb hast du die Drogen im Haus deponiert, ist es nicht so? Du wolltest mich davon abhalten, nach Chester zu ziehen. Mir eine Lektion erteilen. War es nicht so? Du wolltest die Kontrolle zurück. War es nicht so? War es nicht so, Max?«

»Ja«, blafft er mich an. »Ja, verdammte Scheiße, so war es. Und es hat doch funktioniert, oder nicht? Denn wen hast du angerufen? Mich. Wen hast du angefleht, auf dem Sofa zu schlafen, damit du dich sicher fühlst? Mich. Du warst ein Wrack, Jo. Du *bist* ein Wrack. Du bist schwach, du bist unzuverlässig und dünnhäutig. Als ich nicht da war, musstest du deine beste Freundin bitten, bei dir zu bleiben.«

»Weil ich Angst hatte, nachdem du unser Haus verwüstet und überall Müll verstreut hast, bevor der Soziale Dienst vorbeikam. Und es war gut, dass ich Helen gefragt habe, über Nacht zu bleibe, weil du ins Haus eingebrochen bist und Elise verletzt hast.«

»Ich habe sie nicht verletzt! Ich habe sie nur festgehalten, weil sie aus dem Kinderbett geklettert ist.«

»Sie war am ganzen Körper übersät mit blauen Flecken, Max.«

Er schüttelt den Kopf. »Das kannst du mir nicht anhängen, Jo. Ich habe sie kaum berührt. Wir wissen beide, dass du diejenige bist, die sie verletzt hat. Warum solltest du sonst weglaufen, anstatt sie ins Krankenhaus zu bringen?«

»Ich rufe die Polizei.« Mary geht mit Elise an der Hand um den Kofferraum herum. Der Wagen blockiert den Zugang zur Main Road. Sie wird Elise über den Kofferraum heben, um sie in Sicherheit zu bringen und dann selbst darüberklettern müssen. »Dann können die entscheiden, bei wem das Kind bleiben soll.«

»Nein!« Max schleudert mich mit solcher Wucht von sich, dass ich der Länge nach auf dem Sand lande. Noch während ich verzweifelt versuche, auf die Füße zu kommen, bricht eine Welle über mir.

»Halt!« Max packt Mary an der Schulter.

Sie dreht sich um und schaut ihm ins Gesicht, schiebt sich vor Elise. »Nehmen Sie Ihre Hände weg.«

»Mrs Byrne.« Er schüttelt den Kopf. »Ich will einfach nur meine Tochter. Das ist alles, was ich will.«

»Tja, Sie können sie nicht haben. Wenn Sie noch einen letzten Rest Anstand in den Knochen haben, dann setzen Sie sich in Ihren Wagen und fahren los.«

»Ohne meine Tochter gehe ich nirgendwohin.« Ich nehme den warnenden Unterton in seiner Stimme wahr, während ich mich von hinten an ihn anschleiche, um seine Aufmerksamkeit nicht auf mich zu lenken.

Marys Blick schnellt zu mir herüber, und sie bedeutet

mir subtil, mich nicht zu bewegen, dann greift sie in die linke Tasche ihres Mantels und zieht ein Handy heraus. Mit der rechten Hand schiebt sie Elise vor sich her und zur Seite.

»Hallo, ist da die …«

»Geben Sie mir das Telefon«, sagt Max.

»Bitte! Kommen Sie schnell. Wir sind in Clogher…«

Wie ein grauer Blitz schnellt Max' Arm durch die Luft. Mary taumelt rückwärts. Sie dreht sich weg, sodass das Telefon aus Max' Reichweite ist, aber noch während sie sich dreht, bleibt sie mit dem Schuh an einem kleinen Stein hängen und fällt auf den Sand. Max stürzt sich auf ihren ausgestreckten Arm und das Telefon, und es kommt zu einer Rangelei, als sie versucht, ihn abzuschütteln. Ich hechte nach vorne und bekomme die Rückseite seiner Jacke zu fassen, aber bevor ich ihn von ihr wegzerren kann, höre ich Marys Stimme. »Jo!«, ruft sie. »Nehmen Sie Elise! Nehmen Sie sie, und laufen Sie!«

KAPITEL 66

Festhalten!«, schreie ich. »Elise, halt dich fest, lass ja nicht los!«

Meine Tochter weint hysterisch, schlingt die Beine fest um meine Hüfte und gräbt mir die Fingernägel in den Nacken. Ich halte sie wie eine Affenmutter, fange ihr Gewicht mit einer Hand ab, damit ich die andere benutzen kann, um mich auf den Felsen abzustützen. Weniger als ein Meter blanker Fels liegt noch zwischen der Steinmauer und der See. Wenn überhaupt, bleiben mir nur noch Minuten, um den niedrigen Teil der Mauer zu erreichen, bevor das Wasser kommt und darüber und auf das Feld drängt. Die Alternative wäre gewesen, den Strand entlangzulaufen oder über die Motorhaube zu klettern, um auf die Straße zu gelangen, aber Max kam schon wieder auf die Füße, als ich Elise in die Arme schloss.

Jetzt kann ich ihn hinter mir hören, er atmet schwer, flucht jedes Mal, wenn er ausrutscht und hinfällt. Er ist schneller als ich, sehr viel schneller, aber in meinen Turnschuhen habe ich besseren Halt auf den glitschigen, nassen Felsen als er mit seinen eleganten Schuhen. Schon mehrfach bin ich mit Elise über sie geklettert – ich weiß, wo ich auftreten muss, um nicht zu fallen, und wann ich springen muss, weil die Kluft zwischen den Felsen zu tief ist.

»Mummy!«, kreischt Elise, als eine Welle gegen die

Felsen schlägt und Seewasser auf uns niedergeht. Für einen Moment raubt mir das eiskalte Wasser den Atem, aber ich höre nicht auf zu laufen. Die Brandung ist jetzt so nahe, eine einzige riesige Welle würde ausreichen, um uns von den Felsen zu spülen und hinaus in die See zu ziehen.

Ich umfasse meine Tochter mit dem anderen Arm und strecke die linke Hand aus, um die Mauer zu berühren, die den Strand vom Festland trennt. Sie ist fast zwei Meter hoch, und die Steine sind feucht. Mit den Turnschuhen würde ich bei dem Versuch, sie hinaufzuklettern, abrutschen, und auf keinen Fall könnte ich Elise sicher über die scharfkantigen Steine auf der Oberseite heben. Weiter den Strand hinunter, in etwa fünfzig Metern Entfernung, wird die Mauer niedriger – sie misst dort nur noch etwa eineinhalb Meter. Wenn ich es bis dahin schaffe, gelingt es mir vielleicht eher, Elise darüberzuwerfen. Auf der anderen Seite erstreckt sich ein Grünstreifen, der ihren Sturz abfedern sollte. Was mit mir geschieht, ist mir egal, solange meine Tochter in Sicherheit ist.

»Jo!« Max schreit. »Jo, bleib stehen!«

Seine Stimme schneidet durch das Heulen des Windes und das Tosen der See. Ich werfe einen Blick zurück über meine Schulter, um abzuschätzen, wie weit er noch entfernt ist.

Verdammt.

Er hat aufgeholt.

Er hat Schuhe und Socken ausgezogen und läuft barfuß, die Augen auf den Boden gerichtet, während er von Stein zu Stein springt. Er spürt meinen Blick, bereit zum Sprung, hält er inne und sieht auf.

Die Kälte in seinen Augen verschlägt mir den Atem. Er wird niemals aufgeben. Wenn ich es über diese Mauer schaffe, wird er weiter hinter mir her sein. Wenn ich zurück nach England fliege, wird er mich verfolgen. Wo er auch hingeht, er wird Lügen über mich verbreiten und Menschen gegen mich aufbringen. Selbst wenn ich einen Ort finde, an dem ich mich mit Elise verstecken kann, werde ich den Rest meines Lebens damit zubringen, über die Schulter zu schauen, und mich fragen, wie viel Zeit ich noch habe, bis Max uns aufspürt.

Ich drehe mich um und laufe weiter, aber während ich das tue, bricht eine weitere Welle an den Felsen. Sie bäumt sich über uns auf und auf und auf und wölbt sich in Zeitlupe wie ein Regenbogen über uns. Es bleibt keine Zeit, wegzulaufen oder zu schreien. Keine Zeit zu beten oder zu brüllen, denn so schnell wie die Zeit zum Erliegen kommt, nimmt sie wieder Geschwindigkeit auf. Es entsteht ein Moment der Stille, nur eine Sekunde lang, dann schlägt die Welle über unseren Köpfen zusammen und reißt mir die Füße unter den Beinen weg.

Die See hört auf zu tosen, wenn man unter Wasser ist. Sie summt, ein tiefer Bassbariton, der dich einhüllt und in deinem Körper, deinem Kopf, deinem Trommelfell widerhallt. Ich bin aufgehoben, schwerelos, und für den Bruchteil einer Sekunde – weniger als einen Herzschlag lang – überkommt mich das Gefühl von Ruhe. Es ist vorbei. Ich habe verloren. Ich werde sterben, und ich kann nichts daran ändern. Dann beginnen meine Lungen zu schmerzen, und ich fühle, wie sich etwas in meinen Armen bewegt. Elise! Ich öffne die Augen und sehe … nichts … nur den dicken, undurchsichtigen Schleier der See. Ich spüre, wie die Strömung an Elise zerrt, wie sie versucht, sie mir zu entreißen. Ich halte sie fester, aber ich kann spüren, wie sie mir entgleitet. Ich strample verzweifelt mit den Beinen. Meine Lungen brennen. Ich muss atmen. Muss an die Oberfläche. Aber wo geht es nach oben? Ich kann nichts sehen. Noch immer bin ich umgeben von dunklem, wirbelndem Wasser. Der Drang, den Mund zu öffnen und es in die Lungen einzusaugen, ist zu stark. Wir sinken hinab.

Ich schaffe es nicht. Ich kann den Atem nicht länger anhalten. Ich kann nicht länger kämpfen. Es tut mir leid, Elise. Es tut mir so leid. Ich habe versprochen, dich zu beschützen, und ich habe versagt. Es tut mir so leid. Ich muss atmen. Ich muss …

Wumm! So schnell, wie die Welle uns mitgerissen hat, lässt sie uns wieder frei, schmettert uns gegen die Felsen, bevor sie sich in die See zurückzieht.

Ein heftiger, dolchartiger Schmerz fährt mir durch die linke Schulter. Aber es ist nicht der Schmerz, der mir einen entsetzten Schrei entlockt. Meine Tochter lehnt schlaff an meiner Schulter. Ihre Augen sind geschlossen. Ihre Lippen sind blau angelaufen.

»Elise!« Ich schüttle sie. »ELISE!«

Sie bewegt sich nicht. Sie reagiert nicht.

»Elise!« Erneut schüttle ich sie. Ihre Haut ist aschfahl und fühlt sich eiskalt an. »Elise! Mach die Augen auf!«

Noch immer bewegt sie sich nicht.

»Elise.« Ich kann mich kaum bewegen, aber irgendwie gelingt es mir, sie auf die Seite zu drehen und ihr feste auf den Rücken zu schlagen. Sie darf nicht sterben. Sie darf nicht.

»Elise!« Ich schlage sie erneut.

Sie hustet. Ganz leise, aber ich habe es gehört.

»Elise!«

Wieder hustet sie und wirft sich von einer Seite zur anderen, mit rudernden, zuckenden Armen, wie die einer Puppe. Ihre rechte Hand schlägt gegen einen Stein, und sie schreit auf vor Schmerz. Mir bleibt keine Zeit, sie zu trösten. Die nächste Welle drängt heran, größer, gewaltiger als die letzte. Auf keinen Fall werden wir es überleben, wenn sie über uns bricht. Ich muss eine Entscheidung treffen – zusammen mit Elise sterben oder sie Max überlassen und beten, dass er ihr nicht noch mehr wehtut. Ich kann ihr das nicht antun. Ich kann sie dem nicht aussetzen. Aber was ist die Alternative? Wenn ich nichts unternehme, ist das ihr Todesurteil. Ich taste nach meinem Mantel, aber das Handy ist längst weg, verschluckt von der See. Ich schließe die Augen. Bitte, bete ich stumm, bitte lass den Anruf am Strand durchgekommen sein. Als ich die Augen wieder aufschlage, schreie ich den Namen meines Mannes.

»Nimm Elise! Schnell, Max! Schnell!«

Plötzlich ist er neben uns, nass bis auf die Haut und aschfahl. Er beugt sich hinunter zu unserer Tochter, und ich mobilisiere meine letzten Kräfte, um sie an den Seiten zu packen, sie hoch und von mir weg in seine Arme zu drücken. Ich will nur, dass sie in Sicherheit ist. Ich habe immer nur gewollt, dass sie in Sicherheit ist.

Max drückt sie sich zärtlich an die Brust. Die Angst steht ihm ins Gesicht geschrieben, als er hinaus auf die See schaut.

»Die nächste Welle kommt«, ruft er, als er sich im Wegrennen noch einmal umdreht, seine blanken Füße rutschen und gleiten über die Felsen. »Ich schaffe sie über die Mauer und komme wieder zurück, um dich zu holen. Ich verspreche es.«

Ich will mich aufsetzen, aber mein linker Arm baumelt schlaff und nutzlos herunter, ich kann ihn nicht bewegen. Der Schmerz fährt wie ein Querschläger durch mich hindurch, und ich drehe mich nach links, umfasse den Felsen mit der rechten Hand und ziehe mich in eine sitzende Position. Max hat mit Elise die Mauer erreicht. Er hebt sie über die spitzen Steine, von denen die Mauer übersät ist. Ich höre sie nicht aufschreien, als sie auf der anderen Seite landet. Ich kann nichts anderes hören als das Tosen der See und das Geräusch meines eigenen Herzschlags, der mir in den Ohren dröhnt. Ich verlagere das Gewicht auf die Knie und krabble vorwärts, der linke Arm hängt mir schlaff an der Seite. Ich muss die Mauer erreichen, bevor die Welle bricht.

»Max!«, schreie ich, als er sich mit beiden Händen an den spitzen Steinen festhält und hochspringt, sodass er sich mit einem Fuß daran abstützen kann. »Max! Hilf mir!«

Er wirft einen Blick zurück.

»Max!« Ich strecke die rechte Hand aus. »Hilf mir!«

Sein Blick scheint sanfter zu werden, nur für einen kurzen Moment. Er wird zurückkommen und mich holen. Er hat es versprochen. Er möchte Elise, aber er wird mich hier nicht sterben lassen.

»Max!«, rufe ich erneut. »Bitte! Elise braucht mich.«

Alles Sanfte verschwindet aus dem Gesicht meines Mannes, und er wendet sich ab. Es dauert nur den Bruchteil einer Sekunde, dann ist er über die Mauer verschwunden.

Er ist gegangen, um nach Elise zu sehen, rede ich mir

ein, als ich mich umdrehe, um zu überprüfen, wie weit die nächste Welle noch entfernt ist. Er könnte immer noch kommen und mich holen. Aber die Welle wölbt sich über mir auf wie eine riesige graue Sense. Ich schließe die Augen und warte darauf, dass sie sich auf mich senkt.

KAPITEL 67

Max wird auf seinem Sitz durchgeschüttelt, als das Flugzeug auf der Landebahn aufsetzt, aber er verspürt keine Erleichterung, als er seiner Tochter, die neben ihm sitzt, ein beruhigendes Lächeln zuwirft, sondern Angst. Fast achtundvierzig Stunden sind vergangen, seit er seine Tochter in Sicherheit gebracht hat, aber er wird Jos Gesichtsausdruck nicht mehr los. Nachdem er Elise über die Mauer gehoben hatte, hatte er in der Erwartung zurückgesehen, dass Jo hinter ihm herkletterte. Er war nicht darauf vorbereitet gewesen, sie ausgestreckt und verzweifelt und mit ängstlichem Blick auf den Felsen liegen zu sehen. Er war hin- und hergerissen. Auf der anderen Seite der Mauer lag Elise im Gras und weinte unter Schock. Sie war in Sicherheit. Jo war es nicht. Eine riesige graue Welle donnerte heran, und mit jedem seiner verzweifelten Herzschläge wurde sie größer und größer. Er könnte zu ihr laufen. Er könnte über die nassen Felsen rutschen, um sie in Sicherheit zu bringen. Aber wenn er zu langsam wäre, würde die See sie beide mit sich nehmen. Elise würde beide Elternteile verlieren, sechs Monate vor ihrem dritten Geburtstag würde sie zur Waise werden.

Als Jo ihn anflehte, ihr zu helfen, stellten sich ihm die Nackenhaare auf. Sie hatte Todesangst. Er konnte es in ihren Augen sehen.

»Hilf mir!«, hatte sie geschrien und eine Hand nach ihm ausgestreckt. »Hilf mir, Max!«

Aber es war zu spät. In der Zeit, die er gebraucht hatte, um eine Entscheidung zu fällen, ragte die Welle schon wie eine Wand über ihr auf. Ihm blieb keine Zeit mehr, ihr zu versprechen, für Elise zu sorgen. Ihm blieb nur noch die Zeit, zu springen.

Sobald er mit den Füßen den Boden berührte, richtete er sich auch schon wieder auf, seine Tochter im Arm, und rannte. Rannte die Mauer entlang und zurück zum Wagen. Halb erwartete er, Mary Byrne noch immer auf dem Sand liegen zu sehen, wo er sie zurückgelassen hatte, aber sie war verschwunden. Die See leckte schon an den Rädern seines Wagens, also sprang er hinein, setzte Elise fahrig auf den Beifahrersitz, schnallte sie an und fuhr los. Als er die Main Road hinaufraste, hörte er Polizeisirenen aufheulen, aber da war kein Blaulicht hinter ihm, und niemand versperrte ihm den Weg. Er fuhr ohne Halt bis nach Dublin durch und buchte sich und Elise in das erstbeste Hotel ein.

Er hatte nicht damit gerechnet, am nächsten Morgen in ein Flugzeug steigen zu können. Seine Stirn war schweißnass, und das T-Shirt klebte ihm am Rücken, als er sich der Grenzkontrolle am Flughafen von Dublin näherte. Er war sich sicher, dass sein Pass oder der Ersatzausweis, den er für Elise angefordert hatte, irgendwie Aufmerksamkeit erregen würden und dass sich eine schwere Hand auf die Rückseite seiner Jacke senken würde. Aber nichts dergleichen geschah. Der Grenzbeamte bedachte erst ihn und dann Elise mit einem langen Blick und winkte sie dann durch.

Und hier ist er nun, geht mit seiner Tochter auf dem

Arm durch den Flughafen von Bristol. Es liegen nur wenige Hundert Meter zwischen ihm und der Freiheit. Es ist eine Schande, dass er neben seiner Tochter nicht auch die zehn Riesen mit nach Hause bringt. Weiß der Geier, was damit passieren wird. Aber wenigstens ist Elise in Sicherheit. Das ist das Wichtigste. Er wird schon noch einen Weg finden, Paula loszuwerden. Vielleicht verkauft er das Haus und zieht in den Norden. Er könnte etwas in Tynemouth oder Whitley Bay kaufen und in Newcastle arbeiten. Elise würde es sicher gefallen, an der See zu leben.

Das Bild von Jos schmerzverzerrtem Gesicht, als die Welle über ihr zusammenschlug, flackert vor seinem inneren Auge auf, aber er blendet es aus. So wie er die Unterhaltung ausblendet, wenn er Elise erklären muss, wo ihre Mutter ist.

Jo war krank, redet er sich ein, während er durch die grüne Tür mit dem Schild »Nichts zu verzollen« geht. Es wurde nur schlimmer. Selbst wenn sie nicht gestorben wäre, hätte das Gericht ihr den Kontakt zu Elise wahrscheinlich untersagt. Anstatt sie zum Kinderschutz im Krankenhaus zu fahren, war sie mit Elise davongelaufen. Wenn es nach ihm ginge, war allein das schon ein Schuldeingeständnis. Allein der Gedanke, dass sie ihm die Schuld dafür in die Schuhe schieben wollte! Das Ausmaß ihres Selbstbetrugs war erstaunlich, sogar noch ganz zum Schluss.

Er hat das Ende des »Nichts zu verzollen«-Gangs fast erreicht. Rechts von ihm stehen zwei uniformierte Zollbeamte an einem Tisch. Sollte er sie grüßen oder sie ignorieren? Ignorieren, entscheidet er. Er hat Elise durch die Flughafenhalle getragen, und die Arme werden ihm schwer, aber er schiebt sie sich nicht auf die andere Hüfte. Er will keine Aufmerksamkeit erregen. Er will nur raus, den Wagen finden und dann nach Hause fahren. Schon stellt er sich Elises Gesichtsausdruck vor, wenn er ihr all die wunderbaren neuen Spielzeuge zeigt, die er ihr gekauft hat und …

»Mr Maxwell Blackmore?« Zwei uniformierte Beamte und eine blonde Frau in einem Anzug kommen ihm entgegen und versperren ihm den Weg aus dem Gang.

Er erstarrt, versucht, ruhig weiterzuatmen. Sie sind hier, um ihm zu sagen, dass Jo tot ist. Das ist alles. Kein Grund zur Sorge. Kein Grund wegzulaufen.

»Mr Maxwell Blackmore?«, fragt die Frau erneut.

Dieses Mal nickt er, und einer der Beamten packt ihn fest am Arm.

KAPITEL 68

Elise!« Ruckartig komme ich zu mir, rudere mit den Armen, greife ins Leere, greife vergeblich nach dem roten Wintermantel meiner Tochter, während sie von mir wegtreibt. Meine Lunge brennt, meine Ohren klingeln, und meine Hände sind bleich und verschwommen, als sie an meinem Gesicht vorbeiflattern. Ich kann den Atem nicht länger anhalten. Der Drang, Luft zu holen, ist zu stark.

»Atmen Sie, Jo, atmen Sie.« Eine Frau mit dunklen Haaren und einem starken polnischen Akzent taucht neben mir auf. Vorsichtig berührt sie mich an der Schulter. Ich winde mich und stoße sie weg, aber noch während ich das tue, schießt mir ein stechender Schmerz durch die Seite.

»Sie sind im Krankenhaus, Jo. Erinnern Sie sich? Sie haben ein paar gebrochene Rippen und schwere Prellungen. Wenn Sie Schmerzen haben, kann ich Ihnen etwas geben.«

»Meine Tochter!« Ich versuche mich aufzusetzen, aber ich kann die Schmerzen kaum ertragen. »Wo ist meine Tochter?«

»Jo. Alles ist gut.«

»Nein, das ist es nicht.« Ich packe sie am Handgelenk. »Nichts ist gut. Ich muss wissen, wo meine Tochter ist. Mein Mann hat sie mitgenommen! Wir waren in Clogherhead am Strand und …«

Die Krankenschwester windet das Handgelenk aus der Umklammerung. »Ich hole jemand, der Ihnen helfen kann. Nicht bewegen. Sie müssen liegen bleiben.«

Als sie den Vorhang um mein Bett zuzieht, sinke ich zurück und starre an die weiße Decke. Tränen rinnen mir zu beiden Seiten des Gesichts hinunter und tropfen auf meinen Hals, während ich die Seiten des Bettes umklammere. Unter den gebrochenen Rippen fühlt sich meine Brust wie ausgehöhlt an. Als die Welle über mir zusammenschlug, dachte ich, ich würde sterben. Ich schloss die Augen, ich rollte mich zu einem Ball zusammen, nahm einen tiefen Atemzug und betete, dass es schnell vorbei wäre. Als ich jünger war, fürchtete ich den Tod. Es graute mir vor dem Unbekannten. Würde ich, wie Mum es mir eingebläut hatte, in den Himmel fahren und mit Jesus vereint werden? Oder würde es, wie es mir jemand auf dem Spielplatz erzählte, eher so sein, als schaltete man das Licht aus – eine Dunkelheit, die in Ewigkeit andauerte? Aber während ich darauf wartete, dass mir die See den letzten Rest Atemluft aus den Lungen prügelte, da war es nicht mein Schicksal, um das ich mich sorgte, sondern das meiner Tochter. Ich konnte den Gedanken an ihr Gesichtchen nicht ertragen, verzerrt von einem Kummer, den sie nicht verstand. Die Tränen. Die Verwirrung. Die allmähliche Erkenntnis, dass ihre Mummy nicht kommen würde, so oft sie auch nach ihr rief.

Also kämpfte ich. Als die See mich erst hoch hinaufhob und mich wieder hinunter auf die Felsen schmetterte, ermahnte ich mich, nicht in Panik zu geraten. Geriete ich in Panik, würde mir bald die Luft ausgehen. Ich würde Seewasser einatmen. Ich würde ertrinken. Aber es war schwer, nicht in Panik zu geraten, als die Felsen mir die Arme, Beine, das Gesicht und den Schädel aufschlitzten. Meine Lungen brannten, und jede Faser meines Selbst drängte mich dazu, nicht mehr zu blockieren und einzuatmen. Ich wartete und wartete und wartete darauf, dass mein Kopf die Oberfläche der Wellen durchstieß, und als es so weit war, sog ich die kalte, kalte Seeluft ein, nur um erneut hinuntergezogen zu werden. Immer weiter hinunter, drehend und wirbelnd und mich windend. Und dann ein weiterer Atemzug. Und wieder hinunter. Er fühlte sich wie eine Ewigkeit an, dieser quälende Kreislauf, und ich spürte, wie ich schwächer wurde und die Kälte mir unter die Haut und in die Knochen kroch. Und dann spürte ich ein Ziehen an der Rückseite meiner Jacke. Ich dachte, es sei eine Strömung, und ich strampelte wild mit Armen und Beinen und kämpfte, aber dann wurde ich hochgehoben, weiter und weiter und weiter, und es stach in meinen Augen, und mein Atem ging rasselnd, als mein Körper, mein klatschnasser, bleischwerer Körper auf den Boden eines Rettungsbootes abgelegt wurde und hin und her rutschte wie ein Fisch an Land. Ich sah das Gesicht eines Mannes, der in meines sah und mir befahl, zu atmen. Dann wurde alles um mich herum schwarz.

»Jo?«

Die polnische Krankenschwester klingt besorgt, ich reagiere nicht auf das Geräusch der Vorhänge, die beiseitegezogen werden. Ich weiß ja schon, dass es nicht meine Tochter ist, die leise durch die Lücke tritt. Sie ist nicht in diesem Krankenhaus. Sie ist nicht mal in Irland. Sie ist weg.

»Jo? Ich bin es, Mary.«

Langsam drehe ich den Kopf nach links, während die

Hauswirtin einen Stuhl neben mein Bett zieht. Sie setzt sich auf den Stuhl und zuckt zusammen, aber es ist nicht das Geräusch, das mir das Herz schwer macht, sondern die Beule auf ihrer Stirn, wie ein großer, flacher Pilz, dick und geschwollen, und die schwarz und lilafarbene Prellung über ihrem rechten, verquollenen Auge.

»Mary?« Eine frische Träne rinnt an meinem Gesicht hinab. »Mary, es tut mir so leid.«

»Nicht doch, nicht doch.« Sie legt die Hand auf meine und drückt sie. Ich wehre ihre Berührung nicht ab. Ich kann nicht mehr kämpfen.

»Er hat Sie geschlagen.«

»Nein.« Sie schüttelt den Kopf und verzieht das Gesicht. »Ich habe mir den Kopf an einem Stein angeschlagen, als Max versucht hat, an das Telefon zu kommen.«

»Ich hätte nicht weglaufen sollen … Ich hätte mich um Sie …«

»Nein.« Sie drückt meine Hand fester. »Sie haben das Richtige getan, Joanne. Sie wollten Ihr kleines Mädchen beschützen.«

»Aber ich habe Sie alleingelassen. Ich habe Sie am Strand allein zurückgelassen. Sie hätten …« Die Kehle schnürt sich mir zusammen, und die Worte versiegen. Mary hätte ertrinken können. Genau wie Elise. Ich habe das Leben mehrerer Menschen aufs Spiel gesetzt, weil ich es nicht ertragen konnte, von meiner Tochter getrennt zu werden. Ich hätte Bristol niemals verlassen dürfen. Ich hätte Elise ins Krankenhaus bringen müssen. Ich hätte Max im Gericht gegenübertreten müssen. Ich habe mir vorgegaukelt, Elise wäre in Clogherhead in Sicherheit, aber es war nicht meine Tochter, die sich dort wohlfühlte, sondern ich. Ich tat nicht, was das Beste für sie war. Ich tat, was das Beste für mich war.

»Warum haben Sie mir geholfen?«, flüstere ich. »Ich dachte, Sie wollten sie Max zurückgeben.«

»Das wollte ich«, sagt sie sanft. »Ich wollte all diese schrecklichen Dinge glauben, die er über Sie erzählt hat. Ich wollte glauben, Liam O'Briens Tochter sei so verdorben, wie er selbst es gewesen war. Es fühlte sich an wie eine Vergeltung, Sie wissen schon, für das, was Niamh zugestoßen war. Er hatte mir mein Kind genommen, also würde ich seines bestrafen. Als ich mit Elise auf dem Arm über den Sand ging, scherte ich mich nicht um Richtig oder Falsch, um Vergebung oder die Kirche. Ich wollte, dass Sie so sehr litten, wie ich es tat. Ich wollte, dass Sie wissen, wie sehr es schmerzt, wenn einem das Kind entrissen wird. Ich wollte, dass Sie für den Rest Ihres Lebens litten, wie ich gelitten hatte. Ich bin nicht stolz darauf …« Ihr Gesicht verzieht sich, und sie senkt den Kopf, kann mir nicht in die Augen sehen. »Ich bin nicht stolz auf die Frau, die ich in jenem Moment war, aber der Ärger, den ich im Herzen trug … der Schmerz, den ich fühlte, als ich in Ihrem Zimmer auf die Fotografie stieß … er war so mächtig. Er verzehrte mich. Als Sie auf mich zuliefen und versuchten, sich Elise zurückzuholen, war ich sicher, dass ich das Richtige getan hatte, aber dann hat Max sie festgehalten, und Sie redeten so eindringlich auf mich ein. Sie appellierten an mich, von Mutter zu Mutter, und ich sah die Angst und die Verzweiflung in Ihren Augen. Und die kleine Elise, sie wollte zu Ihnen, Jo. Sie kämpfte, um sich aus meinen Armen zu winden, um bei Ihnen zu sein. Und dann fingen Sie und Max an, darüber zu streiten, wer sie verletzt hatte, und ich wusste nicht mehr, wem ich noch glauben sollte. Ich würde mir nie verzeihen, träfe ich die falsche Entscheidung. Also entschied ich, die Polizei zu rufen, und da griff Max mich an. Und ich wusste, wer das Kind verletzen würde.«

»Oh, Mary.« Ich mustere ihr Gesicht, suche nach Anzeichen von Zorn und Groll, aber ich sehe nur Bedauern. So abgrundtiefes Bedauern, dass es mir in der Seele wehtut. »Es tut mir so leid, dass Sie in all das hineingezogen wurden. Ich schwöre, ich wusste nichts von Niamh oder von dem, was Liam getan hat. Ich schwöre es Ihnen, Mary. Unter keinen Umständen wäre ich nach Clogherhead gekommen, hätte ich davon gewusst.«

»Ich weiß. Brigid hat es mir gesagt.«

»Sie haben mit meiner Mutter gesprochen?« Ich schaffe es nicht, meine Erschütterung darüber zu verbergen.

»Ja.« Mary nickt.

»Aber ich dachte … Ich dachte, Sie hassen sie.«

»Ich habe sie nie gehasst, Jo. Ich habe gesagt, dass einige Leute dachten, sie wüsste mehr, als sie zugeben wollte. Aber im Herzen wusste ich, dass das nicht stimmt, nicht nach einer Freundschaft, die ein halbes Leben währte. Aber Brigid rief mich kein einziges Mal an oder setzte auch nur einen Fuß in meine Tür, nachdem Liam verhaftet worden war, und ich war verletzt. Ich war so abgrundtief verletzt. Ich hielt sie für einen Feigling, weil sie mitten in der Nacht davongelaufen war. Sie hat mich in dem Moment verlassen, als ich sie am dringlichsten gebraucht hätte, und das konnte ich ihr nicht verzeihen.«

»Aber Sie haben mit ihr gesprochen – erst vor Kurzem?«

»Ich habe ihre Nummer von Ihrer Tante Sinead bekommen.«

Sinead? Also hatte Mum nicht nur Geburtstags- und Weihnachtskarten an ihre Verwandten geschickt. Sie hatten auch miteinander telefoniert. Was verheimlichte sie noch vor mir?

»Ich dachte auch, sie hätten keinen Kontakt mehr«, sagt Mary, als sie meinen Gesichtsausdruck sieht. »Nicht, dass ich je danach gefragt hätte. Ich kenne Sinead nur aus der Messe. Ansonsten hielten wir Abstand. Aber gestern bin ich bei ihr vorbeigegangen, nachdem der Doktor sagte, Sie seien noch immer nicht aufgewacht, und habe sie nach Brigids Nummer gefragt. Ich musste sie doch wissen lassen, was mit Ihnen geschehen war, Jo.«

»War es gut, das Telefonat?«

»Wir haben lange miteinander geredet. Über Sie, über die Vergangenheit. Sie hat mir von Andy erzählt.«

»Was ist mit ihm?« Ich kann die Augen nicht von Marys Gesicht abwenden. Sieht sie deshalb so sorgenvoll aus? Ist Dad gestorben? »Bitte, Mary. Bitte, sagen Sie es mir. Ich muss es wissen.« Behutsam berührt sie meine Hand. »Er ist sehr krank, Jo, aber er schlägt sich tapfer. Brigid denkt, dass er noch durchhält, um sich von Ihnen zu verabschieden.«

»O Gott.« Wieder treten mir die Tränen in die Augen. Armer Dad. Arme Mum.

»Hat Mum ... hat sie erwähnt ...« Verzweifelt versuche ich, Mary zu fragen, ob sie etwas über Elise gehört hat. Schon in der Sekunde, als sie hinter dem Vorhang hervorkam, wollte ich sie das fragen, aber es graut mir vor der Antwort. Ich weiß nicht, wie ich damit umgehen werde, wenn sie mir sagt, dass Max und Elise verschwunden sind.

»Max ist am Flughafen in Bristol verhaftet worden«, sagt Mary.

»Seine Vorgesetzte hat der Polizei einige Daten gegeben. Sprachnachrichten oder so was, meinte Brigid.«

Es hat geklappt. O Gott sei Dank, es hat geklappt. Als wir am Strand neben dem Auto standen, wusste ich noch nicht, ob die 999 mich mit der Polizei verbinden würde, also traf ich kurz entschlossen eine Entscheidung und tippte stattdessen auf die 5. Und während ich Max dazu brachte, mir die Wahrheit über das zu sagen, was er getan hatte, betete ich, dass der Anruf auf Fionas Mailbox landen würde. Wäre ich entkommen, hätte ich damit den Beweis, dass ich keine schlechte Mutter war und dass Max die ganze Sache fingiert hatte.

»Und Elise?«, frage ich. »Wo ist Elise?«

»Sie ist im Krankenhaus, aber Brigid hat sie schon besucht. Sie ist unverletzt, und sie behalten sie nur noch zur Beobachtung da.«

»O mein Gott.« Tränen rinnen mir die Wangen hinunter, und ich wende das Gesicht ab. Die Erleichterung, die ich verspüre, ist kaum auszuhalten. Sie ist in Sicherheit. Elise ist in Sicherheit. Und mein Vater ist noch am Leben. Ich versuche mich aufzusetzen. Ich sollte bei ihnen sein. Ich muss raus aus diesem Krankenhaus und mit dem ersten Flug zurück nach Großbritannien.

»Nein, nein.« Mary drückt sanft gegen meine Schultern. Ich bin so schwach, dass ich sofort zurück auf das Kissen sacke. »Sie müssen erst wieder zu Kräften kommen, Joanne. In diesem Zustand sind Sie niemandem eine Hilfe.«

»Warum tun Sie das?« Ich sehe auf in ihr sanftes, von Falten durchzogenes Gesicht. »Warum helfen Sie mir? Warum sind Sie so nett, wenn Sie Ihre Tochter doch durch meine Familie verloren haben? Sie sollten mich hassen.«

Mary sieht mich lange an, dann greift sie in eine Tasche in ihrer Strickjacke und zieht ein weißes Taschentuch hervor. Sie streicht mir damit über die Wange und tupft sachte meine Tränen weg.

»Wie könnte ich Sie hassen«, sagt sie sanft. »Sie waren noch ein kleines Mädchen, als es geschah. Ich war nicht die Einzige, die an jenem Tag alles verlor. Ihnen erging es genauso.«

KAPITEL 69

Mary spaziert langsam über den Strand von Clogherhead, die Sandalen in der einen Hand, einen Picknickkorb in der anderen. Während sie geht, gräbt sie die Füße in den Sand, die Sonne scheint ihr ins Gesicht, ein warmer Wind fährt ihr durch die Haare. Die See, vor wenigen Monaten noch wild und aufgewühlt, liegt jetzt unbewegt und klar vor ihr – eine einzige glitzernde, graublaue Fläche, die sich ausdehnt, so weit das Auge reicht. Das herrliche Juni-Wetter hat die Touristen aus den Cottages und die Einheimischen aus den Häusern gelockt, und überall am Strand wird gelacht und geschnattert.

Jo und Elise sind ihr mehrere Schritte voraus und gehen Hand in Hand. Mehr bummeln sie, als dass sie gehen, lassen sich ablenken von hübschen Muscheln und gemaserten Steinen, die ihre Aufmerksamkeit erregen. Elise lässt die Hand ihrer Mutter los, bückt sich und hebt eine Muschel auf und lässt sie in den blauen Eimer fallen, den sie mit Meerwasser gefüllt hat. Ihr glockenhelles Lachen schwebt zu Mary herüber. Niemand hat es eilig, eine Decke auf dem Sand auszubreiten und sich das Mittagessen schmecken zu lassen, das sie am Morgen vorbereitet hat. Sie am allerwenigsten.

Mary wendet den Kopf, um die dunkelhaarige Frau anzusehen, die neben ihr geht. Brigids Gesicht ist von mehr Falten durchzogen als noch vor dreißig Jahren. Ihre

Haare sind lichter, ihre Hüften runder, und die Haut an ihrer Kieferpartie ist schlaffer, passend zu Marys hängenden Wangen, aber sie ist immer noch dieselbe Bee. Noch immer leuchten ihre blauen Augen, wenn sie auflebt, ihre Lippen werden noch immer zu einer dünnen, geraden Linie, wenn sie etwas missbilligt, und ihr Lachen ist noch immer auf wunderbare Weise schrecklich rau.

»Wie geht es dir?«, fragt Mary. Es ist der zweite Tag, den sie zusammen verbringen, und die anfängliche Unbeholfenheit bei ihrem Wiedersehen im Flur von Marys B&B ist längst verflogen. Mary hatte kaum Schlaf gefunden in der Nacht, bevor Brigid mit dem Flieger aus Manchester ankam. Sie schwankte zwischen Furcht und Vorfreude. Jo hatte ihr am Telefon versichert, dass Brigid sich sehnlichst wünschte, sie wiederzusehen, aber was, wenn die Realität den Erwartungen nicht gerecht würde? Was wenn sie nicht miteinander warm würden? Was wenn sie einander nach dreißig Jahren nicht mehr wiedererkannten? Was wenn zu viel kaputtgegangen war? Im Flur hatten sie einander erst nur angesehen, eine, zwei, drei Minuten lang, sie hatten kein Wort gesagt, nicht mal als Jo verkündete, sie würde mit Elise zum Strand gehen, um ihnen einen Moment Zeit zu lassen. Aber sobald die Tür hinter ihr zufiel, platzte es aus Brigid heraus. »Vergib mir, Mary. Bitte.« Und dann gab es eine Menge Tränen, Umarmungen und Tee, viele Tassen Tee, während sie redeten, bis sie beide heiser waren.

Jetzt schlingt Brigid sich die dünne Strickjacke fester um. »Ich dachte gerade, wie sehr Andy das hier gefallen hätte.«

Mary nickt. »Patrick auch.«

»Er war ein guter Mann.«

»Der beste. Ich wünschte nur, ich hätte Andy kennengelernt. Nach allem, was du und Jo über ihn erzählt habt, muss auch er ein guter Mann gewesen sein.«

Wissend sehen sie einander an. Erst waren sie beide allein, dann beide verheiratet, jetzt sind sie beide verwitwet. Beide lassen sie Liam unerwähnt. Sie haben in der ersten Nacht nach ihrem Wiedersehen über ihn gesprochen. Sie redeten über alles, das geschehen war, und dann, ohne dass eine von ihnen es aussprach, beschlossen sie, die Vergangenheit ruhen zu lassen.

»Ich bin froh, dass Jo Andy noch gesehen hat, bevor er starb«, sagt Brigid sanft. »Eine Woche haben die Ärzte ihm gegeben, aber er hat fast dreimal so lange durchgehalten.«

»Er wollte sich verabschieden.«

»Ja. Ich denke, das wollte er. Und er war zu Hause, als er starb. Das war ihm so wichtig.«

»Es tut mir so leid, Brigid.«

»Danke.« Sie nickt, und die beiden Frauen verfallen in freundschaftliches Schweigen und sehen Jo dabei zu, wie sie Elise beizubringen versucht, wie man einen Stein über das Meer springen lässt.

»Sie sehen so glücklich aus«, sagt Mary.

»Das sind sie. Aber wir hatten ein paar schreckliche Wochen, als wir nicht sicher waren, ob Jo sie zurückbekommen würde.«

»Das wusste ich nicht.«

»Nein, Jo redet nicht gern darüber, aber nachdem Max verhaftet und Elise ins Krankenhaus gebracht wurde, übernahm der Soziale Dienst das Sorgerecht. Und Jo durfte sie nicht besuchen. Nicht solange das Krankenhaus sich nicht darüber sicher sein konnte, woher Elises Blutergüsse stammten.«

Mary fasst sich an die Brust. »Blutergüsse?«

»Ihr ganzer kleiner Körper war davon übersät, als sie sie durchcheckten. Jo sagte aus, Elise müsse sie sich zugezogen haben, als sie gegen den Felsen geschleudert wurden, aber eine Zeit lang waren die Ärzte davon überzeugt, dass jemand sie ihr zugefügt hatte.« Für einen kurzen Moment schließt Brigid die Augen, als könnte sie es nicht ertragen, die Erinnerungen noch einmal wachzurufen. »Es war eine schreckliche Zeit, ganz besonders für Jo, aber dann zeigten die Bluttests, dass Elise einen Virus hatte. Der manchmal auf eine Erkältung folgt und dazu beiträgt, dass die Kleinen sich leichter blaue Flecken zuziehen. Ich kann mich nicht mehr an den Namen erinnern. Immun-Thrombo-irgendwas.«

»Also hat sie niemand verletzt?«

»Nein, sie denken nicht. Jos Freundin Helen hat der Polizei die Fotos von Elises blauen Flecken gegeben, nachdem jemand in das Haus eingebrochen war, und Max gab zu, dass er in der Nacht da war. Er sagte aus, er habe sichergehen wollen, dass es ihr gut ging, nachdem er angegriffen worden war, und dass er sie auffangen musste, als sie versuchte, aus ihrem Kinderbettchen zu klettern. Die Ärzte können es nicht mit Sicherheit sagen, aber sie gehen davon aus, dass die Flecken von dem gleichen Virus verursacht wurden. Jo meinte, Elise sei schon krank gewesen, bevor sie Bristol verließen, erhöhte Temperatur, eine rotzige Nase, so was.«

»Armes kleines Ding. Aber jetzt geht es ihr gut?«

Brigid lächelt, als ihre Enkeln sich bückt, um einen Stein aufzuheben. »Es geht ihr ausgezeichnet.«

»Hat Max also alles gestanden?«

»Nein, anfangs nicht. Aber er hat es Jo gegenüber auf Fionas Mailbox zugegeben, und sie haben seine DNA auf der Tüte gefunden, als sie sich endlich dazu entschlossen, eine Probe zu nehmen, also ...« Sie zuckt die Schultern. »Jo musste abwarten, bis die Polizei ihre Ermittlungen abgeschlossen hatte, dann musste sie den Fall vor Gericht bringen, um Elise zurückzubekommen. Es war aufreibend, aber sie hatte einen guten Anwalt.«

»Gott sei Dank. Vielleicht kann sie ihr Leben jetzt wiederaufnehmen.«

»Eines Tages, ja. Sie will erst noch einige Antworten von Max. So viel ist sicher. Und sie möchte, dass Elise ihn wiedersieht. Ob ich das für eine gute Idee halten soll, ich weiß es nicht.« Brigid zieht sich die Strickjacke fester um.

Mary versucht den Ausdruck auf dem Gesicht ihrer Freundin zu deuten, aber sie kann ihn nicht entziffern. Ist es ein Schuldgefühl, weil sie Jo nicht mit ins Gefängnis genommen hat, um ihren Vater zu sehen? Oder Reue, weil sie die Wahrheit so viele Jahre vor ihr verborgen hat? Als Jo nach Großbritannien zurückkehrte, erzählte Brigid ihr alles, auch, dass Liam O'Brien tot war. Ein Jahr, nachdem er verurteilt worden war, stach ihm jemand bei einem Zellenkampf ein Messer in den Bauch. Er starb noch auf der Fahrt zum Krankenhaus. Am nächsten Tag besuchte die Polizei Mary zu Hause, aber die Neuigkeiten schmälerten ihren Kummer nicht. Sie war wütend. Ihre Seelenqual würde sie ihr Leben lang begleiten, während seine vorüber war.

Mary erschaudert, trotz des dicken Mantels. Sie möchte nicht länger über Liam O'Brien nachdenken.

»Fragt Elise nach Max?«, fragt sie Brigid.

»Am Anfang schon, aber im Moment nicht mehr so oft. Es geht ihr gut. Sie ist ein robustes kleines Mädchen.«

»Und Jo?«

»Ach.« Brigid verzieht das Gesicht. »Um die Wahrheit zu sagen, sie ist noch recht wackelig auf den Beinen. Es wird noch eine Weile dauern, bis sie über die Ereignisse hinwegkommt. Aber es geht ihr schon besser. Sie ist nicht mehr so schreckhaft, und sie lacht öfter.«

»Also sollte ich Sean besser nicht zum Abendessen einladen?«

»Den Mann aus dem B&B?«

»Er hat jetzt ein Haus auf der anderen Seite des Dorfes. Er fragt oft nach Jo und Elise.«

Brigid lächelt. »Ich denke, sie würde sich freuen, ihn zu sehen, aber vielleicht nicht heute Abend. Gib ihr – gib uns allen – ein bisschen Zeit, wieder auf die Beine zu kommen. Es ist seltsam, wieder hier zu sein. Da sind so viele gute Erinnerungen, aber auch schlechte.«

Mary tut es im Herzen weh, als sie die Frau ansieht, die einmal ihre beste Freundin war. Es fühlt sich richtig an, mit Brigid und ihrer Tochter und ihrer Enkeltochter über den Strand zu laufen. So viele Jahre war da eine Leere in Marys Leben, von der sie dachte, sie könne nie gefüllt werden. Aber in der letzten Nacht hat sie tief und fest geschlafen, und als sie aufwachte, war die Empfindung der Leere verflogen, und sie spürte einen inneren Frieden. Brigid hat ihr erzählt, dass sie sich in Chester ohne Andy traurig und niedergedrückt fühlt, und Jo möchte nicht länger in Bristol leben. Sie sagte, sie müssten einen anderen Ort zum Leben finden. Warum spricht Mary es nicht einfach aus? Warum kann sie sich selbst nicht dazu bringen, Brigid eine einfache Frage zu stellen?

Weil sie Angst hat, gesteht sie sich ein, als Elise Jos Hand loslässt und über den Sand zu ihnen läuft. Wenn Brigid Nein sagt, wird die Sonne erlöschen und die Welt wieder in Dunkelheit versinken. Ich bin nicht mutig genug, um das noch einmal durchzustehen, sagt sie sich, als Elise nach ihrer linken und nach Brigids rechter Hand greift. Wenn ich die Frage nicht stelle, bleibt mir wenigstens die Hoffnung. Ohne Hoffnung habe ich nichts.

»Granny?«, sagt Elise und schaut zu Brigid auf.

»Mummy sagt, wir können hier wohnen. Können wir? Können wir das, Granny?«

Mary sieht hinüber zu Jo, die mit einem Lächeln auf dem Gesicht durchs Wasser geht, den Rock über die Knie hochgezogen. Sie spürt Marys Blick und dreht sich zu ihr um. Ihr Lächeln wird breiter, und sie hebt einen Arm und winkt. Sie wird schon wieder, denkt Mary. Sie ist stärker, als sie denkt. Vielleicht bin ich es auch.

»Können wir, Granny?«, fragt Elise erneut. »Können wir hier wohnen?«

»Was denkst du, Mary?«, fragt Brigid leise. »Denkst du, wir sollten hier wohnen? Denn das würden wir gerne. Wenn du uns zurücknehmen würdest.«

Mary antwortet nicht. Ihr Hals ist so zugeschnürt vor Tränen, dass sie nicht sprechen kann. Alle sehen sie an. Jo, Brigid, Elise. Sie alle sehen sie an, und sie lächeln. Sie warten auf eine Antwort.

Sie räuspert sich, fängt sich wieder und sieht Brigid in die Augen.

»Ja, das würde mir gefallen«, sagt sie.

EPILOG

Also, bist du an eine Besuchserlaubnis gekommen?«, sagt Paula, als ich auf dem Stuhl ihr gegenüber Platz nehme. Ein weißer Formica-Tisch steht zwischen uns. Zu unserer Linken plaudert eine junge Frau in den Zwanzigern – ihre braunen Haare sind zu einem Pferdeschwanz zusammengebunden – mit einer älteren Frau in einer braunen Daunenjacke mit falschem Pelzkragen. Zu unserer Rechten spricht eine Frau in meinem Alter, sie trägt einen akkuraten schwarzen Bob, mit einem glatzköpfigen Mann in einem weißen Nike-T-Shirt und einer Tätowierung am Hals. Wir sind umgeben von Menschen, die einander an Tischen gegenübersitzen. Geplauder, Lachen und ein gelegentliches Schluchzen verbinden sich zu einem lauten Surren, das den Raum erfüllt. Das hier könnte auch eine Kantine oder ein Kirchenraum sein, wenn da nicht die uniformierten Wächter wären, die gelegentlich in ihren kurzärmligen weißen T-Shirts und schwarzen Hosen zwischen den Tischen hindurchgehen.

»Ja«, sage ich. »Ich habe die Besuchserlaubnis bekommen. Ich war mir nicht sicher, ob Sie auf meinen Brief antworten würden.«

Paula grinst. Ich hatte irgendwie erwartet, sie wäre ungeschminkt und derangiert, aber ihre Augen sind mit Kajal umrandet und die Wimpern mit Mascara verklebt.

»Du magst es, mir zu schreiben, oder, Jo? Weil ich dich fasziniere, habe ich nicht recht?«

»Ja«, ich spiele mit. »Genau deshalb bin ich hier.« Es ist nicht das erste Mal, dass ich in einem Besucherraum im Gefängnis bin. Letzten Monat habe ich Max besucht. Im Gegensatz zu Paula, die sich kaum verändert hat, körperlich und auch was ihre große Klappe betrifft, war Max kaum wiederzuerkennen. Seine Haut war fahl. Er hatte Ringe unter den Augen, und da waren drahtige weiße Haare in seinem Bart. Als ich mich dem Tisch näherte, sank er auf dem Stuhl in sich zusammen, die Hände hingen lose an den Seiten, mit den Fingerspitzen streifte er fast über den Boden. Ich musste nicht erst fragen, was los war. Ich hatte Elise nicht bei mir. Auf keinen Fall hätte ich sie bei meinem ersten Besuch mitgebracht. Nicht, wo es so viel gab, was ich noch loswerden musste.

Max sagte kein Wort, als ich mich hinsetzte. Er antwortete nicht, als ich ihn fragte, wie es ihm gehe, also sagte ich ihm, dass es mir gut gehe, dass ich mir ein neues Leben in Clogherhead aufbauen würde. Ich erzählte ihm, dass Mum ihr Haus in Chester verkauft habe und wir zusammen ein neues Haus gekauft hätten, aber er konnte mich nicht mal ansehen. Also zählte ich auf, was er mir angetan hatte. Wie allein ich mich gefühlt hatte, wie verängstigt ich war, als er alle Welt davon überzeugt hatte, dass ich eine Gefahr für mein Kind sei. Ich fragte ihn, was ich Schlimmes verbrochen hätte, damit er es vor sich rechtfertigen konnte, mir Elise wegzunehmen. Ich fragte ihn, ob ich seiner Meinung nach tatsächlich eine schlechte Mutter sei. Er antwortete nicht. Ich redete mir alles von der Seele. Ich sagte alles, was ich loswerden musste, aber Max brachte während meines gesamten Besuches kein

Wort heraus. Als das Signal ertönte, stand ich auf, um zu gehen. Ich verabschiedete mich und sagte ihm, ich würde Elise einen Kuss von ihm geben. Er sah nicht auf. Er sagte kein Wort. Aber als er blinzelte, rann ihm eine einzelne Träne aus dem rechten Auge und tropfte ihm auf die Wange.

»Na dann leg mal los«, sagt Paula jetzt und schlägt ein Bein über das andere. In dem blauen Shirt, der grauen Jogginghose und den Turnschuhen sieht sie klein und plump aus. Es wird eine Weile dauern, bevor sie wieder eng anliegende Jeans und High Heels tragen wird. »Was ist denn so wahnsinnig wichtig? Dieses Ding, das Sie mir geben wollen?«

»Erst möchte ich Ihnen eine Frage stellen.«

»Von mir aus.« Sie klemmt sich eine blonde Strähne hinter das Ohr und runzelt die Stirn. Ohne Botox kann sie das. »Na los.«

»Warum ich, Paula? Warum waren Sie hinter mir her und nicht hinter Max?«

Sie zuckt lässig die Schultern. »Wie ich schon sagte, mit dir hat es einfach mehr Spaß gemacht.«

Ich schüttle den Kopf. »Ich glaube Ihnen nicht. Ich denke, es steckte mehr dahinter. Ich denke, es gibt da etwas, das Sie mir nicht sagen.«

»Na dann.« Sie verschränkt die Arme und stützt sie auf dem Tisch ab. »Sagen wir einfach, mit dir war es leichter. Du warst schwächer. Weicher. Ich kannte Max von der Arbeit, Sie wissen schon, als er sich selbst noch Martin nannte. Ich wusste genau, welche Sorte Mann er war.«

»Was für ein Mann war er denn?«

Sie lächelt, entblößt ihre gelb verfärbten Zähne. »Er war bösartig.«

»Und weiter?«

»All das Zeug, das er in der Zeitung geschrieben hat, wie Ian und die anderen Jungs alte Männer und alleinstehende Mütter mit Babys auf dem Arm vermöbeln. Glaubst du denn, Max hätte sich dabei nur zurückgelehnt und zugesehen? Glaubst du, er hat das einfach nur gefilmt? Glaubst du wirklich, Ian hätte ihn als Eintreiber behalten, wenn er Mr Weiße Weste gewesen wäre?«

»Sagen Sie es mir.«

Sie schüttelt den Kopf. »Was denkst du denn, warum ich jemanden abstellen musste, wenn er betrunken war? Du hast ja keine Ahnung, wozu dein sogenannter Ehemann fähig ist, Jo.«

Das weiß ich, denke ich. Das weiß ich wirklich.

»Deshalb war ich hinter dir her, Süße. Ich dachte, wenn ich nur genug Druck auf dich ausüben würde, würde er einknicken und mir das Geld geben. Nur dass er sich kein Stück für dich interessiert hat, was?«

Innerlich koche ich, aber ich lasse es mir vor Paula nicht anmerken.

»Nein«, sage ich, »wohl nicht.«

»Ich würde mich darüber nicht unnötig aufregen, Jo. Männer gibt's wie Sand am Meer. Mit Ian war ich auch nur wegen der Knete zusammen. Apropos, was für eine Idiotin bist du eigentlich, dass du das Geld verbrennst?« Sie senkt die Stimme, da ein Gefängniswärter vorbeigeht. »Ich habe es bekommen, dein kleines Päckchen mit den zerfetzten Zehnern, das du aus Irland geschickt hast. Meine Tochter hat es nach meiner Verhaftung geöffnet. Du findest das wohl witzig, he?«

Es war nicht schwer, Paulas Adresse herauszufinden, nachdem Fiona mir ihren vollen Namen und ihre E-Mail-Adresse gegeben hatte. Es kostete Sean und mich eine gewisse Zeit, alle Paula Readmans in Bristol durchzugehen, aber schließlich fanden wir sie. Ihre Facebook-Seite war offen zugänglich, und so konnten wir sehen, wer ihre Freunde und Verwandten waren und in welchem Teil von Bristol sie wohnte, gemessen an den Pubs, die sie auf ihren Selfies verlinkt hatte. Danach mussten wir sie nur noch im Wählerverzeichnis suchen, ein paar Pfund hinlegen – und schon hatten wir ihre Adresse.

»Die Notiz kaufe ich dir übrigens nicht ab«, sagt Paula. »Auf der du behauptest, du hättest den Rest des Geldes verbrannt. Nicht mal du wärst so dumm.«

»Es war schmutziges Geld. Ich wollte es nicht in meiner Nähe haben.«

»Lügnerin.« Sie lehnt sich auf ihrem Stuhl zurück, die Arme über der Brust verschränkt. »Ich weiß, dass du es behalten hast, Jo. Wie hast du es angestellt? Hast es als Anzahlung für ein nettes kleines Häuschen in Irland benutzt, was? Dich selbst mit einer Designer-Handtasche belohnt?«

»Sie haben recht«, sage ich. »Ich habe das Geld nicht verbrannt. Ich habe es der Polizei übergeben, abzüglich der Handvoll Scheine, die ich zerrissen und an Sie geschickt habe.«

»Du bist eine blöde Schlampe.« Sie fährt auf, Ärger flammt in ihren blauen Augen. »Ein dummes, schwächliches Opfer. Du hast all das verdient, was dir zugestoßen ist.«

»Machen Sie es gut, Paula«, sage ich, als die Klingel schellt, um das Ende der Besuchszeit anzuzeigen, und stehe auf. »Oh, eine Sache noch, bevor ich gehe. Der Grund, warum ich Sie heute sehen wollte.«

Ich greife in meine Manteltasche und lege eine silberne Kette mit einem großen funkelnden S als Anhänger vor ihr auf den Tisch. Es hat eine Weile gedauert, bis ich eine gefunden habe, die genau der Kette entspricht, die Paulas einundzwanzigjährige Tochter Sadie auf ihrem Geburtstagsselfie trug.

»Du solltest besser auf die Sachen deiner Tochter aufpassen. Und auf deine Tochter«, füge ich hinzu, drehe mich um und gehe.

DANKSAGUNG

Ein riesiges Dankeschön geht an meine großartige Lektorin Helen Huthwaite. Es ist nicht nur eine unbedingte Freude, mit ihr zu arbeiten, sondern sie ist auch noch verdammt gut in ihrem Job. Ihr Durchblick, ihre Vorschläge und ihr Auge fürs Detail haben geholfen, *Traue niemandem,* ein Buch mit Potenzial, in ein Buch zu verwandeln, auf das ich sehr stolz bin. Helen, Sie sind ein Star. Ich kann Ihnen nicht genug danken. Dank geht auch an den Rest des Teams von Avon, insbesondere an Oli Malcolm, Helena Sheffield, Hannah Welsh, Victoria Gilder und an alle im Vertrieb, im Onlinemarketing und der Herstellung. Für ein so kleines Imprint habt ihr es ganz schön drauf, weil ihr alle so verdammt hart ackert. Es ist ein großes Glück, mit euch allen zusammenzuarbeiten.

Meine Liebe und mein Dank gilt außerdem Madeleine Milburn, Thérèse Cohen und Hayley Steed. Die Madeleine Milburn Agentur ist ein Kraftzentrum, und das alles durch die harte Arbeit, Hingabe und den Schwung dieser drei Frauen. Danke, dass ihr mich bei jedem Schritt auf diesem Weg unterstützt, ermutigt und aufgemuntert habt. Maddy, du bist die beste Agentin, die man sich wünschen kann.

Von allen meinen Büchern erforderte *Traue niemandem* die größte Rechercheleistung. Es kostete mich drei

Monate, alle Informationen zu sammeln, die ich brauchte, bevor ich auch nur ein Wort schreiben konnte, und das habe ich diesen fantastischen Menschen zu verdanken: Joe Rotherham, der mich in Irland herumkutschiert hat, sodass ich Schauplätze erforschen und irische B&Bs erleben konnte (entschuldige, dass wir nicht dazu kamen, in schicken Hotels mit Spa unterzukommen!). Ex-DCI Stuart Gibbon, der mir alle Fragen zum Prozedere bei der Polizei beantwortet hat (www.gibconsultancy.co.uk). Clare Hewitson, die mir alle Fragen über den Sozialen Dienst und den Kinder- und Jugendschutz beantwortet hat. Dr. Charlotte McCreadie, dafür, dass sie mir alle Fragen über verletzte Kinder beantwortet hat, über den Kinderschutz und Krankheiten, die blaue Flecken verursachen können. Meiner Kindheitsfreundin Emma Shotton, dafür dass sie den Kontakt zu ihrem Kollegen John Randle hergestellt hat, der während seines Urlaubs ein ausführliches Telefonat über Fragen des Familienrechts erdulden musste. Mark Murray, dafür dass er mit mir über Telefonsysteme, über IT und Server gesprochen hat. Claire Allen, dafür, dass sie meine Fragen über Journalismus und Zeitungen beantwortet hat. Niamh O'Connor, dafür, dass sie einige Dinge bezüglich der irischen Polizei und des Prozederes klären konnte. Celeste Ní Raois, dafür, dass sie mir Fragen zur irischen Kultur beantwortet hat. Margaret Bonass Madden, die mich mit Informationen über Irland in den Neunzehnhundertsiebzigern und -achtzigern und mit Momentaufnahmen des Familienlebens versorgt hat, und auch dafür, dass sie sich durch eine frühe Fassung von *Traue niemandem* gearbeitet hat, um sicherzustellen, dass mir keine groben Schnitzer unterlaufen waren.

Außerdem möchte ich mich bei meiner wundervollen Familie bedanken. Reg und Jenny Taylor, ihr seid die besten Eltern, die man sich wünschen kann. Ich danke euch für alles, was ihr für mich macht, und all die Liebe und die Unterstützung, die ihr mir gebt. Bec und Dave Taylor, ihr seid die einzige Schwester und der einzige Bruder, die ich habe, also müsst ihr es mit mir aushalten. Nein, ernsthaft, ich danke euch, dass ihr eure Facebook-Seiten mit meinem Bücherkram zugeknallt habt, und dafür, dass ihr mich auf WhatsApp unterhaltet. Sophie und Rose, ihr seid die süßesten Nichten, die sich eine Tante wünschen könnte. Ich liebe euch. Meine Liebe sende ich auch an Great Nan, Steve, Guin, Ana, James, Angela und Nick. Danke an alle meine Freunde, besonders an Rowan, Julie, Tamsyn, Miranda und Kate, dafür, dass ihr mich bei jedem Schritt (durch dieses Leben und dieses Buch) angefeuert und getröstet habt, und an all die Autoren, mit denen ich regelmäßig auf Facebook chatte, wenn ich eigentlich schreiben sollte (ich mache ausdrücklich die Krimi-Schreiber für die Tatsache verantwortlich, dass ich im Jahr nicht mehr als zwei Bücher schreibe).

Und zum Schluss bedanke ich mich bei meiner eigenen kleinen Familie. Danke an Chris, für alles, was du tust. Ohne deine Liebe, deine Unterstützung und den gelegentlichen Teller Hühnchen, wenn ich zu beschäftigt bin, um zu kochen, würde ich das alles auf keinen Fall schaffen. Und an Seth. Meinen Sohn. Mein Herz. Mein Alles. Dieses Buch ist für dich.

Ein großes Dankeschön an die Blogger-Szene, dafür, dass ihr mir so eine Hilfe seid. Ich weiß die Zeit, die ihr darauf verwendet, meine Bücher zu lesen und zu rezensieren, wirklich zu schätzen, wie auch die Tatsache, dass ihr eure Liebe für sie so großzügig mit der Welt teilt. Und zuletzt an meine Leser. Danke, dass ihr meine Bücher kauft und mir davon berichtet, wie sehr sie euch erfreuen. Ich weiß jede einzelne E-Mail und jede Nachricht zu schätzen, die ihr mir schickt. Sie richten mich auf, wenn ich niedergeschlagen bin, und sie überzeugen mich davon, dass, wie hart es sich von Zeit zu Zeit auch anfühlen mag, ein Buch zu schreiben, ich doch nichts anderes tun möchte. Wenn euch *Traue niemandem* gefallen hat, schreibt mir doch. Wenn ihr euch eintragt, um dem kostenfreien C. L. Taylor Buch Club beizutreten, erhaltet ihr eine exklusive Kurzgeschichte, Zugang zu Neuigkeiten über meine Bücher, Cover-Enthüllungen, Giveaways und Rezensionen zu Büchern, von denen ich glaube, dass sie der »nächste große Wurf« werden:

http://www.callytaylor.co.uk/cltaylorbookclub.html

Oder kontaktiert mich über die sozialen Medien:

www.facebook.com/CallyTaylorAuthor
www.twitter.com/CallyTaylor
www.instagram.com/CLTaylorAuthor
www.cltaylorauthor.com

P. S. An die ehemalige Kita meines Sohnes: Ich habe den Grundriss eures Gebäudes verwendet, aber keine meiner Figuren basiert auf den Mitarbeitern von Courthouse. Ihr seid alle entzückend, und ich wurde kein einziges Mal getadelt, wenn ich zu spät kam oder vergaß, ein Familienfoto mitzubringen.

Lügen können Leben zerstören, die Wahrheit aber auch …

Sabine Kornbichler

Wie aus dem Nichts

Roman

Piper Taschenbuch, 368 Seiten

€ 12,99 [D], € 13,40 [A]*

ISBN 978-3-492-30873-1

* Cover- und Preisänderungen vorbehalten

Dana kann von ihrem Versteck aus hören, wie ihr Freund Alex erschossen wird. Starr vor Angst beobachtet die Inhaberin einer Alibi-Agentur, wie ein Mann mit Fuchsmaske kurz darauf die Wohnung verwüstet und dann einfach wieder verschwindet. Zunächst ist Dana überzeugt, dass Alex sterben musste, weil er als Enthüllungsjournalist zu viele Fragen stellte, doch die polizeilichen Ermittlungen ergeben schnell, dass er nicht der war, der er vorgab zu sein …

Leseproben, E-Books und mehr unter **www.piper.de**